DER GROSSE BÖSE BULLY

RENEE ROSE

LEE SAVINO

Übersetzt von
STEPHANIE KOTZ

 Formatiert mit Vellum

HOLEN SIE SICH IHR KOSTENLOSES BUCH!

Tragen Sie sich in meine E-Mail Liste ein, um als erstes von Neuerscheinungen, kostenlosen Büchern, Sonderpreisen und anderen Zugaben zu erfahren.

https://geni.us/jungfrauunddervampir

Für unsere Bestie Aubrey Cara. Danke, dass du so viel Zeit und Mühe investiert hast, um uns dabei zu helfen, die bestmöglichen Bad Boy Alpha Bücher zu schreiben. Danke für all die witzigen Memes und dass du uns aufgemuntert hast, wenn wir es gebraucht haben. Danke, dass du du bist.

Inhaltswarnung: Der Protagonist dieses Buchs wurde in seiner Kindheit misshandelt. Das wird in dem Buch zwar nicht geschildert, jedoch mehrere Male erwähnt. Wir sprechen das an, um den Kontext für Billys Verhalten zu liefern. Bitte achte auf deine seelische Gesundheit.

KAPITEL EINS

*A*ubrey

Ich hasse Milliardäre.

Nein, das sollte ich nicht sagen. Meine beste Freundin wird bald einer sein – entweder wegen eines Erbes oder einer Ehe. Vermutlich wegen beidem.

Das ist etwas Seltsames, an das ich mich noch immer nicht gewöhnt habe.

Von Madi einmal abgesehen kann man an der Wall Street den Gestank der Privilegierten überall riechen. Vor allem hier bei Sentience Labs, der KI-Firma, die einfach die kreative Arbeit von Künstlern, Musikern und Autoren aus aller Welt gestohlen hat.

Deswegen werde ich etwas unternehmen. *Heute Nacht.*

Dies ist die dritte Woche, in der ich die achtundzwanzigste Etage des Sentience Gebäudes belagere. Normalerweise stellen meine Wandgemälde Bilder sozialer Gerechtigkeit und die Forderung nach einer Veränderung dar. Widerstand. Freiheit. Ich bin Brooklyns Diego Rivera. Mein Wandgemälde *Occupy Wall Street* vor dem La Résistance, dem Künstlercafé, in dem ich arbeite, wurde öfter fotografiert als jede andere Straßenkunst in der Stadt.

Ich bin die Letzte, die sich selbst untreu werden würde, um für ein Unternehmen wie Sentience zu arbeiten. Vor allem wenn es sich dabei um ein Unternehmen handelt, das Künstlern auf der ganzen Welt die Rechte nimmt.

Dennoch habe ich meinen Hut aus gutem Grund mit einer kitschigen Blumenwiese in den Ring geworfen, als die Firma nach einem Künstler suchte.

Aus einem außerordentlich guten Grund.

Das Lied ‚Karma Chameleon‘ wird von der 80er-Tanz-Playliste abgespielt, die durch meine Kopfhörer trällert, und ich grinse.

Ganz recht, Sentience. Das Karma ist ein verdammtes Miststück.

„Arbeitest du wieder länger?" Der Typ von der Security bleibt hinter meiner Leiter stehen und schaut mir zu. Er hat leider ein großes Interesse an mir und meiner Arbeit entwickelt. Vielleicht weil er meine Kunst mag. Oder vielleicht weil er spüren kann, dass ich mich von den seelenlosen Haien unterscheide, die in diesen Gewässern schwimmen. Ich bin das Leben und die Farbe im Vergleich zu der hohlen Monotonie des restlichen Gebäudes.

Unter gewöhnlichen Umständen würde ich möglicherweise flirten. Er ist eins achtzig groß und umwerfend, er hat mittelbraune Haut und einen sexy jamaikanischen Akzent. Ganz genau mein Typ. Doch ich versuche, unauffällig zu sein. Vor allem heute Nacht.

Geh weiter, Kumpel. Das hier sind nicht die Droiden, nach denen du suchst.

„Ja. Ich will dem Ganzen nur noch den letzten Schliff verleihen", lüge ich und bewege den Pinsel mit kurzen, geschickten Strichen an einer Mohnblume entlang. In Wahrheit habe ich das Wandgemälde bereits vor zwei Stunden fertiggestellt und schinde jetzt bloß Zeit. Ich drehe mich absichtlich nicht um oder schenke ihm meine Aufmerksamkeit, damit er weitergeht.

Er bleibt noch einige Minuten, bevor er endlich weiterschlendert. Ich warte, bis ich den Aufzug dingen und wegfahren höre, bevor ich meine Musik ausschalte und einen Kopfhörer rausnehme, um zu lauschen.

Alles ist still.

Um auf Nummer sicher zu gehen, suche ich die Toilette auf, um meine Hände zu waschen und unter jeder Tür nachzuschauen, ob noch Licht brennt.

Es ist acht Uhr abends. Die Führungskräfte gehen normalerweise um sechs nach Hause, doch ich muss mir sicher sein.

Ich umklammere die Schlüsselkarte, die mir Jamie, unsere Informantin, gegeben hat. Sie wurde vor zwei Monaten gefeuert, nachdem sie eine E-Mail ausgedruckt hatte, die ihr eine der Führungskräfte geschickt hatte. Darin wurde sie darüber informiert, dass ihre Bedenken hinsichtlich der Rechtmäßigkeit der gesammelten Daten unbegründet wären.

Wie sich herausstellte, machen diese Widerlinge so sehr einen auf Big Brother, dass sie den einen Druckauftrag bemerkten und die Security sie bis zum Ende des Tages aus ihrem Büro warf – ohne die ausgedruckte E-Mail. Sie erschien bei der Rechtsberatungsstunde und Jan übernahm ihren Fall. Jan ist meine Aktivisten-Anwalts-Freundin und die Frau der Eigentümerin des La Résistance, des Cafés, in dem ich arbeite.

Da ich mit Jan und ihrer Frau Caroline bereits Pläne schmiedete, wie wir Sentience zu Fall bringen könnten, stellte sie für mich den Kontakt zu Jamie her.

Jetzt muss ich nur ähnliche E-Mails in die Finger kriegen und hoffentlich den Cache mit den gestohlenen Werken anderer Künstler finden, damit Jan eine Klage gegen die Firma einreichen kann. Oder vielleicht werden wir mit den Informationen zur *New York Times* gehen und diese Scheißkerle bloßstellen.

Über die Feuertreppe gehe ich zur zehnten Etage runter, wo ein Großteil des Data-Minings stattfindet. Jamies Schlüsselkarte funktioniert bei dieser Tür noch, so wie sie es vermutet hatte. Mein Herz hämmert wie wild, als ich durch die Tür schlüpfe.

Das Licht ist ausgeschaltet und es ist dunkel. Jamie hat mir erzählt, dass es auf diesem Stockwerk keine Kameras gibt, weil das Unternehmen keine Aufzeichnungen davon haben will, was hier tatsächlich vor sich geht. Ich folge der Karte, die ich mir eingeprägt habe, um zu Jamies altem Büro zu gelangen. Es wurde jemand Neues eingestellt, der ihren Job übernommen hat, doch Jamie hatte noch einen Ersatzschlüssel, da sie ihre Schlüssel einmal verloren und später wiedergefunden hatte. In diesem Fall war das ein sehr glücklicher Unfall.

Ich schiebe den Schlüssel in das Schloss und drehe ihn um. Ich mag mutig sein, wenn es um Bürgerproteste, Sitins und die Ausübung meines Rechts auf freie Meinungsäußerung geht, mit dieser Aktion breche ich jedoch das Gesetz. Heute Nacht begehe ich nicht nur einen Einbruch, sondern stehle auch Firmendokumente. Jan würde das nicht gutheißen, doch wenn ich es nicht tue, wird Sentience weiterhin mich und all die anderen Maler, Autoren und Künstler bestehlen und aus dem Markt drängen. Jamie versuchte, etwas dagegen zu unternehmen, und wurde gefeuert.

Ich kann dieses Risiko eingehen.

Ich schlüpfe in das Büro, ohne das Licht anzuschalten. Aus der Vordertasche meines mit Farbe verspritzten Overalls ziehe ich die externe Festplatte, die ich mitgebracht habe.

Der Computer ist noch an und erwacht aus dem Ruhemodus, als ich die Maus bewege. Deshalb scrolle ich schnell durch die Daten und folge den Anweisungen, die ich auswendig gelernt habe, um die gesamte Festplatte zu kopieren. Nachdem ich das getan habe, lade ich auch das gesamte Postfach runter, obwohl ich bezweifle, dass dort irgendetwas Nützliches zu finden sein wird, man weiß jedoch nie.

Ich hoffe, das liefert uns etwas, mit dem wir arbeiten können!

Es wird angezeigt, dass der Kopiervorgang noch dreißig Minuten dauern wird. Daher verlasse ich das Büro wieder und gehe zu meinem Wandgemälde für den Fall, dass der Security-Typ noch einmal vorbeikommt. Ich nutze die Zeit, um alles aufzuräumen, meine Pinsel zu waschen und die Abdeckplane für morgen zu falten.

Mein Handy klingelt und ich werfe einen Blick auf das Display. „Madi", beantworte ich den Anruf. Sie ist wahrscheinlich jetzt erst mit ihrer Arbeit fertig geworden. Ihr Job als Leiterin von Torrent Cosmetics lastet sie mittlerweile komplett aus. Er ist sogar noch schlimmer als ihr Job bei Moon Co., da Brick wenigstens Grenzen hatte. Er arbeitete weder an Wochenenden noch bis spät in die Nacht hinein.

„Aubrey!"

„Hey du."

„Hi! Wie geht es dir? Es tut mir leid, es fühlt sich an, als hätten wir uns seit einer Ewigkeit nicht mehr gesehen."

Der vertraute Schmerz meldet sich in meiner Brust, weil ich meine Bestie an ihren Verlobten verloren habe. „Ich weiß. Mir geht's gut. Können wir etwas zusammen unternehmen? Nur du und ich?"

„Ja. Das fände ich toll. Wie wäre es mit ..." Ich stelle mir vor, wie meine beste Freundin die Kalender-App auf ihrem Handy öffnet und durchscrollt. „Wie wäre es mit nächstem Donnerstag? Abends?"

„Meinst du Donnerstag in einer Woche?", stelle ich klar.

„Ja. Es tut mir leid, ich bin diese Woche komplett ausgebucht und Brick und ich gehen über das Wochenende in die Adirondacks."

Es ist mir nicht entgangen, dass sie mich, abgesehen von ihrer Verlobungsfeier, nie dorthin einlädt.

„Ja, okay. Dann eben nächsten Donnerstag", erwidere ich dumpf. Ich muss wirklich anfangen, zu leben. Ich muss mir einen Freund besorgen. Jemanden, der das klaffende Loch füllen kann, das Madi mit ihrem Auszug hinterlassen hat.

„Was machst du gerade?"

„Ich male diese Woche ein Wandgemälde im Sentient-Gebäude."

„*Was?*" Wenigstens ist Madi angemessen schockiert. Es macht mich jedoch fertig, dass sie nicht einmal weiß, warum ich hier bin oder was ich aushecke. Sie hat keine Ahnung, was momentan in meinem Leben los ist.

„Es gibt einen guten Grund. Ich werde dir alles erzählen, wenn wir uns treffen."

„Warte, nein! Erzähl es mir jetzt. Ich muss es wissen."

„Das würde ich ja tun, aber ich bin gerade hier und arbeite, also … ich kann nicht reden."

„Oh, mein Gott! Worum geht es? Jetzt brenne ich darauf, es zu wissen."

„Gut. Dann weiß ich, dass du unsere Verabredung nicht absagen wirst."

„Aubrey, es tut mir leid, dass ich letztes Mal absagen musste."

„Nein, nein. Es ist alles gut. Wir reden nächste Woche. Ooh … weißt du was? Es spielt eine gute 80er-Coverband im *All Night*."

80er-Jahre-Musik ist meine Lieblingsmusik. Wegen des Musikgeschmacks meiner Eltern bin ich besessen von dem ganzen Jahrzehnt. Auf dem College hatten Madi und ich eine Go-Go-Coverband und wir spielten im *All Night*.

„Perfekt. Dann treffen wir uns dort."

Meine Laune hebt sich. Es wird wie in den guten alten Zeiten sein. „Yay! Ich kann es nicht erwarten, mit dir zu reden."

„Okay. Ich auch nicht. Hab dich lieb!"

Das entringt meinen Lippen ein Lächeln. „Hab dich auch lieb. Tschüss."

Ich werfe einen Blick auf den Timer auf meinem Handy. Sechsundzwanzig Minuten.

Der Download sollte jetzt fast fertig sein.

Ich husche wieder ins Treppenhaus und jogge zur zehnten Etage. Die Festplatte wurde kopiert. Ich trenne sie rasch vom Computer und stecke sie in die Vordertasche meiner Latzhose, bevor ich wieder zum Treppenhaus gehe.

Ich bin zwei Stockwerke nach unten gelaufen, als sich eine Tür öffnet.

Fuck. Es ist der Security-Typ. „Hey", sagt er scharf. Dann erkennt er mich. „Oh, du bist es." Seine Stirn legt sich in Falten. „Was machst du auf der Treppe?"

Meine Hände werden schweißnass. Ich widerstehe dem Drang, die Tasche meines Overalls zu berühren, um mich zu vergewissern, dass die Festplatte nicht zu sehen ist. „Oh, ich bin auf dem Heimweg. Ich bin für heute fertig!", antworte ich.

„Aber warum bist du hier? Das hier ist die Feuertreppe."

„Ja, ich weiß. Ich leide unter ein wenig Klaustrophobie, weshalb ich die Treppe dem Aufzug vorziehe. Vor allem nachts, wenn niemand hier ist, der mich schreien hören würde."

Er blinzelt.

Fuck. Bin ich eine schlechte Lügnerin?

„Ich würde dich schreien hören."

War das eine Drohung? Will er mich schreien hören? Ist

dieser Kerl ein Serienmörder? Ich gerate in Panik und mir schlägt das Herz bis zum Hals.

Er entspannt sich und grinst, woraufhin meine Knie beinahe vor Erleichterung einknicken.

„Aber ich verstehe es. Ich nehme gerne die Treppe, um in Form zu bleiben."

„Richtig! Das auch." Ich klinge atemlos. Ein wenig verrückt. „Nun, ich sollte besser los! Es ist spät." Ich eile an ihm vorbei und jogge die Treppe hinab.

Einige Momente lang spüre ich, wie er mich beobachtet, schaue jedoch nicht auf. Ich renne einfach die acht Stockwerke nach unten, bis ich das Erdgeschoss erreiche.

Ich reiße die Tür zur Lobby auf und atme tief ein.

Die Wache am Empfangstisch sieht mich erschrocken an. „Woher kommst du? Brennt es?"

Ich zwinge mich zu einem Lachen. „Kein Feuer. Ich bin nur die Treppe runtergerannt zur, ähm, Übung. Wir sehen uns morgen!", rufe ich, während ich an ihm vorbeirausche.

Fuck, fuck, fuck. Das war knapp.

Ich atme die kalte Frühlingsluft tief ein, während ich zur U-Bahn laufe.

Ich habe die Hälfte des Blocks hinter mir gelassen, als ich zu kichern beginne. Und dann wird mein Kichern zu einem ausgewachsenen Lachen. Ich lache hysterisch, als ich in meine U-Bahn nach Brooklyn steige.

Ich habe es geschafft – mein erster Wirtschaftsspionage-Auftrag ist erledigt.

Hoffentlich ist die Information, die ich besorgt habe, das Risiko wert gewesen.

KAPITEL ZWEI

Billy

Ich betrachte einen Instagram-Account auf meinem Handy. Eine Sirene in der Form eines Menschen, die vor einem riesigen Wandgemälde steht, grinst mir entgegen. Ich habe das Gemälde mit eigenen Augen gesehen. Es ist ganz vernünftig. Die Künstlerin ist *nicht* vernünftig. Sie ist eine Gefahr für die Gesellschaft.

Zum tausendsten Mal mustere ich ihre seidig glänzenden, braunen Haare. Die hohen Wangenknochen und vollen Lippen. Schwarze Haare, die in wilden teils goldfarbenen und scharlachrot gefärbten Zöpfen über ihren Rücken fallen. Ihre Haare sind bunter als beim letzten Mal, als ich sie auf Bricks und Madis Verlobungsfeier sah.

Damals bedachte sie mich erneut mit Unverschämtheiten und zeigte mir den Mittelfinger.

Von dem Verlangen, ihr wegen dieser Frechheit eine Lektion zu erteilen, wird mein Schwanz zum tausendsten Mal hart. Ich würde sie liebend gern über die Theke des Künstlercafés beugen, in dem sie arbeitet, und lauschen, welche Laute sie von sich gibt, während ich ihr den Hintern versohle.

Dass ich das Verlangen habe, einen Menschen zu berühren, ist verrückt. Das Ganze wird noch davon verschlimmert, dass ich seit der Verlobungsfeier kein Weibchen mehr berührt habe – weder ein wölfisches noch ein menschliches.

„Mr. White?", unterbricht mich Annabeth, meine Chefassistentin, durch die Sprechanlage. Sie ist eine rothaarige Wölfin und extrem effizient, was der Grund dafür ist, dass sie für mich arbeitet.

Sie weiß es normalerweise besser, als mich zu stören.

„Was gibt's?", blaffe ich und lasse das Handydisplay schnell schwarz werden.

„Ihr ... äh ... Mr. White der Zweite ist hier und möchte Sie sehen."

Der Zweite.

Das bedeutet *mein Dad*.

Was zum Henker will er?

Ich erhebe mich hinter meinem Schreibtisch, da mir der Respekt zu sehr eingeprügelt wurde, um diese Höflichkeit jetzt zu unterlassen. Nicht, dass er sie verdient. „Schicken Sie in rein."

Mein Dad stolziert durch die Tür.

Allein sein Anblick löst bei mir Selbsthass und Zorn aus. Das ist das Arschloch, das mich gezeugt hat. Ich habe seine abscheuliche DNA in meinem Blut.

William, Bill, White II ist ein großer Wolf – einen Meter neunzig groß – und trotz der grauen Strähnen an seinen Schläfen sieht er noch immer wie der Alpha seines Rudels aus. Er verströmt Autorität. Grausamkeit. Selbstgerechtigkeit.

Ich habe nie einen Meter achtzig erreicht trotz der künstlichen Wachstumshormone, die er mir in meiner Kindheit gegeben hat. Aber ich bin stark geworden. Nicht wegen all der Prügel und Tests, die er mir und meinem Wolf angetan hat, sondern trotz dieser. Meine Schwester half mir, ihn zu überleben, und ich beschloss, zu gedeihen. Zu fliehen.

Jetzt bleibe ich hinter meinem Schreibtisch, anstatt zu ihm zu gehen und ihn zu begrüßen. Das verleiht mir eine Machtposition in dem Büro der Geschäftsführung mit den bodentiefen Fenstern.

Ganz recht, Arschloch – der Sohn, den du weggeworfen hast, ist jetzt ein Wall Street Milliardär. Der Stellvertreter des größten und mächtigsten Rudels in New York, das ein himmelweiter Unterschied zu deinem hinterwäldlerischen Rudel in Maine ist.

Ich arbeite schon bei Moon Co., seit wir Brick bei dessen Gründung halfen, während wir noch in Yale studierten. Mein Dad war allerdings noch nie in Manhattan, um mich zu besuchen.

Bis jetzt. Was will er?

Er mustert das Büro und meine Machtposition mit einem spöttischen Grinsen.

„Was machst du hier?" Ich überspringe das höfliche Geplänkel.

„Deine Mutter wollte, dass ich dir Grüße ausrichte."

Meine Mutter. Die unterwürfige Wölfin, mit der er sich paarte, um seine Position als Alpha zu stärken. Ihr Dad war der vorhergehende Alpha. Noch ein grausamer Anführer, wenn ich mich richtig erinnere.

Sie sind kein vom Schicksal vorherbestimmtes Paar. Ihre Verbindung wurde arrangiert. Es war eine strategische Verbindung für meinen Dad und meinen Großvater. Meine Mutter hatte keinerlei Mitspracherecht.

Überhaupt nicht mittelalterlich, oder?

„Was machst du in New York?"

„Ich musste mich um einige Geschäfte kümmern."

Etwas an der Vagheit seiner Bemerkung bringt die

Alarmglocken in meinem Kopf zum Läuten. Welche Geschäfte könnte er hier haben? Etwas, was er persönlich erledigen musste.

Ich ziehe seinen Geruch tief in meine Nase, obwohl ich weiß, dass dies eine Traumareaktion auslösen wird.

Das tut es. Mein Körper erleidet einen Schock und ist bereit, zu kämpfen oder verprügelt zu werden.

Allerdings habe ich jahrelang geübt, mit meinen Triggern zurechtzukommen. Ich prüfe seinen Geruch auf Spuren anderer Düfte. Ich nehme den Gestank von New York wahr – Autoabgase und Hotellobby. Menschen draußen auf der Straße.

Nichts anderes.

Na gut, ich werde anbeißen. „Was für Geschäfte?", will ich wissen.

Mein Dad bedenkt mich mit einem grausamen Feixen. „Du hast das Recht aufgegeben, dich nach meinen Geschäften zu erkunden, als du dein Rudel im Stich gelassen hast."

„Ich habe ein besseres gefunden." Meine Stimme und Blick sind tot. „Ich kann mich nicht erinnern, dass du mich jemals vermisst hast."

Mein Dad hebt seine Oberlippe zu einem spöttischen Grinsen. „Ich hatte keinen Nutzen für einen Verräter. Aber das könnte sich ändern."

Oh, zum Teufel nochmal. Er muss Witze machen.

„Was? Jetzt, da ich Geld habe, bin ich etwas wert für dich?" Ich schlendere hinter dem Schreibtisch hervor, lehne mich lässig an diesen und schlage die Beine übereinander. „Oder willst du Bricks Macht nutzen?"

„Brick ist nicht so mächtig, wie du denkst", schnaubt mein Dad. „Seine Menschengefährtin wird sein Untergang sein. Du solltest das Schiff wechseln, bevor es zu spät ist."

Mein Dad verabscheut Menschen. Er hat sich eine mächtige Stellung als Hassstifter erarbeitet, wobei er sich auf Menschen konzentriert. Ich bin völlig abgeschottet von Menschen aufgewachsen. Ich habe mich nie unter sie gemischt und nie mit ihnen interagiert, bis Brick, Nickel, Jake und ich auf dem Internat und später in Yale unter ihnen leben mussten.

Mein Vater brachte mir schon in einem jungen Alter bei, um mein Überleben zu kämpfen. Also habe ich genau das getan. Ich hängte mich an die blaublütigsten Wölfe auf dem Campus und machte mich unersetzlich. In unserem ersten Jahr in Yale vergiftete Bricks Mutter seinen Dad und die Adalwulfs entrissen ihm seinen Reichtum. Er brauchte eine rechte Hand, die ihm dabei half, Rache zu nehmen und alles zurückzuerobern, was die Adalwulfs gestohlen hatten. Ich hatte genug Rachedurst in mir, um ganz Manhattan mit Strom zu versorgen.

Ich weiß jetzt, dass wir uns alle wegen unseres Traumas so gut verstehen. Nickel – ein adliger Wolf aus England – war ebenfalls vor Familientrauma und politischen Machenschaften geflohen. Jake war ein stiller Einzelgänger, der nie ein Rudel gehabt hatte, auf das er sich verlassen konnte, bis Brick ihn in unserer Gruppe aufnahm. Wir vier wurden eine Familie, die von einem einzigen Sinn und Zweck vereint wurde – den Reichtum und Status des Blackthroat Rudels wiederaufzubauen, damit Brick der Rudelführer bleiben konnte.

„Das Rudel hat seine Luna akzeptiert", entgegne ich steif.

Zugegeben ich war kein Fan von Madi und hatte mit Brick wegen seiner Entscheidung gestritten, sich mit einem Menschen zu paaren, doch das werde ich meinem Dad nicht auf die Nase binden. Ich würde ihm niemals eine Schwäche meines Rudels oder Alphas verraten.

Mein Dad beobachtet mich aufmerksam. „Ich habe gehört, dass es ein Blutbad war. Er musste hunderte seiner

Rudelmitglieder töten, um die Dominanz zu wahren. Sein Rudel wird den nächsten Putsch besser organisieren."

Bei seinen Worten läuft es mir kalt über den Rücken. Wäre ich in Wolfsgestalt, würden sich meine Nackenhaare sträuben, doch ich achte darauf, mir keine Emotionen anmerken zu lassen. Es gefällt mir nicht, dass er so viel über die Abwehr unseres Rudels nachgedacht hat. Es gefällt mir nicht, dass seine grausame Aufmerksamkeit in irgendeiner Form auf dem Blackthroat Rudel ruht. Mein Dad ist gefährlich und unberechenbar. Ich habe ein Leben damit verbracht, zu lernen, mich und mein Umfeld zu kontrollieren, um die Zerstörung zu verhindern, die er mit sich bringt.

„Ich rechne damit, dass ich bei der Hochzeit eine Gelegenheit haben werde, die Lage selbst einzuschätzen", fährt er fort.

Was? „Du bist nicht eingeladen."

„Noch nicht." Mein Vater spielt mit seinem Manschettenknopf. „Aber ich erwarte, dass du bei deinem Alpha ein Wort für mich einlegst, um das zu ändern. Ich bin immerhin ein Blutsverwandter seines Stellvertreters."

Das war typisch. Mein Vater verbrachte die erste Hälfte des Gesprächs damit, über mein Rudel herzuziehen, und die zweite Hälfte damit, nach einer Einladung zu etwas zu angeln, was er für das prestigereichste Ereignis in der Geschichte unseres Rudels hält. Ich sollte von der Scheinheiligkeit nicht überrascht sein. In den Augen meines Vaters sind die Blackthroats reiche Blaublüter der Gestaltwandlerwelt und er will ihrem Reichtum und ihrer Macht nahe sein.

Ich ziehe eine Braue hoch und gebe mich cool. „Ich bin überrascht, dass du dort sein willst, da er einen Menschen heiratet. Ich weiß, was du von ihnen hältst." Diesen Hass hatte er mir bereits eingebläut, als ich noch ein Welpe war.

Einen Augenblick lang bin ich wieder in Maine und stehe mit dem Rudel auf unserem Land. Ich kann meinen Vater schreien hören: „Es ist Zeit, den Menschen zu jagen." Ich erinnere mich daran, wie fest mich meine Schwester in den Armen hielt, als würde sie versuchen, mich vor den Wölfen ringsum und der Gewalt zu beschützen, die diese ausüben würden.

Meine Fangzähne werden in meinem Mund spitz. Bei dem Gedanken, ihn in die Nähe meiner Luna zu lassen, gefriert mir das Blut in den Adern.

Doch ich bewahre eine kontrollierte Miene. *Zeige nie Schwäche.*

„Es ist die Hochzeit des Jahrhunderts", sagt mein Vater. „Du kannst sicherlich eine zusätzliche Einladung besorgen ..."

Zum Teufel damit. Ich muss ihn zum Schweigen bringen. „Erwarte nicht zu viel." Ich tue es ihm gleich und grinse spöttisch. „Ich kann es dir jetzt schon sagen – es wird keinen anderen Putsch geben. Madison Evans ist nicht nur eine menschliche Gefährtin. Sie ist eine wahre Luna. Sie beansprucht und hält eine Macht, die das Rudel erkennt. Ganz gleich, wie viel Hass gestreut wird, nichts kann das Gesetz der Natur außer Kraft setzen."

Es stimmt. Sogar ich habe mich ihrer Stellung und Macht an der Seite meines Alphas gebeugt.

Ich habe meine Strafe dafür akzeptiert, dass ich versuchte, die beiden zu trennen. Eine Strafe, zu der gehört, dass ich jetzt den verdammten Botschafter für die Menschen spiele.

Das erinnert mich ... Ich sollte das Café-Mädel besuchen, um diese Pflichten zu besprechen.

Bill White II schnaubt verächtlich. „Mein eigener Sohn ist jetzt ein Menschenliebhaber."

Bei seinen Worten verknotet und verdreht sich mein Magen. Ein Teil von mir zerbricht und brüllt wegen der angedeuteten Schwäche, die er auf mich projiziert. Der andere Teil hasst alles an seiner Behauptung, was wahr sein könnte.

Ich weigere mich, an das Café-Mädel oder ihren Muskat-Honig-Duft zu denken. Daran, wie ihre Haare um meinen Schwanz gewickelt aussehen würden. Die Geräusche, die sie machen würde, wenn ich sie hart von hinten ficke.

„Dein eigener Sohn will nichts mit dir zu tun haben." Erneut sind meine Stimme und Blick tot. Ich zeige keinerlei Emotionen und strahle Macht aus, wie er es mir beigebracht hat. „Sag meiner Mutter, dass es mir lieber wäre, wenn sie selbst vorbeikommen und nicht dich als Boten schicken würde."

Die Nasenflügel meines Vaters blähen sich vor Wut. Ich weiß nicht, was er mit seinem Besuch erreichen wollte, doch er hat nicht bekommen, was er wollte.

Gut.

„Du bist eine Enttäuschung." Weder die Worte noch die Bitterkeit im Ton meines Vaters sind neu für mich.

„Ich bin alles, was du nicht bist", erwidere ich. Es hat lange Zeit gedauert, bis ich realisierte, dass dies eine Tatsache ist, die gefeiert werden sollte. Ich musste gnadenlos sein und riss mir den Arsch auf, aber Brick Blackthroat, der mächtigste Alpha im Land, findet mich unersetzlich. Ich habe einen Platz an der Seite des Königs. Mein Vater ist jetzt nichts für mich.

„So viel ist sicher", schnaubt mein Vater, als er auf dem Absatz kehrt macht und das Büro verlässt.

Ich nehme den Tacker von meinem Schreibtisch und zerquetsche ihn zu einem festen Ball, bevor ich ihn gegen die geschlossene Tür schleudere. Er gräbt sich ins Holz und bleibt darin stecken.

KAPITEL DREI

Aubrey

Am Samstag arbeite ich im La Résistance, was mein zweites Zuhause ist, seit ich sechzehn Jahre alt war. Dort zu arbeiten, ist keine richtige Arbeit für mich. Es bedeutet, dass ich in einem coolen Café Zeit mit Leuten verbringen darf, die ich liebe.

Momentan ist Abend, ich lehne an der Theke und trinke eine Tasse Chai. Der Laden ist ruhig und ich lausche gedankenverloren einem träumerischen Soundtrack. Das Lied ist ein Bossa Nova Cover von ‚Take on Me' und erinnert mich an mein 80er-Nacht-Date mit Madi nächste Woche. Ich kann es nicht erwarten.

Ich vermisse sie. Heute ist so ein Abend, wo sie normalerweise zum Café gekommen wäre und wir uns in den Pausen zwischen Gästen unterhalten hätten. Jetzt kann ich von Glück sprechen, wenn ich sie einmal in der Woche sehe.

Ich will ihre neue Beziehung nicht hassen, doch sie hat alles verändert. Ich sollte mich für sie freuen – und das tue ich. Sie ist verliebt und ich habe sie nie so strahlend gesehen. Es ist erstaunlich. Doch ich habe jetzt das Gefühl, als wäre ich kein Teil ihres Lebens mehr. Am Anfang der Beziehung hat sie mir wenigstens all die schmutzigen Details verraten. Jetzt kriege ich gar nichts.

„Hey, Chica", ruft mich meine Chefin Caroline zum Büro, wo ihre Frau Jan wartet. Ich begrüße beide. Caroline ist ein zierlicher, weißer Hitzkopf – sie ist kaum eins fünfzig groß – und die leidenschaftlichste und liebevollste Frau, der ich je begegnet bin. Ihre Frau Jan ist hochgewachsen, schwarz und schlank und hat einen kurz geschnittenen Afro.

Die beiden sind für mich wie eine zweite und dritte Mutter. Ihnen gehört das Café. Jan ist eine Anwältin, die in der Rechtshilfe arbeitet, und Caroline leitet diesen Laden. In den letzten dreißig Jahren haben sie innerhalb dieser vier Wände viele Revolutionen auf die Beine gestellt.

„Wir treffen uns mit Jamie, stimmt's?", frage ich. Jamie ist die Whistleblowerin von Sentience.

„Ja, sie ist spät dran", antwortet Jan.

Bei diesen Worten packt mich Unbehagen – Jamie ist nicht der Typ Mensch, der zu spät zu einem Treffen kommt. Sie ist der Typ Mensch, der eine gestärkte Bluse trägt. Doch es ist vermutlich nichts. Ich bin nur ein wenig nervös – die Festplatte, die ich bei Sentience gefüllt habe, brennt ein Loch in meinen Beutel.

„Zuerst habe ich etwas für dich." Caroline wühlt in der Kleiderkammer herum. „Nun, für dich und Madi."

Mein Herz zieht sich bei der Erwähnung meiner besten Freundin ein wenig zusammen. Der Schmerz überrascht mich. Es ist nicht so, als wäre Madi gestorben. Sie ist nur beschäftigt. Zu beschäftigt für mich.

„Ta da!" Caroline wirbelt herum und hält eine umwerfende, türkisfarbene Jacke hoch.

„Ist das dein Ernst?" Ich trete näher, um die Jacke zu mustern. Sie ist aus Leder und bauchfrei, jedoch in einem älteren Stil mit breiten Revers gefertigt. „Die ist genial. Sie sieht aus wie …“

„Janet Jackson in ihrem Video für *Rhythm Nation?*“ Caroline lässt die Jacke tanzen, während sie einen Teil des Refrains singt.

„Ja!“ Sie reicht mir die Jacke, woraufhin ich sie hochhalte und bewundere. Sie ist in ziemlich gutem Zustand, wurde jedoch offensichtlich schon getragen. „Ist das … vintage?“

Caroline und Jan erschaudern beide. „Ich hasse dieses Wort.“ Caroline deutet auf mich. „Eines Tages werden deine Kleider als vintage bezeichnet werden und dann wirst du ebenfalls die Krise kriegen. Die Jacke ist Second Hand“, betont sie. „Für dich! Für das nächste Mal, wenn du und Madi im *All Night* spielen.“

Ich nehme die Jacke und halte sie vor mich. „Oh mein Gott, ich bin *begeistert.*“

„*Rhythm Nation* wurde 1989 veröffentlicht“, bemerkt Jan, die stets auf die Details achtet. „Also kommst du den 90ern ziemlich nahe.“

„Es zählt trotzdem.“ Caroline wedelt mit einer Hand. „Und es ist Janet Jackson.“

„*Miss Jackson if you're nasty*“, singt Jan und kurz kann ich sie mir ohne ihren Anwältinnen-Anzug und in einem Militärhut aus Leder vorstellen. Sie ist einmal gekleidet wie Grace Jonse auf dem Cover von *Nightclubbing* zum Karaoke gekommen, weshalb ich weiß, dass sie vermutlich einen Schrank voller Club-Outfits hat.

„Ich habe auch die hier.“ Caroline befördert ein Paar weißer Go-Go-Stiefel zu Tage. „Falls du und Madi eurem Set ein wenig Nancy Sinatra hinzufügen wollt.“

„Oh wow“, lache ich. „Warum nicht? Kann ich mir die ausleihen?“

„Behalte sie“, erwidert Caroline im gleichen Moment, in dem Jan sagt, „Sie gehören dir.“

„Seid ihr euch sicher?", frage ich. „Ihr wollt sie nicht selbst anziehen? Ihr wisst schon, für eine Nacht in der Stadt?" Ich wackle mit den Augenbrauen, während ich Caroline ansehe, die grinst.

Jan schnaubt. „Diese Tage sind vorbei."

„Nun, wenn ihr sie fürs Karaoke oder etwas anderes zurückhaben wollt, gebt einfach Bescheid." Ich nehme die fantastische Jacke und Go-Go-Stiefel und stelle mir die Outfits vor, die ich auf der Bühne tragen könnte. Ich werde sie Madi am Donnerstag zeigen.

Jamie erscheint und die Stimmung wird ernst. Sie sieht abgespannter aus als bei unserem ersten Treffen und hat dunkle Ringe unter den Augen. Ihre Kleider sind ebenfalls zerknittert. Whistleblowing ist stressig und hinzu kommt, dass sie noch keinen neuen Job gefunden hat. Selbst wenn Sentience keine weiteren Schritte gegen sie eingeleitet hat, liegt sie nachts bestimmt wach und fragt sich, was als Nächstes passieren wird.

„Hier ist die Festplatte." Ich ziehe die Festplatte aus meinem Beutel und lege sie auf die Mitte des runden Arbeitstischs. In diesem Büro arbeitet Jan an den Wochenenden und Abenden. An diesem Tisch wurden mindestens einhundert soziale Proteste geplant und das schon bevor ich einen Filzstift in die Hand nahm und mein erstes Protestschild malte.

„Was ist das?", fragt Jan.

Jamie nimmt die Festplatte. „Das ist eine Kopie der Festplatte meines Arbeitscomputers. Mit dem hier kann ich alle Beweise zur Verfügung stellen, die du brauchst."

Jan schaut von mir zu Jamie. „Aber wie seid ihr an die gekommen?"

Ich zucke mit den Achseln. „Ich bin möglicherweise zu ihrem alten Büro gegangen, während ich ein Wandgemälde für Sentience gemalt habe."

Jans Augen werden groß. „Du weißt, dass ich bei einem Prozess nichts als Beweis nutzen kann, was illegal beschafft wurde, oder?"

„Dann können wir es zur *New York Times* schicken", bemerke ich.

„Aber du kannst es nicht vor Gericht benutzen?", erkundigt sich Jamie.

Jan schüttelt den Kopf. „Jede Information, die du uns gibst, kann dabei helfen, die Führungskräfte der Firma vorzuladen, doch wir können das hier nicht als Beweis benutzen. Außer du findest eine Möglichkeit, auf legale Weise im Besitz dieser Information zu sein. Vielleicht hast du eine Kopie von etwas, was du auf der Festplatte finden wirst." Sie wackelt mit den Augenbrauen, während sie Jamie ansieht.

„Verstanden." Jamie nickt. Sie bedenkt mich mit einem dankbaren Blick. „Vielen Dank, dass du das besorgt hast. Du hast viel riskiert."

„Ich hoffe, es nützt etwas." Ich will das Risiko nicht noch einmal eingehen, werde es jedoch tun, wenn ich muss. Es braucht Mut, um gegen Riesen zu kämpfen.

Ich höre, dass jemand an der Kasse klingelt, und springe auf. „Ich kümmere mich darum." Ich eile ins Café und werde sofort langsamer, als ich sehe, wer es ist.

Das ist kein Mann, für den ich mich beeilen werde.

Jemals.

„Hast du dich verirrt?", wiederhole ich die Frage, die ich das erste Mal stellte, als dieses privilegierte Alphaloch hierherkam. Das Mal, als er das Foto von Madi und mir vom schwarzen Brett hinter der Theke stahl und es benutzte, um Madi feuern zu lassen.

Ärger – ein gewöhnlicher Gesichtsausdruck bei diesem Schakal – huscht über das Gesicht von William White dem Dritten.

Er blickt von oben auf mich herab. Er ist nicht ganz so hochgewachsen wie sein bester Freund Brick, aber immer noch fast einen Meter achtzig groß. Er hat breite Schultern und trägt einen Milliardärsanzug. Er ist der Typ Mann, bei dem Frauen ein feuchtes Höschen bekommen, seine widerliche Persönlichkeit verdirbt jedoch das Aussehen.

Anstatt hinter die Theke zu gehen, um ihn zu bedienen, schlendere ich zu ihm. Er ist hier nicht willkommen.

Als ich näher komme, dreht er sich zu mir um und verzieht das Gesicht, als würde ich stinken.

„Was willst du?", frage ich, da er meine erste Frage noch immer nicht beantwortet hat.

Ein säuerlicher Ausdruck verunstaltet sein ansonsten hübsches Gesicht. „Wir müssen reden."

Ich bin überrascht. Mir fällt nichts ein, was wir seiner Meinung nach besprechen müssten. Brick und Madi sind verlobt und glücklich. Er muss mir keine halbe Million Dollar anbieten, damit ich sie dazu bringe, sich mit ihm zu treffen, so wie er es das beim letzten Mal tat, als er das La Résistance betrat.

„Müssen wir das?", frage ich kühl.

Etwas an seiner großen, einschüchternden Gestalt und der Kraft, die er ausstrahlt, bringt mich auf den Gedanken, wie es wohl wäre, unter ihm zu liegen. Wäre er grob? Kalt? Würde er wollen, dass sein Date oben ist und die ganze Arbeit übernimmt?

Oder ist er der Typ Mann, der für Blowjobs bezahlt, damit keinerlei Emotionen involviert sind?

Ich bin neugierig, was sein Typ ist. Wenn er eine Frau aussucht – und ich bin mir sicher, dass er jede Frau in New York haben könnte – entscheidet er sich dann für den geistlosen Model-Typ? Eine langbeinige Blondine mit null Gehirnzellen und einer Kaufsucht? Oder wählt er eine blaublütige Harvard-Abgängerin – klug und pferdegesichtig mit einem Stammbaum, der weiter zurückreicht als seiner?

„Du und ich sind …" Er verstummt und ich lege den Kopf schief.

Ich kann es nicht erwarten, zu hören, was als Nächstes kommt. Ich kann kaum glauben, dass er einen Satz mit ‚du und ich' begonnen hat.

„Verantwortlich für Dinge. Für diese Hochzeit. Du bist die Maid of Honor und ich bin der Best Man."

Meine Stirn legt sich in Falten. Das gehörte nicht zu den Dingen, die ich von ihm zu hören erwartet hatte.

Er wedelt ungeduldig mit der Hand. Er hat breite Handgelenke. Ich weiß nicht, warum ich sie sexy finde.

„Ich weiß nicht, was diese Dinge sind. Ich habe das noch nie getan."

„Und du denkst, ich habe es getan?"

„Nun, du bist …" Er verbeißt sich, was er sagen wollte.

„Eine Frau?", helfe ich nach in dem Versuch, seinem Gedankengang zu folgen. „Ein Mensch?"

Seine Brauen heben sich, als wäre er von meiner zweiten Wortwahl schockiert.

„Jemand im Besitz eines schlagenden Herzens? Jemand, dem seine Freunde tatsächlich wichtig sind?"

Er entspannt sich. „Richtig. Das." Er wirft einen Blick auf das Brett mit den Fotos, als könnte es einen Hinweis auf echte Freundschaft liefern.

„Du hast noch immer mein Foto."

Ich erwarte, dass er einfach abwinkt, doch er nickt. „Ich werde es dir bringen."

„Das hast du das letzte Mal schon gesagt."

Sein Kiefer mahlt. „Hör zu … darf ich dich auf eine Tasse Kaffee einladen? Oder zu einem Abendessen oder so etwas? Damit wir reden können?"

Dieser Kerl schockiert mich immer wieder. „Du willst

mich zu einem *Kaffee* oder einem *Abendessen* oder so etwas einladen?“ Was zum Henker? Hat er den Verstand verloren? „Nein. Wir sind keine Freunde. Wir werden keine Freunde sein. Ich weiß nicht, warum Brick dich überhaupt gebeten hat, sein Best Man zu sein, obwohl du der Kerl bist, der für ihre Trennung verantwortlich war.“

Der säuerliche Ausdruck kehrt auf sein Gesicht zurück. „Es ist meine … Strafe.“ Er murmelt das letzte Wort.

Ich breche in Gelächter aus. „Deine *Strafe*?“

Er sieht todernst aus. Als würde Brick ihn tatsächlich bestrafen, indem er ihn zwingt … OMG, ich glaube, er *meint* es ernst!

Es ist eine Folter für ihn, das kitschige Hochzeitszeug zu machen. Ein anständiger Best Man zu sein und neben dem Bräutigam zu stehen.

Ein Grinsen breitet sich langsam auf meinem Gesicht aus. „Oh mein Gott, das ist saukomisch!“

Verärgerung macht sich auf seinem Gesicht breit. Er schaut mich finster an.

„Ich bin dabei.“ Ich bin begeistert. Wenn Brick ihn mit erzwungenen Hochzeitsfestlichkeiten bestrafen will, werde ich mich dem gerne anschließen und die Strafe noch ausbauen. Noch besser ist es, wenn ein Teil seiner Strafe darin besteht, nett zu mir zu sein. Ich werde das so was von auskosten!

Er zieht eine Augenbraue hoch. „Du bist dabei? Was meinst du mit, du bist *dabei*?“

Ich lächle frech. „Ich bestrafe dich gerne, Anzugträger.“ Tatsächlich wird sein Gesichtsausdruck geradezu düster. Es ist ein Ausdruck, den ich lieben könnte.

„Ja, lass uns mit einem Abendessen anfangen“, verkünde ich fröhlich. „Es gibt einen tollen Sushi-Laden um die Ecke.“

Seine Augen werden schmal, doch er protestiert nicht.

Ich gehe zum Büro, um Caroline Bescheid zu geben und

mich von Jan und Jamie zu verabschieden. Anschließend hole ich meine Jacke und Beutel und gehe wieder in den Ladenbereich.

Billy reißt mir meine Jacke mit seiner üblichen Verärgerung aus den Händen und kurz glaube ich, er wird sie auf den Boden werfen oder etwas Ähnliches tun, doch er öffnet sie bloß und hält sie mir auf.

Ich starre meine geöffnete Jacke verblüfft an. Ich bin dreiundzwanzig Jahre alt. Ich wuchs in Jersey auf und lebe in Brooklyn. Ich bin mit Musikern und Künstlern ausgegangen. Mit Kämpfern für soziale Gerechtigkeit. Nette Kerle mit großen Herzen. Doch mir hat noch nie ein Mann die Jacke aufgehalten.

Die Feministin in mir will fragen, ob er denkt, dass ich mir nicht selbst eine Jacke anziehen kann, doch das wäre albern.

Es hält eindeutig kein Mann aus diesem Grund eine Jacke auf. Genauso wie Männer keine Türen aufhalten, weil wir zu schwach sind, um am Griff zu ziehen. Es ist Zuvorkommenheit. Gute Manieren. Höflichkeit.

Und ich hasse es nicht.

Vor allem nicht, wenn es ein Kerl tut, der aussieht, als würde er lieber an einer Zitrone lutschen, als sich jemandem zu fügen. Es gefällt mir ziemlich gut, die Manieren zu sehen, die ihm auf den vornehmen Privatschulen und in Yale beigebracht wurden. Es ist beinahe so, als würde er dazu gezwungen werden. Er tut es nicht, weil er es *will*. Genauso wie bei dem Hochzeitszeug.

Also akzeptiere ich die Geste, stecke meine Arme in die Jacke und erlaube ihm, sie über meine Schultern zu heben.

Er atmet tief ein und hält die Luft an.

Was zur Hölle? Er hat in seiner privilegierten Welt vermutlich nur Frauen mit teuren Parfüms gerochen.

Ich drehe mich und schaue zu ihm auf. „Stinke ich?"

Er reibt über seine Nase und schüttelt kurz verneinend den Kopf. „Du riechst nach Muskat", brummt er. Er legt eine Hand in mein Kreuz und schiebt mich zur Tür.

Muskat?

„Und Honig."

„Also ... nicht schlecht?" Ich bleibe in der geöffneten Tür stehen und schaue wieder zu ihm auf. Wir sind uns nahe – unsere Körper stoßen gegeneinander, als er einen langen Arm ausstreckt, um mir die Tür aufzuhalten.

Es muss eine bizarre biologische Reaktion auf seine Größe und reine Männlichkeit sein, denn ich bin plötzlich angetörnt. Meine Brustwarzen werden steif und Hitze wandert gen Süden zwischen meine Beine.

Er bedenkt mich mit einem beachtlichen finsteren Blick. Ich wette, Blicke wie dieser veranlassen die Leute, die unter ihm arbeiten, dazu, Schutz zu suchen.

Ich weiche nicht von der Stelle, weshalb ich mit ihm in den Türrahmen gequetscht bin. Sein Arm ist über meiner Schulter ausgestreckt, um die Glastür aufzuhalten. Meine Lippen dehnen sich zu einem Lächeln – meine Reaktion auf seine unglückliche Miene.

Einen finsteren Gesichtsausdruck bei ihm auszulösen, ist meine neue Lieblingsbeschäftigung.

BILLY

Muskat und Honig. Der Geruch des Café-Mädels ist jetzt nicht weniger mächtig als bei unserer ersten Begegnung. Er trifft mich in die Brust und reist gen Süden zu meinem Schritt, was eine schmerzhafte und berauschende Erfahrung ist.

Ich will meine Zähne in ihrer Haut versenken und ...

Nein, das ist nicht richtig.

Ich will sie definitiv nicht *markieren*. Habe ich mir das etwa vorgestellt?

Fuck nein. Ich würde auf keinen Fall einen Menschen markieren. Vor allem keinen Verschwendung-Von-Sauerstoff-Niemand wie dieses Weibchen. Warum male ich mir das überhaupt aus?

Das ist ... so *falsch*.

Alles an ihr ist falsch. Ihre angriffslustige Einstellung zum Beispiel. Ihr ist noch nie jemand begegnet, den sie nicht herausfordern würde. Ich bezweifle, dass sie für irgendjemanden das Knie beugt, selbst wenn derjenige mächtiger ist als sie. Sie ist waghalsig und gewillt, sich für das in Gefahr zu bringen, woran sie glaubt. In meiner Hund-Frisst-Hund-Welt kann das ein Selbstmord sein.

Es törnt mich auch an und weckt den Wunsch in mir, über sie herzufallen. Sie gegen diesen Türrahmen zu pressen und meine Finger um diesen langen, schlanken Hals zu legen. Sie mit vernichtender Kraft zu küssen, bevor ich ihren Mund mit der Zunge ficke.

Ich will ihr beibringen, für mich auf die Knie zu gehen und mich zu befriedigen.

Fuuuuuuuck. Von dem Bild, wie sie unterwürfig mit meinem Schwanz zwischen ihren prallen Lippen zu mir aufsieht, komme ich beinahe in meiner Hose.

Nein.

Löschen, löschen, löschen.

Fuck. Ich kriege das Bild nicht aus meinem Kopf.

Zu meinem großen Schock greift sie nach den Aufschlägen meiner Anzugjacke und streicht sie glatt. „Das wird ein Spaß werden." Sie schenkt mir ein strahlendes, hinterhältiges Lächeln.

Etwas verdreht sich in meinem Magen. Besorgnis wegen der Bedeutung dieses Lächelns verknotet sich mit etwas Teuflischerem.

Etwas, was ich nicht einmal begreifen kann.

Das Verlangen, ihrem Schmollmund ein echtes Lächeln zu entringen. Das Verlangen, ihre Hände aus anderen Gründen auf mir zu spüren.

Ich will ihr den Hintern versohlen, weil sie einen derartigen Aufruhr in mir ausgelöst hat.

Innerlich blaffe ich sie an, ihren Arsch durch die Tür zu bewegen, doch aus meiner Kehle kommen bloß die Worte: „Wird es das?"

Ihr Lächeln wird breiter. Ihr silberner Nasenring funkelt im Licht. Er würde meine Haut versengen, wenn ich ihn berühren würde. „So ein Spaß. Gehen wir, Anzugträger."

Sie entlässt mich endlich aus ihrem unsichtbaren Griff, indem sie durch die Tür geht. Ich atme tief Luft ein, die nicht nach ihr riecht, in dem Versuch, einen Teil meiner Gehirnzellen zurückzugewinnen. Sie stolziert vor mir, hat dabei jedoch Probleme mit ihren weißen Lackleder-Doc-Martens, als seien sie ein Paar High Heels mit zehn Zentimeter Absätzen. Ich starre ihren Hintern beim Laufen an.

Perfekt zum Versohlen.

Absolut perfekt zum Versohlen.

Verdammt umwerfend. Ich kann es nicht erwarten, ihn entblößt zu sehen.

Nein, warte. Das wird nicht passieren. Ich werde diesen Menschen nicht ficken. Sie verdient meine Aufmerksamkeit nicht. Sie ist meine Zeit nicht wert.

Außerdem wäre es ein ziemliches Durcheinander. Ich würde ihr schreckliche Dinge antun wollen und sie würde sich bei Madi ausheulen, die dann mit Brick sprechen würde. Ich bin bei ihm bereits in Ungnade gefallen.

Ich will wieder der Berater und Freund sein, dem er am meisten vertraut. Ich habe mich ernsthaft verkalkuliert, als ich versuchte, Madi loszuwerden. Das ist ein Versagen, das mich nachts noch immer wachhält.

Ich hasse es, zu versagen.

Aubrey führt mich zu einem Sushi-Laden um die Ecke. Ich sehe mich zweifelnd um. Der Laden ist sauber, aber winzig und billig.

„Hast du hier schon einmal gegessen?", frage ich zweifelnd.

Gestaltwandler bekommen im Allgemeinen keine Lebensmittelvergiftung, aber die Vorstellung, dass sie von rohem Fisch krank wird, macht mich nervös.

Sie verdreht die Augen. „Was? Denkst du, gutes Sushi muss einhundert Dollar pro Rolle kosten? Das hier ist gutes Essen."

Ich zucke mit den Achseln. „Na schön."

Ich muss einfach die Zähne zusammenbeißen und dieses Treffen überstehen. Ich muss in Erfahrung bringen, was von mir für die Hochzeit verlangt wird, und es hinter mich bringen. Hierherzukommen und sich mit ihr zu treffen, war ein Fehler.

Und obwohl ich das denke, bin ich mir sicher, dass ich denselben Fehler noch einmal machen werde.

Wir bestellen an der Theke und nehmen eine Nummer zu unserem Tisch mit. Ich setze mich und mustere den Menschen unverhohlen.

Sie zieht eine Augenbraue zu einem stummen ‚Was?' nach oben, um mir zu zeigen, dass ich zu offensichtlich bin.

„Also erzähl es mir." Ich breite die Hände aus. „Was muss ich über diese Hochzeitssache wissen?"

„Nun. Du bist für die Bräutigamparty und den Junggesellenabschied verantwortlich."

Ich runzle die Stirn. „*Bräutigam*party?" Ich habe von Junggesellenabschieden gehört, doch eine *Bräutigamparty* kenne ich nicht. Zugegeben, ich verkehre nicht in Menschenkreisen, weshalb es etwas Neues sein könnte.

Sie nickt. „Ja. Du musst einen Brunch mit Mimosas

ausrichten und all deine und ihre männlichen Verwandten einladen, damit sie Geschenke mitbringen und Spiele spielen."

Meine Oberlippe hebt sich zu einem Zähnefletschen. *„Was?"*

„Was?" Die Art und Weise, wie sie mich ansieht, hat etwas übertrieben Unschuldiges an sich.

„Du verarschst mich."

Sie schenkt mir ein Lächeln, das mir geradewegs in den Schwanz fährt. Ihre Lippen sind mit einem malvenfarbenen Gloss bedeckt. Ich frage mich, ob ihre Brustwarzen eine ähnliche Farbe haben? Welche Farbe nehmen ihre unteren Lippen an, wenn sie sich vor Blut und Erregung röten?

„Ja, Anzugträger. Es ist viel zu einfach."

Mein Schwanz ist unfassbar hart. Ich spreize meine Beine, um Platz für meine Erektion zu machen. Ich weiß nicht, warum es mir gefällt, dass sie mich auf den Arm nimmt. Ich bin froh, dass wir sitzen, sodass sie die Beule in meiner Hose nicht sehen kann.

„Also keine Bräutigamparty?"

Ihr Lachen ist leise und kehlig. Ein heiserer Laut, der ein frisches Bild von ihr auf den Knien hervorruft. Dieses Mal ist sie nackt. Ihre Hände sind hinter ihrem Rücken gefesselt, sodass ihre großen Brüste angehoben und für mich gespreizt sind. „Keine Bräutigamparty. Aber definitiv ein Junggesellenabschied." Sie verengt die Augen zu Schlitzen. „Ist Brick der Stripclub-Typ?"

Jetzt stelle ich mir vor, wie sich Aubrey oberkörperfrei von einer Stange schwingt. Das Bild macht meinen Schwanz glücklich, mein Wolf wird jedoch sauer bei der Vorstellung von einem Raum voller Männer, die ihre Brüste sehen. Ein eifersüchtiges Knurren wickelt sich um meine Kehle.

Ich werde dieses Abendessen nicht überstehen. Ich zwinge mich zu einem Achselzucken. „Nein. Nicht wirklich.

Vor allem nicht seit Madi. Er würde keine andere anschauen."

Aubrey entspannt sich. Ich bin mir nicht sicher, warum sie von dieser Nachricht überrascht wirkt. Andererseits versteht sie nicht, dass Brick ein verpaarter Wolf ist. Sie ist kein Teil unserer Welt.

„Nun, vielleicht sollten wir über eine Jack-und-Jill-Party nachdenken. Brick ist ziemlich eifersüchtig. Er würde wahrscheinlich nicht wollen, dass ich mit ihr zu einer *Magic Mike* Show gehe, oder?"

„Eine Jack-und-Jill-Party?" Ich kann nicht verhindern, dass sich eine gewisse Skepsis in meine Stimme schleicht. Das klingt alles abscheulich.

„Ein gemeinsamer Junggesellenabschied für Braut und Bräutigam. Man feiert ihn häufig an einem anderen Ort … wir können zum Beispiel gemeinsam nach Vegas reisen."

„Einverstanden", sage ich. „Wie wäre es damit? Du organisierst alles und ich bezahle die Rechnung."

Ich bin es gewohnt, meine Probleme mit Geld aus der Welt zu schaffen. Es ist der Vorteil des Milliardär-Daseins – ich bezahle andere, damit sie die Aufgaben erledigen, die ich nicht machen will. Doch ich bin dumm. Ich habe vergessen, wie sehr dieses Weibchen Geld hasst. Den Fehler habe ich schon einmal gemacht, als ich versuchte, Brick vor dem Mondwahnsinn zu retten. Ihr Geld anzubieten, erzürnt sie nur.

Ihre zimtfarbenen Augen blitzen auf. „Ich denke nicht, Anzugträger. Das hier ist deine Strafe. Das bedeutet, dass du spielen musst."

Etwas an ihren Worten erregt mich. Oh ja. Ich weiß welche Worte. *Strafe. Spielen.*

Wie würde sie auf eine Strafe reagieren? Fuck, ich würde sie gerne vornüberbeugen und ihren Hintern wärmen, bis ihre Pussy tropfnass ist.

Allerdings ... ich glaube, *sie* törnt die Vorstellung an, *mich* zu bestrafen.

Und irgendwie stört mich das auch nicht. Sie könnte in einem Latex-Catsuit herumstolzieren und mit ihrer Gerte auf die Mitte meiner Brust deuten. Sie könnte mir befehlen, ihre Pussy zu lecken, bis sie keine Lust mehr ertragen kann.

Würde ich für sie zu Kreuze kriechen? Nie in einer Million Jahren. Aber ich würde ihre Pussy lecken.

Ja. Ich würde sie definitiv sauber lecken.

Ich zerre an meiner Krawatte, um sie zu lockern. Mir ist viel zu heiß am Kragen. „Na schön. Du willst mit mir spielen? Spielen wir."

Ihre Pupillen weiten sich und ihr Geruch wird stärker. Jepp. Sie ist definitiv auch angetörnt.

Verdammt. Dieser Gedanke schickt mein Gehirn auf ein Wettrennen zum Mond und zurück.

Okay, das freche Weibchen will sich mit mir duellieren. Ich bin dabei.

Sie rudert ein wenig zurück. „Ich sollte mich vorher mit Madi besprechen und herausfinden, was sie will. Das ist das Einzige, was wirklich zählt. Ich sehe sie allerdings erst in einer Woche und heutzutage ist es schwer, sie ans Telefon zu kriegen." In ihrer Stimme schwingt ein Hauch Bitterkeit mit.

Noch verstörender ist die Note Traurigkeit in ihrem Duft.

Plötzlich verstehe ich. Genauso wie ich Brick verloren habe, verliert sie ihre beste Freundin. Oder vielleicht hat sie sie bereits verloren. Es ergibt Sinn. Brick und Madi sind jetzt unzertrennlich. Hinzu kommt, dass Madi mit ihrer Menschenfreundin nicht darüber sprechen darf, was wir sind. Sie kann sie nicht mitbringen oder in unsere Welt einladen.

Meinem Wolf gefällt es nicht, dass dieser Mensch nach Niedergeschlagenheit riecht.

Ich zücke mein Handy. „Ich werde ein gemeinsames Treffen arrangieren", verkünde ich, bevor ich darüber nachdenke, was ich vorschlage. Werde ich mich wirklich mit einem weiteren Treffen mit dieser frechen Frau quälen? Das ist eine schreckliche Idee. Doch ich tippe bereits eine Nachricht an Brick. „Wir vier können uns zusammensetzen und es besprechen."

Ich schicke eine Nachricht an Brick:

Aubrey und ich müssen uns wegen des Junggesellenabschieds mit dir und Madi treffen. Morgen Abend, bei mir.

Ich bin angewidert, dass ich die Worte ‚Aubrey und ich' getippt habe. Es gibt kein *Aubrey und ich*. Das ist verdammt absurd. Allerdings hasse ich die Vorstellung nicht, sie in meinem Penthouse zu haben. Ihren Duft auf meinem Sofa zu haben. In den Teppichen. Natürlich müsste ich sie dazu auf dem Boden auf die Knie zwingen. Noch besser wäre es, wenn sie mit dem Gesicht nach unten auf dem Bauch liegen und ihre Beine weit spreizen würde.

Verdammt, mein Schwanz ist so hart, dass er abbrechen wird.

„Klappt es bei dir morgen Abend?", frage ich etwas verspätet. Ich habe die Nachricht bereits verschickt.

Überraschung zeigt sich auf ihrem Gesicht. „Äh … ja. Ich meine, wenn das für Madi okay ist." Ich bemerke wieder die Traurigkeit in ihrem Geruch und mein Ständer verpufft.

Ich reibe mir über die Stirn und denke über das Problem nach. Ich bin extrem gut darin, Probleme aus der Welt zu schaffen. Auf diese Weise habe ich mich schon früh für Brick unersetzlich gemacht. Man gebe mir eine Situation und ich entwickle eine geniale Strategie. Außerdem habe ich keine Angst davor, schwierige oder gefährliche Entscheidungen zu treffen oder mich in Gefahr zu bringen, um das gewünschte Ergebnis zu erzielen.

Bizarr ist jedoch, dass ich ein *emotionales* Problem analysiere. Das emotionale Problem eines *Menschenweibchens*.

Das ist definitiv neu für mich.

Der Kellner erscheint an unserem Tisch, um die Platten mit Sushi zu bringen und unsere Nummer mitzunehmen.

Ich muss zugeben, dass das Essen gut aussieht, aber ich grüble noch immer über Aubreys Situation nach.

„Du vermisst Madi", stelle ich fest.

Ihre Essstäbchen halten auf halbem Weg zu ihrem Mund inne und ihre malvenfarbenen Lippen teilen sich.

Ich nehme einen noch größeren Schwall ihrer Traurigkeit wahr, was etwas Seltsames mit meiner Brust anstellt.

„Ich …" Verletzlichkeit blitzt auf ihrem Gesicht auf, die meine Brust gleichzeitig aufschlitzt und mich wünschen lässt, ich hätte nicht gefragt. Es gefällt mir nicht, sie verletzlich zu sehen.

Nicht auf diese Weise.

Ich will ihre Verletzlichkeit sehen, während sie nackt und mit meinem Seil gefesselt ist.

Sie zuckt mit den Achseln. „Ich meine, ja. Wir haben einander nicht so oft gesehen, als wir zusammengewohnt haben, aber es hat Spaß gemacht. Und wir haben öfter telefoniert. Allerdings … sie ist bei Torrent noch mehr beschäftigt, als sie das bei Moon Co. war. Und den Rest ihrer Zeit verbringt sie anscheinend mit Brick im Bett." Sie zwingt sich zu einem Lächeln und versucht, die Stimmung zu heben.

Ich packe eine Sushi-Rolle mit meinen Stäbchen und stecke sie mir in den Mund. „Ja, das ist richtig", stimme ich zu und kaue.

Aubrey hatte recht – das Essen ist köstlich. Nicht, dass ich ihr das verraten werde.

„Sie sind widerlich."

Aubreys leises Lachen ist aufrichtig und mein Wolf entspannt sich ein wenig.

Wir essen schweigend. Anscheinend ist Aubrey am Verhungern, denn sie inhaliert das Essen förmlich. Ich lasse sie essen, bis sie langsam macht, dann verputze ich den Rest.

„Also ein gemeinsamer Junggesellenabschied. Keine Bräutigamparty. Noch etwas?"

„Du musst Brick pünktlich zur Zeremonie bringen und die Ringe halten. Außerdem wirst du bei der Feier einen Toast aussprechen."

„Da passe ich", sage ich sofort.

„Das ist *notwendig*", spricht Aubrey mit harter Stimme. Ich kann nicht entscheiden, ob sie mich wieder verarscht oder nicht.

„Wirst du etwas sagen?"

„Jepp. Ich werde darüber sprechen, wie sehr sich alle angestrengt haben, sie voneinander fernzuhalten, und dass sie trotzdem durchgehalten haben." Sie wirft mir einen bedeutungsvollen finsteren Blick zu.

Ich wische mit einer Papierserviette über meinen Mund und lehne mich nach hinten. „Und ich werde die halbe Million Dollar beschreiben, die ich versprochen habe in dem Versuch, sie wieder zusammenzubringen. Aber ich wurde von ihrer so genannten Maid of Honor in den Wind gejagt."

Ihre Augen werden schmal. „Du denkst, du kannst alles mit Geld lösen, oder?"

Ich zögere, denn ehrlich gesagt? Ja. Die meisten Probleme in meinem Leben können mit Geld gelöst werden. Das hier ist jedoch das Weibchen, das als Teenager ein T-Shirt mit den Worten ,Fresst die Reichen' trug. Ich weiß das, weil ich das Foto stahl, um es zu beweisen.

„Ich glaube, Geld ist für viele Leute ein Ansporn. Nicht für alle. Nicht für dich, wie ich erfahren habe."

Ihre Schultern sacken herab und ihre Abwehrhaltung löst sich auf. Leute wollen gesehen werden.

Ich weiß nicht, warum ich mehr von dieser bestimmten

Person sehen will. Sie fasziniert mich und widert mich zugleich an. Sie verkörpert nichts, was ich wertschätze. Und dennoch will ich die Türen zu ihrem Schrank weit aufreißen und mir ansehen, was sich darin befindet. Ich will unter ihrem Bett nachschauen und ihre dunkelsten, schmutzigsten Geheimnisse finden. Ich will wissen, was eine Geld-hassende-Künstlerin dazu bringt, etwas wie Frauenfor-schung zu studieren und in einem Hippie-Café zu arbeiten.

„Was ist für dich ein Ansporn, Aubrey?" Meine Stimme ist leise und ihren Namen in diesem Ton auszusprechen, klingt zu vertraut. Zu intim.

Aubreys Gesicht nimmt ein rosiges Leuchten an.

Sie erhebt sich. „Das wirst du nie wissen, Anzugträger." Sie wirft ihre Serviette auf den Tisch. „Danke für das Abend-essen. Es war aufschlussreich."

Mein Gehirn bleibt bei dem Wort *aufschlussreich* hängen. Was meint sie, über mich gelernt zu haben?

Nichts. Ich habe nichts über mich verraten. Ich verrate nie etwas. Auf diese Weise kann ich gnadenlos sein.

„Meine Wohnung. Morgen Abend."

Ihre Nase rümpft sich, doch ich könnte schwören, dass ich den schwachen Duft weiblicher Erregung auffange. Als hätten meine Worte ein Szenario heraufbeschworen, bei dem wir uns nicht nur mit unseren verlobten Freunden treffen.

Mein Wolf ist begeistert.

„Ich schätze, du lebst in der Billionaire Row?" Sie stemmt die Hände in die Hüften.

„Im gleichen Gebäude wie Brick und Madi. Apartment 44. Sieben Uhr."

„Hat Brick überhaupt geantwortet?"

„Ich werde dafür sorgen, dass sie da sind. Du kommst einfach."

Ihre Augen werden schmal, während sie mich eine Weile

mustert, dann streckt sie ihre Hand aus. „Gib mir dein Handy."

Mein Schwanz zuckt. Ich mag es, wenn sie Forderungen stellt. Ich stelle sie mir wieder in einem Catsuit vor. Natürlich mit offenem Schritt, damit meine Zunge die Stellen erreichen kann, die sie erreichen muss.

Ich entsperre mein Handy, reiche es ihr und beobachte mit ausdrucksloser Miene, wie sie sich selbst eine Nachricht schickt:

WWIII.

Meine Initialen – oder World War III – je nach dem, wie man es interpretiert. Ich bin überrascht, dass sie meinen ganzen Namen kennt.

Zufrieden.

Sie hält mir das Handy wieder hin. „Das ist meine Nummer. Schreib mir, falls sich etwas ändert."

Auf keinen Fall. Mir ist scheißegal, ob morgen ein echter Weltkrieg ausbricht.

Aubrey Jane Cook wird morgen Abend in meinem Apartment sein.

Vorzugsweise nackt und von meiner Decke baumelnd.

KAPITEL VIER

ubrey
Ich verlasse die U-Bahn an der 57th Street, während ‚Strut‘ von Sheena E aus meinen Kopfhörern dröhnt. Die Melodie gibt mir den Energiestoß, den ich brauche, um neuen Aufschwung zu bekommen. Ich hatte einen langen Tag am College. In wenigen Wochen werde ich meinen Bachelorabschluss in Frauenforschung machen. Mein ursprünglicher Plan sah vor, Jura zu studieren und Anwältin für soziale Gerechtigkeit zu werden. Ich wollte wie Jan für die Sache kämpfen, das lag jedoch hauptsächlich daran, dass ich meinte, mit Kunst kein Geld verdienen zu können. Das ist sie vermutlich noch immer so, außer ich will mir selbst untreu werden und für Firmen wie Sentience arbeiten. Allerdings will ich ehrlich gesagt nicht mehr weiterstudieren. Ich habe die Nase voll vom Studieren.

Ich summe mit der Musik mit. Ich gebe meinen Eltern die Schuld für meine 80er-Jahre-Musik-Sucht, doch wer weiß? Vielleicht bin ich in meinem letzten Leben als Anführerin einer 80er-Girlband jung gestorben. Ich weiß bloß, dass mich die Musik glücklich macht und dieses Lied strahlt die

Energie aus, die ich William White dem Dritten entgegenschleudern möchte.

Er ist wirklich anstrengend – der Typ Mann, der zu allem beiträgt, was an dieser Welt verkehrt ist. Deswegen macht es mir Spaß, ihm die ganze Junggesellenabschiedsplanung anzuhängen. Ich liebe es, dass Brick ihn bestraft. Ich meine, es ist auch seltsam – sind sie nicht beste Freunde? Aber Brick ist sein Chef, weshalb es vermutlich eine Hierarchie gibt.

Auf meinem Weg erreicht mich eine Nachricht von dem Gruppenchat, den Jan zwischen mir, Jamie, Caroline und ihr bezüglich Sentience eingerichtet hat.

Jamie – hast du etwas Nützliches auf der Festplatte gefunden?

Die Nachricht erscheint als gelesen, doch Jamie antwortet nicht.

Vielleicht ist sie beschäftig, aber ein ungutes Gefühl packt mich. Ich bin wahrscheinlich nur paranoid, aber was, wenn ihr jemand zugesetzt hat? Oder ihr Handy in die Finger bekommen hat?

Sie war ziemlich paranoid, dass sich die Firma an ihr rächen würde.

Unternehmen wie Sentience könnten niederträchtig genug sein, um jemanden anzuheuern, der so eine Situation ‚in Ordnung bringt‘.

Nein. Ich benehme mich verrückt.

Ich laufe die wenigen Blöcke zu Madis Gebäude in der Billionaire Row. Ich war erst zweimal hier, was seltsam ist angesichts dessen, dass ich Madi täglich sah, bevor sie auszog. Wir wuchsen im selben Apartmentgebäude in Jersey auf und sind letzten Herbst in Brooklyn zusammengezogen. Wir sind zwar nie auf die gleiche Schule gegangen, doch ich war es gewohnt, sie an den Abenden und Wochenenden zu sehen. Jetzt kann ich von Glück sprechen, wenn ich sie einmal alle drei Wochen sehe.

Die Eingangstür ist abgeschlossen, aber durch das Milchglas sehe ich hinter dem Empfangstisch einen Portier oder Security-Kerl – ein riesiger Mann mit Muskeln, die seine Anzugjacke dehnen. Er marschiert rasch zur Tür, um sie zu öffnen.

„Ich bin hier, um Madison Evans zu besuchen", erkläre ich. Ich habe ihr vorhin geschrieben, um mich zu vergewissern, dass dieses Treffen wirklich stattfindet. Ich hätte den langen Weg zum Central Park auf keinen Fall auf mich genommen, wenn das Treffen keine sichere Sache wäre. Sie sagte, sie würde da sein.

„Sind Sie Ms. Cook?"

Ich erschrecke. „Ja?" Madi ist bestimmt spät dran und hat ihn angerufen, um ihm das mitzuteilen. Verdammt. Ich bin fünf Minuten zu früh.

„Mr. White erwartet Sie." Seine Stimme ist barsch und tief. Weniger charmanter Butler und mehr Mafia-Bodyguard.

Mr. White. Nicht Madi. Und meine Güte – so förmlich.

„William White der Dritte", ahme ich seine Förmlichkeit mit einem Hauch Sarkasmus nach. „Ja."

„Hier entlang." Er bringt mich zu einem Aufzug und nutzt seine Schlüsselkarte, um den Knopf für die vierzigste Etage zu drücken. „Nummer vierundvierzig." Er tritt aus dem Aufzug und die Tür schließt sich.

Ich fahre im Aufzug zu Billys Apartment. Ich weiß nicht … nennt man es in Gebäuden an der Billionaire Row überhaupt ein Apartment? Sind es alles Penthousewohnungen? Hat jede ihr eigenes Stockwerk? Ich weiß, dass Brick und Madi eine eigene Etage haben.

Ich bin nicht glücklich darüber, dass ich nicht zuerst zu Madis Wohnung gehe. Ohne sie in ihrem Apartmentgebäude zu sein, sorgt dafür, dass ich mich verloren fühle.

Und ein wenig … im Stich gelassen.

Doch das ist lächerlich. Ich bin eine starke, unabhängige Frau. Ich kann ohne sie zum Apartment eines Milliardärs gehen.

Es ist nicht so, als hätte ich Angst vor William White.

Allerdings rast mein Herz bei der Vorstellung, wieder in seiner Nähe zu sein. Wieder seinem harten, urteilenden, blau-grauen Blick ausgesetzt zu sein. Der, der von dicken, wütenden Brauen und absoluter Verachtung gerahmt wird. Ich erinnere mich daran, wie wir im Türrahmen des La Résistance gegeneinandergestoßen sind, weil er mir die Tür aufgehalten hat.

Ich will so einen Mann nicht. Den Typ Mann, der Türen aufhält und mit Geld um sich wirft, als würde es auf Bäumen wachsen und er zwanzig Obstplantagen besitzen. Ich habe kein Interesse an Billy White.

Ich will ihn bloß leiden lassen.

Ich werfe meine Locken nach hinten und recke das Kinn, als ich den Aufzug verlasse und nach Nummer vierundvierzig suche.

Die Tür ist leicht geöffnet, als hätte er sie für mich offen gelassen, und das stellt etwas mit meinem Bauch an. Er rumort wegen der Vertrautheit der Geste. Als sei ich Billys Freundin, die nach einem langen Arbeitstag zu ihm nach Hause kommt.

In Billys Fall wäre das wahrscheinlichere Szenario vermutlich, dass ich ein Callgirl bin, das kommt, um ihm zu dienen.

Und bei dieser Vorstellung zieht es zwischen meinen Beinen. Mir wird warm.

Ich schüttle jegliche kranke Anziehungskraft ab, die ich bei diesem Kerl empfinde. Es liegt vermutlich nur daran, dass er anders ist. Er unterscheidet sich von meinem üblichen Typ. Das macht mich wahnsinnig neugierig, das ist alles.

Ich reiße die Tür auf, ohne anzuklopfen. Er hat sie immerhin nicht abgeschlossen.

„Schatz, ich bin zu Hause!", rufe ich. Es ist nicht besonders witzig, doch es war das Erste, was mir eingefallen ist.

Billy steht hinter einer langen umwerfenden Kücheninsel mit einer Marmorplatte und macht einen Gin Tonic. Der Ausdruck puren Entsetzens, mit dem er mich bedenkt, ist mein nicht-witziger Scherz wert.

Ich knalle die Tür hinter mir zu, um seine Verärgerung zu vergrößern, und liebe es, dass er sich sichtlich anspannt. Ich bin mir ziemlich sicher, dass ich sehen kann, wie sich seine Kiefermuskulatur verkrampft.

Er knirscht wahrscheinlich mit den Backenzähnen, nur weil ich in seiner Wohnung bin.

Ich sehe mich um. Das Apartment unterscheidet sich von Bricks und Madis industriellem Stil mit den unverputzten Backsteinwänden. Dieses hier hat vergipste Wände und eine Menge Fenster, ist jedoch in grau gehalten.

In einem langweiligen Grau.

Billy tritt mit seinem Drink hinter der Theke hervor, während ich aus meiner verwaschenen, bauchfreien Jeansjacke schlüpfe. Sie ist meine Lieblings-80er-Jahre-Kleidung und auf die Taschen und entlang der Bündchen sind funkelnde Steinchen in Regenbogenfarben gestickt. Ich werfe die Jacke im selben Moment auf das metallgraue Ledersofa, in dem er nach ihr greift.

„Wer hat dein Apartment dekoriert? Ein Gefängniswärter?"

Seine Oberlippe hebt sich zu einem Knurren. „Was meinst du?" Er hebt die Jacke vom Sofa auf, als sei sie ein Putzlappen, den die Putzfrau vergessen hat.

„Ich meine, warum ist alles grau? Bist du deprimiert? Vielleicht solltest du das untersuchen lassen."

Billy trägt meine Jacke zum Schrank im Eingangsbereich

und hängt sie auf, ohne zu antworten, weshalb ich weiter-spreche.

„Hast du schon mal von Farbe gehört? Kunst?"

„Lori Ann Beiber hat die Wohnung dekoriert."

Ich schaue ihn ausdruckslos an. „Sollte ich sie kennen? Ist sie deine Ex-Freundin? Sie hat einen schrecklichen Geschmack."

„Ihr gehört das beste Innendesignunternehmen in Manhattan." Seine Stimme ist trocken und herablassend, als wollte er andeuten, dass ich nichts über Kunst und Kultur weiß.

Ich bedenke ihn mit einem gespielt mitfühlenden Blick. „Ein wenig Therapie kann viel bewirken."

Sein Kiefermuskel zuckt erneut.

„Wirst du mir kein Getränk anbieten?" Da es meine Absicht ist, diesen Kerl in den Wahnsinn zu treiben – mit mir an dieser Hochzeit zu arbeiten, ist immerhin seine Stra-fe – nehme ich ihm den Drink aus der Hand.

Seine grauen Augen sprühen förmlich Funken und sehen kurz eisblau aus. Sein Blick folgt dem Glas, als ich es an meine Lippen führe und einen großen Schluck nehme.

„Mmmh." Ich bin überrascht, wie mild der Drink ist. Ich schätze, ich bin nicht an teuren Alkohol gewöhnt. Wie viel muss man für einen Gin bezahlen, der die Kehle mit kühler Wärme überzieht? „Das ist gut."

„Behalte den Drink." Seine Stimme ist rau und sein Blick klebt noch immer an meinen Lippen.

Etwas an seinem Blick bringt meine Haut zum Kribbeln, doch ich kann nicht sagen warum. Gefahr? Anziehungskraft? Es ist unklar.

Ich sehe mich wieder um, um den geladenen Moment aufzulösen. „Wo sind Madi und Brick?"

Billy geht zur Küche zurück. „Die ficken wahrscheinlich", antwortet er angewidert.

Ich kann nicht ganz darüber lachen, schnaube jedoch zustimmend. Angesichts dessen, wie viel Sex meine ehemalige Mitbewohnerin dieser Tage hat, hat er bestimmt recht.

In der Küche angekommen macht sich Billy noch einen Drink und ich folge ihm hinter die Kücheninsel, um ihn zu nerven. Ich liebe es, als er mich misstrauisch mustert. Ich gehe noch einen Schritt weiter, stemme mich hoch und setze mich auf die Theke neben das Schneidebrett mit den Limetten.

Die Marmorplatte der Kücheninsel ist aus der Nähe noch prächtiger. Sie ist grau – wie alles andere – aber mit weißen, silbernen und lilafarbenen Adern durchzogen und es sind nicht mehrere Stücke zusammengesetzt worden, sondern die Platte scheint aus einem langen, umwerfenden Stück gefertigt zu sein. Ich fahre eine lilafarbene Ader mit dem Finger nach.

Er wendet sich von der Eiswürfelmaschine ab, wo er ein frisches Glas mit Eiswürfeln gefüllt hat, und betrachtet meine neue Position. Seine Augen werden eisig blau-grau. Er schlendert zu mir. „Wenn du auf meiner Küchentheke sitzt, nehme ich an, dass du dich zum Essen anbietest." Sein Ton ist so trocken, dass ich eine halbe Sekunde brauche, um die offenkundige sexuelle Andeutung in seinen Worten zu erkennen.

Oh. *Verdammt.*

Hitze sammelt sich bei der Andeutung zwischen meinen Beinen.

Ich hätte nicht gedacht, dass er der Typ Mann ist, der viele Pussys leckt. Ich dachte, er würde Sexarbeiterinnen anstellen und sie zwingen Verschwiegenheitserklärungen zu unterschreiben. Es ist schwer, sich vorzustellen, dass das kalte, reservierte Arschloch irgendjemandem irgendetwas zurückgibt – nicht einmal einer Liebhaberin.

Ein Schauder rast über meine Beine, als ich mir vorstelle,

wie er meine Schenkel öffnet und seinen Kopf senkt, um herauszufinden, was ich mag.

Und das ist der Moment, in dem mich eine Woge der Erkenntnis überkommt. Dies ist ein Mann, der gut ist in dem, was er tut. Er hält automatisch Türen auf, selbst wenn er das scheinbar nicht tun will. Er weiß, wie man sich richtig verhält. Das bedeutet, dass er bestimmt auch weiß, wie man sich im Bett richtig verhält.

Vielleicht, vielleicht nicht. Doch etwas in mir will es unbedingt wissen.

Ich nehme eine der Limettenscheiben und führe sie an meine Lippen, beiße in das saure Fleisch und sauge daran. „Das hättest du wohl gern."

~

BILLY

Tue ich das?

Will ich jeden Fetzen Kleidung mit dem Messer von dieser unverschämten Frau schneiden und sie mit ihrem eigenen Stöhnen zum Schweigen bringen?

Fuck. Ja, das will ich.

Ich stelle das Glas mit dem Eis auf die Theke und drehe mich schnell um, packe sie an der Taille, hebe sie von der Arbeitsplatte und stelle sie auf ihre Füße.

Ich bewege mich so schnell, dass sie keine Zeit hat, zu reagieren. Hoffentlich bemerkt sie nicht, wie stark ich bin, da ich sie einfach so von der Theke heben konnte. Als sie auf den Füßen steht, will ich sie allerdings nicht gehen lassen. Ich mag es, wie sich ihre weiche Taille in meinen Händen anfühlt. Ich will die anderen Stellen berühren, die weich sind. Ich will sie von diesen verdammten Kleidern befreien. Das enge, lilafarbene, bauchfreie Sweatshirt hat einen breiten, quadratischen Ausschnitt, der mir eine gute Sicht auf ihr

Dekolleté bietet, und der Strickstoff schmiegt sich an ihre Brüste und Taille. Sie trägt eine Jeans mit weiten Beinen, wie sie momentan modern sind, und ein Paar klobiger Stiefel mit Absätzen. Ich frage mich, wie sie nur in einem Höschen und Stiefeln aussehen würde.

Lust macht mich gemein. „Setz dich nicht auf meine Möbel", knurre ich, als sei sie ein ungezogener Hund, der getadelt werden muss.

Ihre Augen werden schmal und sie stößt mich von sich. Der silberne Nasenring, den sie trägt, sorgt dafür, dass ich sie nicht küssen kann. Aber natürlich habe ich gar nicht darüber nachgedacht, diese Schmolllippen zu erobern.

Ich lasse sie widerwillig los und bereue es bereits, dass ich so ein Arschloch war. Ich sollte mich entschuldigen, weil ich sie ohne Erlaubnis berührt habe.

Obwohl ich darüber nachdenke, mich zu entschuldigen, will ich es noch einmal tun. Ich will sie wieder hochheben. Ich will sie auf die Theke setzen und mein Angebot einlösen, ihre Pussy zu lecken.

Sie schnappt sich das Gemüsemesser vom Schneidebrett und schwingt es in Richtung meiner Kehle. Das ist nur zur Show – sie ist einen halben Meter entfernt von mir. Ich weiß, dass sie nicht wirklich versucht, sich zu verteidigen. Ich rieche Wut an ihr, jedoch keine Furcht.

„Fass mich noch einmal ohne meine Erlaubnis an und du wirst verletzt werden."

Meine Lippen zucken. Ich will nicht lächeln. Ich sollte ihr zeigen, dass ich ihre Beschwerde ernst nehme. Doch es gefällt mir, dass ich sie aus dem Konzept gebracht habe. Ich genieße es, sie gerötet, wütend und bereit zum Kampf zu sehen.

Ich setze eine ausdruckslose Miene auf. „Ist notiert. Und …" Fuck. Ich kann das nicht glauben. Werde ich mich entschuldigen? Ich muss die Worte aus meiner Kehle zwingen. „Sorry", sage ich steif, füge allerdings hinzu, „Wenn ich dich das nächste Mal berühre, werde ich dich vorher fragen."

Denn ich *habe* vor, sie wieder zu berühren.

Ich muss es tun.

Ich muss diese ... *Neugier* – mehr ist es nicht – befriedigen.

Eine Braue wölbt sich, während ihre Pupillen groß werden. Sie hat definitiv keine Angst – sie ist angetörnt. Meine Andeutung, dass ich sie noch einmal berühren werde, wird von ihrem Körper registriert, ob ihr Verstand nun damit einverstanden ist oder nicht. Wie ich fühlt sie anscheinend die chemische Anziehungskraft zwischen uns. Sie weiß garantiert, dass ihr tierischer Körper von dem tierischen Körper einer Person angezogen wird, der vollkommen ungeeignet für sie ist. Von jemandem, mit dem sie niemals zusammen sein könnte.

Es juckt mich in den Fingern, sie noch einmal hochzuheben. Ich will diese dicken Schenkel um meine Taille schlingen und sie zum Schlafzimmer tragen, wo ich sie ans Kopfteil binden und vor Wonne zum Schreien bringen kann.

Ein Klopfen erklingt an meiner Tür. Aubrey und ich wechseln einen Blick. Sie streckt immer noch abwehrend das Messer aus.

Brick wird mir den Schwanz abschneiden und an mich verfüttern, wenn er denkt, dass ich die menschliche Freundin seiner Gefährtin bedroht habe. Alle Gewinne, die ich in den letzten Monaten eingefahren habe, werden wieder verloren sein. Vielleicht für immer. Falls er denkt, dass er mir nicht zutrauen kann, mich bei der Familie und den Freunden seiner Gefährtin zu benehmen, werde ich aus seinem inneren Kreis ausgeschlossen werden.

Fuck.

KAPITEL FÜNF

Billy

Aubrey mustert mich mit schiefgelegtem Kopf, das Messer nach wie vor ausgestreckt. „Tu das", sagt sie lässig. Sie hat sich bereits erholt. Sie wirft das Messer auf das Schneidebrett und wirbelt herum, als Brick die Tür öffnet und seine Gefährtin hereinführt.

„Hey, Mädel!" Madi ignoriert mich und geht geradewegs zu Aubrey, die meinen Drink nimmt und Madi entgegenstolziert.

Ich nehme meinen zurückgelassenen ursprünglichen Drink und quäle mich, indem ich von der gleichen Stelle trinke, die ihre glänzenden Lippen markiert haben. Die zwei Frauen umarmen sich und ich öffne eine Flasche von Madis Lieblingsprosecco. Sie ist jetzt meine Luna. Auch wenn ich es noch vor einem Jahr gehasst hätte, das zu sagen, ich diene ihr jetzt genauso sehr wie meinem Alpha. Ich fülle vier Gläser für den Fall, dass alle etwas trinken wollen.

Brick schlendert zur anderen Seite der Kücheninsel – die Position, die jeder normale Gast in meiner Wohnung einnehmen würde.

Fuck, was hatte von diesem kleinen Menschen Besitz ergriffen, dass sie in meine Wohnung kam und sich benahm, als wäre es ihre? Dass sie reinkam, ohne anzuklopfen? Dass sie sich auf meine Theke setzte, als sei sie meine Liebhaberin, und nicht eine beinahe Fremde, die noch kein freundliches Wort mit mir gewechselt hat?

„Um Himmels willen, konntet ihr zwei nicht duschen, bevor ihr hergekommen seid?", brumme ich, als ich den Geruch von Sex an Brick wahrnehme.

„Nein."

Natürlich nicht. Er liebt es, den Geruch seines Spermas auf seiner Gefährtin zu haben. Sie trägt sein Mal, doch er stellt sicher, dass sie jeden Augenblick so riecht, als wäre sie frisch markiert worden.

Er nimmt ein Glas Prosecco und leert es in einem Zug. Als er es absetzt, mustert er mich. „Du nimmst deine Aufgabe ernst."

„Ja, Al…" Ich verbeiße mir das Wort *Alpha*, bevor ich es vor einem Menschen ausspreche. „Ja."

Ich will sagen, „Ich nehme all deine Befehle ernst", will jedoch nicht wie ein Schleimer klingen. Außerdem weiß er das. Ich habe es hunderte Male bewiesen. Er will nur, dass ich es erneut auf die demütigendste Art beweise.

Ich schaue Aubrey böse an.

„Sie denkt, dass ihr so eine Jack-und-Jill-Party wollt."

Die Frauen betreten die Küche. Madi war kaum erwachsen, als sie letzten Herbst anfing, bei Moon Co. zu arbeiten. Doch nachdem sie ihre Stellung als Luna übernommen hatte, hörte ich auf, sie als Kind zu sehen. Aubrey wirkte stets wie eine selbstbeherrschte Frau, doch jetzt, während die beiden miteinander lachen und wahnsinnig schnell in einer Art Frauen-Code sprechen, fühlt sich der Altersunterschied zwischen den beiden und Brick und mir wie Äonen an.

Mein Gewissen meldet sich, weil ich so ein Arschloch zu ihr war.

Nicht, dass sie nicht damit umgehen kann.

„Ooh, Prosecco. Du weißt, was ich mag." Madi fegt herbei und nimmt mir ein Glas ab. „Danke." Sie achtet darauf, mir in die Augen zu schauen, und in ihrem Ton liegt eine Aufrichtigkeit, wegen der ein Kribbeln über meine Haut rast.

Sie strahlt die Macht einer Rudelluna aus. Mein Bedürfnis, sie zu beschützen und ihr zu dienen, ist körperlich. Obwohl ich die beiden zuvor unbedingt trennen wollte, würde ich jetzt bis zum Tod für sie kämpfen.

Ihre menschliche Freundin ist jedoch eine andere Geschichte. Ich nehme ein zweites Glas, um es Aubrey anzubieten, die meine ausgestreckte Hand ignoriert und stattdessen an meinem Cocktail nippt, wobei sie meinen Blick hält.

Ich hasse es nicht, dass ihre Lippen dort sind, wo meine waren.

Dass sie aus meinem Glas trinkt, verschafft meinem Wolf maskuline Freude.

Mir kommt der Gedanke, dass sie versucht, mir zuzusetzen. Sie war begeistert, als sie erfuhr, dass es meine Strafe war, mit ihr zu arbeiten. Bestimmt ist sie deswegen auf meine Theke geklettert und hat meine Dekoration beleidigt.

„Was ist eine *Jack-und-Jill-Party*?" Brick spricht im gleichen halb angewiderten Ton wie ich, als Aubrey es erwähnte.

Aubrey antwortet, bevor Madi es tun kann. „Es ist ein gemeinsamer Junggesellenabschied, der häufig an einem anderen Ort wie beispielsweise Vegas stattfindet." Als sie Bricks finstere Miene sieht, fährt sie fort: „Außer du möchtest, dass ich mit Madi für ihr letztes Hurra zu einem Stripclub mit Männern gehe."

„*Was?*" Die Stimme meines Alphas wird scharf und gefährlich. „Fuck, nein."

Aubrey verschränkt mit einem selbstgefälligen Blick die Arme vor ihren ziemlich perfekten Brüsten. „Das habe ich mir gedacht."

Brick schaut zu Madi. „Jack-und-Jill also. Was immer meine Braut will."

Madis intelligentes Gesicht nimmt bei seinen Worten weiche Züge an. „Hört sich für mich nach Spaß an. Also … Vegas?"

„Wie wäre es mit Monte Carlo?", schlage ich vor, da Vegas nicht besonders ausgefallen ist. Ich sage das *nicht*, weil ich einen langen internationalen Flug in unserem Privatjet mit ihrer nervigen Maid of Honor verbringen will.

Doch sowie ich daran denke, stelle ich mir vor, wie ich Aubrey ein Glas Champagner reiche, während sie in dem Flugzeugbett liegt, nackt bis auf eine verknitterte Decke, die um ihren sexy Körper gewickelt ist, der entspannt von dem harten Sex mit mir ist.

Ja, ich hätte nichts gegen dieses Szenario. Es wäre selbstverständlich eine einmalige Sache.

Aubrey verdreht sofort die Augen. „Oh, bitte. Warum? Weil es teuer ist?"

„Dort gibt es das beste Nachtleben der Welt", antworte ich ruhig.

Erneut schaut Brick zu Madi, die sagt: „Das klingt genial. Ich war noch nie dort."

Ach ne. Ich bezweifle, dass sie jemals das Land verlassen hat, bevor sie Brick kennengelernt hat. Sie versucht normalerweise, ihre fehlende Kultiviertheit zu verstecken, und blufft gut, es war allerdings schmerzhaft offensichtlich, als er sie als sein Date zum Ball der Blackthroat Familienstiftung mitgenommen hat.

Weil ich ein gigantisches Arschloch bin, lege ich den Kopf schief und frage Aubrey: „Warst du schon dort?"

~

AUBREY

Ich atme scharf ein und unterdrücke die Röte, die bei Billys Worten in mir aufsteigen will. Er ist das größte Arschloch aller Zeiten.

Ich kann noch immer spüren, wo er mich angefasst hat. Seine Hände lagen auf meiner Taille, als er mich von der Theke hob. Ich schätze, unter diesem Designerhemd verstecken sich einige anständige Muskeln.

Wie und wann trainiert er? Er ist nicht so käsig weiß, wie man es von einem Wall Street Anzugträger erwarten würde. Ich sehe auf seinem Gesicht Sommersprossen und Spuren, die das Wetter hinterlassen hat, als würde er an den Wochenenden viel Zeit im Freien verbringen. Vermutlich in den Adirondacks mit Brick und Madi.

Ich zwinge mich, ihn mir nicht mehr in Trainingsklamotten vorzustellen, und widme mich wieder dem verbalen Schachspiel, das wir ausfechten.

Er versucht offensichtlich, auf meine mangelnde Weltlichkeit hinzuweisen. Mir ist egal, was ein Trottel wie er denkt – wir wurden nicht alle mit einem silbernen Löffel im Mund geboren. Doch ich vermute, er konnte sein Argument anbringen – ich kann Monte Carlo schlecht ablehnen, wenn ich noch nie dort war. Ich war auch noch nie in Vegas, was das angeht. Weiter als bis Atlantic City bin ich bisher nicht gereist.

„Nein." Ich begegne seinem Blick und lasse mich nicht von ihm aus der Ruhe bringen. „Daher musst du wohl die Organisation übernehmen." Ich schenke ihm einen gespielt entschuldigenden Blick und füge fröhlich hinzu: „Du hast bereits versprochen, dass du die Rechnung übernimmst, stimmt's?"

Das war der falsche Zug. Ich habe vergessen, dass mein

Ziel darin besteht, ihn zu zwingen, bezüglich jedes noch so winzigen Details mit mir zusammenzuarbeiten. Er wedelt wegwerfend mit der Hand. „Erledigt. Nenn mir die Personenanzahl und ich lasse Annabeth alles organisieren."

Ich empöre mich. „Oh nein, Anzugträger." Da ich bereits den Großteil seines Drinks getrunken habe und weil er mich schon angefasst hat, sind meine üblichen Hemmungen verschwunden. Ich pike ihn mit dem Zeigefinger in die Brust. „Wir haben bereits darüber gesprochen. Du darfst nicht einfach mit Geld um dich werfen, um diese Sache verschwinden zu lassen. Und ich bin nicht deine Assistentin, der du Befehle erteilst. Wir arbeiten zusammen an dieser Party, schon vergessen?" Ich erinnere ihn nicht daran, dass dies seine Strafe ist, denn ich vermute, dass es gefährlich wäre, Billy White vor Brick zu demütigen.

Seine Augen machen ohnehin wieder diesen seltsamen Trick und funkeln eisig grau. Er packt meine Hand mit dem ausgestreckten Finger, zieht ihn zu seinem Mund und beißt in meinen Fingerknöchel.

Ich kreische. Er hat mich nicht fest gebissen, ich bin einfach schockiert.

So schnell wie er meine Hand gepackt hat, lässt er sie wieder los. Ich ziehe sie an meine Brust und schlinge die andere schützend um sie, während ich zu ihm hochstarre.

Er erwidert den Blick teilnahmslos. Ich kann seine Miene überhaupt nicht lesen. War dieser Biss eine Herausforderung? Eine Strafe? Eine Dominanzbekundung?

Was immer es war, es hat mich angetörnt. Meine Nippel schaben über die Innenseite meines BHs und ein Kribbeln entzündet sich zwischen meinen Beinen.

Ich spüre, dass Brick und Madi uns anstarren, scheine mich jedoch nicht bewegen oder etwas sagen zu können.

Billys unergründlicher Gesichtsausdruck verändert sich zu einer Maske des Zorns, als wäre ‚Arschloch' eine Persona, die er trägt. „Ich erinnere mich", blafft er, als wäre die Zusammenarbeit mit mir absolut grässlich.

Ich bin teils beleidigt, teils freue ich mich über seine Strafte – dass ich ihn zwinge, mit mir zusammen zu sein, obwohl er es hasst. Allerdings bin ich mir nicht sicher, ob er es *hasst*.

Ich glaube ... unfassbarerweise ... dass er sich zu mir hingezogen fühlen könnte.

Und dass er *das* wahrscheinlich auch hasst.

Ich schenke ihm mein liebenswürdigstes Lächeln. „Klasse. Also sollen wir die Einzelheiten besprechen?"

Billy nimmt mir das leere Glas aus der Hand und ersetzt es mit einem kristallenen Sektglas, das mit etwas Blubberndem gefüllt ist – *Prosecco*, hat Madi gesagt. Ich hatte noch nie Prosecco. Es sieht wie Sekt aus.

Wie neulich abends, als er mir die Jacke aufhielt und im La Résistance die Tür für mich öffnete, steht seine Aufmerksamkeit mit seiner Arschloch-Persönlichkeit im Widerspruch. Das finde ich ein wenig verwirrend.

Ich *will* es nicht genießen, das Objekt seiner Aufmerksamkeit zu sein, doch ich tue es.

Wie ein richtiger Gastgeber deutet er mit der Hand in Richtung Wohnzimmer. „Reden wir."

Ich folge Madi und Brick und bin mir Billy in meinem Rücken stark bewusst. Brick setzt sich auf einen großen Sessel und zieht Madi auf seinen Schoß.

Diese vertraute Woge der Traurigkeit trifft mich erneut – Kummer über meine veränderte Beziehung mit Madi. Ich habe mich darauf gefreut, heute Abend hierherzukommen und sie schon vor nächstem Donnerstag zu sehen, doch obwohl wir jetzt im selben Zimmer sind, ist sie vollkommen mit Brick beschäftigt.

Zum vierhundertfünfzigsten Mal ohrfeige ich mich mental, weil ich mich nicht für sie freue. Weil ich nicht darüber hinwegkomme. Weil ich mich im Stich gelassen fühle.

Ich lasse mich auf das Sofa neben ihnen fallen und trinke die Hälfte des sprudelnden Getränks, das Billy mir gereicht hat. Es ist gut – leicht und erfrischend. Ich leere das Glas und stelle es auf den glänzenden Chromwohnzimmertisch.

Billy setzt sich noch nicht. Er scheint uns drei zu beobachten. „Aubrey sagt, es sieht aus, als hätte ein Gefängniswärter mein Apartment dekoriert.“

Der Alkohol muss mir zu Kopf gestiegen sein, denn ich brauche eine Weile, um zu bemerken, wie seltsam es ist, dass Billy dieses Thema zur Gesprächseröffnung wählt.

Madi lacht. „Oder?“ Sie fängt meinen Blick auf und ich bin erleichtert über die vertraute Kameraderie. Die Beruhigung, dass wir noch immer ähnliche Überzeugungen und Werte haben trotz der drastischen Veränderungen ihres finanziellen und sozialen Status. Dass wir noch immer Gemeinsamkeiten haben. „Es gibt keinerlei Farben.“ Madi schaut zu Billy. „Du brauchst Kunst in dieser Wohnung. Du solltest eines von Aubreys Gemälden kaufen.“

„Ich bin mir nicht sicher, ob ein Occupy Wall Street Wandgemälde zu meinem Vibe passt.“

Billys Ton ist trocken, löst jedoch Freude in meinem Bauch aus, weil er von meiner Arbeit weiß. Es sollte mir egal sein – ich brauche seine Anerkennung nicht. Das Summen von Wärme in mir lässt sich allerdings nicht leugnen.

„Da wir gerade von deinen Wandgemälden sprechen … du musst mir erzählen, was es mit dem Sentience-Wandgemälde auf sich hat“, sagt Madi.

„Oh, richtig.“ Ich schaue über meine Schulter zu Billy, der aus einem unbekannten Grund noch immer steht. Ich schätze, er ist gerne der Herr seines Reichs. „Ich, äh … lass uns darüber sprechen, wenn wir uns nächste Woche treffen. Dann erzähle ich dir alles.“

„Du malst ein Wandgemälde für Sentience?" In Billys Stimme schwingt Ungläubigkeit mit.

Erneut fühle ich mich ein winziges bisschen geschmeichelt, dass er mich gut genug zu kennen scheint – oder zu kennen meint – um zu verstehen, dass dieser Auftrag nicht zu mir passt.

Ich wedle abweisend mit der Hand. „Ich habe es fertiggestellt."

„Für *Sentience.*"

„Sie zahlen gut."

Billy sitzt plötzlich mit gespreizten Beinen neben mir auf dem Sofa. Es ist ein gutes Ledersofa, weshalb es sich kaum absenkt, doch seine große Präsenz wird von jeder Faser meines Körpers wahrgenommen. Er lehnt sich zurück, legt einen Knöchel über sein Knie und streckt die Arme zu beiden Seiten entlang der Rückenlehne aus, wobei einer hinter meinen Schultern liegt. „Wie gut?"

Meine Güte. Ich hatte nicht mit dem plötzlichen Interesse gerechnet. Womöglich habe ich Billy unterschätzt. Ich hielt ihn für ein egozentrisches Arschloch. Doch er ist hier und steckt seine Nase in meine Angelegenheiten, als könnte er meine Täuschung riechen. Dazu braucht man tatsächlich Empathie und menschliches Verständnis.

Vielleicht hat er sich so an die Spitze von Bricks Unternehmen gearbeitet. Er ist ein egozentrisches Arschloch, das klug genug ist, die Leute in seinem Umfeld zu manipulieren. Das ist meine neue Arbeitstheorie.

„Zwanzigtausend." Ich tue es offensichtlich nicht wegen des Geldes. Madi weiß das. Billy scheint das auch zu wissen, allerdings werde ich ihm nicht verraten, was ich dort drüben wirklich treibe. Es geht ihn nichts an und er würde es nicht verstehen.

„Ich dachte, Geld wäre dir egal." Es ist ein Seitenhieb,

doch ich spüre, dass er mich beobachtet, als wollte er das Rätsel wirklich lösen.

Verdammt.

Das könnte ein Problem sein.

„Ich muss mein Studentendarlehn abbezahlen", erkläre ich, was keine Lüge ist.

Bricks Finger wandern über Madis Schenkel und sie zappelt auf seinem Schoß. Sie werden vermutlich keine fünf Minuten mehr durchhalten, bevor sie verschwinden, um wieder zu ficken.

„Fünfzigtausend", platzt Billy heraus.

Ich drehe mich langsam um und bedenke ihn mit einem vernichtenden Blick. „Fünfzigtausend was?"

„Ich werde dir fünfzigtausend für ein Wandgemälde hier drin geben."

Der Champagner – oder Prosecco – ist mir definitiv zu Kopf gestiegen. Ich schnaube. „Warum?"

Seine blau-grauen Augen sind unergründlich, während er meinen Blick kühl erwidert.

„Ich verstehe nicht", sage ich ehrlich. Er würde meine Kunst hassen. Es ergibt keinen Sinn.

„Aubreys Arbeit ist unglaublich", beginnt Madi mich zu verkaufen, obwohl meine Dienste nicht zum Verkauf stehen. „Sie könnte diese Wohnung komplett verändern."

Ich schaue mich zweifelnd um. Was ich male, würde hier drin schrecklich aussehen. Ich male mit heiteren Farben – und es ist hauptsächlich Protestkunst. Mir geht es um sozialen Wandel, nicht Milliarden Dollar. Es würde jedoch Spaß machen, in seiner Wohnung zu sein und ihn täglich zu quälen. Ich könnte darauf bestehen, abends zu arbeiten, wenn er zu Hause ist.

Ich würde Madi wieder täglich sehen. Das wäre schön.

„Aber keine Farbe", fügt Billy hinzu.

Ich schnalze mit der Zunge. „Auf keinen Fall."

Allerdings gefällt meinem Verstand bereits die Vorstellung des Jobs. Noch während ich die Worte ausspreche, tut es mir leid, dass ich mich so hastig geweigert habe.

Ich wage einen Blick auf ihn. Er sitzt so nahe bei mir, dass ich mich nicht komplett zu ihm umdrehen kann, und plötzlich bin ich mir der fünfzehn Zentimeter hyperbewusst, die unsere Beine auf dem Sofa trennen.

Billys Haltung ist entspannt. Sein Gesicht ist zu einem arroganten Ausdruck verzogen. Warum in aller Welt denkt er, dass er etwas gewonnen hat? Ich habe gerade *auf keinen Fall* gesagt.

„Jeder kann mit Farbe Eindruck schinden. Es braucht Nuance und Raffinesse, um das Leben im Graubereich zu finden."

„Ist das der Ort, an dem du wohnst?" Ich begehe den Fehler, ihn wieder anzusehen. Plötzlich bin ich in seinem blau-grauen Blick gefangen. „Im Graubereich?"

Ich frage mich auf einmal, wie grau er sein kann. Welche Regeln umgeht er? In welchen Aspekten seines Lebens?

Er nickt kaum merklich. „Ja." In seiner Stimme liegt ein Schnurren, das mich nervös macht. Ich weiß nicht, warum oder wieso er plötzlich denkt, dass er die Oberhand hat, doch wir haben die Positionen gewechselt. Jetzt reize nicht mehr ich *ihn*, sondern er provoziert *mich*. Er stellt eine Herausforderung und seine Augen funkeln in dem Wissen, dass ich sie annehmen werde.

Nein, das werde ich nicht tun. Das ist verrückt. Warum sollte ich das tun?

Ich blicke zu Madi und sie wackelt aufmunternd mit den Augenbrauen. Als wolle sie, dass ich diesen Deal mit ihm aushandle. Und da ich mich bei Madi und ihrem neuen Leben als Außenseiterin fühle, übt die Vorstellung einen Reiz auf mich aus, diesen Einstieg in ihr Leben zu haben. Wir hätten wieder gemeinsame Erlebnisse. Gemeinsamkeiten.

„Einhunderttausend für *zwei* Wandgemälde", verkünde ich, denn das ist die Summe, bei der es für mich okay wäre, nachzugeben. Ich giere nicht nach Geld, aber ich bin definitiv knapp bei Kasse. Ich habe fünf Jahre gebraucht, um meinen Abschluss zu machen, weil ich beinahe einen Vollzeitjob habe und nebenbei studiere. Mit dem Sentience-Auftrag habe ich mir ein kleines finanzielles Polster erarbeitet, das Geld fühlt sich jedoch schmutzig an. Außerdem bezahlt Madi noch immer die Rechnung für ihre Hälfte unseres Apartments und obwohl ich es liebe, ihr ehemaliges Schlafzimmer als Malatelier zu haben, mag ich es nicht, ihre Almosen anzunehmen.

„Sie ist es wert", bemerkt Madi.

„Ich brauche keine zwei Wandgemälde", entgegnet Billy.

„Ein graues", ich deute mit der Hand auf die Wand hinter dem Sofa, „und eines in Farbe." Ich deute auf die größere Wand direkt gegenüber. „Das ist mein einziges Angebot. Nimm es an oder lass es bleiben."

Billy betrachtet mich. „Ich genehmige das Design, bevor du anfängst."

Wow. Er nimmt mein Angebot an? Überraschend. Ich dachte, er würde mit härteren Bandagen kämpfen. Ich lehne seine Vorgabe ab. „Kein Deal."

„Konzept", kontert er sofort.

Glühwürmchen tanzen in meinem ganzen Körper. Unsere Verhandlung macht mir Spaß – ich bin körperlich erregt und mental stimuliert.

Ich denke über sein Gegenangebot nach. Bei einem genehmigten Konzept gibt es einen großen Graubereich. „Okay", willige ich ein.

Er wird noch selbstgefälliger. Ich bin mir nicht sicher, warum er denkt, er hätte mich da, wo er mich will. Ich verlange ein Vermögen und habe vor, sein Leben mit diesem Projekt zu einer Qual zu machen.

„Du bezahlst alle Ausgaben", füge ich im Nachhinein hinzu.

„In Ordnung."

Ein Schauer der Aufregung pulsiert durch mich, obwohl ein misstrauischer Teil von mir auf die Bremse treten will. Doch ich habe nichts, zu befürchten. Wenn es nicht funktioniert, kann ich jederzeit das Handtuch werfen. Billy gängelt Leute gerne und beugt sie mit Macht, Status und Geld seinem Willen.

Ich bin immun dagegen. Ich kann nicht herumgeschubst werden, da mir all diese Dinge egal sind. Mir ist meine Würde wichtiger als sein Geld.

William White III wird bald herausfinden, dass ich keine Angst vor dem großen bösen Bully habe.

KAPITEL SECHS

illy

Was zur Hölle tue ich da? Ich muss den Verstand verloren haben.

Ich hasse es, Leute in meiner Wohnung zu haben. Das bringt meine Kontrolle über mein Umfeld durcheinander. Selbst meine Haushälterin und Köchin gehen mir wahnsinnig auf die Nerven – und sie sind Gestaltwandler aus dem Blackthroat Rudel. Respektvoll und vertrauenswürdig.

Warum habe ich vorgeschlagen, einen *Menschen* in mein Apartment zu lassen? Ein Wandgemälde zu malen, dauert bestimmt Wochen. Vielleicht sogar länger. Und sie will *zwei* malen.

Zwei Wandgemälde. Eines in Farbe. Argh. Es wird grässlich sein. Aber das ist egal, ich kann es einfach innerhalb eines Tages übermalen lassen.

Der Punkt ist, dass ich Aubrey Cook monatelang in meinem Apartment haben werde.

Ich. Werde. Verrückt. Werden.

Allerdings strahlt mein Wolf selbstgefällige Zufriedenheit aus bei der Vorstellung, sie hier zu haben. Ich hege keinerlei

Zweifel daran, dass er hinter diesem Deal steckt. Er will den kleinen Menschen ficken.

Das ist ein seltsamer Impuls für einen reinblütigen Wolf aus einer Alphalinie. Ich kann es Brick *nicht* nachmachen – den Wunsch, einen Menschen zu beanspruchen.

Nicht einmal einen Menschen, der so verlockend wie dieser riecht.

Fuck nein. Menschen sind schwach. Unbedeutend.

Das wurde mir eingebläut, noch bevor ich laufen konnte. Damals als ich noch ein Winzling war, den mein Vater aus Scham vor dem Rudel versteckte.

Ich habe mein ganzes Leben damit verbracht, zu ackern und zu kämpfen, um es an die Spitze zu schaffen. Zuerst musste ich beweisen, dass ich des White-Namens würdig war, den ich jetzt ablehne. Dann musste ich beweisen, dass ich würdig war, Bricks Stellvertreter zu sein.

Ich wurde klein geboren und blieb als Welpe klein. Meine Umwandlung setzte spät ein – erst mit fünfzehn Jahren verwandelte ich mich und erlebte einen Wachstumsschub – lange nachdem mein Dad mich in einem Internat zurückgelassen hatte.

Davor hatte ich jedoch bereits gelernt, erbittert zu kämpfen und Kinder zu besiegen, die doppelt so groß waren wie ich. Ich hatte gnadenlose Strategien gelernt.

Und als ich endlich meine Umwandlung durchmachte und mich zum ersten Mal verwandelte, *zwang* ich meinen Körper, rasch zu dieser Größe heranzuwachsen.

Also kann ich diesen lächerlichen Menschen ficken, der nach Muskat und Honig riecht, doch danach muss ich sie loswerden. Meine Geschichte endet nicht mit einem Menschen in meinem Leben. Schluss. Aus. Fertig.

Madi klatscht vor Freude in die Hände und greift nach der Flasche Prosecco, um noch eine Runde auszuschenken.

Aubrey nimmt ihr neu gefülltes Glas und trinkt davon. Für einen Wolf ist es schwer, auch nur beschwipst zu werden, da wir den Alkohol so schnell verstoffwechseln, doch ich erkenne, dass das Café-Mädel kurz davor ist, zu viel zu trinken. Ihre Bewegungen werden ruckartiger und ihre Reaktionen langsamer.

Ein Teil von mir hat nichts dagegen, sie unbefangener zu erleben. Allerdings macht es meinen Wolf wütend, als wäre sie in Gefahr.

Vielleicht wegen mir.

Gewiss nicht wegen Madi oder Brick.

„Was braucht ihr noch von uns?", will Brick wissen. Er lässt seine Hände über Madis gesamten Körper wandern. Ich bin mir sicher, dass er wieder allein mit ihr sein will. Bei all dem Sex, den diese beiden miteinander haben, ist es ein Wunder, dass sie noch nicht schwanger ist.

„Hilfe bei der Gästeliste", antwortet Aubrey. „Und wir müssen ein Datum festlegen. Wollen wir den Junggesellenabschied direkt vor der Hochzeit feiern?"

Madi denkt nach. „Ja. Lass ihn uns in der Woche feiern, in der die Hochzeit stattfindet. Wir müssen aber mindestens zwei Tage vor der Zeremonie zurückkommen. Ich werde meine Gästeliste am Wochenende erstellen und dir schicken. Allerdings glaube ich, dass es nur du und Bricks zwei Schwestern sein werden."

Bricks Finger gleiten über Madis Innenschenkel und unter den Rock ihres enganliegenden Kleides. Sie stöhnt leise.

Aubrey hält sich die Augen zu. „Gott, ihr zwei. Wenn ihr nicht auf einen flotten Vierer aus seid, solltet ihr besser hochgehen."

Mein Wolf empört sich. Die Vorstellung, dass das Café-Mädel an *irgendeiner* Orgie teilnimmt – selbst an einer, an der ich beteiligt bin – scheint ihn zu verärgern.

Brick hebt Madi von seinem Schoß und erhebt sich dabei. „Billy. Aubrey." Er nickt mir ernst zu.

Er ist zufrieden mit mir. Er spricht es nicht aus, doch ich nehme die Anerkennung meines Alphas genauso wahr, wie mein Körper einen Alphabefehl wahrnehmen würde. Er ist mir allmählich wieder wohlgesonnen.

Das Triumphgefühl weckt den Wunsch in mir, mich auf den hilflosen Menschen zu stürzen. Sie für einen Siegesfick zu beanspruchen – schnell und wild. Gerade genug, um meine Aggression rauszulassen, damit ich Aubrey beiseite werfen kann.

Aubrey steht ebenfalls auf. „In Ordnung. Wir melden uns. Madi, wir sehen uns Donnerstagabend." Sie umarmt ihre Freundin und kurz wirbelt etwas Dunkles und Brodelndes in meinem Magen. Ein vertrautes Gefühl aus meiner Kindheit. Dieses Gefühl, dass ich etwas will, was einem anderen gegeben wurde.

„Kann Tony Aubrey Heim fahren?", fragt Madi Brick.

„Selbstverständlich." Brick zückt sein Handy.

„Nein, ich komme klar", wiegelt Aubrey rasch ab. „Limos sind nicht mein Stil."

„Du hast getrunken." Meine Worte kommen als harsches Knurren heraus.

Sie bedenkt mich mit einem scharfen, beleidigten Blick, der von einer düsteren Miene begleitet wird. „Ich bin nicht hierher*gefahren*."

Sie denkt, dass ich sie beschuldige, betrunken Auto zu fahren.

Madi zieht sie zur Tür. „Sie denken, dass die U-Bahn nicht sicher ist. Nimm ein Taxi oder sie stecken dich in die Limo", rät meine Luna ihrer Freundin.

Um Himmels willen. In welchem Universum ist es ein Problem, mit einer Limo nach Brooklyn zu fahren? Anscheinend in Aubrey Cooks verdrehter Künstler-Aktivisten-Welt.

„Na gut, ich nehme ein Taxi", lenkt sie rasch ein. „Danke für das Blubbergetränk, Anzugträger!" Sie geht vor Brick und Madi zur Tür.

Ich folge ihnen und weiß nicht, warum ich so verärgert bin. Der lächerliche Mensch scheint bei mir ständig einen Zustand der Verärgerung auszulösen.

Sie dreht sich endlich um und stellt Blickkontakt her, nachdem sie durch die Tür gegangen ist. „Ich melde mich." Sie hält ihren Daumen an ihr Ohr und ihren kleinen Finger an ihren Mund, um ein Handy nachzuahmen.

„Ich werde mich wappnen", brumme ich.

KAPITEL SIEBEN

Aubrey

Sie wollten mich in einer Limousine nach Hause schicken.

Diese Tatsache allein sollte mir verraten, dass Madi und ich jetzt in vollkommen unterschiedlichen Welten leben. Und sie wird nicht in meine zurückkehren. Selbst wenn ihre Ehe nicht funktionieren würde – was ich mir nicht vorstellen kann – hat sie vor kurzem erfahren, dass ihre Großmutter väterlicherseits ebenfalls eine Milliardärin ist, die möchte, dass Madi ihr Kosmetikunternehmen übernimmt, wenn sie stirbt. Daher wird Madi nie wieder wie ich sein.

Vielleicht sollte ich einfach das Ende dessen betrauern, was wir hatten, und nach vorne schauen.

Einen Malauftrag für einen Idioten anzunehmen, den ich nicht leiden kann, nur um in ihrer Nähe zu sein, erscheint mir jetzt absurd, da ich draußen auf der Straße stehe.

Und zum Teufel mit einem Taxi.

Sie halten die U-Bahn für gefährlich?

Ich fahre schon allein U-Bahn, seit ich zwölf Jahre alt

war. Ich bin in Jersey aufgewachsen. Warum sollte ich vor öffentlichen Verkehrsmitteln Angst haben?

Ich gehe zur U-Bahn-Station und nehme eine U-Bahn.

Ich setze mich gerade auf einen Platz, als mein Handy klingelt. Es ist Jamie.

Ich weiß nicht, warum sie mich anstelle von Jan anruft, nehme den Anruf jedoch an.

„Hey Jamie."

„Benutze meinen Namen nicht", mahnt sie drängend.

Ich muss mein Ohr an den Hörer pressen, damit ich sie über den Lärm der U-Bahn hören kann. „Was ist los?"

„Wir können uns nicht mehr schreiben. Ich glaube, ich werde beobachtet."

Alarmglocken schrillen in meinem Kopf. Kein Wunder, dass sich vorhin Unbehagen in mir breitgemacht hat. „Scheiße", fluche ich. „Was bringt dich auf den Gedanken?"

„Ich habe einen Kerl auf der anderen Straßenseite gesehen, der nur in seinem Auto saß. Wir können uns nicht mehr persönlich treffen. Hör zu, ich habe mir die Festplatte angesehen und in den Ordnern sind alle raubkopierten Kunstwerke. Die E-Mail-Kette, in der uns befohlen wurde, die Arbeit der Künstler zu stehlen, fehlt allerdings."

Ich wünschte, Jan würde an diesem Gespräch teilnehmen. „Nun … es könnte trotzdem reichen, oder? Hast du mit Jan gesprochen?"

„Nein. Ich weiß, wo ich die Sachen auf dem Server finden kann. Ich habe einen Hacker-Freund. Wenn er Zugang zum Serverraum kriegt, kann er eine Hintertür für mich installieren."

„Eine was?" Ich stelle mir eine Hintertür vor, die in die Seite des Sentience-Gebäudes geschnitten wurde.

„So was wie … ein Weg in den Server." Jamie klingt, als sei sie zu ungeduldig, um die technischen Details des Plans zu erklären. „Er ist gewillt, in den Serverraum einzubrechen, um die Aufgabe zu erledigen. Der Raum befindet sich allerdings in einer der unteren Etagen – Untergeschoss 3 – und er braucht eine Schlüsselkarte, um dort reinzukommen."

„Du hast mir eine Schlüsselkarte gegeben …"

„Meine wird nicht mehr funktionieren. Ich brauche eine neue."

Eine neue Schlüsselkarte. Das Ganze wird kompliziert. Mir gefällt nicht, dass sie eine weitere Person in unsere Verschwörung zieht, auch wenn es ein Hacker ist, der uns helfen will. Und jetzt muss ich eine Schlüsselkarte stehlen?

„Ich habe das Wandgemälde bereits fertiggestellt. Ich meine, es wird noch die große Eröffnungsgala geben, aber ich bin nicht mehr nach den Öffnungszeiten dort."

„Kannst du nicht behaupten, dass du einen Lack auftragen musst oder so etwas?"

Ich schlucke schwer. Mein Herz hämmert, als würde *ich* beobachtet werden. „Ähm, vielleicht. Doch selbst wenn ich das tue, wie soll ich an die neue Schlüsselkarte kommen?"

„Ich weiß es nicht. Aber ohne die E-Mail-Kette können sie einfach behaupten, dass ich die Diebin war. Das Risiko, das du bereits eingegangen bist, wäre umsonst gewesen. Wenn du einfach eine Schlüsselkarte besorgen kannst, kann ich mich um den Rest kümmern."

Fuck.

„Okay", sage ich. „Ich werde dafür sorgen, dass ich diese Woche wieder dort reingelassen werde."

Allerdings habe ich Zwischenprüfungen und gerade erst zugestimmt, zwei Wandgemälde in der Penthousewohnung eines Milliardärs zu malen.

Nun, Billy White kann warten. Ich kämpfe hier für Gerechtigkeit.

Als ich eine Stunde später an meiner Haltestelle aussteige und die Treppe erklimme, ist ein kobaltblauer elektrischer Porsche auf der anderen Straßenseite in zweiter Reihe geparkt. Er blockiert den Verkehr und Autos hupen.

„Beweg dich, Arschloch!", brüllt ein Taxifahrer aus seinem Fenster.

Irgendein Kerl sitzt hinter dem Lenkrad und schaut zu mir. Ich erinnere mich daran, was Jamie gesagt hat – dass ein Kerl sie aus seinem Auto heraus beobachtet hat.

Werde ich ebenfalls beobachtet? Mein Herzschlag beschleunigt sich.

Ich bleibe stehen und starre, woraufhin das Auto plötzlich davonrast und sich Gänsehaut auf meinen Armen ausbreitet.

Allerdings sah der Kerl aus wie … Nein.

Das kann nicht sein.

Jemand rempelt mich von hinten an und ich beginne kopfschüttelnd, zu unserem … ich meine, *meinem* Apartment zu laufen.

Natürlich war das nicht Billy. Ich habe jetzt bloß Milliardär-Bullys im Kopf. In der einen Sekunde kennst du keine Milliardäre, in der nächsten Minute fühlt es sich an, als seien sie überall, weil sie sich in deinem Bewusstsein eingenistet haben. Du denkst an sie.

Es waren vermutlich schon einmal teure Autos in meinem Viertel geparkt, ich habe sie bloß nicht bemerkt.

Ich laufe die wenigen Blöcke zu meiner Wohnung und betrete das Gebäude, wobei ich mich bemühe, nicht an Billy White den Dritten zu denken.

Das nächste Mal, wenn ich dich berühre, werde ich vorher fragen. Seine Worte rattern durch meinen Kopf und sorgen dafür, dass meine Brustwarzen in meinem BH steif werden.

Ähm, Entschuldigung?

Wer sagt, dass es ein nächstes Mal geben wird?

Als ich die Treppe erklimme, erinnere ich mich daran,

wie sich seine Hände auf meiner Taille anfühlten, als er mich hochhob. Sengend heiß. Groß. Tödlich stark.

Wall Street Kerle sind für mich für gewöhnlich dünn, käsig weiß und zu gepflegt, um männlich zu sein, doch unter diesem fünftausend Dollar teuren Anzug ist Billy White womöglich eine Bestie.

Nein. Das sollte ich nicht denken.

Warum törnt mich dieser Gedanke an? Das ist alles falsch.

Allerdings stelle ich mir plötzlich vor, wie dieser knallharte Geschäftsmann grob wird. Mir die Kleider vom Leib reißt. Mich in die Mitte des Betts wirft. Über mich herfällt.

Mir ist heiß, als ich endlich meine Tür erreiche, und das nicht nur vom Treppensteigen. Ich öffne die Tür und hole Eis aus dem Gefrierfach. Anschließend gehe ich zum Fenster und reibe das Eis über meine Stirn und Hals, um mich abzukühlen.

Dort, auf der anderen Straßenseite, steht derselbe auffällige blaue Porsche. Das Fenster auf der Fahrerseite wurde runtergelassen und sein Gesicht ist in die Richtung meines Fensters geneigt.

Furcht durchfährt mich für den Bruchteil einer Sekunde, bevor ich den Fahrer identifiziere.

Es ist kein Fixer von Sentience.

Außer sie haben den Wall Street Tycoon William White III angeheuert, damit er ihre Drecksarbeit erledigt.

Was zum Henker?

Das Adrenalin, das meinen Körper durchströmte, weil ich dachte, ich würde beschattet werden, verwandelt sich in Wut. Daher wirble ich herum und stürme wieder die Treppe hinab. Ich renne aus der Tür, als sein Auto losfährt. „Hey!", brülle ich. „Stopp."

Das Auto auf meiner Straßenseite hält an und hupt mich an, als ich vor es renne. Billy tritt ebenfalls auf die Bremse, woraufhin der Fahrer hinter ihm auf die Hupe drückt.

„Was zur Hölle machst du hier?", schreie ich und erreiche sein Fenster, als er geschickt rückwärts in den Parkplatz fährt, den er entlang der Straße ergattern konnte.

Sein Fenster ist geöffnet, er mustert mich aus schmalen Augen und sein Mund ist zu einem dünnen Strich verkniffen. „Du hast gesagt, du würdest ein Taxi nehmen", knurrt er.

Als ob das irgendeinen Sinn ergibt.

„Ja und?"

Seine Nasenflügel blähen sich und seine Augen funkeln hellgrau im Licht der Straßenlaterne. Er schaut sich schnell um, als gehöre er zum Secret Service und würde nach Heckenschützen Ausschau halten. „Wovor hast du Angst?"

Ich schaue mich ebenfalls um. Sehe ich verängstigt aus? Ich bin mir ziemlich sicher, dass ich meine Furcht in dem Moment abgeschüttelt habe, in dem ich realisierte, dass ich von diesem Milliardär beschattet wurde. „Ich habe keine Angst." Da sich meine Stimme leicht überschlägt, klingt es wie eine Lüge.

„Hattest du Angst vor *mir*?" Billy klingt sauer.

„Ich habe gesehen, dass mir ein Auto folgt. Also ja. Das war furchterregender als alles, was bei einer U-Bahn-Fahrt passiert."

Billy schüttelt den Kopf und drückt auf den Fensterknopf, woraufhin das Fenster hochfährt.

Ich packe den Rand der Scheibe mit beiden Händen in dem Versuch, sie aufzuhalten. „Warte mal kurz."

Er lässt das Fenster wieder runter. „Versuchst du, mein Fenster zu brechen?"

„Im Ernst. Was machst du hier?"

Billys Miene ist unleserlich. Er starrt mich kurz an, dann blickt er bedeutungsvoll auf meine Finger, die noch immer seine Fensterscheibe umklammern und sie daran hindern, sich zu schließen.

Ich bleibe hartnäckig.

„Bist du mir tatsächlich gefolgt, um sicherzugehen, dass ich sicher nach Hause gekommen bin?" Es klingt verrückt, wenn ich es laut ausspreche.

Billys Blick wird tödlich. „Du bist meine schlimmste Strafe."

Ein Lächeln breitet sich langsam auf meinem Gesicht aus.

Wow. Ich bin seine Strafe. Ich liebe das.

Billy White zu quälen, wird noch einfacher und befriedigender werden, als ich es mir vorgestellt hatte.

KAPITEL ACHT

*B*illy

„Besorg mir die Finanzwerte dieser drei Newcomer in Supraleiter- und Batterie-Technologie, die ich für eine mögliche Übernahme identifiziert habe." Ich reiche Noah, einem unserer besten Analysten, eine handgeschriebene Liste. „Bereite für das nächste Treffen der Führungskräfte eine vollständige Analyse vor."

„Ja, Sir", antwortet Noah.

Er ist ein Wolf, jedoch kein Mitglied unseres Rudels. Er hat sich auf die konventionelle Art einen Job bei Moon Co. gesichert – mit einem Ivy League Abschluss und exzellenten Referenzen. Nachdem er eingestellt worden war, erkannten wir ihn anhand seines Geruchs als einen unserer Art. Sully, unser Sicherheitschef, nahm eine gründliche Hintergrundprüfung vor, um sicherzugehen, dass er kein Spion der Adalwulfs war, doch wir fanden keine Verbindung zu dem feindlichen Rudel. Danach stieg er schnell in den Rängen auf. Es gibt nichts, was dieses Unternehmen mehr zu schätzen weiß als einen klugen, kompetenten jungen Angestellten, der auch ein Wolf ist.

Deswegen würde ich niemals mit Annabeth, meiner Assistentin, schlafen, obwohl sie umwerfend ist. Sie ist zu wertvoll für die Firma.

Noah hat im letzten Winter Bricks Gunst gewonnen, da er in einem Video ein Gespräch zwischen Aiden und Madi von deren Lippen ablas, das zeigte, dass ich mich hinsichtlich ihres Treffens geirrt hatte – ein Fehler, für den ich noch immer bezahle.

Dennoch gehört Noah nicht zu unserem inneren Kreis. Brick hat ihn nicht einmal gefragt, ob er sich dem Rudel anschließen möchte. Das hat etwas damit zu tun, dass er sauer ist, weil Noah sich nicht sofort als Wolf zu erkennen gegeben hat, um sich dem Rudel anzuschließen, als er nach New York kam. Brick versteht das als Zeichen der Respektlosigkeit und denkt, dass Noah ein doppeltes Spiel trieb und sich den Adalwulfs angeschlossen hätte, wenn sie ihm einen Job angeboten hätten.

Ich war zuerst misstrauisch, doch jetzt, da ich den Kerl kenne, glaube ich, dass er es aus Integrität getan hat. Er wollte seine Wolfsverbindungen nicht benutzen, um einen Job an der Wall Street zu ergattern. Er ist möglicherweise jemand, der entschlossen ist, sich selbst zu beweisen, nachdem er an einem Punkt in seinem Leben diskriminiert wurde, weil er taub ist.

Jetzt, da ich mir sicher bin, dass er vertrauenswürdig ist, verlasse ich mich auf ihn, weil er klüger ist als die meisten Leute, die hier arbeiten, und verdammt aufmerksam. Ich befahl meinem Team, die amerikanische Gebärdensprache zu lernen, und nahm selbst Unterricht bei einem Privatlehrer, bis ich fließend gebärden konnte.

Ich bin versucht, das Thema anzusprechen, ob er sich unserem Rudel anschließen möchte, doch momentan ist das schwierig. Das Rudel muss sich noch von all den Herausforderungen erholen, denen sich unser Alpha stellen musste.

„Das ist alles, danke", gebärde ich und folge Noah aus meinem Büro, um mich vor Annabeths Schreibtisch zu stellen.

„Sie müssen Mr. Blackthroats Junggesellenabschied in Monte Carlo organisieren", informiere ich Annabeth.

Sie sieht erschrocken zu mir auf. In ihrem Duft liegt ein Hauch von Furcht. Sie ist ehrgeizig wie ich, weshalb sie keine Überraschungen mag, mit denen sie nicht umzugehen weiß.

„Ich weiß, dass Sie nichts über diese menschlichen Rituale wissen."

Sie hat sich bereits gefangen, nimmt einen Stift und neigt ihren Notizblock so, dass ich ihn sehen kann. „Ich kann es natürlich recherchieren", versichert sie mir. Sie schreibt ‚Junggesellenabschied' oben auf das gelbe Notizblatt.

„Es ist eine gemeinsame Party mit Ms. Evans. Ihre Maid of Honor möchte in allen Angelegenheiten das letzte Wort haben."

Annabeth nickt. „Möchten Sie, dass ich mich jetzt mit ihr in Verbindung setze und den Vorgang beginne?"

Ich zögere. Ich sollte bejahen und die Verantwortung für diese Party abgeben. Allerdings weiß ich, dass Aubrey mich nicht so leicht vom Haken lassen würde. Sie wollte nicht, dass ich dieses Projekt an jemand anderen übergebe oder es mit Geld aus der Welt schaffe.

Ich war so töricht, ihr zu verraten, dass dies eine Strafe für mich ist. Sie liebte diese Vorstellung viel zu sehr.

Andererseits gefällt es mir, wenn sie von etwas angetörnt wird, auch wenn es eine Qual für mich ist.

Natürlich beabsichtige ich, sie ebenfalls zu quälen.

Zu diesem Zeitpunkt scheint es für uns beide Folter genug zu sein, sich nur in der Nähe des anderen aufhalten zu müssen.

„Nein." Ich atme geräuschvoll aus. „Ich werde fürs Erste der Mittelsmann sein."

Annabeth schafft es nicht, ihre Überraschung zu verbergen.

„Ich bin der Best Man", sage ich, als würde das alles erklären.

Natürlich versteht Annabeth diese menschlichen Zeremonien genauso wenig wie ich.

„Mr. Blackthroat möchte, dass ich als Verbindungsperson mit der menschlichen Seite fungiere."

„*Sie*, Sir?" Annabeth gelingt es nicht, ihre Ungläubigkeit zu verbergen. Sie weiß, dass ich hinter Madis Entlassung steckte, weil sie meine Befehle für die umfassende Sicherheitsermittlung ausgeführt hatte. Sie weiß, dass ich mich nur mit Wölfen umgebe. Mir wäre ein Wolf in meinem Rücken jederzeit lieber als ein Mensch. Ich arbeite nur mit Menschen, wenn es nicht anders geht. Auf meiner Etage und in meiner Abteilung arbeiten keine Menschen.

„Ich. Als Ehrerbietung gegenüber unserer Luna." Ich erkläre das nur zum zweiten Mal jemandem außerhalb meines Kreises, weil ich darauf vertraue und erwarte, dass Annabeth meine Interessen schützt.

„Ah. Natürlich."

„Alle Buchungen sollen mit meiner persönlichen Goldkarte bezahlt werden. Wir wollen in der Woche verreisen, in der die Hochzeit stattfindet."

Annabeth nickt. „Nehmen Sie den Firmenjet?"

„Ja." Den mit den privaten Betten.

„Wie lange werden Sie dortbleiben?"

„Sie entscheiden, was ideal ist." Jetzt stelle ich mir Aubrey in einem weißen Bikini-String-Tanga vor, während sie ihre Haut am Strand wärmt. Ihr Muskat-Honig-Duft hätte eine salzige Note. Mein Schwanz beginnt, hart zu werden.

Ich räuspere mich und versuche, das Bild aus meinen Gedanken zu verdrängen. „Wir brauchen einige Tage, um den Strand und das Nachtleben auszukosten."

„Verstanden. Die Anzahl der Gäste?"

„Ms. Evans wird eine Liste zur Verfügung stellen." Ich gehe, bevor Annabeth sieht, wie ich an meiner Krawatte zerre, um meinen Hals zu kühlen.

Ärger wallt in mir auf, als ich mein Büro betrete.

Das Verlangen steigt in mir auf, den nervigen Menschen dafür bezahlen zu lassen, dass sie so schillernd ist. So überlebensgroß. So verdammt alles verzehrend, dass es mich auffrisst.

Ich ziehe mein Handy heraus und wähle ihre Nummer.

„William White der Dritte." Sie betont die Konsonanten meines gehobenen Namens und fügt eine gewaltige Portion Sarkasmus hinzu.

Mein Schwanz wird hart, als ich mir vorstelle, wie sie ihre Haare nach hinten wirft und feixt, als wäre es eine Beleidigung, meinen ganzen Namen auszusprechen.

„Café-Mädel."

„Nennst du mich etwa so?"

„Ich nenne dich gar nichts. Aber du kannst *mich* ‚Boss' nennen." Sie hat immerhin einen Auftrag von mir angenommen.

Sie schnaubt. „Du bist nicht mein Boss. Ich bin eine selbstständige Unternehmerin. Und ich habe noch nicht einmal angefangen."

„Deswegen rufe ich an. Ich muss wissen, wann du anfängst."

Sie zögert. „Ich muss heute Abend zu Sentience zurückgehen."

In ihrer Stimme liegt eine Anspannung, die ich nicht verstehe. Es ergibt allerdings auch keinen Sinn, dass sie ein Wandgemälde für das Unternehmen angefertigt hat. Es scheint genau die Sorte Unternehmen zu sein, dem sie eine lange Nase machen würde.

„Ich dachte, du wärst fertig."

„Ich muss nur einen Lack auftragen, damit das Gemälde lange schön bleibt."

„Abends?"

Etwas an dieser Sache fühlt sich falsch an.

„Ich bin Teilzeitstudentin. Außerdem arbeite ich gerne, wenn niemand dort ist."

Dieser Teil klingt glaubhaft und ergibt Sinn. Meinem Wolf gefällt jedoch die Vorstellung nicht, dass sie dort nachts allein ist. Dass sie anschließend zur U-Bahn läuft. Dass sie von der U-Bahn nach Hause läuft.

„Wie spät?", will ich wissen.

„Was?"

„Bis um wie viel Uhr wirst du bleiben? Wie lange wird es dauern?"

„*Warum?*" Sie klingt jetzt genervt.

„Ich werde dich abholen."

„Nein, danke."

Ich beende den Anruf, da ich zu verärgert bin, um weiter zu verhandeln. Ich lasse nach. Mir fällt es normalerweise leicht, jede Situation so zu manipulieren, dass ich erhalte, was ich will. Aus irgendeinem Grund verliere ich bei diesem absurden Weibchen jegliche Logik.

Ich ziehe meinen Arm nach hinten, um mein Handy gegen die Wand zu schleudern, reiße mich jedoch zusammen und knirsche stattdessen mit den Zähnen.

Diese kleine Verführerin wird vor mir knien und nach meinem Schwanz betteln, wenn ich mit ihr fertig bin. Ich halte an dieser Vision als meinem Endziel fest. Es wird möglicherweise ein langes Spiel werden, bis es so weit ist, doch es ist ein Spiel, das ich gewinnen werde.

Denn das Feld von hinten aufzurollen und das Spiel zu gewinnen, ist etwas, worin ich hervorragend bin.

Mein Vater sah es nie kommen.

Aubrey Cook hält sich für unbesiegbar. Immun. Desinteressiert.

Sie wird bald herausfinden, wie sehr sie sich irrt.

KAPITEL NEUN

ubrey

Ich weiß nicht, wie lange ich hier herumtrödeln und so tun kann, als würde ich noch immer dieses verdammte Wandgemälde versiegeln. Ich meine, wie viele Schichten unsichtbaren Lacks braucht man?

Das hat mich Jack die Security-Wache gerade gefragt.

„Das war die letzte." Ich wische den Pinsel an der Seite der Polyurethan-Dose ab, um ihn zu putzen.

Ich habe Jan nicht von meinem Plan erzählt, weil ich glaube, dass sie mir geraten hätte, es nicht zu tun. Das sagte sie nämlich, als ich mich freiwillig gemeldet hatte, den Inhalt von Jamies Festplatte zu besorgen.

Was ich heute Nacht versuche, ist noch schwieriger. Ich muss eine Schlüsselkarte stehlen. Das ist irre. Es könnte jedoch machbar sein. Vor allem bei Jacks Allgegenwärtigkeit.

Seine Schlüsselkarte hängt aus seiner Tasche. Ich muss ihn bloß ablenken und sie rausziehen.

„Ich werde hier sauber machen und dann bist du mich los."

„Oh nein, ich habe überhaupt nichts dagegen, dass du hier

bist", sagt er rasch. „Ich bin nur fasziniert von deinem Vorgehen."

Oder meinem Hintern. Aber das ist gerade egal. Mich stört sein Interesse nicht. Es wird sich in einer Minute zu meinen Gunsten auswirken.

Ich lege den Pinsel in die Farbwanne zu dem Farbroller und hebe sie hoch. „Ich werde diese Sachen abwaschen und dann gehen."

„Klar. Ich bringe dich runter."

So ein Gentleman.

Als ich an ihm vorbeigehe, lasse ich den Roller von der Wanne rutschen. „Uups!"

Er bückt sich sofort, um ihn aufzuheben. Ich stoße gegen seine Hüfte und strecke gleichzeitig meine rechte Hand aus. Während ich ihm einen Schubs gebe, ziehe ich an dem Schlüsselband, das aus seiner Tasche hängt, und stecke die Karte in meine hintere Hosentasche.

„Ich hab ihn", verkündet er und wir richten uns beide lachend auf.

„Danke." Ich schnappe mir die Wanne, damit ich ihm nicht in die Augen schauen und einen bedeutungsvollen Moment mit diesem Kerl erleben muss. Schuldgefühle durchströmen mich.

Hoffentlich wird er keinen Ärger bekommen, weil er seine Schlüsselkarte verloren hat.

Viel wichtiger ist, dass er hoffentlich nie realisiert, dass ich sie an mich genommen habe.

Ich eile zur Damentoilette und reinige meinen Pinsel, Roller und die Wanne. Als ich zurückkehre, hat Jack meine Abdeckplane ordentlich gefaltet und den Hocker aufgeräumt, den ich mir aus dem Schrank genommen hatte.

Er dreht sich zu mir um und holt tief Luft.

Scheiße.

Er wird mich um ein Date bitten.

Ich bücke mich, um die Polyurethan-Dose aufzuheben, und stelle sie oben auf die Farbwanne.

Er ist heiß, aber ich habe kein Interesse. Viel wichtiger ist jedoch, dass ich mich jetzt nicht auf ihn einlassen kann, da ich seine Schlüsselkarte gestohlen habe. Er würde dadurch Gefahr laufen, seinen Job zu verlieren – oder schlimmeres.

Ich werde von seinem Funkgerät gerettet, das plötzlich Töne von sich gibt. „Jack?"

Er zieht das Walkie-Talkie hervor und drückt einen Knopf. „Ja?"

„Ist diese Künstlerin noch oben?"

Er und ich sehen einander überrascht an. Er hält meinen Blick, während er in das Mundstück spricht. „Ja, ich bin gerade bei ihr. Was ist los?"

„Hier unten ist ein Kerl, der behauptet, dass er ihre Mitfahrgelegenheit ist."

Meine Mitfahrgelegenheit.

Billy?

Was zum Henker? Ich kichere innerlich bei der Vorstellung, dass Milliardär Billy mein Taxi spielt.

Wenigstens liefert mir seine Ankunft die perfekte Unterbrechung. Ich lächle strahlend. „Das ist mein … Freund." Das wird den Security-Kerl aufhalten.

Das Licht und die Hoffnung erlöschen auf seinem Gesicht. „Oh, okay."

„Du musst mich nicht runterbringen, wenn du nicht willst."

„Nah, das werde ich machen. Lass mich diese Sachen für dich tragen." Er nimmt die Farbwanne aus meinen Händen und legt die Abdeckplane obenauf.

Ein echter Gentleman, obwohl er gerade abgelehnt wurde.

Die Aufzugfahrt ist zum Glück kurz. Ich verlasse die Kabine und nehme ihm meine Sachen aus den Händen.

Billy steht vor dem Empfangsschalter in dem dunklen Foyer, seine Brauen sind gesenkt und sein Mund zu einem Strich zusammengepresst. Als hätte ich darum gebeten, abgeholt zu werden, und wäre spät dran oder so etwas.

Der Kerl ist ein arrogantes Arschloch.

„Danke, Jack." Ich drehe mich um und mache einige Schritt rückwärts, als er den Aufzug verlässt und Billy mustert.

Eine weitere Woge Schuldgefühle überkommt mich, woraufhin ich zwei schnelle Schritte auf ihn zu mache und ihn umarme. „Du bist ein cooler Typ", informiere ich ihn.

Er sieht ein wenig benommen aus, lächelt jedoch.

Ich schwöre bei Gott, dass ich Billy knurren höre. Es ist ein richtiges *tierisches* Knurren.

„Tschüss, Jungs!", rufe ich und winke Jack und der anderen Security-Wache, als ich an Billy vorbeigehe und ihn komplett ignoriere.

Ich höre noch ein Knurren direkt hinter mir.

Ich bleibe nicht stehen oder drehe mich um, sondern laufe einfach den Gehweg entlang. Ich sollte ihn weiterhin ignorieren und allein zur U-Bahn gehen.

Würde er mich aufhalten?

Warum ist er überhaupt hier? Ich sagte, *nein, Danke.*

Allerdings wäre es zu unhöflich, einfach wegzulaufen. Mein Gewissen erlaubt das nicht. Ich bleibe stehen, wirble herum und stelle überrascht fest, dass Billy direkt hinter mir ist. Er reißt mir die Malersachen aus den Händen und macht nach wie vor ein finsteres Gesicht.

„Warum bist du *hier*?", will ich wissen.

Er legt den Kopf auf die Seite. „Steig ins Auto."

„Warum sollte ich das tun?"

„Weil ich nicht will, dass du nachts allein herumläufst."

Ich will diese Aussage nicht mögen. Ich hasse die Wärme, die von meinen Fußsohlen in meine Brust kriecht.

Verdammt.

Es klingt wie etwas, was mein Dad zu meiner Mom sagen würde. Süß. Unnötig, aber süß.

Doch das kann nicht stimmen.

Billy White ist alles andere als süß.

Jetzt ist er derjenige, der mich ignoriert, während er meine Malersachen zu seinem Auto trägt. Es ist illegal vor dem Gebäude geparkt. Dieser Kerl denkt, dass Gesetze nicht für ihn gelten.

Doch ich vermute, dass es keinen Strafzettel gibt, den er sich nicht leisten kann.

Es ist schwer, sich die Art von Reichtum vorzustellen, die er besitzt. Die Sorte, die Madi bald haben wird. Man könnte so viel Gutes mit derart viel Geld tun. Man könnte in der Stadt Grünanlagen bauen. Man könnte Programme für die Obdachlosen finanzieren. Man könnte politische Kandidaten unterstützen, denen ihre Wählerschaft tatsächlich am Herzen liegt.

Nun, ich werde bald einhunderttausend Dollar haben, die ich gut verwenden kann.

Ich habe nie auch nur in Erwägung gezogen, so viel Geld zu besitzen. Ich werde mein Studentendarlehn beim City College abbezahlen können. Ich könnte meine Miete ein Jahr lang im Voraus bezahlen und meine Arbeitsstunden im La Résistance verringern, obgleich ich es liebe, dort zu arbeiten. Nach diesem Auftrag für Billy kann ich mich auf meine Kunst konzentrieren. Oder ich kann für den LSAT, den Eignungstest für das Jurastudium, lernen, was mein ursprünglicher Plan war.

Es ist immer noch ein guter Plan, allerdings finde ich die Idee nicht mehr aufregend. Kunst zu machen, ist viel erfüllender. Als Anwältin eine Veränderung herbeizuführen, wäre vermutlich ebenfalls erfüllend, bloß auf eine andere Art.

Billy reißt die Beifahrertür auf und hält dabei

irgendwie die Farbwanne mit der halbvollen Dose Polyurethan in einer Hand. Der Kerl muss bionische Handgelenke haben.

Ich erreiche das Auto und erwarte, dass er auf die Seite geht, doch er steht wie ein Chauffeur da. Wird er mir tatsächlich *in den Wagen helfen?*

Es ist absurd, doch mein Körper wird in Reaktion darauf heiß – genauso wie er das bei all seinen anderen gentlemanhaften Gesten getan hat. Ich bleibe – zu nah – vor ihm stehen und hebe mein Gesicht zu seinem. „Was jetzt, Großer?", stichle ich.

Sein Blick senkt sich auf meine Lippen. Seine Augen funkeln eisgrau. „Steig in den Wagen, Aubrey."

„Ich habe nicht um eine Mitfahrgelegenheit gebeten."

„Du bekommst eine", entgegnet er.

Einer meiner Mundwinkel zuckt. Ich strecke meine Hand aus. „So funktioniert es also?"

Er ist so aalglatt. Seine Hand umschließt meine bereits und ist eine feste, stete Präsenz, an die ich mich klammern kann, während ich mich in das Auto senke.

Ich strecke meine Hände aus, um die Malersachen für die Fahrt auf den Schoß zu nehmen, doch er knallt die Tür zu, geht um den Wagen herum und legt sie in den Kofferraum, bevor er sich hinter das Lenkrad setzt.

Das Ganze fühlt sich plötzlich wie ein Date an. Warum ist Billy wirklich hier? Ist er an mir interessiert?

Hat er mir deswegen den Auftrag angeboten?

Die Idee erscheint mir verrückt, aber mir fällt kein anderer Grund ein. Außer Brick hat ihm befohlen, mir in den Arsch zu kriechen oder so etwas.

Doch selbst dazu müsste er nicht Taxifahrer für mich – das niedere ‚Café-Mädel' wie er mich nennt – spielen.

„Was ist zwischen dir und dem Security-Typ?", will er wissen, als er in den Verkehr einfädelt.

Ich lehne meinen Kopf an die Kopfstütze und kichere leise.

Nun. Ich schätze, ich habe meine Antwort. Ich habe es mir nicht eingebildet. William White der Dritte hat Interesse.

An *mir*.

Der letzte Kerl in der Welt, den ich mir jemals angeln wollen würde, will mir an die Wäsche. Das komplette Gegenteil dessen, wonach ich in einem Partner suche.

Meine Mitte kribbelt, als plötzlich Blut gen Süden strömt.

Huh. Mich törnt die Vorstellung an, meinen ‚auf keinen Fall‘ Kerl zu vögeln.

Wenn das nicht die merkwürdigste und unerwartetste Wendung in meiner Lebensgeschichte ist, weiß ich nicht, was es ist.

~

BILLY

„Eifersüchtig?", fragt Aubrey.

„Nein", schnaube ich viel zu schnell. Sowie ich sah, wie Aubrey auf die Zehenspitzen ging, um den muskulösen Security-Typen zu umarmen, drehte mein Wolf durch. Selbst jetzt heult er noch und verlangt, dass ich sie in meine Arme ziehe und den Geruch des Fremden mit meinem ersetze.

Das ist jedoch lächerlich. Es gibt keinen Grund, wegen dieses Menschen so besitzergreifend zu sein. Ich knirsche mit den Zähnen und schmecke Blut, als die rasiermesserscharfe Kante meines Fangzahns die Innenseite meiner Wange streift. Meine Eckzähne schmerzen, was auch keinen Sinn ergibt. Meine Fangzähne werden nur scharf, wenn ich mich darauf vorbereite, meine Gefährtin zu markieren und zu beanspruchen.

Und dieser Mensch ist auf keinen Fall jemand, den ich beanspruchen würde. Ich muss einfach flachgelegt werden.

Und meinen Wolf rauslassen. Deswegen fühle ich mich wild – der Vollmond steht bevor und mein Wolf muss laufen gehen. In den tiefen Wäldern umringt von meinem Rudel und weit, weit weg von jedem Menschen. Sogar weit weg von denen, die nach Honig und Muskat riechen. *Insbesondere* weit weg von dieser Sorte.

Aubreys köstlicher Geruch füllt den Wagen und mir läuft das Wasser im Mund zusammen. Sie spreizt ihre Beine und entlässt eine Duftwolke in die Luft. Ich verbeiße mir ein Stöhnen.

„Hmmm", summt sie und dreht den Kopf, um ein Lächeln zu verbergen. Bei der Bewegung reflektiert Licht von ihrem Silberpiercing und ich verspüre den Drang, mich vorzubeugen, meinen Mund auf ihren zu drücken und ihr Aroma von ihrer Zunge zu kosten. Das Silber würde brennen, doch das würde einen Teil des Spaßes ausmachen.

Ich schüttle den Kopf, als würde das diese Gedanken aus meinem Kopf verscheuchen. Sie zu küssen, ist bloß eine verbotene Versuchung und ich habe mich stets einer Herausforderung gestellt.

Mein Schwanz wird hart. Ich darf nur nicht vergessen, dass das Ziel darin besteht, sie dazu zu bringen, nach mir zu betteln.

„Warum sollte ich eifersüchtig sein?" Ich zwinge meine Schultern, sich zu entspannen.

„Kein Grund." Sie lehnt sich völlig entspannt auf ihrem Stuhl zurück. Die Bewegung schickt eine weitere Wolke ihres Geruchs in meine Richtung und ich packe das Lenkrad fester, als würde mir das helfen, meine Selbstbeherrschung zu wahren. „Du scheinst ziemlich viele Mühen auf dich zu nehmen, nur um Zeit mit mir zu verbringen."

„Du bist diejenige, die den Auftrag in meiner Wohnung angenommen hat."

„Du bist derjenige, der ihn angeboten hat." Sie dreht sich

und mustert mich. Ich konzentriere mich auf die Straße, doch mein Wolf streckt wegen ihrer ungeteilten Aufmerksamkeit stolz die Brust raus. „Oder wolltest du ein Wandgemälde, bevor ich vorbeikam?"

„Nein", gebe ich zu. Normalerweise verrate ich niemandem außerhalb meines inneren Kreises meine wahren Gefühle, doch das hier fühlt sich nicht wie ein Geständnis an. Ich könnte einen Köder auslegen und den Menschen ein Geständnis nach dem anderen zu mir locken. „Ich mag deine Arbeit."

„Ja klar", schnaubt sie. „Nenn mir eines meiner Werke, das dir gefällt."

„Die Wand beim La Résistance", antworte ich und überrasche mich selbst. „Nicht das Gemälde draußen, sondern das Kleine neben der Toilette mit der Brooklyn Bridge im Hintergrund. Das ist dein Werk, oder?"

Ich spüre ihre Überraschung. „Eines meiner frühesten öffentlichen Stücke, ja."

„Ich mag es." Ich klinge widerwillig und das bin ich. Ich will nichts mögen, was von einem Menschen gemacht wurde – vor allem nichts, was dieser Mensch gemacht hat, der mich in den Wahnsinn treibt, doch das Wandgemälde ist bunt und wild. „Es hat … Herz."

„In Ordnung, Anzugträger. Ich akzeptiere das Kompliment." Sie richtet ihr Lächeln zum Fenster und ich will ihren Namen rufen. *Schau mich an. Lächle mich an.*

Argh, normalerweise habe ich bessere Moves drauf.

Ihr Magen knurrt und sie scheint es nicht zu bemerken, aber ich werde wachsam. Der Mensch ist hungrig und ich muss sie füttern.

„Hast du zu Abend gegessen?"

„Ich hatte einen Proteinriegel. Warum?"

Ich sause durch den Verkehr. „Such ein Restaurant aus."

„Was?"

„Du hast mich gehört." Ich blicke zu ihr und beobachte, wie sie ihre Optionen abwägt. „Du hast Hunger. Also lass uns etwas essen."

„Lädst du mich ein, Anzugträger? Zu einem Date?"

„Kommen wir dadurch schneller zu einem Abendessen?"

„Wer sagt, dass ich mit dir essen will?"

Muss bei diesem Weibchen alles ein Kampf sein? „Wir können uns Take-out besorgen. Oder an getrennten Tischen essen." Ihr Magen knurrt erneut und ich verkneife mir das Winseln meines Wolfs. „Ich versuche nur, dich zu füttern."

„Das habe ich verstanden. Ich frage mich nur warum."

Irgendein Arschloch in einem Truck fährt abrupt vor mich, woraufhin ich hupe und meinen Frust an dem unhöflichen Fahrer abreagiere. Es hilft nicht.

„Kann ich nicht einfach etwas Nettes tun?", murmle ich.

Aubrey kichert und ich realisiere, dass sie mich reingelegt hat. „Ein Abendessen wäre schön."

Ich beschließe, sie ebenfalls aufzuziehen. „Nur schön? Die meisten Leute würden dafür töten, um mit einem Milliardär Abendessen zu gehen."

„Ein Krypto-Milliardär." Ihre Lippen kräuseln sich. „Und ich bin nicht die meisten Leute."

„Was hast du gegen Blockchain-Technologie?"

„Oh, ich weiß nicht, die ungezügelte Verschwendung von Ressourcen, die den Klimawandel verschlimmern."

„Es ist ein schmutziges Feld", stimme ich zu. „Deswegen stellen Brick und ich sicher, dass all unsere Unternehmen mit grüner Energie betrieben werden. Wir sind Carbon-negativ. Aber jedes Unternehmen muss den Klimawandel ernst nehmen. Als eine Spezies tun wir nicht genug."

Sie blinzelt. Sie hat nicht erwartet, dass ich das sage. Dann werden ihre Augen schmal und ich verberge mein Feixen. Sie wollte eine Gelegenheit, mir den Arsch aufzureißen, und jetzt ist sie verärgert.

Das Abendessen wird Spaß machen.

Ich öffne den Mund, um sie zu fragen, ob sie lieber Sushi oder Tacos mag, als mein Armaturenbrett aufleuchtet, da ich eine Nachricht bekommen habe. Es ist Sully, einer meiner Rudelbrüder. *Brauche dich jetzt im HQ.*

Ich drücke auf Antworten und diktiere knurrend: *Ich bin bei einem Kunden. Kann es warten?*

Nein. Sully hält nichts von vielen Worten, ist jedoch der Chef der Rudel-Security, weshalb ich weiß, dass es wichtig ist, wenn er ein Treffen verlangt.

„Also … jetzt bin ich ein Kunde." Aubreys Augenbrauen heben sich.

Ich fluche, mache eine illegale Wende und fahre zu Aubreys Apartment. „Nur damit ich unsere gemeinsame Zeit als Spesen absetzen kann." Ich rase durch die Straßen, fahre um langsame Autos und Lieferwagen herum und gelange in Rekordzeit zu Aubreys Apartment.

Ich parke illegal und springe aus dem Wagen, um ihr die Tür zu öffnen, doch sie ist bereits ausgestiegen, als ich sie erreiche. „Ich hole deine Sachen."

„Nicht nötig." Sie winkt mit einer eleganten, farbverschmierten Hand ab. „Du kannst sie in dein Apartment stellen. Das erspart mir eine zusätzliche Fahrt zu dir."

Der Gedanke, dass sie bald in meiner Wohnung sein wird, beruhigt mich. Ich sollte es hassen, sie in der Nähe zu haben – warum bin ich momentan so verärgert darüber, dass ich sie verlassen muss?

Ich knalle ihre Autotür zu.

„Tschüss! Danke für die Autofahrt, um die ich nicht gebeten habe", ruft sie über ihre Schulter, während sie davonstolziert. Ihr Hintern ist die reine Perfektion und ich brenne darauf, ihn zu versohlen.

Ich mache mir nicht die Mühe, darauf zu antworten, vermute jedoch, dass mein Wolf in meinen Augen durchschimmert. Er will, dass ich ihr die Treppe hinauffolge und mich die ganze Nacht lang mit ihr zwischen den Laken wälze. Nackt. Ich bin stahlhart und stelle mir vor, dass ihre weiche Haut mit meinem Geruch überzogen ist.

Ich rufe das italienische Restaurant an, das Madi mag, bestelle eine Portion von allem, was auf der Speisekarte steht, und lasse es zu Aubreys Tür liefern. Daraufhin fühlt sich mein Wolf besser.

Als ich zu Sullys Büro gelange, reiße ich die Tür praktisch aus den Angeln. „Worum geht es?", knurre ich. Mein Wolf ist sauer, dass wir von Aubreys Seite weggerufen wurden.

Zum Glück verschwendet Sully meine Zeit nicht. Er dreht sich unbeeindruckt auf seinem Stuhl um. „Ich habe mir einige Videoaufnahmen angesehen und das hier gefunden." Er klickt auf einen Knopf und das Bild einer Straßenecke füllt jeden Bildschirm. Ich erkenne das Gebäude – es ist der Adalwulf Büroturm, der sich direkt gegenüber von Moon Co.'s Büro befindet. „Ja und?"

„Schau zu." Das Video beginnt und zeigt einen steten Strom an Leuten, die das Gebäude von Adalwulf Associates verlassen. Nach einigen Sekunden erscheint ein vertrautes Gesicht. Sully drückt auf Pause und zoomt das Bild heran.

Es ist mein Dad. Dieses Video ist der Beweis dafür, dass er ein Meeting mit dem geschworenen Feind meines Rudels hatte.

Ich sollte mich von den Taten meines Vaters nicht verraten fühlen, tue es jedoch. Ich wusste, dass er alles tun würde, um an Macht zu gelangen, doch ein Bündnis mit unseren Feinden? Das trifft mich.

„Das wurde aufgezeichnet, kurz bevor er unser Gebäude betreten und dich besucht hat", erklärt Sully. „Gibt es einen Grund, aus dem dein Vater die Adalwulfs besuchen würde?"

Ich fluche. Zum Teufel mit ihm. Natürlich mischt er sich erneut in mein Leben ein. Ich lasse mir die Abscheu auf dem

Gesicht anmerken. „So wie ich ihn kenne, spielt er ein doppeltes Spiel. Er ist hierhergekommen und hat eine Einladung zu Bricks Hochzeit verlangt. Er hat auch angedeutet, dass Bricks Stellung in unserem Rudel schwach wäre."

Sully sagt nichts und starrt mich nur an.

„Willst du damit andeuten, dass ich davon wusste?", frage ich.

„Ich deute es nicht an. Ich frage dich offen danach."

„Ich kontrolliere die Taten meines Vaters nicht." Ich erwidere Sullys ernsten Blick und bin aufgebracht, dass er mich in die Mangel nimmt, als wäre ich ein Verdächtiger bei einem Verbrechen. „Wenn er sich mit unserem Feind getroffen hat, hatte ich nichts damit zu tun. Dass du mich das gefragt hast, wirft für mich die Frage auf ... wird an meiner Loyalität gezweifelt?"

Sully lehnt sich in einer täuschend lässigen Pose auf seinem Stuhl zurück. Er könnte mühelos von seinem Stuhl springen und sich in einen Kampf stürzen. „Du hast in letzter Zeit mit Bricks Entscheidungen gehadert."

„Sprichst du davon, dass ich dagegen war, dass Brick eine menschliche Gefährtin beansprucht? Das liegt in der Vergangenheit. Ich will das, was für das Rudel am besten ist. Jetzt, da Madi unsere Luna ist, stehe ich hinter ihr und Brick, genauso wie du." Hitze durchströmt mich und meine Wut wartet nur darauf, rausgelassen zu werden. Dass Sully mich überhaupt mit einem Hund wie meinem Vater in eine Schublade stecken würde, macht mich so sauer, dass ich explodieren möchte. „Ich halte diesem Rudel den Rücken frei."

„Das ist gut, zu hören", erwidert Sully. Sein Ton ist ruhig, als würden wir das Wetter besprechen und er mich nicht des Verrats beschuldigen. „Dann wirst du kein Problem haben, herauszufinden, was dein Vater ausheckte, als er die Adalwulfs besuchte."

„Ich weiß, dass du Spione im Adalwulf-Rudel hast."

„Aber nicht in dem deines Dads. Du bist unsere beste Chance, herauszufinden, was er plant."

Ich knirsche mit den Zähnen. „Ich spioniere für dich gerne jederzeit meinen Vater aus."

„Wundervoll. Ich werde Brick mitteilen, dass er in einer Woche einen Bericht erwarten kann."

Fuck, jetzt muss ich mit meinem Dad sprechen. Meine Laune hat sich gerade noch mehr verschlechtert.

Meine Augen leuchten vermutlich. Mein Wolf untersteht Sully nicht – was der Grund dafür ist, dass er darauf geachtet hat, klarzustellen, dass ich Brick und nicht ihm Bericht erstatten werde. Dennoch werde ich das nächste Mal, wenn wir laufen gehen, meinen Wolf auf ihn loslassen. Er darf nicht vergessen, dass ich der Stellvertreter bin und nicht er. „Mach dir nicht die Mühe. Ich werde es ihm selbst sagen." Ich stapfe aus der Tür, bevor ich ihn in seinem Büro zu einem Kampf um Dominanz herausfordere. Wölfe und Security-Ausrüstung passen nicht gut zusammen.

Ich bin sauer, dass ich mich damit beschäftigen muss, doch Sully hat recht. Jede Bedrohung für unser Rudel muss sofort aus der Welt geschafft werden. Ich muss meinen Dad aufspüren und die Bedrohung eliminieren.

Ich zücke mein Handy, scrolle zu meinem zweitliebsten Kontakt und drücke auf Anrufen.

„Billy?", antwortet meine Schwester Boudicca und klingt verwirrt. „Ist alles okay?"

„Unser Vater ist hier."

„Was?" Sie braucht einen Augenblick, um zu verstehen, was ich ihr sage. „In der Stadt?"

„Ja." Ich knirsche mit den Zähnen.

Sie seufzt. „Ich habe gehört, dass er eine Reise dorthin plant. Ich hätte ihn aufgehalten, wenn ich gekonnt hätte."

„Ich weiß."

Mit zwanzig Jahren wurde meine Schwester aus dem

Rudel verbannt, weil sie sich mit einer Wölfin gepaart hatte. Denn mein Dad ist natürlich nicht nur ein Menschenhasser, sondern auch homophob. Er kann es nicht ertragen, Leute diejenigen lieben zu lassen, die sie lieben. Er will nur Hass verbreiten.

Jetzt lebt sie mit ihrer Gefährtin in New Hampshire, behält das Rudel jedoch im Auge. Sie war immer mutig, stark und darauf fokussiert, andere zu beschützen. Mich zu beschützen. Als sie verbannt wurde, versuchte sie, mich mitzunehmen, doch mein Vater und seine Vollstrecker erlaubten es nicht.

Ihre Stimme erinnert mich an eine vergangene, dunklere Zeit. Kurz bin ich in den Wäldern Maines im Revier meines Vaters. Ich kann das Rudel schreien hören. Ich war fünf Jahre alt, als sie einen Jäger auf Rudelland erwischten. Ich kann mich an den Gestank von Schweiß und Furcht und das bösartige Funkeln im Auge meines Dads erinnern.

Er zwang das Rudel, sich zu versammeln und zuzuschauen, wie seine Vollstrecker den Menschen herbeischleiften. *„Dieser Mensch denkt, dass er auf unserem Land jagen kann"*, spottete mein Vater. *„Wir werden ihm beibringen, wer hier jagt!"*

Das fanatische Jubeln verblasst, als meine Schwester meinen Namen ruft. „Billy? Bist du noch dran?"

Ich schüttle den Kopf, um die Erinnerung zu verscheuchen. „Ich bin hier. Du musst mir helfen, herauszufinden, wo er übernachtet." Ich weiß, dass sie Beziehungen zu den vernünftigeren Mitgliedern im Rudel meines Vaters unterhält. Sie tut, was sie kann, um ihnen trotz der Tyrannei meines Vaters zu helfen.

„Ich werde tun, was ich kann", verspricht sie.

Ich sage ihr, dass ich sie lieb habe, und wir beenden den Anruf, doch ich bin immer noch in der Erinnerung gefangen.

Ich war erst fünf Jahre alt, als sie diesen Jäger im Wald fanden. Damals war meine Schwester meine Babysitterin. Sie drückte mich eng an sich, während mein Vater gegen Menschen wetterte und schimpfte, wie schwach sie sind.

„Sie denken, dass sie die Erde übernehmen können! Doch sie sind schwach." Die Abscheu in seiner Stimme veranlasste mich dazu, mich zu ducken. Wenn ich in Wolfsgestalt gewesen wäre, hätte ich den Schwanz eingeklemmt.

Ich konnte die Wut und den Triumph in meinem Vater spüren und das war nie ein gutes Zeichen. Ich war ein kleines Kind und bekam häufig den Hass meines Vaters ab.

Er peitschte das Rudel auf und machte sie für Gewalt bereit.

An einem Punkt wimmerte ich. Ich wollte keinen Laut machen, doch als er mir entwischt war, war es zu spät.

Mein Vater hörte mich.

„Bring ihn her", befahl er meiner Schwester. Sie schüttelte den Kopf. Sie war selbst erst zwölf Jahre alt, jedoch mutig genug, um sich ihm zu widersetzen, obwohl er sie dafür verprügelte. Sie versuchte, mich zu beschützen.

Ich wollte nicht, dass sie verletzt wurde. Ich schob sie von mir, ging auf zittrigen Beinen zu ihm und stellte mich vor ihn.

„Das ist ein Mensch. Er denkt, dass er stark ist, aber wenn man ihm sein Gewehr wegnimmt ..." Mein Vater hob eine Hand und der Mann kreischte hinter seinem Knebel. Ich musste nicht hören, was er sagte, um zu wissen, dass er um sein Leben bettelte.

Mein Vater und seine Kumpane lachten. „Siehst du?", brüllte mein Vater. „Schwach. Komm her, Junge." Er packte meine Schulter und seine Finger bohrten sich in den Muskel und die Knochen. Es tat weh. Ich verkniff mir einen Schrei. „Du bist ein Wolf wie ich. Mein Sohn. Du willst nicht schwach sein, oder?"

„N-nein ..."

Er schlug mich. „Lauter."

„Nein, Sir", brüllte ich. Ich konnte die Verzweiflung meiner Schwester hinter mir spüren. Ich musste stark sein. Ich konnte das hier tun.

„Guter Junge. Also wirst du jetzt hier stehen bleiben und zuschauen. Eines Tages wird das alles dir gehören. Und es wird deine Aufgabe sein, dich jeglicher Bedrohungen anzunehmen."

Ich starrte den Menschen an. Er zitterte, Tränen rannen über seine Wangen und machten seinen Knebel feucht. Er sah nicht wie eine Bedrohung aus.

„Wir sind Wölfe", bemerkte ich. „Wir sind stärker."

„Das stimmt." Mein Dad schlug mir auf den Rücken. „Er versteht es. Und jetzt … ist es an der Zeit, den Menschen zu jagen!"

Sie ließen den Mann gehen. Er rannte, kam jedoch nicht weit. Sie verwandelten sich in Wölfe und scheuchten ihn zurück.

„Schau nicht weg, Junge", knurrte mein Vater, bevor er sich in einen Wolf verwandelte, um den Mann zu töten. Und ich wandte den Blick nicht ab.

Ich stand ganz still und hielt die Augen geöffnet, bis das Blut des Menschen in mein Gesicht spritzte.

Und jetzt bin ich genau so geworden, wie es mein Vater wollte. Kalt, gerissen, beherrscht. Ich helfe dabei, ein mächtiges Rudel zu führen.

Aber ich bin nicht der Sohn meines Vaters. Ich will, dass er aus meiner Stadt und meinem Leben verschwindet, doch vor allem will ich ihn weit weg von Menschen wissen, die er womöglich verletzen wird.

Und es liegt an mir, ihn aufzuhalten.

ubrey

Nach meiner Schicht laufe ich vom La Résistance zur U-Bahn. Samstagmorgens arbeite ich am liebsten im Café. Der Laden ist voller Stammkunden, die Zeit haben, sich hinzusetzen und miteinander zu plaudern. Beim La Résistance geht es nicht nur um Espresso-Getränke und Café-Essen. Es geht um Musik und Poesie. Gemeinschaft und Liebe. Ich wuchs in einem liebevollen Zuhause mit fantastischen Eltern auf, dennoch ist das La Résistance mein zweites Zuhause, seit ich dort als Teenager meinen ersten Job bekam.

Am Samstag rufe ich Madi auf dem Weg zur U-Bahn an. „Ich bin auf dem Weg zu deinem Wohngebäude. Bitte sag mir, dass du dieses Wochenende da bist?"

„Oh nein! Warum hast du mir das nicht früher gesagt? Wir sind bereits in den Adirondacks. Gehst du zu Billy?"

„Ja. Er bestand darauf, meine Konzeptzeichnungen mit mir durchzugehen, bevor ich am Montag mit dem Malen beginne."

„Wirklich? Das ist so seltsam. Er war gestern Nacht hier.

Er muss heute Morgen mit dem Helikopter abgeflogen sein, um sich mit dir zu treffen."

Ich bleibe stehen und jemand rempelt mich von hinten an.

Etwas veranlasst mich dazu, die Straße nach einem stahlblauen Porsche abzusuchen. „Es *ist* ein wenig seltsam, oder?" Ich entdecke nichts Ungewöhnliches, weshalb ich weiterlaufe.

„Was ist seltsam?"

„Dass er sein Wochenende abkürzt, um sich mit mir zu treffen? Wegen eines Wandgemäldes, das er nicht einmal wollte?"

Madi schweigt, was mich aus der Bahn wirft. Ich habe erwartet, dass sie gleich bejaht.

„Was?", bohre ich nach.

„Ja, es ist seltsam. Ich versuche nur, dahinterzukommen, was er aushecken könnte."

Gänsehaut breitet sich auf meinen Armen aus. „Du vermutest, dass er etwas ausheckt?"

„Ich weiß es nicht. Nach allem, was passiert ist, fällt es mir schwer, ihm zu vertrauen. Und er mag keine ..." Sie atmet scharf ein.

„*Was* mag er nicht?"

Sie zögert erneut. „Äh ... nun, ich finde ihn ein wenig ... klassistisch."

Ich versuche, zu verstehen, warum sie um den heißen Brei herumredet. „Meinst du *rassistisch*?"

Geht es hier darum, dass meine Hautfarbe dunkler ist als seine?

„Nein", antwortet sie sofort, weshalb ich weiß, dass es stimmt. „Das ist es nicht. Aber er war der Meinung, ich wäre nicht gut genug für Brick."

„Richtig. Weil du nicht reich warst? Oder blaublütig?" Ich jogge die Stufen zur U-Bahn hinab.

„Letzteres. Allerdings denke ich gerade über alles nach und ich kann mir nicht vorstellen, dass er in Bezug auf dich etwas ausheckt. Er hat sehr gelitten, als er bei Brick in Ungnade gefallen ist. Er sah aus, als würde er nicht mehr schlafen."

Diese Nachricht sorgt für einen Kloß in meiner Kehle.

Ich will Billy nicht als jemanden sehen, dessen Herz so mühelos durchbohrt werden kann. Dann macht es weniger Spaß, ihn zu quälen.

„Außer er ist wirklich so bösartig und versucht noch immer, Brick und mich zu trennen", fügt Madi hinzu.

„Nun, er hat mir erzählt, dass die Planung des Junggesellenabschieds seine Strafe dafür ist, dass er in eurer Beziehung herumgepfuscht hat." Ich finde eine Bank in der U-Bahn-Station und lasse mich auf diese fallen, um auf die Bahn zu warten. Nachdem ich den ganzen Morgen auf den Beinen war, brauche ich eine Pause.

Madi kichert leise. „Ah. Das erklärt es. Er versucht noch immer, alles in Ordnung zu bringen. Also will er sich vermutlich noch bei Brick einschleimen."

„Er hat mich vor zwei Nächten bei Sentience abgeholt." Ich lasse diese Bombe platzen, um zu schauen, ob das ihre Perspektive ändert.

„*Was?*"

Gut. Sie ist angemessen überrascht. Ich bin nicht die Einzige, die das komisch findet.

„Ja und dann wollte er wissen, ob etwas zwischen mir und dem Security-Typen ist."

Madi keucht. „Heilige Scheiße. *Er steht auf dich.*"

„Wirkt irgendwie so."

„Er steht so sehr auf dich, dass er dich angestellt hat, damit du die nächsten zwei Monate in seinem Apartment bist." Madi klingt begeistert.

Mein Herz setzt einen Schlag aus, obwohl ich mir nicht

sicher bin, ob es an der Freude liegt, dass Madi und ich wieder etwas zum Tratschen haben, oder weil ein Wall Street Anzugträger auf mich steht.

„Ja. Er hat mir gleich am nächsten Tag einen Vertrag geschickt und die Anzahlung überwiesen."

„Was ihm ermöglicht hat, dich unter Druck zu setzen, damit du dich dieses Wochenende mit ihm triffst."

„Mh-hm." Das verlangsamt meinen Herzschlag wieder. „Keine Geldsumme der Welt wird ihm erlauben, mich unter Druck zu setzen", verkünde ich bestimmt. „Wochenenden sind für mich tatsächlich besser wegen des Studiums, sonst würde ich es nicht tun."

„Gut für dich. Ja, lass dir bei Billy nie Angst anmerken. Er kann sie riechen und wird jeden Vorteil ausnutzen, den er finden kann."

Ich erinnere mich an seine große Hand, die mich stützte, als er mir ins Auto half. Hat er Hintergedanken bei diesen Aktionen?

Möglicherweise. Ich vermute jedoch, dass sich die Hintergedanken darum drehen, mir an die Wäsche zu gehen. Wie Madi gesagt hat, ist er viel zu sehr ein hochnäsiger Voll-trottel, um an etwas Echtem interessiert zu sein.

Er will vermutlich bloß wissen, wie es ist, eine arme Barista zu ficken. Wie nennt er mich? *Café-Mädel*??

Egal. Ich bin ein oder zwei heißen Runden zwischen den Laken mit ihm nicht abgeneigt.

Nenne mich neugierig. Vielleicht will ich einfach wissen, wie es ist, mit einem Milliardär zu schlafen.

Meine U-Bahn fährt in die Station ein und ich presse den Kopfhörer an mein Ohr, damit ich das Gespräch beim Aufstehen beenden kann. „Er wird mich nicht beeinflussen. Ich habe vor, ihn leiden zu lassen."

Madi lacht. „Gut. Wie?"

„Nun, ich habe bereits beschlossen, dass ich es ihm nicht

einfach machen werde, wenn der Junggesellenabschied seine Strafe ist."

„Und jetzt?"

„Und jetzt bin ich mir nicht zu schade, ihn ein wenig zu reizen. Wenn er zwischen meine Beine will, muss er dafür arbeiten."

Madi stößt ein übertriebenes, empörtes Keuchen aus. „Stehst du auf ihn?"

„Mmmh ...", denke ich nach.

„Das *tust* du!" Sie klingt begeistert.

„Natürlich nicht."

„Aber?"

Ich lache. „Du hast ein *Aber* gehört?"

„Ich meine, du hast angedeutet, dass er zwischen deine Beine gelangen *würde*."

„Okay, ich bin *ein wenig* interessiert", gebe ich zu, als ich die U-Bahn betrete und einen Griff finde, an den ich mich klammern kann. Die U-Bahn fährt los und mein Gewicht fällt nach hinten.

„Ja, ich weiß nicht", meint Madi. „Ein Teil von mir denkt, dass Sex mit Billy schrecklich wäre. Dass es nur um ihn gehen würde."

„Warum zum Henker sprichst du über Sex mit *Billy*?", höre ich Brick im Hintergrund fragen, als wäre er gerade in den Raum gekommen.

Madi lacht. „Ich telefoniere mit Aubrey", informiert sie ihn. Zu mir sagt sie: „Aber er ist auch sehr gut darin, zu wissen, was Leute wollen. Deswegen ist er ein brillanter Stratege. Also wäre er vielleicht ganz gut im Bett."

„Du wirst sofort mit diesen Mutmaßungen aufhören", knurrt Brick und Madi kreischt, als hätte er sie hochgehoben oder gekitzelt oder so etwas.

„Uh oh. Mr. Besitzergreifend wird eifersüchtig." Ich will nicht so urteilend klingen, wie es herauskommt.

Ehrlich gesagt, bin ich diejenige, die eifersüchtig ist.

Scham schnürt mir die Brust zu. Ich hasse es, dass ich es Brick übelnehme, dass er Madis Aufmerksamkeit gestohlen hat. Was bin ich, zwölf Jahre alt? Ich sollte meine beste Freundin mit dem Mann teilen können, der sie liebt.

„Er weiß, dass ich Billy nicht will." Madis Stimme ist atemlos und ich bin mir sicher, dass sie mit Brick und nicht mit mir spricht. Sie starren einander vermutlich in die Augen und ziehen sich gleich wieder aus, falls sie es noch nicht getan haben.

„Okay, ich werde dich tun lassen, was immer gleich bei euch geschehen wird." Dieses Mal versuche ich, mit fröhlicherer Stimme zu sprechen. „Ich kann unser Treffen am Donnerstag nicht erwarten!"

„Ich auch nicht", trällert sie und beendet den Anruf.

Ich lasse mich auf einen Platz fallen, der bei der nächsten Haltestelle frei wird. Ich weiß nicht, warum ich mir plötzlich wünsche, ich hätte etwas Verführerisches angezogen. Ich trage meine üblichen Erster-Schöner-Frühlingstag-Kleider – ein enganliegender, bauchfreier Pullover, Shorts und Doc Martens an den Füßen.

Allerdings weiß ich nicht, was ich lieber tragen würde, um einen Kerl wie Billy zu quälen – gewiss kein Paar High Heels. Er fühlt sich bereits zu dem hingezogen, was er gesehen hat. Ich muss nicht zu etwas werden, was ich nicht bin. Doch ich könnte mich für gewagtere Kleidung entscheiden.

Meine Vorstellungskraft beginnt, mir all die Arten zu zeigen, auf die ich Billy White in Versuchung führen könnte.

Ganz recht, großer böser Bully.

Ich werde dafür sorgen, dass es dir leidtut, dass du meine beste Freundin verletzt hast. Dass dir jedes hochnäsige Urteil leidtut, das du dir über junge Frauen aus Familien der Arbeiterklasse aus Jersey erlaubt hast.

Ich werde deine Welt auf den Kopf stellen und am Ende werden wir ja sehen, wer wen drangsaliert.

~

BILLY

Ich öffne die Tür, als mir Grayson, einer unserer Security-Kerle aus dem Rudel, mitteilt, dass Aubrey auf dem Weg nach oben ist. Anschließend kehre ich zu meinem Frühstückstisch aus Glas neben den bodentiefen Fenstern zurück, die den Central Park zeigen, und lese die *Times*. Sie kann selbst reinkommen. Sie ist kein Gast in meinem Zuhause. Sie ist zum Arbeiten hier.

Doch ich schnuppere in der Luft in Erwartung ihres Muskat-Honig-Dufts. Süße und Würze aus dem Café, in dem sie arbeitet. Ich hätte nie gedacht, dass dies einer meiner Lieblingsdüfte werden würde. Nach dem Kräftemessen mit meinem Vater habe ich mich darauf gefreut, sie zu sehen.

Mein Vater würde sie hassen. Sie ist ein Mensch und stolz darauf.

Gut. Mich den Wünschen meines Vaters zu widersetzen, ist dieser Tage ein Sieg. Außerdem wird es Madi beweisen, dass ich mich nicht von Vorurteilen kontrollieren lasse. Möglicherweise gewinne ich sogar Madis Gunst, indem ich ihrer besten Freundin näherkomme. Und ich darf Aubreys Boss spielen. So viele Fliegen, die ich mit einer Klappe erschlagen konnte.

Sie stolziert in einem Wirbel aus buntem Chaos in meine Wohnung. Sie ist Chaos zu meiner Ordnung. Muster und Farben zu meinen geraden Linien und monochromatischer Palette.

Ich könnte schwören, dass ihr eine warme Brise hereinfolgt – die Sorte, die nach der Kälte des Winters ein angenehmes Wetter verspricht.

Meine Lippen kräuseln sich, als ich sie über den Rand meiner Zeitung hinweg kühl von oben bis unten mustere und ihr Outfit betrachte. „Du siehst wie …" Ich verstumme.

Es hatte heute um die zwanzig Grad – es ist ein warmer Frühlingstag, aber auf keinen Fall heiß. Warum zum Henker trägt sie diese kurze Jeansshorts?

Außerdem ist ihr Bauch entblößt. Beim Schicksal, hat sie einen gepiercten Bauchnabel? Ein Silberring. Verflucht sexy, aber er würde mich verbrennen, wenn ich sie von vorne nehmen würde. Hoffentlich hat sie nicht auch noch ein Klitoris-Piercing.

„*Was?*" In ihrer Haltung und ihrem Blick liegt eine Herausforderung. Sie ist nicht als Arbeitnehmerin hergekommen, die ihren Auftraggeber zufriedenstellen möchte.

Sie ist hier, um sich mit mir anzulegen.

Diese Wandgemälde-Idee ist vermutlich meine bisher am schlechtesten durchdachte Idee.

Ich muss bei diesem Gespräch wieder die Kontrolle erlangen. Ich bedenke sie mit einem grimmigen, abwägenden Blick und bemerke den Zeichenblock unter ihrem Arm.

„Hast du deine Konzepte mitgebracht?"

„*Wie* sehe ich aus?" Sie schreitet in ihren klobigen Stiefeln herbei, bleibt vor mir stehen und schiebt frech eine Hüfte raus.

Ich will sie über den Tisch beugen und ihr eine Lektion in Unterordnung erteilen. Ich würde die Jeansshorts aufknöpfen und zu ihren Oberschenkeln herabziehen. Vielleicht würde ich diesen knackigen Hintern einige Male streicheln, bevor ich ihn versohlen würde.

„Wie Sommer", brumme ich.

Sie zieht ihre Augenbrauen hoch. Sie sind zu perfekten Bögen geformt. Ich verspüre den Drang, einen mit der Fingerspitze nachzufahren, was … verstörend ist.

Doch ich will irgendeinen Teil von ihr berühren. Ich will

meine Hände auf ihre nackte Taille legen und die Textur ihrer glatten Haut spüren. Ich will sie wieder hochheben und ihr Gewicht einschätzen. Wie würde sie sich anfühlen, wenn sie rittlings auf meiner Hüfte säße und meinen Schwanz reiten würde?

Whoa. Mit diesem Gedanken bin ich viel zu weit gegangen. Mein Schwanz füllt sich mit Blut.

„Setz dich", sage ich, denn ich kann jetzt auf keinen Fall aufstehen, ohne ihr zu zeigen, welche Wirkung sie auf mich hat. Allerdings wäre ich ohnehin nicht aufgestanden. Ich muss heute einige Grundregeln aufstellen.

Ich bin der Boss.

Sie arbeitet für mich.

Sie schiebt sich mit mehr Eleganz auf den Stuhl gegenüber von mir, als man von einem Mädchen erwarten würde, das in einem Paar Militärstiefel herumtrampelt und aussieht, als wolle sie jemandem in den Arsch treten.

Und sie ist nur ein Mädchen. Dreiundzwanzig Jahre alt. Ein ganzes Jahrzehnt jünger als ich. Ich habe es hier quasi mit einem unverschämten Teenager zu tun.

„Zeig mir deine Konzepte."

„Freut mich auch, dich zu sehen." Ihr Lächeln verrät mir, dass sie meine Unhöflichkeit kalt lässt. „Danke für die Essenslieferung neulich. Ich habe jetzt genug Essen in meinem Gefrierfach für den nächsten Monat."

Ich antworte nicht. Ich weiß noch immer nicht, warum ich das getan habe. Etwas daran, ihren Magen knurren zu hören, machte meinen Wolf hibbelig und er konnte es nicht ertragen, dass ich davonfuhr, ohne sicherzustellen, dass sie genug zum Essen hatte.

Was dumm war. Sie ist eine erwachsene Frau, die sich jeden Tag selbst versorgt.

Sie klappt ihren Zeichenblock auf dem Tisch auf und schiebt ihn zu mir.

Auf der Seite ist ein ordentliches Rechteck aufgezeichnet, um die Ränder des Wandgemäldes anzuzeigen. Innerhalb dessen Linien hat sie eine Kakophonie aus Blüten skizziert. Sie werden als Nahaufnahme a la Georgia O'Keefe gezeigt, die Leinwand ist jedoch voll von ihnen, als würden sie nach vorne drängen und von der Seite purzeln.

„Das hier ist für das bunte Gemälde", mutmaße ich.

Aubrey grinst. „Nein."

In der Silbe schwingen eine Herausforderung und eine Anspielung mit. Sie testet mich.

Ich starre die Skizze noch einmal an. „Du willst schwarze und weiße Blumen malen." Ich spreche mit flacher Stimme, anstatt sie am Ende zu einer Frage zu heben.

Sie nickt.

„Und welches Design hast du dir für das farbige Wandgemälde überlegt?"

Sie lehnt sich auf dem Stuhl zurück. „Ich habe mich noch nicht entschieden. Ich will ein wenig Zeit in deiner Wohnung verbringen, um mich inspirieren zu lassen."

Oh, ich werde sie inspirieren.

Ich werde sie inspirieren, ihre Kleider auszuziehen. Ihre umwerfenden Schenkel zu spreizen und meinen Namen aus voller Kehle zu schreien, wenn sie kommt.

Um mich von diesem mentalen Bild abzulenken, tue ich so, als würde ich ihre Skizze begutachten. „Hast du jemals graue Blumen gesehen?"

Ihre Schmolllippen dehnen sich zu einem breiten Lächeln. „Noch nie." In ihren Augen funkelt eine Herausforderung. „Hast du welche gesehen?"

Sie versucht, zu beweisen, dass ein farbloses Wandgemälde keinen Sinn ergibt.

Mit dieser unverschämten Frau in meiner Wohnung fühlt es sich wahr an. Bevor sie reingekommen ist, fand ich die

Farbpalette beruhigend. Es stimmt auch, dass ich Aubrey störend, chaotisch und beunruhigend finde.

Ich muss mir dieses Weibchen *wirklich* aus dem Kopf ficken.

„Nimm dieses Design für das andere Wandgemälde", weise ich sie an.

„Das ist für das Schwarz-Weiße", widerspricht sie bestimmt.

Sie will mich ärgern. Sie will eine Herausforderung aussprechen und versuchen, mir die Verrücktheit meiner Denkweise aufzuzeigen.

Ein Teil von mir – der vertrauteste Teil – möchte sie in Fetzen reißen. Er will sie verbal fertigmachen, sie feuern und in diesen weißen Lacklederstiefeln zurück nach Brooklyn marschieren lassen.

Doch dann würde sie am Montag nicht zurückkommen.

Und ich müsste mich bezüglich des Junggesellenabschieds immer noch mit ihr auseinandersetzen. Und bezüglich der Hochzeit. Brick wäre sauer auf mich, weil ich meiner Luna Ärger oder Kummer bereitet hätte.

Fuck.

Der andere Teil von mir weigert sich, eine Lektion von dieser Teufelin anzunehmen. Sie will mir zeigen, dass eine graue Palette falsch ist?

Zum Teufel damit. Ich habe die Einschränkung für dieses Wandgemälde vorgegeben. Sie ist diejenige, die das Gemälde innerhalb dieser Grenzen schön machen muss.

„Genehmigt", sage ich nüchtern. „Du fängst am Montag an?"

Sie verbirgt schnell ihre Überraschung. „Ja. Ich kann am Morgen hier sein. Wie komme ich rein?"

Das Normalste wäre, ihr einen Schlüssel zu geben. Ich werde schließlich auf der Arbeit sein. Oder Grayson könnte sie nach oben bringen und reinlassen.

„Ich werde hier sein", antworte ich, bevor mir bewusst ist, dass ich eine Entscheidung getroffen habe.

Ihre Brauen heben sich. „Du vertraust mir nicht genug, um mich hier allein zu lassen? Was? Denkst du, ich werde das Silberbesteck stehlen oder so etwas?"

„Ich denke, du musst überwacht werden."

Ihre Lippen teilen sich vor Empörung, doch dann lacht sie. „Ich glaube, du hast Kontrollprobleme."

Ich schaue ihr in die Augen. „Definitiv."

Sie schenkt mir wieder dieses selbstzufriedene Grinsen. „Viel Glück damit, *mich* zu kontrollieren."

Mein Schwanz wird hart. Ich habe ein halbes Dutzend Ideen, wie ich sie gerne kontrollieren würde. Die Strafen, die ich ihr bei Fehlverhalten erteilen würde, wären folgende:

Kleidereinschränkungen.

Spankings.

Ein Ballknebel.

Edging.

Sie ans Bett fesseln.

„Viel Glück damit, *unter* mir zu arbeiten." Möglicherweise habe ich eine kleine Anspielung in meine Erwiderung gelegt.

Sie prustet erneut überrascht. Ihre Augen weiten sich, als sei sie angetörnt. Ich nehme den Geruch ihrer Erregung in ihrem Muskatduft wahr. Ihr Schlucken ist hörbar.

So will ich sie. Aus dem Gleichgewicht gebracht. Erregt. Meiner Gnade ausgeliefert.

Jetzt benehme ich mich wie ein Gastgeber. „Darf ich dir etwas zu trinken anbieten?"

„Nein." Sie springt von ihrem Stuhl auf und ich bereue es sofort, ihr eine Fluchtmöglichkeit geboten zu haben. „Ich werde mich auf den Weg machen. Ich muss noch Dinge für den Auftrag besorgen."

Ich zücke meine goldene Amex und reiche sie ihr.

Ihre dicken Wimpern schnellen empor, als sie danach

greift. Ich lasse die Karte nicht los und sie ist in meinem Blick gefangen.

„Für deine Ausgaben. Oder für jegliche Ausgaben, die bei der Planung des Junggesellenabschieds anfallen."

„Ich dachte, du würdest mir deine Dinge nicht anvertrauen."

„Oh, ich würde dir mein Ding anvertrauen." Dieses Mal ist die Anspielung eindeutig. Ich lasse die Kreditkarte los und sie hebt sie hoch, um damit zwischen uns zu wedeln.

„Vorsicht, Anzugträger. Du hast keine Ahnung, was du gerade entfesselt hast."

KAPITEL ELF

Billy

Nachdem Aubrey mein Apartment verlassen hat, bin ich angespannt.

Ich sollte zu den Adirondacks zurückkehren und dieser Aggression bei einem Lauf Luft machen. Aubrey knapp bekleidet in meiner Penthousewohnung zu haben, hat mich wahnsinnig mürrisch gemacht. Das Bild ihrer nackten Beine und ihres Bauchs flackert immer wieder vor meinem inneren Auge auf. Wegen ihres Geruchs bin ich vollkommen angespannt und das Bedürfnis, mir einen runterzuholen, ist jetzt beinahe überwältigend.

Doch ich besitze mehr Selbstkontrolle als das.

Außerdem wird sie am Montag zurückkommen. Dann kann ich mich an ihr dafür rächen, dass sie mein Wochenende ruiniert hat.

Jetzt muss ich mich mit meinem guten alten Dad auseinandersetzen.

Er ist noch in der Stadt und Boudicca konnte ein Mitglied des Maine-Rudels dazu bringen, ihr zu verraten, wo er übernachtet. Die Suites des *Four Seasons* sind reizend, liegen jedoch außerhalb des Budgets meines Vaters. Sein kleines Maine-Rudel hat nicht die gleichen Ressourcen wie das Blackthroat Rudel. Entweder missbraucht er die Kreditkarte des Rudels – indem er sie für seinen persönlichen Nutzen einsetzt – oder jemand wie Aiden Adalwulf bezahlt seinen Aufenthalt. Mein Dad ist ein Scheißkerl, weshalb es vermutlich beides ist.

Das endet jetzt.

Ich betrete die Lobby des *Four Seasons* und gehe zum Empfangsschalter. „Ich wohne in einer Suite, habe jedoch meine Schlüsselkarte oben vergessen. William White." Ich zeige meinen Ausweis und drehe den Charme auf, damit sie nicht bemerken, dass ich nicht der William White bin, der eingecheckt hat.

Mit meiner neuen Schlüsselkarte schlendere ich durch den Flur des Luxushotels, als gehöre mir der Laden. Als ich die Suite meines Vaters erreiche, klopfe ich an, und als jemand an die Tür kommt, trete ich sie ein, bevor sie ganz geöffnet werden kann.

Der Wolf hinter der Tür grunzt und wird nach hinten geworfen, als ich mich an ihm vorbeidränge. Es ist einer der Vollstrecker meines Dads, vermutlich fungiert er als Bodyguard. „Hi, Chip." Ich schlage ihn hart genug, um ihn zu Boden zu befördern. „Wo ist Dale?"

Dale biegt um die Ecke, sieht seinen am Boden liegenden Partner und stürmt auf mich zu. Mit einem schnellen Schlag gegen die Kehle schalte ich ihn ebenfalls aus. Eine zerschmetterte Luftröhre tötet einen Gestaltwandler nicht, setzt ihn jedoch eine Weile außer Gefecht.

Mein Angriff war brutal und effizient, so wie es mir mein Vater beigebracht hat.

Mein Vater späht um die Ecke und sieht seine Vollstrecker stöhnend auf dem Boden liegen.

„Was hat das zu bedeuten?" Er hat keinen Überraschungs-
angriff von seinem Lieblingssohn erwartet.

„Du hast Chip und Dale mitgebracht." Ich deute mit dem
Daumen zu den halb bewusstlosen Vollstreckern.

„Sie heißen nicht …"

„Ist mir egal. Warum hast du sie mitgebracht? Hast du
Ärger erwartet? Von den Adalwulfs vielleicht? Ich weiß, dass
du wahrscheinlich versuchst, einen Deal mit ihnen auszu-
handeln, aber sie sind bekannt dafür, ihren Geschäftspart-
nern in den Rücken zu fallen."

Er zuckt zurück und ich füge hinzu: „Oh ja. Ich weiß, dass
du dich mit den Adalwulfs getroffen hast. Jetzt wirst du mir
erzählen warum."

„Du befragst mich?" Seine Nasenflügel blähen sich, er
beugt sich vor und verwandelt sich vor meinen Augen in
eine missbilligende Vaterfigur.

Doch er hat vor langer Zeit das Recht verloren, mir ein
Vater zu sein. „Das tue ich. Im Auftrag meines Rudels. Erzähl
mir, warum du dich mit den Adalwulfs getroffen hast." Er
zögert und ich blaffe: „Jetzt, gottverdammt."

„Ich wollte einen Deal aushandeln", spricht mein Vater
zähneknirschend, als würde mein Befehl ihn zwingen, zu
reden. „Ich versuchte, mit Aiden Informationen über dich zu
tauschen."

Ich dachte, ich hätte die Tiefen der Enttäuschung
hinsichtlich meines Dads erreicht, doch wir erreichen gerade
einen neuen Tiefpunkt. „Im Austausch wofür?"

„Eine Partnerschaft. Eine Investition in unser Rudel…"

„Du hast versucht, mein Rudel für Geld zu verraten. Lass
mich raten, Aiden hat den Deal abgelehnt." Mein Dad presst
die Lippen zusammen und schweigt, was mir alles verrät,
was ich wissen muss. „Du gabst ihm alle Informationen, die
du hattest, was nicht viel ist, und dann sagte er, dass es nicht
reichte und verlangte mehr. Er ließ dich am Haken zappeln,

um zu schauen, wie weit du gehen und wie sehr du deinen eigenen Sohn verraten würdest. Deswegen bist du zu mir gekommen und hast eine Hochzeitseinladung verlangt." Ich brauche es nicht, dass er das bestätigt oder leugnet. Ich weiß, dass dies der Schachzug ist, den Aiden gemacht hat. Ich hätte dasselbe getan. Ich mache den Adalwulfs keinen Vorwurf, dass sie Schlangen sind. Der echte Verräter ist mein Vater.

Als Welpe brachte ich mich beinahe um bei dem Versuch, seine Anerkennung zu verdienen. Stark wie er zu sein. Doch jetzt sehe ich ihn deutlich. Er ist schwach. Deswegen hasst er Menschen so sehr – er kann anderen Wölfen nicht die Stirn bieten, daher konzentriert er sich auf die Schwächeren.

Aus irgendeinem Grund blitzt Aubreys Gesicht vor meinem inneren Auge auf. Bei dem Gedanken, dass er seinen bösartigen Blick jemals auf sie richten könnte, wird mein Wolf wütend. Ich will nicht einmal, dass er von ihrer Existenz weiß.

„Du widerst mich an."

Die Augen meines Dads leuchten hell auf. Sein Wolf zeigt sich. Er will gegen mich kämpfen, weiß jedoch, dass er es nicht kann. Er ist nicht stark genug, um gegen mich zu kämpfen und zu gewinnen. Es ist an der Zeit, dass ich mich daran erinnere.

Dennoch plustert er sich auf: „Du wagst es, hierherzukommen …"

„Nein, ich rede jetzt." Mein Vater würde die Geschichte darüber lieben, wie ich in das Safe House eines Gegners eingedrungen bin und die Oberhand gewonnen habe, obwohl ich zahlenmäßig unterlegen war. Allerdings ist er in diesem Fall der Gegner. Ich wende seine eigenen Taktiken gegen ihn an. Nicht nur das, aber ich mache es besser, als er es jemals getan hat. Der Schüler ist zum Lehrer geworden und es ist Zeit, dass mein Dad diese Lektion lernt. „Du bist in meine Stadt gekommen und hast dich mit den Feinden meines Rudels getroffen, bevor du an meine Tür geklopft hast. Du bist ein schwacher Alpha, der ein unwichtiges Rudel anführt. Du kannst nicht viel mehr tun, als unter unserem Tisch nach Resten zu schnüffeln. Aber ich weiß es nicht zu schätzen, dass du versucht hast, ein Bündnis mit den Adalwulfs zu formen, bevor du mit ausgestreckter Hand zu mir gekommen bist."

„Unfassbar." Speichel fliegt aus dem Mund meines Vaters. „So kannst du nicht mit mir reden."

„Das habe ich gerade getan." Es hat sich auch über lange Zeit angebahnt. Ich fühle mich fantastisch. „Und jetzt sage ich dir, dass du deine Sachen packen und nach Maine zurückgehen sollst. Überlasse die hinterhältigen Deals den Profis."

William White II stottert. Er ist im Scharlatan-Modus und schüttelt seinen Finger vor mir, während er auf einer eingebildeten Seifenkiste steht und Reden schwingt. Ich bin alt genug, um ihn als den zu sehen, der er wirklich ist: ein Dummschwätzer bis zum Ende. Er hat nichts: ein Rudel, das er mit seiner eigenen Tyrannei geschwächt hat, und einen Haufen Speichellecker, die nicht einmal ein Hotelzimmer gegen einen Eindringling verteidigen können. Er kann bloß herumschreien. „Der Tag kommt noch, an dem du eine Seite wählen musst."

„Ich habe meine Seite gewählt. Es liegt also an dir, zu entscheiden, auf wessen Seite du stehst. Und ich rate dir, gut darüber nachzudenken."

Ich mache auf dem Absatz kehrt und marschiere zur Tür, wobei ich über die sich windenden Körper trete.

Mein Vater folgt mir in einigem Abstand. Er wagt es nicht, mir nahe zu kommen, und wird auch keine Pfote heben, um seinen Rudelkollegen zu helfen. „Blut ist dicker als Wasser", ruft er vom Ende des Gangs.

Ich bleibe einen halben Meter entfernt von der Tür

stehen. Ich kann es nicht ertragen, wenn Leute Dinge falsch zitieren. „So lautet der Spruch nicht. Der echte Spruch geht folgendermaßen: ‚Das Blut des Bundes ist dicker als das Wasser der Gebärmutter.‘ Was das Gegenteil von dem ist, was die meisten Leute für die Bedeutung des Spruchs halten. Danke, dass du zu meinem Ted Talk gekommen bist.“

„Du stellst dich auf Bricks Seite anstatt auf die deines eigenen Vaters?“

Ich lege meine Hand auf die Tür und mache mir nicht die Mühe, mich zum Antworten umzudrehen. „Genau das habe ich gerade gesagt. Falls du mir nicht glaubst … kannst du gerne Mist bauen und es herausfinden.“

KAPITEL ZWÖLF

ubrey
Montagmorgen erscheine ich bei Billys
Wohnung in einem Outfit, das ich zum Malen und für Mal-
Folter für *sexy-funktional* halte. Ich trage eine lilafarbene
Latzhose mit einem weißen Stringbikini-Oberteil darunter,
das fantastisch auf meiner dunklen Haut aussieht. Meine
Haare habe ich oben auf meinem Kopf zusammengefasst,
wodurch Billy eine gute Sicht auf meinen langen Hals haben
wird. Im Aufzug habe ich mir die Zeit genommen, meinen
Lipgloss aufzufrischen.

Gestern brachte ich Billys Goldkarte zum Glühen, nur
um ihn zu ärgern. Ich hatte gehofft, dass er Benachrichti-
gungen erhalten würde, da ich fünf getrennte Einkäufe damit
bezahlt hatte. Ich kann nicht sagen, ob er es bereits weiß –
ich erhielt keine Proteste, nicht einmal nachdem ich alle
Materialien gekauft und für deren Lieferung bezahlt hatte:
Abdeckplanen, Pinsel und Farbwannen, eine Dose von quasi
jeder Farbe, obwohl ich mit dem schwarz-weißen Wandgemälde anfange – ha! Nichts davon war notwendig. Er hat

bereits meine Abdeckplane und Malmaterialien. Ich benötigte eigentlich nur einen Eimer schwarze und einen Eimer weiße Farbe. Vielleicht einige graue Farben mit warmen Untertönen.

Wie zuvor drücke ich die Türklinke nach unten, ohne anzuklopfen, und stelle fest, dass die Tür geöffnet ist.

Ich nehme meine Kopfhörer raus. „Schatz, ich bin zu Hause!" Beim ersten Mal war es ein alberner Witz und jetzt ist es noch dümmer, doch mein Ziel besteht darin, Billy in den Wahnsinn zu treiben.

Er hat die Möbelstücke von der Wand weggeschoben, die ich bemalen soll, und all das Zeug, das ich bestellt habe, wurde ordentlich daneben gestapelt. Eine Trittleiter lehnt an der Wand. Er hat sogar den Wandleuchter entfernt, um den ich drumherum malen wollte. Oder hat er einfach einen Handwerker engagiert, der das für ihn erledigt hat?

Ich entdecke ihn an der Frühstückstheke in der Küche, wo er an einer Espressotasse nippt, während er an seinem Laptop arbeitet. Die Tasse sieht winzig in seinen großen Händen aus.

Verdammt, er hat heiße Hände für einen Wall Street Milliardär. Sie sind nicht manikürt und blass; sie sind groß und sehen kräftig aus. Ich habe noch nie zuvor über die Hände eines Mannes nachgedacht, doch etwas an Billys macht mich neugierig, wie sie sich auf meinem Körper anfühlen würden. Ich erinnere mich daran, wie stark er war, als er mich an der Taille hochhob. Diese Finger könnten sich um meine Kehle schließen und mich vermutlich erwürgen. Ich stelle mir vor, wie sich seine riesige Hand anfühlen würde, wenn sie mir den Hintern versohlt.

Er hat kaum einen Blick für mich übrig.

Wie letztes Mal gibt er den Ton an. Die Botschaft lautet, dass wir keine Freunde sind. Ich arbeite für ihn. Unter ihm.

Uups. Diesen Gedanken hätte ich nicht haben sollen, vor allem nicht, nachdem ich von seinen riesigen Händen fantasiert habe. Meine Nippel werden unter dem Bikini-Oberteil hart. Feuchtigkeit sammelt sich zwischen meinen Beinen.

Seine Nasenflügel blähen sich und sein Kopf hebt sich ruckartig von seinem Bildschirm. Plötzlich ist er auf den Beinen und kommt auf mich zu, bevor ich meinen Angriff planen kann.

Meine Strategie gegen seine Versuche, mich in meine Schranken zu weisen, besteht darin, übertrieben vertraut mit ihm umzugehen. Mein Zeug überall zu verteilen. Die Energie dieses Raums zu übernehmen.

Ihn zu verjagen.

Allerdings gefällt mir dieser Gedanke nicht so gut. Ich will ihn nicht so sehr in den Wahnsinn treiben, dass er tatsächlich geht. Mir gefällt die Vorstellung, dass er hier ist, wo ich ihn quälen kann.

Mir gefällt die Vorstellung, den ganzen Tag in seiner Nähe zu sein.

Vielleicht sollte ich dieses Verlangen nach ihm befriedigen.

Er bleibt vor mir stehen und mir stockt der Atem. Er steht zu nah bei mir. Seine Haltung ist zu dominant. Dass er mit dieser finsteren Miene auf mich herabblickt, veranlasst mich dazu, den Kopf zu heben und herausfordernd zurückzustarren. Ich warte auf einen Tadel, weil ich so viel Geld ausgegeben habe, doch stattdessen fragt er barsch: „Was brauchst du?"

Deine Hand in meinen Haaren.

Harten Sex an der Wand.

Uups. Ich verliere das Wesentliche aus den Augen. Zeit, ihn in *seine* Schranken zu weisen.

Ich stecke die Kopfhörer wieder in meine Ohren. Meine

80er-Jahre-Montags-Playlist läuft noch. „Von dir nichts", erwidere ich lässig, ignoriere ihn und breite die Abdeckplane aus.

Ich spüre den Laserfokus seines Blicks auf meinem Hintern, als ich mich vorbeuge und an der Plane ziehe.

Er bietet mir keine Hilfe an.

Ich muss einfach fragen. „Hast du das Wandlicht selbst entfernt?"

Er macht ein finsteres Gesicht. „Natürlich."

„Wow."

Er zieht seine Brauen hoch. „Das findest du beeindruckend?"

„Nun, du kommst mir nicht wie ein Handwerker vor."

Er zuckt leicht mit den Achseln. „Mein Vater war die Definition toxischer Maskulinität", erklärt er. „Ich wurde gezwungen, jeden Männer-Job zu lernen, den es gibt. Mit zwölf Jahren konnte ich sie alle. Ich brauchte nur dreißig Sekunden, um das Wandlicht zu entfernen."

Hmm. Das finde ich überraschend. Ich nahm an, dass man ihm Silber mit dem Löffel gefüttert hatte und er nie gezwungen war, einen Finger zu heben. Ich speichere diese neue Information über ihn ab, um später darüber nachzudenken.

Ich arbeite weiter, während er zuschaut, bis er schließlich genug davon hat, ignoriert zu werden, und zum Flur und vermutlich seinem Schlafzimmer geht.

Denk nicht an sein Bett. Oder daran, wie es wäre, an dieses gefesselt zu sein.

Ich frage mich, ob er kinky ist. Er ist mehr als dominant – er ist herrisch. Doch, wie Madi und ich gemutmaßt haben, könnte das bedeuten, dass es nur um ihn geht. Würde er mich an das Bett fesseln, würde es mehr um mich gehen.

Oh Gott. Ich muss diesen Gedankengang unterbrechen, denn ich werde minütlich erregter.

Ich hole ein Maßband heraus und vermesse die Wand, bevor ich die Leiter aufklappe und ein helles Gitter aus Bleistiftmarkierungen erstelle.

Das ist das Erste, was ich lernte, als ich anfing, Wände zu bemalen. Es ist schwer, die eigene Arbeit als Ganzes zu sehen, wenn man beim Arbeiten so dicht davor steht, jedoch etwas Großes erschafft, das aus der Ferne betrachtet werden soll. Wenn man die anfängliche Skizze in ein Raster aufteilt und dieselbe Anzahl Kästchen auf die Wand überträgt, kann man die eigene Vision mühelos in groß darstellen. Es ist, als würde man Pixel in digitalen Bildern erstellen.

Nachdem ich meine Gitterlinien gezeichnet habe, hole ich meinen Kohlestift heraus und beginne, den Umriss der größten Blume an der Wand zu skizzieren.

Der *Boomtown Rats* Song „I don't like Mondays" spielt in meinen Ohren und ich summe geistesabwesend mit, während ich meinen Rhythmus finde.

Als die Blume Gestalt annimmt, verliere ich mich in der Arbeit und vergesse, wo ich bin. Ich vergesse, dass ich nicht allein bin. Mir ist nicht bewusst, dass ich laut singe, bis ich ein Geräusch aus dem Schlafzimmer höre, das wie ein Stöhnen klingt.

BILLY

Sie *singt*.

Sie singt verdammt nochmal.

Und zum Teufel, sie hat die Stimme eines verdammten *Engels*.

Doch anstatt meine Laune zu heben und mich in andere Welten zu entführen, löst die Schönheit ihrer Stimme eine heftige Woge der Lust aus.

Hinzu kommt, dass sie genau den weißen Stringbikini

trägt, an den ich dachte, als ich sie mir an den Stränden Monacos vorstellte. Außerdem ist meine Hose im Schritt viel zu eng.

Meine Fangzähne sinken in meine Unterlippe, als ich ein Stöhnen unterdrücke.

Ich hätte heute nicht zu Hause bleiben sollen. Ihr Muskatduft durchzieht meine gesamte Wohnung – und noch schlimmer ist, dass ich schwören könnte, dass ich den Geruch ihrer Erregung auffing, als sie ankam.

Ich betrete das Badezimmer, das an mein Schlafzimmer angeschlossen ist, und drehe den Wasserhahn auf, um ein weiteres Stöhnen zu übertönen. Ich kann es nicht ertragen. Entweder muss ich ein wenig Dampf ablassen oder ich werde mit diesem Menschen etwas tun, was nicht ratsam wäre.

Etwas, bei dem ich diese Latzhose in Fetzen schneide und ihre winzigen Bikini-Dreiecke zur Seite ziehe, um an diese üppigen Brüste zu gelangen.

Ich öffne den Reißverschluss meiner Hose und schiebe eine Hand in meine Boxershorts, um meine Schwanzwurzel zu packen.

Sie wurde erregt, sobald sie meine Penthousewohnung betrat. Ich hatte vorgehabt, sie zu ignorieren, doch dann nahm ich ihren Geruch wahr und mein Wolf hätte sich beinahe auf sie gestürzt.

Ich drücke meinen Schwanz fest und lasse meine Faust zur Spitze und wieder zurück gleiten.

Sie hat dieses Bikini-Oberteil für mich angezogen. Ich bewege meine Faust schneller. Fuck, sie hat das Oberteil definitiv für mich angezogen. Und ihre Brustwarzen waren hart, als ich näher kam.

Also fühlt sie sich körperlich genauso stark zu mir hingezogen wie ich zu ihr.

Das sollte keine Überraschung sein. Sie überschüttete mich mit Beleidigungen, seit ich ihr zum ersten Mal begegnet war, doch ihre Worte hatten immer einen leicht sinnlichen Touch. Es war nicht die Art kalter Abscheu, die ich erwartet hätte angesichts dessen, dass ich ihre beste Freundin verletzt hatte. Sie strahlte Hitze aus, allerdings nicht die der zornerfüllten Art.

Die begierige Art.

Als wüsste sie, dass sie eine rattenscharfe Göttin war, und als wollte sie, dass ich das erkannte, während sie mir zugleich zeigte, wie wenig sie von mir hielt.

Mein Schwanz ist steinhart und meine Hoden sind schwer von Sperma. Ich stimuliere mich und erlaube mir meine versautesten Gedanken.

Aubrey, nackt und auf ihren Knien, ihre prallen Lippen dehnen sich um meinen Schwanz.

Ich dringe in ihren feuchten Mund, während sie mit meinen Eiern spielt.

Fuck. Ja … beim Schicksal. Fuck.

Meine Eier ziehen sich zusammen und verkrampfen sich. Ich würde auf ihrem Gesicht kommen. Nein, auf den Brüsten, mit denen sie mich heute Morgen gereizt hat.

Blut sickert in meinen Mund von den kleinen Wunden in meiner Lippe und ich genieße den Schmerz. Den Augenblick der Konzentration, den er mir schenkt, um …

Ich ziele zum Waschbecken. Sperma spritzt auf den Waschtisch und den Boden. Eine Hommage an die Teufelin in meinem Wohnzimmer.

Nein, nicht Teufelin.

Nach meinem Höhepunkt erlebe ich einen Moment der Klarheit. Mein Widerstand gegenüber Aubrey verpufft.

Natürlich ist sie nicht geeignet. Sie kommt als Gefährtin nicht infrage.

Sie ist ein Mensch. Sie hasst mich.

Doch ein Teil von mir hält sie bereits für die Meine. Sie ist hier in meinem Penthouse. Tut, was ich will.

Sie tut zwar so, als würde sie nicht meinen Anordnungen Folge leisten, Tatsache ist jedoch, dass sie hier ist, weil sie hier sein will. Sie spürt die Chemie zwischen uns genauso wie ich.

Sie ist die Meine.

KAPITEL DREIZEHN

ubrey
Ich bin in meine Arbeit vertieft, als ein lautes Klopfen an der Tür erklingt.

Erschrocken kreische ich und schwanke auf der Leiter.

Kräftige Hände packen meine Hüften von hinten, woraufhin ich plötzlich im Gleichgewicht bin und von Billy vollkommen ruhig gehalten werde.

„Whoa." Meine Hand hebt sich und legt sich auf seine. „Okay. Ich schätze, du hast mich."

Sein Gesicht ist eine ausdruckslose Maske, doch er scheint mich nur widerwillig loszulassen.

Ich kann nicht behaupten, dass mich das stört.

Nach einem Augenblick lockert sich sein Griff und er marschiert ohne ein Wort zur Tür.

Ein Lieferbote steht dort mit drei großen Tüten. Das muss das Mittagessen sein – es riecht himmlisch nach Thai-Essen. Er nimmt die Tüten und gibt dem Kerl ein Trinkgeld.

„Richtest du ein Lunch-Meeting aus?"

Er dreht sich um und sieht mich finster an. „Warum sagst du das?"

„Wirst du all das allein essen?"

„Ich wusste nicht, was du willst, also habe ich etwas von allem bestellt." Seine Stimme klingt mürrisch, als sei er sauer, dass er für mich etwas von allem bestellen musste.

Als hätte er mich nicht einfach *fragen* können, was ich will.

Etwas von allem ließ er auch an dem Abend zu meiner Tür liefern, an dem er mich vom Sentience-Gebäude nach Hause fuhr.

„Wer in aller Welt wird das alles essen?"

Er antwortet nicht, ignoriert mich und trägt das Essen zur Küche.

Plötzlich wird mir bewusst, dass ich am Verhungern bin, weshalb ich ihm folge. Ich werfe einen Blick auf mein Handy – es ist bereits 13:30Uhr. Ich habe durch meine übliche Mittagspause durchgearbeitet. „Danke. Ich habe gar nicht gemerkt, dass die Mittagspausenzeit schon vorbei ist."

„Ich habe deinen Magen in meinem Schlafzimmer knurren hören." Billy stellt die riesigen Essenstüten auf die Theke und beginnt, Behälter herauszuholen und zu öffnen.

Im Ernst, das ist genug Essen für zehn Leute.

„Das heißt, wenn ich ihn über deinen Gesang hören konnte."

Oh Gott. Ich habe laut gesungen. Ich spüre, dass mein Gesicht warm wird, verdränge die Scham jedoch rasch.

Ich recke das Kinn. „Singen ist Teil meines Schaffensprozesses. Wenn es dir nicht gefällt, musst du dir womöglich einen anderen Platz zum Arbeiten suchen."

Yeah, jetzt habe ich definitiv eine Grenze überschritten.

Billys Augen leuchten im Licht. Er lässt sich keine Wut oder auch nur den Hauch einer Emotion in seinem Gesicht anmerken. „Hast du bei Sentience gesungen?"

Ich erröte wieder.

„Nun, das weiß ich nicht. Mir war nicht bewusst, dass ich laut gesungen habe, bis du es gesagt hast."

Er zieht eine Braue hoch, als würde er mir nicht glauben. „Ich glaube, du willst einfach nur die Aufmerksamkeit." Er legt den Kopf schief. Mit diesem kantigen Kiefer und den scharfen, grauen Augen ist er verflucht sexy und ich wünschte, ich wäre mir dieser Tatsache nicht so bewusst. Seine Stimme senkt sich zu einem leisen Schnurren und seine Augenlider schließen sich zur Hälfte. „Willst du meine Aufmerksamkeit, Aubrey?"

Was für ein Mistkerl.

Ich will ihm diesen arroganten Ausdruck aus dem Gesicht schlagen, obwohl sich meine Brustwarzen zu steifen Spitzen zusammenziehen.

„Oh, glaub mir, Anzugträger. Wenn ich deine Aufmerksamkeit will, wirst du es wissen."

Sein Blick wandert von meinem Gesicht über meinen erhitzten Hals. Er neigt den Kopf, um meinen Busen in der Lücke am Latz meiner Hose zu mustern. Ich habe absichtlich das Bikini-Oberteil getragen, weil es die Rundung meiner Brüste betont, wenn man sie aus diesem Winkel betrachtet.

Er zeigt, dass er sich dieser Tatsache bewusst ist.

Er weiß, dass ich mich für ihn angezogen habe.

Gah – dass ich seine Aufmerksamkeit wollte.

Verdammt!

Er hebt betont langsam den Kopf und begegnet meinem Blick. „Bist du dir sicher?" Er wackelt mit den Augenbrauen.

Anschließend hebt er seine Fingerspitze zu dem Verschluss meines Overalls. „Wenn ich den hier öffne, was würde ich dann finden, Silver?"

„Silver?" Ich versuche, mit ihm mitzuhalten, bin jedoch verwirrt. Zuerst war es Café-Mädel. Jetzt Silver.

„Silver. Wegen des Rings in deiner Nase. Und in deinem

Bauchnabel. Du nennst mich Anzugträger. Ich nenne dich Silver."

Seine Fingerspitze streichelt über den Knopf. Ich will, dass er *mich* berührt und nicht das Metall. Meine Haut. Meine Brustwarze.

Er hat meinen Bauchnabelring bemerkt. Er hat einen Kosenamen für mich. Ich habe mich nicht geirrt, er steht tatsächlich auf mich.

„Sind deine Brustwarzen hart für mich, Aubrey?"

Meine Pussy verkrampft sich. „Nein."

Seine Mundwinkel heben sich zu dem Schatten eines Lächelns. „Lügnerin."

Er hebt seine andere Hand zu dem Verschluss. „Ich werde nur eine Seite deiner Latzhose öffnen, um es herauszufinden. Wenn ich recht habe, lässt du den Verschluss den Rest des Tages geöffnet."

Natürlich gefällt es dem gnadenlosen Geschäftsmann einen Deal zu machen. Gott, ich will, dass er es tut. Ich will diese Sache zwischen uns weiter erkunden. Was würde das schon schaden?

Allerdings ist mein Stolz in Gefahr. Es gefällt mir nicht, Billy bei irgendetwas gewinnen zu lassen. Er ist ein weißer, cis-männlicher Milliardär, der an der Wall Street arbeitet. Ihm gehört bereits die Welt. Er könnte jede Frau haben.

Aber ich bin nicht jede Frau.

Und ich werde mich nicht so leicht von ihm verführen lassen.

Ich schlage seine Hand weg. „Kein Deal." Dann überschreite ich eine Grenze, indem ich meine Hand ausstrecke und seinen Nippel zwicke. Unter dem frischen, eintausend Dollar teuren Hemd und dem Unterhemd spüre ich den dicken Knubbel seiner Brustwarze und sie ist hart wie meine.

„Sieht so aus, als wärst *du* derjenige, der hart ist", spotte ich.

Er packt blitzschnell mein Handgelenk. „Wer berührt jetzt wen ohne Erlaubnis?" Seine Stimme ist leise und gefährlich.

Meine Nackenhärchen richten sich bei der Drohung auf, obwohl ich mir zu 99 Prozent sicher bin, dass alles sexuell ist.

Oh Gott.

Etwas Verrücktes passiert mit mir, während er mein Handgelenk festhält. Meine Mitte zieht sich nicht nur zusammen. Sie zuckt. Ich habe einen Mini-Orgasmus, nur weil mein Handgelenk von Mr. Milliardenschwer umklammert wird.

Seine Nasenflügel blähen sich, er senkt den Kopf und atmet tief ein, als würde er meinen Geruch einatmen.

Ehe ich mich versehe, knallt mein Rücken gegen die Küchenschränke. „Magst du dominante Berührungen, Aubrey?" Seine Stimme ist die pure Sünde. Ich wusste nicht, dass man so viel Sex, Lust und Anzüglichkeit in einige Worte packen kann.

Noch ein Orgasmus bahnt sich an.

„N-nein." Meine Knie zittern. Hitze rast meine Arme und Beine hinab. Zwischen meine Brüste.

Es fällt mir schwer, Luft zu holen.

„Noch eine Lüge. Ich habe dich gerade zum Kommen gebracht, als ich dein Handgelenk gepackt habe. Du stehst kurz vor einem weiteren Orgasmus, nicht wahr?"

Oh Gott.

Das *tue* ich.

Meine Innenschenkel zittern. Alles in mir spannt sich an wie eine Mausefalle, die bereit ist, zuzuschnappen.

Ich bin verdammt sauer auf mich, als meiner Kehle ein

leises Wimmern der Unterwerfung entwischt. Nein. Ich werde diesen Kampf nicht verlieren. Ich werde …

„Ich werde keinen einzigen Muskel mehr bewegen." Er ist mir so nah, dass sein Atem warm über mein Gesicht weht. Seine blauen Augen haben einen seltsamen, silbernen Schimmer. „Doch ich wette, wenn ich mein Knie zwischen deine süßen Schenkel schieben und dir etwas geben würde, an das du dich pressen kannst, würdest du mir noch einen schenken."

„Das … werde ich nicht tun." Meine Stimme klingt erstickt. Ich bin zu fasziniert von der Reaktion meines Körpers auf ihn, um ihn anzuschnauzen – etwas, worin ich normalerweise gut bin.

„Sollen wir das testen?", raunt er.

Ich will nicht, dass er es tut.

Warte – doch, ich will es.

Will ich es?

Ich will ihm nie die Oberhand lassen – so viel weiß ich. Doch verdammt, ich will, dass dieser Moment seinen Lauf nimmt. Ich weiß, dass er recht hat. Ich könnte mich auf seinem Schenkel reiben und kommen – *heftig*.

Heftiger als vor einem Augenblick.

Ich versuche erfolglos, zu schlucken. Dann schaffe ich es, zu krächzen: „Auf deinen Knien."

Ich werde nur noch einmal kommen, wenn ich die Oberhand zurückgewinne und er mir dient.

Erneut bewegt er sich schneller, als ich es für möglich gehalten hätte. Wie eine Pistole, die bereits geladen und gespannt ist, reißt er meine Latzhose nach unten, während er zu Boden sinkt. Sein Daumen erwischt meinen Kitzler, noch bevor er mein Höschen mit der anderen Hand zur Seite gerissen hat.

Ich stütze meine Hände auf seinen breiten Schultern ab und stoße ihn von mir, obwohl ich ihn näher haben will.

Sobald er mit seiner Daumenkuppe auf meine Perle drückt, komme ich. Er wartet allerdings nicht, bis ich fertig bin. Er macht weiter.

Seine Zunge gleitet zwischen meine entblößten Schamlippen, während sein Mittelfinger in mich dringt.

„Meine Fresse!", keuche ich. Mein Orgasmus pulsiert um seinen Finger, jeder Muskel unterhalb meiner Taille zittert und zuckt.

Er schiebt das Häubchen meines Kitzlers hoch, umschließt ihn mit den Lippen und schafft es, an dem winzigen Nervenbündel zu saugen. Er schiebt einen zweiten Finger in mich und krümmt beide, um meine innere Wand zu streicheln.

Ich schreie auf und meine Mitte zuckt noch heftiger.

Ich kann nicht fassen, dass ich immer noch einen Orgasmus habe. Wir hatten nicht einmal Sex. Nun, ich schätze, das hier ist Sex, aber normalerweise muss ich penetriert werden, damit ich kommen kann.

„Billy ..."

Er hält inne und blickt zu mir auf. Seine Lippen glänzen von meinen Säften und seine Augen leuchten seltsam silbern – so wie Katzenaugen nachts leuchten, wenn Licht auf sie fällt.

Sein Gesichtsausdruck ist wild, doch ein Teil der Wildheit verblasst, als er mich betrachtet. Dann breitet sich die Selbstgefälligkeit aus.

Zum Teufel mit ihm.

Mein Magen knurrt.

Seine Brauen senken sich, er zieht seine Finger aus meiner klatschnassen Mitte und steckt sie sich in den Mund, um meine Säfte abzulecken.

Ich dachte, er würde mich hochheben und zum Schlafzimmer tragen. Ich meine, das hier war Vorspiel. Jetzt hätten wir das Begehren befriedigen können, das uns beide plagt, und es hinter uns bringen können. Vielleicht hätten wir im Anschluss sogar diese ganze Wandgemälde-Farce beenden können. Allerdings habe ich den Vorschuss von fünfzig Prozent, den er geschickt hat, bereits benutzt, um mein Studentendarlehn zurückzuzahlen. Daher sollte ich vielleicht nicht darauf drängen.

Doch anscheinend denkt er, dass wir fertig sind. Er zieht mein weißes Spitzenhöschen hoch, das ich angezogen habe, weil es zu dem weißen Bikini-Oberteil passt, und zerrt meine Latzhose wieder hoch.

Mein Bauch flattert dabei. Es ist seltsam, mich auf diese Weise von ihm umsorgen zu lassen.

Nicht seltsam, weil ich Männern normalerweise nicht erlaube, sich um mich zu kümmern – das tue ich. Aber es ist seltsam, weil ich nicht gedacht hätte, dass er dazu in der Lage ist.

Ich hätte nicht gedacht, dass er weiß, wie man intim ist. Oder zärtlich.

Mir fällt ein, was Madi gesagt hat – dass er sehr gut darin ist, zu wissen, was Leute wollen.

Doch ich habe ihm keinen Grund zu der Annahme gegeben, dass ich etwas anderes von ihm will, als ihm jedes Mal den Arsch aufzureißen, wenn er denselben Raum betritt wie ich.

Er schiebt einen der Träger über meine Schulter, öffnet jedoch den anderen und lässt den Latz nach unten klappen, um meinen Busen zu entblößen. Dann streichelt er mit der Rückseite seines Fingerknöchels über meine aufgerichtete Brustwarze. „Ich hatte recht."

~

BILLY

Aubrey schmeckt himmlisch. Wie etwas Fremdes und Vertrautes zugleich.

Wie die Meine.

Es ist verdammt gut, dass ich vorhin gekommen bin, sonst hätte ich mich nicht zurückhalten können. Ich hätte sie auf den Boden gerissen und in die Besinnungslosigkeit gefickt.

Doch wie es aussieht, habe ich diese Runde gewonnen. Ich habe ihr einen Hauch der Wonne geschenkt, die sie mit mir erleben könnte.

Jetzt wird sie mehr wollen.

Die erste Kostprobe ist umsonst.

Das nächste Mal wirst du dafür bezahlen, Darling.

Sie wird mit ihrer Unterwerfung bezahlen. Ich will ihren Körper und ihre Seele. Ich will, dass sie sich mir komplett unterwirft. Dass ich über sie herfallen kann.

Momentan kann sie nicht entscheiden, ob sie sauer auf mich ist oder zufrieden. Sie wägt ab, ob ich die Oberhand habe.

Ob sie zurückschlagen muss.

Ich erlaube ihr, ihre Würde zurückzuerlangen, indem ich mich zum Schrank umdrehe und zwei Teller raushole. „Was möchtest du essen?" Meine Stimme ist beinahe freundlich. Meine üblichen scharfen Töne sind zu etwas Wärmerem geworden.

Ich kann die Freude in meinem Körper nicht leugnen. Mein Wolf feiert, dass er den sexy Menschen anfassen durfte.

Es ist befriedigend, obwohl sie alles ist, was ich nicht in meinem Leben will. Ich liebe zwar, wie sie schmeckt, brauche jedoch auf keinen Fall mehr von ihr. Mein Leben ist komplett ohne eine chaotische Künstlerin, die meine Ordnung und Struktur durcheinanderbringt.

Die in meinen Zufluchtsort eindringt und ihn zu ihrem persönlichen Spielplatz macht.

Ich reiche ihr einen Teller und wir stellen kurz Blickkontakt her, als sie ihn entgegennimmt.

Ich schwöre, ich sehe den Moment, in dem sie beschließt, sich einfach zu entspannen und von mir umsorgen zu lassen. Das Oxytocin von dem Orgasmus flutet vermutlich gerade ihren Körper mit Wohlfühl- und Bindungsgefühlen.

Ganz recht, Silver. Es hat keinen Sinn, gegen mich anzukämpfen.

Ich gewinne immer.

Die einzige Frage lautet, wie du dich fühlen willst, während du verlierst.

Sie könnte es genießen, meinen Schwanz in ihrer Kehle zu haben. Oder sie könnte daran ersticken. Wie auch immer, es würde passieren.

Das ist natürlich nur eine derbe Metapher. Ich nehme nie ein Weibchen ohne seine ausdrückliche Zustimmung.

Ich beobachte, wie sie Essen auf ihren Teller lädt, und mein Wolf ist stolz, dass er sie heute auf zwei Arten befriedigt hat.

Aber sie hat mich noch nicht befriedigt, protestiert der gnadenlose Geschäftsmann in mir, der überlegt, ob der Handel fair war.

Nicht wahr. Ich bin befriedigt. Ich habe sie genau da, wo ich sie will. Sie ist in meiner Penthousewohnung und mir verpflichtet. Sie arbeitet für mich. Ich habe ihre Säfte auf meiner Zunge und sie hat mir gerade zwei wundervolle Orgasmen geschenkt.

Mein Wolf ist zufrieden.

Ich bin zufrieden.

Ich kann es nicht erwarten, zu sehen, wie sie aussieht, wenn sie nach mehr bettelt. Oder wie sie aussieht, wenn ich sie auf meinem Schwanz reiten lasse.

Ich bin plötzlich härter als Marmor.

Fuck, ich warte, bis sich meine Erektion legt, bevor ich

mein Essen an den Tisch beim Fenster trage, wo sie sich einfach hingesetzt hat.

Es hat keinen Sinn, ihr irgendein Machtgefühl zu geben.

Mein Ziel besteht darin, ihr jegliche Macht zu entziehen, sodass sie atemlos ist und nach mehr bettelt.

Sie weiß das möglicherweise nicht, aber es gibt keine Verhandlung, die ich nicht gewonnen habe.

Sie steckt sich Kopfhörer in die Ohren, als ich mich setze. Es ist ihre Version eines Mittelfingers. Ich höre die schnulzigen Klänge von 80er-Jahre-Pop aus ihren Kopfhörern.

Sie isst schnell, steht auf und schlendert zur Küche, wo sie ihren Teller abspült und in die Geschirrspülmaschine stellt. Ich habe halb erwartet, dass sie ihn im Spülbecken liegen lassen würde als eine weitere Botschaft an mich. Zu Hause mitzuhelfen, ist jedoch vermutlich fest in ihr verwurzelt.

Sie wurde nicht in den Rudeladel geboren wie Brick oder ich. Sie arbeitet hart für ihr Geld.

Sie beginnt, laut ‚Manic Monday‘ zu singen, während sie ins Wohnzimmer zurückgeht.

Jetzt legt sie sich mit mir an. Ich habe heute Nachmittag virtuelle Meetings mit meinen Teammitgliedern. Ich kann nicht zulassen, dass ihre Stimme im Hintergrund gehört wird, ganz egal, wie umwerfend sie ist.

Vor allem nicht, weil sie so umwerfend ist.

Die Nackenhaare meines Wolfs richten sich plötzlich besitzergreifend auf. *Mein.*

Kein anderer darf sie hören.

Sie sehen.

Sie berühren.

Weil er eine Woge der Aggression durch meinen Körper sendet, blaffe ich: „Kein Singen."

Aubrey bleibt stehen, dreht sich langsam um und schaut über ihre Schulter. „Ich brauche Musik zum Arbeiten."

„Ich habe heute Nachmittag Meetings. Ich brauche vollkommene Stille."

Ihr Kinn senkt sich und ein Lächeln breitet sich auf ihrem reizenden Gesicht aus. Dieses Lächeln ist eine Warnung. Wenn sie eine Wölfin wäre, würde sie damit zeigen, dass sie bereit ist, sich auf mich zu stürzen.

Ihre 80er-Jahre-Musikbesessenheit färbt anscheinend auf mich ab, denn der erste Riff von *Running with the Devil* beginnt, in meinem Kopf zu spielen.

Fuck. Dieses Menschenweibchen weiß nicht, dass sie es mit einem großen bösen Bully zu tun hat.

Das sollte ein Spaß werden.

KAPITEL VIERZEHN

*A*ubrey

Ich finde eine Bank in der Penn Station und sinke auf sie.

Ich machte spät an diesem Nachmittag Schluss und schlüpfte aus der Wohnung, während Billy einen Videoanruf hatte. Dass er darauf bestehen könnte, mich nach Hause zu fahren, war das Letzte, was ich heute brauchte.

Oder dass er mir folgte.

Denn ich treffe mich hier mit Jamie und Jan, um über den aktuellen Stand des Sentience-Falls zu sprechen.

Jamie war super paranoid – ich kann nicht sagen, ob ihre Paranoia gerechtfertigt ist, oder ob sie einfach nur Angst hat, doch sie wollte sich dieses Mal nicht mit uns im La Résistance treffen.

Ein Kerl mit einer seltsamen Ausstrahlung setzt sich neben mich auf die Bank und ich rutsche zur Seite, um Platz zwischen uns zu schaffen. Er trägt eine Baseballkappe und eine chirurgische Gesichtsmaske – die Sorte, die eine Person tragen würde, die wegen Covid vorsichtig ist – und sein Kopf ist gesenkt.

147

„Ich bin es."

Mein Kopf schnellt empor, um Jamie unter den mysteriösen Kleidern zu identifizieren.

„Schau nicht zu mir."

Ich lehne mich zur Seite, um an ihr vorbeizuschauen, als würde ich mir ein Schild ansehen.

„Ist alles okay?", frage ich.

„Nein. Ich werde noch immer beobachtet. Wie sieht es bei dir aus?"

Kalte Furcht sickert bei dieser Frage in meine Brust. Doch nein, ich werde von niemandem außer Billy White beobachtet.

An den ich jetzt nicht denken werde.

Ich werde definitiv nicht daran denken, wie es sich anfühlte, seine Zunge zwischen meinen Beinen zu haben.

„Nein, alles in Ordnung."

Jan kommt und sieht leicht verärgert über diesen Treffpunkt aus. „Hier willst du dich treffen?", giftet sie.

„Schh", warnt Jamie, springt auf und wendet uns den Rücken zu.

Jan schiebt sich neben mich auf die Bank.

Jamie neigt ihren Körper zu unseren, verschränkt jedoch die Arme vor der Brust und schaut über unsere Köpfe hinweg. „Hast du eine Schlüsselkarte besorgt?"

„Eine Schlüsselkarte?" Jan macht ein verwirrtes Gesicht. „Warum braucht sie die?"

„Die Festplatte hat nicht gereicht", erkläre ich und schaue zu Jamie, damit sie es bestätigt. „Wir brauchen Zugang zu den Servern."

Jan schüttelt bereits den Kopf. „Das geht zu weit."

„Jan …"

„Nein, Aubrey, das ist zu viel. Zu riskant. Und ich kann nichts benutzen, was illegal beschafft wurde."

„Kannst du es nicht vom Gericht einziehen lassen?", frage ich, da ich mich an unser letztes Gespräch erinnere.

„Wir haben noch nicht genug, um eine Klage einzureichen."

„Aber das werden wir haben, wenn wir an den E-Mail-Server rankommen", brummt Jamie.

„Und ich sage es noch einmal ..." Jan ist jetzt absolut ungeduldig, doch ich kann beide Seiten verstehen.

„Wenn wir den Inhalt des E-Mail-Servers hätten, wäre dieser nicht vor Gericht zulässig, aber wir könnten ihn an die *New York Times* weitergeben, wie du es bei unserem letzten Treffen gesagt hast. Dann würde vielleicht der Staatsanwalt den Fall übernehmen und alles beschlagnahmen."

Jan holt tief Luft und seufzt. „Ich stehe hinter keinem Plan, bei dem eingebrochen und gestohlen wird."

„Das wurde bereits erledigt", verkünde ich. „Ich habe die Schlüsselkarte schon. Das ist es, was du brauchst, oder Jamie?"

„Das ist der erste Schritt", erklärt Jamie. „Du musst auch in den Serverraum einbrechen."

„Was?", sagen Jan und ich gleichzeitig.

„Ich dachte, ich hätte jemanden, der das für mich tun würde. Doch er hat seine Meinung geändert."

Jan und ich wechseln einen Blick. Wir fühlen uns beide nicht wohl damit, dass Jamie eine andere Person in unsere Verschwörung eingeweiht hat.

Jamie scheint unsere besorgten Gesichter nicht zu bemerken. „Und ich kann es nicht tun ... Ich darf das Gelände nicht betreten. Aber du, Aubrey ..."

„Auf keinen Fall", widerspricht Jan. „Ich will nicht, dass du dorthin gehst."

Ich knabbere an meiner Unterlippe.

Ich will es auch nicht tun, aber wer kann es sonst tun? Jamie wird bereits beobachtet. Ich habe eine schwache

Ausrede, in dem Gebäude zu sein. Oder zumindest könnte ich mir eine überlegen.

„Ich werde wieder dorthin zurückgehen. Es findet eine Gala statt, auf der das Wandgemälde enthüllt wird, und ich bin eingeladen. Falls es einfach ist, mich von der Party davonzustehlen und zum Serverraum zu gehen, werde ich es tun. Falls nicht, werde ich das Ganze abblasen."

„Ich werde deinen Eltern nicht erklären, warum ich zugelassen habe, dass dir etwas zustößt", sagt Jan. „Wenn du das tust, werde ich keinen von euch vertreten."

Ich starre Jan überrascht an. *Verdammt.* Liebevolle Strenge.

Jamie beobachtet mein Gesicht mit besorgter Miene. Sie verlässt sich darauf, dass ich das Ganze in Ordnung bringe. Sie hat für ihre Ideale ihren Job riskiert und verloren. Ideale, die ich teile. Sie würde mehr tun, glaubt jedoch, dass sie beobachtet wird.

Ich erhebe mich. „Ich werde sehen, was ich tun kann. Keine Versprechungen", erkläre ich.

„Aubrey …" Jan klingt aufgebracht.

Ich winke ab. „Keine Sorge. Ich habe das unter Kontrolle. Ich werde keine unnötigen Risiken eingehen."

Sie runzelt die Stirn und schüttelt den Kopf. „Ich will nicht, dass du wieder dorthin gehst."

„Verstanden." Ich hebe meine Brauen, um die Festigkeit meiner Stimme zu unterstreichen. Sie will es nicht. Ich schon. Ich bin erwachsen und kann meine eigenen Entscheidungen treffen.

Ihre Schultern sacken herab und sie schüttelt den Kopf. „Wir werden später weiterreden", verkündet sie und geht.

Ich blicke zu Jamie. „Falls ich das durchziehen kann, was muss ich tun?"

„In meinem Kaffeebecher ist ein USB-Stick." Sie nickt zu dem Pappbecher, den sie neben der Bank abgestellt hat. Ich habe ihn nicht einmal bemerkt. „Wenn du drin bist, wirst du den in einen Server stecken. Das wird mir eine Hintertür in ihr gesamtes Netzwerk verschaffen."

Mein Mund wird trocken, als ich verarbeite, was sie mir erzählt. Ich helfe ihr im Grunde genommen, sich in eine Milliarden-Dollar-Firma einzuhacken. „Bist du dir sicher?"

„Du schaffst das", sagt sie.

Ich nicke und hebe den Becher auf. Er scheppert ein wenig – es ist keine Flüssigkeit darin, nur der USB-Stick.

Yeah.

Ich schaffe das.

Ich schulde es den Künstlern auf der ganzen Welt. Es ist nicht richtig, dass ein großes Unternehmen ihre Arbeit stiehlt und dann seine ehemaligen Angestellten stalkt, um sie so einzuschüchtern, dass sie ihre schmutzigen Geheimnisse nicht verraten. Es ist nicht richtig und jemand muss ihnen die Stirn bieten.

Ich habe einen Grund, das Gebäude zu betreten.

Ich muss es tun.

KAPITEL FÜNFZEHN

Billy

Um 18:00 Uhr fahre ich mit dem Aufzug zum Helikopterlandeplatz auf dem Dach.

Ich verpasste, wie Aubrey meine Wohnung verließ, installierte jedoch einen Tracker auf ihrem Handy.

Was? Ich bin nicht besessen. Ich habe nur Vertrauensprobleme und bin verdammt kontrollierend. Aubrey arbeitet jetzt für mich, was bedeutet, dass ich wissen muss, was sie treibt. Ob man ihr vertrauen kann.

Als ich meinen nachmittäglichen Videoanruf beendete, war sie bei der Penn Station. Sie nahm jedoch keinen Zug. Danach zu urteilen, dass der Tracker zwanzig Minuten lang an einer Stelle blieb und anschließend den Bahnhof verließ, traf sie sich mit jemandem.

In dem belebtesten Bahnhof der Stadt.

Wenn das nicht höchst verdächtig ist, weiß ich nicht, was es ist.

Ich glaube auch nicht ihre Geschichte, dass sie ein Wandgemälde für Sentience gemalt hat. Eine Frau wie sie – eine

Kämpferin für soziale Gerechtigkeit und Künstlerin – würde aus Prinzip keinen Auftrag für dieses Unternehmen annehmen.

Sie sind der Teufel für politisch links orientierte Menschen. Sie nutzen Kinderarbeit in Drittweltländern aus, um Informationen zu scannen und hochzuladen, die sie ihrer künstlichen Intelligenz füttern. Alle wissen, dass sie die ursprünglichen Erschaffer dieser Informationen nicht kompensieren.

Sie als Künstlerin würde großen Anstoß an dem offenkundigen Diebstahl nehmen, den die Firma betreibt.

Daher glaube ich, dass sie dort etwas ausheckt. Heute Morgen durchsuchte ich ihre Tasche, während sie auf der Toilette war, und fand einen sehr interessanten Gegenstand – eine Schlüsselkarte für das Sentience-Gebäude mit dem Foto des Mistkerls, den sie an dem Abend umarmte, an dem ich sie abholte.

Ich will ihn immer noch in den Boden rammen, doch mein Wolf machte beinahe einen Rückwärtssalto, als ich realisierte, dass sie den Kerl möglicherweise umarmt hatte, um die Karte zu stehlen.

Die Alternative besteht darin, dass sie miteinander schlafen und er die Karte bei ihr vergessen hatte.

Vielleicht ging sie zur Penn Station, um sich mit ihm zu treffen und die Karte zurückzugeben.

Fuck!

Falls das der Fall ist, werde ich ihn vom Dach des Sentience-Gebäudes werfen und ihn beim Schreien beobachten.

Jetzt bin ich beinahe wild vor Anspannung, weshalb ich in den Wald muss. Mein Wolf muss von der Leine gelassen werden.

Der Helikopter landet auf dem Landeplatz. Wir haben einen hier und einen auf dem Gebäude von Moon Co. Als ich den Firmenpiloten John Acker anrief, damit er mich abholt, sagte er, er wäre bereits für einen Flug zu den Adirondacks gebucht, doch es wäre noch Platz für eine weitere Person.

Und tatsächlich sitzen Jake, Vance und Sully hinten im Helikopter. Ich steige auf den Beifahrersitz und setze das Headset auf.

Ich drehe mich um und begrüße sie. „Geht ihr laufen?"

„Zur Hölle, ja." Jake lässt seine muskulösen Schultern kreisen. „Im Fitnessstudio kann man einfach nicht alle Anspannung loswerden."

Sully nickt zustimmend.

„Wo zum Henker warst du den ganzen Tag?", will Vance wissen.

Ich drehe mich wieder nach vorne, um ihnen den Rücken zuzukehren und das Gespräch zu beenden. „Ich habe von Zuhause aus gearbeitet."

„Warum?" Vance lässt nicht locker.

Ich antworte nicht.

„Fickst du sie?" Sullys Stimme ist flach.

Ich will ihn umbringen. Als unser Rudel-Vollstrecker macht er die Angelegenheiten aller anderen zu seinen Angelegenheiten. Er besteht nicht nur aus Muskeln, sondern ist eine ganze Sicherheitsfirma in einer Person.

„Bist du dir sicher, dass du darüber sprechen willst? Ich bezweifle, dass du willst, dass ich meine Nase in dein Sexleben stecke."

Sully ist ein Sadist, der BDSM-Clubs frequentiert. Wäre er nicht unser Vollstrecker, würde ich seine Sexangewohnheiten als Schwäche für das Rudel betrachten angesichts dessen, mit wie vielen verschiedenen Weibchen er im Lauf der Jahre gespielt hat. Doch er ist vorsichtig und versteht, dass es sein Job ist, alle möglichen Schwächen des Rudels und von Moon Co. zu eliminieren.

Er gluckst bei meiner Erwiderung. „Also *tust* du es. Ich

habe nur geraten, als ich sie im Aufzug sah, und du nicht ins Büro kamst."

Ich erinnere mich an ihren Geschmack auf meiner Zunge. Wie sie ihren Kopf nach hinten warf und keuchte, als sie kam. Sie ist der Grund, aus dem ich mich heute Abend in einen Wolf verwandeln und laufen gehen muss. Momentan vibriert zu viel Macht und Kraft durch meine Zellen. Ich muss etwas zerreißen. Ich muss laufen, bis meine Pfoten schmerzen. Fuck.

Letzteres kann ich heute Nacht nicht tun, aber morgen wird sie wieder in meiner Wohnung sein. Ich kann es nicht erwarten.

„Brick hat mir befohlen, mit Madis menschlicher Seite wegen der Hochzeit in Verbindung zu treten. Genau das tue ich."

„Von was für einer *Verbindung* reden wir hier?", scherzt Jake.

„Ich diene meinem Alpha", knurre ich.

Alle drei glucksen und ich will sie einen nach dem anderen aus dem Helikopter werfen.

„Klingt für mich, als würdest du einem Menschen dienen. Oder dient sie dir?", stichelt Vance.

Mein Wolf saust an die Oberfläche. Ich springe zwischen den Sitzen hindurch, um Vance auf die Nase zu boxen. Ich bin so schnell, dass er mich nicht abwehren kann, und er schreit protestierend, als die Knochen knacken.

Der Pilot brüllt „Hey!", doch etwas in meinem Gesicht verrät ihm anscheinend, sich um seinen Kram zu kümmern, denn er widmet seine Aufmerksamkeit wieder der Windschutzscheibe.

Vance rückt seine Nase zurecht. Er ist ein gesunder Gestaltwandler – sie wird bis zum Morgen wieder heil sein. Ich habe eine Aussage gemacht, mehr nicht.

„Fuck", flucht Jake. „Da ist wirklich etwas im Busch."

Ich will knurren, „Nein, das ist es nicht!", doch ich weiß, dass ich dann nur schwach klingen würde.

Dass es dann wahr wirken würde.

Es ist nicht wahr.

Natürlich ist es nicht wahr.

Sie ist ein Mensch. Ein Niemand. Sie hasst meine Art. Ich habe keinen Nutzen für ihre Art. Wir sind in jeder Hinsicht inkompatibel.

Okay, ich muss diese Gerüchte sofort zum Verstummen bringen.

Plötzlich realisiere ich, wie falsch ich das Ganze angegangen bin. Ich hätte sie wie ein Spielzeug aussehen lassen sollen.

„Sie ist nichts", brumme ich und drehe mich um, weil ich weiß, dass meine Augen noch immer in dem Hellgrau meines Wolfs leuchten, und ich will nicht, dass es die anderen sehen. „Nur ein hübscher Hintern und ein Auftrag meines Alphas."

„Alter, es ist nichts verkehrt daran, mit einem Menschen zu schlafen", sagt Sully.

„Ja, er tut das ständig." Jake deutet mit dem Daumen in Sullys Richtung.

„Ich weiß, dein Dad ist ein Nazi, wenn es um Menschen geht, aber du musst darüber hinwegkommen. Vor allem mit Madi als unserer Luna", fährt Sully fort.

Klasse. Jetzt therapieren sie mich. Das ist das Letzte, was ich brauche.

Doch ich muss aufhören, zu reagieren. Ich habe bereits zu viel preisgegeben.

„Sie ist nicht mein erster Mensch", lüge ich.

Ich bin ein guter Lügner. Das musste ich sein, weil ich mit einem psychopathischen Vater aufgewachsen bin. Gestaltwandler können Lügen riechen, weshalb ich gelernt habe, alle emotionalen Reaktionen zu unterdrücken, wenn ich heikle Gespräche führe. Deshalb bin ich der beste Dealmacher und Problemlöser für Brick.

Aus irgendeinem Grund habe ich heute Abend die Kontrolle über meine Fähigkeit verloren.

Dennoch denke ich, dass sie es mir abgekauft haben, bis ich Vance etwas murmeln höre, was wie ein zweifelndes „Mh hmm" klingt.

KAPITEL SECHZEHN

ubrey

Nur, um Billy zu ärgern, bezahle ich meinen Scone und Morgenkaffee mit seiner Goldkarte auf dem Weg zum Central Park. Ich kann mich nicht entscheiden, ob er der Typ Mann ist, der so reich ist, dass er es nicht einmal bemerken wird, oder ob er ein Kontrollfreak ist, der versuchen wird, mich dafür rundzumachen. Ich stolziere den Gehweg in einer mit Farbe verspritzten, zerrissenen, kurzen Jeans, einer Netzstrumpfhose und einem Push-up-Bralette unter einem Malerhemd entlang, das ich vor Jahren von dem Stapel abgelegter Klamotten meines Dads genommen habe.

Meine Mom hebt alle abgetragenen Kleider für mich auf, damit ich sie als Malerklamotten oder Putzlappen verwenden kann.

Ich laufe den Gehweg vor Billys Gebäude entlang, als ein blauer Toyota an den Randstein fährt. Die hintere Tür öffnet sich und jemand wirft einen Pappkarton auf den Gehweg, bevor das Auto wegfährt.

Alle auf dem Gehweg erstarren und betrachten den Karton schief. Ich vermute, wir erwarten alle eine Bombe.

Oder Giftgas oder so etwas, doch aus dem Behälter erklingt ein leises Jaulen.

Oh Scheiße.

„Hey!", brülle ich dem wegfahrenden Auto hinterher und eile zu dem Karton.

Irgendwelche Arschlöcher haben gerade ihren Hund ausgesetzt.

„Was für Scheißkerle", fluche ich, während ich die Klappen des Kartons vorsichtig öffne. Im Inneren sitzt der niedlichste, kleine, graumelierte Welpe. Er ist vermutlich ein Mischling mit langen, verfilzten Haaren, die in seine großen braunen Augen hängen.

„Oh, Baby!", säusle ich und hebe ihn hoch.

Prompt pinkelt er mich an. „Scheiße!", fluche ich, halte ihn von meinem Körper weg und neige ihn in eine andere Richtung.

„Was ist los, niedliches Kerlchen?"

Er versucht, mein Gesicht abzulecken. „Hast du nicht die goldigsten kleinen Schlappohren?" Ich spreche mit hoher Stimme, wie ich es bei einem Baby tun würde. „Hat dich jemand weggeworfen?"

Sein Hinterteil wackelt mit seinem wedelnden Schwanz mit.

„Du bist süß. Wer würde dich aufgeben wollen?"

Ich schaue die Straße hoch und runter. Seine Besitzer sind längst verschwunden, nicht, dass sie es verdienen, Haustierbesitzer zu sein. Was werde ich nur tun? Ich werde diesen Welpen nicht zu einem Tierheim bringen und muss ihm ein gutes Zuhause finden.

In meinem Apartment sind keine Haustiere erlaubt.

Außerdem soll ich in zwei Minuten bei Billy sein.

Ein vager Plan nimmt in meinem Kopf Gestalt an und meine Lippen heben sich ein wenig.

Ja. Wenn ich mit einem Welpen auftauche, wird Billy

White der Dritte ausrasten. Und diese Reaktion will ich definitiv sehen.

Ich hebe den Welpen an meine Schulter, trage ihn mit einem Arm und greife mit der anderen Hand nach meinem Kaffee.

Lasst den Spaß beginnen.

Der Portier hält mir die Tür auf, als ich mich nähere.

„Hi, Grayson." Ich habe es mir gestern zur Aufgabe gemacht, den Namen der riesigen, muskulösen Wache in Erfahrung zu bringen. Ich versuche, nicht mehr so förmlich mit ihm zu sein, doch er widersetzt sich.

„Ms. Cook." Er bedenkt den Welpen mit einem leicht alarmierten Blick. „Weiß Mr. White, dass Sie einen Hund in seine Wohnung bringen?"

„Es ging nicht anders." Ich fege an ihm vorbei zu den Aufzügen, obwohl ich weiß, dass er seine Schlüsselkarte benutzen muss, damit ich Billys Etage erreichen kann.

Der Welpe bellt Grayson an und zappelt in meinen Armen, damit ich ihn absetze.

„Oh nein." Ich drehe den Welpen, damit er mich ansieht, und schaue ihn streng an. Er versucht, mich abzulecken.

Grayson tritt in den Aufzug, drückt seine Schlüsselkarte an den Sensor und mit dem Finger auf den Knopf für Billys Etage.

Der Welpe bellt ihn erneut an.

„Viel Glück." Er klingt trocken, was mich auf den Gedanken bringt, dass wir doch Freunde werden.

Ich schenke ihm ein breites Lächeln. „Ich rechne mit dem Schlimmsten."

Während sich die Türen schließen, bemerke ich, dass sich seine Augenbrauen überrascht heben, und ich höre ihn murmeln, „Oh Junge", als der Aufzug emporsteigt.

Als ich im oberen Stockwerk ankomme, steht Billys Tür

offen, weshalb ich einfach in seine Wohnung marschiere, darauf vorbereitet, dass er ausrasten wird.

Er ist in der Küche und macht Espresso. Seine Haare sind noch feucht von einer Dusche und sein Nadelstreifenhemd ist am Hals geöffnet. Eine Krawatte mit schwarzen und grauen Streifen liegt neben ihm auf der Küchentheke.

Oh … verdammt. Ich bin nicht darauf vorbereitet, wie heiß dieser nicht-ganz-angezogen Look an ihm aussieht. Ich frage mich, wie er wohl aussieht, wenn er aus der Dusche kommt. Hat er Haare auf der Brust? Oder ist er der Typ Mann, der seinen Rücken und Brust waxt?

Ich frage mich, wie es wohl wäre, mit seiner Krawatte gefesselt zu werden …

So viele unbeantwortete Fragen.

Die größte ist, werde ich die Antworten auf alle herausfinden? Ich weiß, dass ich es tun könnte. Die bessere Frage ist, sollte ich es tun?

Billys Nasenflügel blähen sich, als er zu mir herumwirbelt.

„Was. Ist. *Das*?" Er stößt jedes Wort wie eine Strafe aus.

„Dieser kleine Kerl wurde gerade aus einem Auto geworfen." Ich hebe das Gesicht des Welpen zu meinem, um seinem Kopf einen Kuss zu geben.

„Warum hast du ihn hierhergebracht?"

Um dich zu quälen.

„Wohin sollte ich ihn sonst bringen?", frage ich gespielt unschuldig.

„Zum Tierheim. Wo ausgesetzte Köter hingehören."

Als könnte der kleine Hund seine Missbilligung spüren, klemmt er seinen kleinen Schwanz ein und wimmert.

Billy marschiert zu uns und der Hund wimmert lauter. „Hat er dich angepinkelt?"

„Was? Das kannst du riechen?" Ich halte den Hund von mir weg, um die Stelle zu begutachten, auf der das Pipi gelandet ist. Es war nicht so viel – ich kann nicht fassen, dass er es riechen kann.

Er greift nach dem Hund und ich ziehe den kleinen Kerl weg, um ihn zu beschützen.

Billys Gesichtsausdruck ist seine übliche grausame Visage, er wirkt allerdings nicht verärgerter als zu anderen Zeiten. „Gib mir den Köter. Mach dich sauber."

Ich zögere. Ich traue diesem Kerl ernsthaft zu, dass er den Hund von seinem Balkon wirft.

Okay, vielleicht ist das zu harsch. Ich strecke den Hund zweifelnd aus, woraufhin er ihn nimmt und den Welpen auf Augenhöhe hebt. „Sei nett zu Pepper."

„Du hast ihm bereits einen *Namen* gegeben?"

Ich zucke lässig mit den Achseln, als würde ich sagen: *Warum sollte ich das nicht tun?*

Pepper wimmert und versucht, Billy abzulecken.

Er starrt Pepper kurz an. Ich weiß nicht, was zur Hölle er tut, doch dann sagt er „Ganz recht", als hätten sie sich auf etwas geeinigt.

Da ich eigentlich sexy wirken wollte und nach Hundepipi riechen nicht sexy ist, befolge ich seinen Rat und gehe zum Bad, um mich zu waschen.

Als ich zurückkehre, finde ich ihn mit hochgerollten Hemdsärmeln vor. Seine Uhr liegt neben der Krawatte auf der Küchentheke. Die sehnigen Muskeln seiner Unterarme spielen, während er den Hund in seinem Spülbecken wäscht.

Oh, verdammt.

Meine Eierstöcke stoßen ein Ei aus. Vielleicht zwei.

Das sollte nicht so sexy sein, doch aus irgendeinem Grund törnt es mich an. Ich weiß nicht, ob es an der Aussicht auf seine Unterarme liegt, des halb-häuslichen Anblicks von ihm am Spülbecken oder daran, das normalerweise kalte, steife Arschloch etwas Großzügiges für ein anderes Lebewesen tun zu sehen.

Selbst wenn dieses Lebewesen ein kleiner Hund ist.

Der klatschnasse heimatlose Hund zittert, wackelt mit dem Schwanz und seine großen braunen Augen starren bewundernd zu Billy auf.

Er schaut zu mir. „Was hast du mit diesem Ding vor?"

Ich stelle meinen Pappbecher auf seinen Glaswohnzimmertisch und trete meine Stiefel von den Füßen. „Ehrlich gesagt habe ich mir noch keinen Plan überlegt abgesehen davon, dich zu ärgern, indem ich ihn hierherbringe."

Billys Augen leuchten in diesem merkwürdigen silberblauen Schimmer, den sie manchmal annehmen. „War das auch dein Plan mit der Kreditkarte?"

Etwas daran, auf meine Missetaten angesprochen zu werden, sorgt dafür, dass meine Brustwarzen hart werden. Als wollte ich, dass er mich dafür bestraft. Als wollte ich sehen, was passiert, wenn der mächtige Mr. Milliardenschwer versucht, seine Macht über mich auszuüben.

Was keinen Sinn ergibt, da ich all meine Zeit damit verbringe, zu planen, wie ich meine Macht über ihn behalten kann.

Ich stemme kess eine Hand in die Hüfte. „Funktioniert es?"

„Nein."

„Gut. Denn ich habe vor, mit der Karte auch Sachen für Pepper zu kaufen."

Er schaltet das Wasser aus und schnappt sich ein Geschirrtuch, um den Hund abzutrocknen. Als er fertig ist, setzt er den süßen Welpen auf den Boden und stolziert zu mir. Der kleine Hund folgt ihm dicht auf den Fersen, wobei sein ganzer Po mit seinem wedelnden Schwanz mitwackelt.

„Guter Junge, Pepper!", lobe ich. „Bist du ganz sauber?" Ja, ich rede mit dem Hund, um mich von der herannahenden Gefahr abzulenken.

Ich bemühe mich, Billys nackte Unterarme nicht anzuschauen. Sie sind nicht so sexy. Sie sind nicht sexy. Oh Gott – *warum sind sie so verdammt sexy?*

Billy bleibt direkt vor mir stehen und dringt in meinen persönlichen Raum ein. „Auf welche Reaktion hast du gehofft?" Wenn ich nicht die elektrisierende Anziehungskraft spüren würde, die meinen Körper zu ihm zieht, fände ich ihn einschüchternd. Ich bin mir sicher, seine Angestellten ziehen den Kopf ein, wenn er diesen bedrohlichen Gesichtsausdruck aufsetzt.

Ich lege eine Hand auf seine Brust, um ihn zurückzustoßen. Doch er packt mein Handgelenk, dreht es und wirbelt mich herum, bis es in meinem Rücken fixiert ist. Es tut nicht weh, die Gewandtheit der Bewegung schockiert mich allerdings. Als wäre dieser Kerl ein Taekwondo-Experte oder so etwas.

Er nutzt den Griff um mein Handgelenk, um mich an seinen Körper zu ziehen. „Wartest du darauf, dass ich dich bestrafe?" Seine Stimme ist ein leises Rumpeln. So sexy. Er ist mir so nah, dass ich seinen minzigen Atem riechen kann. Ich bin mir stark bewusst, dass meiner vermutlich nach Kaffee riecht. Ich schließe die Lippen.

Seine Augen folgen der Bewegung.

„Ich habe vermutet, dass du darauf stehst", beschuldige ich ihn in dem Versuch, den Spieß umzudrehen. Ich hasse es, wie atemlos ich klinge.

Ein wildes Lächeln breitet sich auf seinem Gesicht aus. Ich weiß nicht, ob ich ihn jemals zuvor habe lächeln sehen. Das verändert sein ganzes Gesicht und lässt ihn zwanzigmal hübscher aussehen. „Oh, ich bin definitiv so ein Kerl."

Alles in mir entbrennt und verwandelt mein Inneres in geschmolzene Lava. Meine Pussy wird feucht – geradezu klatschnass. Ich bin ihm so nah, dass ich seinen perfekt rasierten kantigen Kiefer betrachten kann. Das Grübchen in seinem Kinn. Die Patrizier-Nase.

„Ich hatte so ein Gefühl, dass du dich danach sehnst, überwältigt zu werden." Der samtene Bass seiner Stimme scheint über meine Mitte zu lecken.

Mir wird schwindlig von der Wirkung seiner Beobachtung. Das ist nichts, was ich jemals selbst an mir festgestellt habe, die Worte bringen jedoch eine innere Glocke so laut zum Läuten, dass es sich anfühlt, als würde jedes Nervenende in meinem Körper reagieren.

Ich mag es nicht, wie sehr ich mich außer Kontrolle fühle. Wie entblößt. „Das hättest du wohl gerne." Ich lege so viel Verachtung wie möglich in die Worte.

Der Schatten eines Lächelns erscheint an Billys Mundwinkeln. Ich finde das alarmierend verlockend. „Silver", grollt er, „ich habe beobachtet, wie du in der Mitte meiner Küche gekommen bist, nur weil ich *dein Handgelenk gepackt habe.*"

Ein Atemstoß verlässt meine Lippen. Jetzt hat er mich aus dem Gleichgewicht gebracht und ich hasse das. Gott, ich kann noch immer nicht fassen, dass er das gesehen hat!

„Ich könnte dich jetzt in weniger als sechzig Sekunden wieder zum Orgasmus bringen. Du musst nur ein Wort sagen."

Mein Herzschlag beschleunigt sich. Wort. *Wort!* Ja, bitte. Doch nein. Diese Befriedigung kann ich ihm nicht geben.

Ich ziehe Zorn um mich wie einen Umhang. „Du bist wohl gar nicht arrogant, was?"

Er bedenkt mich mit einem kühlen Blick. Ich verbrenne innerlich, während er ruhig und beherrscht ist. „Ich stelle nur die Fakten dar. Ich glaube, du willst wissen, wie es ist, wenn dir sämtliche Kontrolle entrissen wird."

Etwas windet sich in meinem Bauch – eine Mischung aus Aufregung und Anspannung. Ich leugne alles. „Du weißt nichts über mich."

Er legt den Kopf schief und ist immer noch so kühl wie

ein Eis im Sommer. „Ich weiß ein wenig. Beim Rest stelle ich Vermutungen an. Möchtest du sie hören?" Ich bin immer noch seine Gefangene, da mein Arm hinter meinen Rücken gedreht und meine Vorderseite an seinen Körper gepresst ist. Ich würde um meine Freiheit kämpfen, doch er hat recht – ich liebe es, seine Kraft und Macht zu spüren. Und ich will wissen, was als Nächstes passiert.

Ich hebe meine freie Hand und mache eine winkende Bewegung – die Sorte, die man in Kampffilmen sieht. *Zeig mir, was du draufhast, Anzugträger.*

„Dann lass hören."

„Du fühlst dich zu mir hingezogen, kannst mich aber nicht leiden. Deshalb willst du mir nichts geben, einschließlich deines rattenscharfen Körpers. Du denkst, du kannst mir nicht vertrauen. Verständlich. Zum einen habe ich deine beste Freundin fertiggemacht – eine Tat, die ich teilweise bereue."

Ich öffne den Mund, um zu fragen, wieso nur teilweise, doch er ist in Fahrt.

„Zum anderen hast du ein Problem mit Wall Street Männern im Allgemeinen. Oder vielleicht nur mit den wohlhabenden Leuten dort. Du nimmst an, dass ich in politischer Hinsicht konservativ eingestellt bin, weil ich Geld liebe, und du bist so weit links, dass du von rechts um die Ecke biegst. Wie dem auch sei, ich könnte mich nicht stärker von deinem Typ unterscheiden, wenn ich es versuchen würde." Er legt den Kopf zur Seite. Sein grauer Blick bohrt sich in mich. „Vielleicht ist das ein Grund für die Anziehung zwischen uns."

Jetzt unterbreche ich ihn, denn ich kann meine Wut nicht einfach unbemerkt verrauchen lassen. „Warum bereust du nur *teilweise*, Madi verarscht zu haben?", will ich wissen.

„Brick vor allen Bedrohungen für seine Firma zu schützen, ist meine Aufgabe. Insbesondere, wenn er das Wesentliche aus dem Blick verloren hat, weil er mit seinem Schwanz denkt – oder seinem Herzen, wie sich in diesem Fall herausstellte."

Es ist seltsam, Mr. Milliardenschwer vom Herzen einer anderen Person sprechen zu hören. Ich hätte nicht gedacht, dass er überhaupt weiß, dass dieses Organ existiert.

„Daher bereue ich meinen Impuls nicht, jegliche Gefahren aufzudecken. Doch ich bereue, dass ich mich hinsichtlich der Richtung der Gefahr geirrt und die beiden verletzt habe."

Hmm. Das deutet an, dass ihm Madis Gefühle jetzt wichtig sind. Das wäre eine Veränderung. Madi vertraut ihm immer noch nicht, aber ich glaube ihm.

„Doch zurück zu dir." Er beginnt, meinen Handballen zu massieren – den, den er zu meinem Rücken gebogen hat. Sein Daumen knetet die schmerzenden Muskeln in meiner Handfläche. Wow. Wer hätte gedacht, dass meine Finger vom Malen gestern so sehr schmerzen?

„Mach weiter." Ich weiß nicht, ob ich seine Beobachtungen oder seine Berührung ermutige.

„Ich glaube, du vermutest – und du würdest richtigliegen", er zieht eine sexy Braue hoch, „dass ich jede deiner Fantasien darüber, die Kontrolle abzugeben, erfüllen könnte. Du willst wissen, wie es ist, von mir gefesselt zu werden."

Er hört auf, meine Hand zu massieren, und lässt seine große Hand leicht über meine Pobacke gleiten. Ich spüre die Hitze seiner Haut sogar durch meine Shorts und Netzstrumpfhose hindurch. „Mit verbundenen Augen und in meinem Bett." Er drückt meinen Hintern. „An meine Decke gebunden." Seine Berührung wird wieder leichter und ich spüre, dass ein Finger den Spalt zwischen meinen Pobacken entlangfährt. Irgendwie krümmt er einen Finger und vergräbt ihn zwischen den beiden Backen, genau über meinem Anus.

Die empfindlichen Nervenenden dort reagieren auf die Stimulation. Es ziept in meinem Becken.

„Du möchtest, dass ich dich auf meinen Schoß ziehe und deinen umwerfenden Hintern versohle, bis er sich heiß anfühlt."

Oh guter Gott. Ich werde noch einmal kommen.

Er spürt das anscheinend, denn ich bemerke, dass sich Selbstgefälligkeit langsam auf seinem Gesicht ausbreitet. Er spricht gnadenlos weiter. „Du willst wissen, wie es ist, nach unten gedrückt zu werden, während ich dich hart ficke."

Ich stelle fest, dass ich atemlos bin und in seine hellgrauen Augen starre. Bisher liegt er goldrichtig.

Er hebt seine andere Hand zwischen unseren Körpern an mein Becken. Sowie er mich von vorne umfängt und meinen Anus und Kitzler gleichzeitig stimuliert, komme ich.

Meine Hüften bocken und ich keuche. Wäre ich nicht zwischen seinen kräftigen Armen eingeklemmt, würde ich das Gleichgewicht verlieren. Er tut kaum etwas – er bewegt seine Finger nicht. Er reibt nicht oder lässt seine Finger kreisen. Er übt nur an beiden Stellen Druck aus und lässt mich kommen, als wäre ich noch nie zuvor berührt worden.

Er beugt seinen Kopf vor und beißt mir etwas zu fest in den Hals.

Ich zucke bei der Empfindung zusammen.

Sein Schwanz beult seine Hose aus und drückt sich an meinen Bauch. Ich will gerade danach greifen und ihm ebenfalls Wonne bereiten, als der selbstgefällige Mistkerl prahlt: „Etwas mehr als sechzig Sekunden, aber wir haben es trotzdem wieder geschafft."

Ich würde ihn von mir stoßen, will jedoch nicht, dass die Empfindungen enden.

Jetzt fängt er an, die Finger, die meine Pussy umfassen, langsam auf und ab gleiten zu lassen und mich durch meine

Kleider hindurch zu streicheln. Ein Nachbeben rollt durch mich wie eine Woge der Lust, die an den Strand brandet.

„Ich glaube, du willst, dass man dir die Kontrolle wegnimmt, damit du ausnahmsweise mal nicht das Sagen haben musst. Du bist ein sehr kompetentes, intelligentes und kreatives Energiebündel, das ganz allein Berge versetzt hat, vermutlich von einem jungen Alter an. Du willst, dass einmal jemand anderes die Führung übernimmt."

Das bringt meine Augen zum Brennen. Vielleicht sieht er mich wirklich. Bis zu diesem Moment glaubte ich, dass er nur sah, was ich ihn sehen ließ. Die knallharte beste Freundin der Frau, der er übel mitgespielt hat. Diejenige, die ihn seine Sünden bezahlen lassen würde.

Jetzt bin ich plötzlich entblößt. Ich frage mich, wie und wann er an meinen Schutzwällen vorbeigeschaut hat, um eine echte Person und keine Karikatur zu sehen.

Der Finger zwischen meinen Pobacken drückt in einem langsamen Rhythmus nach unten. Ich reibe mich an seiner Hand, die mich von vorne umfasst.

„Du willst so tun, als wärst du meiner Gnade ausgeliefert, und gleichzeitig wissen, dass du in Sicherheit bist." Er hebt den Kopf und fängt meinen Blick auf. Ich vermute, meine Augen sind glasig, denn es fällt mir schwer, mich auf sein hübsches Gesicht zu konzentrieren. „Aubrey, du kannst darauf vertrauen, dass ich es respektieren werde, wenn du zu irgendeinem Zeitpunkt Nein sagst."

Jetzt beobachtet er mich nicht, sondern bietet etwas an.

„Ich schlage eine für beide Seiten vorteilhafte Vereinbarung vor. Du behältst dein Recht auf all deinen Zorn und deine Abscheu für mich, unterwirfst dich jedoch der Wonne durch meine Hände." Er streichelt erneut mit den Fingern zwischen meinen Beinen und ein weiteres Beben der Lust wandert durch mich. „Ich garantiere deine sexuelle Befriedigung, deine körperliche und emotionale Sicherheit und das Fehlen von Verpflichtungen oder einer Beziehung."

~

BILLY

Etwas an Aubreys Geruch wird säuerlich. Ich entdecke das Aufblitzen von Wut in ihren braunen Augen.

Ich lasse sie sofort los und sie stolpert rückwärts.

Vor meinen Augen verschließt sich ihr Gesicht und mein Wolf springt an die Oberfläche. Ich hatte sie beinahe. Er ist fuchsteufelswild, dass ich mir diese Gelegenheit habe entgehen lassen.

„Ich spüre, dass mir etwas entgangen ist, was dir wichtig ist", sage ich.

Je mehr wir offen besprechen, desto besser kann ich verhandeln. Ich muss wissen, was ihre Schmerzpunkte sind. Was sie von mir will. Was sie nicht akzeptieren wird.

Was habe ich vergessen? Sie kann unmöglich eine Beziehung wollen. Sie würde niemals mit einem Mann wie mir in Verbindung gebracht werden wollen. Genauso wie ich nicht mit einem Weibchen wie ihr in Verbindung gebracht werden will. Einem Menschen. Einer Hippie-Künstlerin, die eine Spur des Chaos und der Schwierigkeiten hinter sich herzieht.

Ich zucke auf die lässigste Art, die mir möglich ist, mit den Schultern. „Das hier ist eine Verhandlung. Du kannst gerne ein Gegenangebot machen."

Der Köter, den sie mitgebracht hat, um mich zu ärgern, wählt diesen Moment, um zu bellen. Er ist irgendein Shih-Poo-Mischling – noch ein Welpe. Vermutlich der Kleinste des Wurfs. Das haben wir gemeinsam.

„Ah-ah", tadle ich ihn scharf und er reagiert sofort, senkt

den Kopf und dreht sich auf den Rücken, um seinen Bauch zu zeigen. Wenigstens ist er klug.

Einen Hund zu kontrollieren, fällt einem Gestaltwandler leicht. Der Welpe erkennt meine Alphadominanz und wir teilen eine rudimentäre Telepathie als Rudeltiere.

Aubreys Gesicht ist gerötet, was ihrer braunen Haut ein hübsches Leuchten verleiht. Sie reckt das Kinn. „Ich habe das Sagen. *Du* unterwirfst dich."

Ha. Sie ist verdammt niedlich. Einhundert Mal niedlicher als die kleine Ratte zu unseren Füßen, die mit großen braunen Augen zu mir aufsieht. Aubrey will oben sein. Ich liebe es.

Es erinnert mich an letztes Weihnachten, als uns Bricks vierjährige Nichte April alle in ihr ‚Gefängnis' steckte und uns anschließend Tee in ihrem neuen Porzellanteeset servierte. Sie war so berauscht von der Macht, die ihr von sechs riesigen erwachsenen Gestaltwandlern geschenkt wurde, die gewillt waren, eine halbe Stunde lang so zu tun, als wären sie ihrer Gnade ausgeliefert.

Also, warum nicht? Wie bei Rubys Welpen an jenem Nachmittag werde ich mitspielen. Wenn Aubrey im Bett das Sagen haben will, werde ich sie oben reiten lassen. Oder auf meinem Gesicht sitzen lassen. Oder was immer ihre wilde und verrückte Vorstellungskraft sich ausdenken kann. Ich gebe ihr gerne die Illusion von Kontrolle, solange mein Wolf von ihr kosten darf. Vergiss, dass ich sie körperlich mit einem Fingerschnipsen überwältigen könnte.

Ihre prallen Lippen pressen sich zusammen. Der silberne Nasenring funkelt mir entgegen. Ich merke, dass sie erwartet, dass ich ihr Gegenangebot ablehne. Tatsächlich glaubt sie, dass ich mich ihr im Bett niemals unterwerfen würde.

Doch sie unterschätzt maskuline Selbstsicherheit. Sie kann unmöglich wissen, dass ich von einem Alpha großgezogen wurde, der die Definition toxischer Maskulinität war. Seine Paranoia, dass meine geringe Größe als Jugendlicher bedeutete, dass ich nicht zu Alphagröße heranwachsen und später seine Stellung übernehmen würde, sorgte dafür, dass er mir unermüdlich alle Dinge einbläute, die er für maskulin hielt.

Als ich zehn Jahre alt war, konnte ich bereits jeden Kampf gegen Sechzehn- und Siebzehnjährige aus meinem Rudel ausfechten und gewinnen. Ich kämpfte mit Krallen und Zähnen, um meine Kämpfe zu gewinnen. Ich war fies. Unerbittlich. Und ich ging immer zum Angriff über. Als ich ein Teenager war und noch immer nicht die erwartete Wachstumskurve erreicht hatte, konnte ich jeden Erwachsenen im Rudel austricksen, ausmanövrieren oder übertreffen.

Ich erreichte meine endgültige Größe erst, als ich schon eine Weile auf dem College war, mein Vater mich bereits abgeschrieben hatte und ich die Stelle als Bricks Stellvertreter gewonnen hatte. Brick fand in mir einen wahnsinnig loyalen Rudelbruder. Und darüber hinaus musste ich ihm oder jedem anderen Mitglied meines neuen Rudels nichts beweisen.

Ich brauche keinen Ruhm. Ich muss nicht das Gesicht wahren. Ich werde den Bösen spielen und für jeden meiner Brüder den Kopf hinhalten.

Ich öffne meine Hände und spreize sie. „Du kannst über mich befehligen."

~

Aubrey

Ich starre Billy schockiert an.

Ich hätte das aus keiner Richtung kommen sehen. Er … kommt mir einfach nicht wie der Typ Mann vor, der sich jemals erniedrigen würde. Vor allem nicht vor jemandem wie mir.

Ich meine, Madi sagte, er sein klassistischer Mistkerl.

Warum sollte er jemals zustimmen, sich mir zu unterwerfen?

Die Logik entzieht sich mir, doch es spielt keine Rolle.

Ich war sauer, als er sagte, dass es keine Verpflichtungen und keine Beziehung geben würde, weil ich es so verstand, dass ich nicht würdig bin, seine Freundin zu sein. Doch egal. Er ist auch nicht würdig, mein Freund zu sein.

Das bedeutet nicht, dass wir keinen Spaß haben können.

Momentan kann ich nur daran denken, dass er der *Meine* ist. Diese muskulösen Unterarme unterstehen meinem Befehl. Ich könnte ihn ausziehen und …

Billy entkräftet sein Angebot, sich mir zu unterwerfen, indem er die Führung übernimmt. Er bewegt sich schneller, als ich ihm folgen kann, packt meine Taille und hebt mich hoch, sodass ich seine Hüfte mit den Beinen umschließe.

Pepper bellt aufgeregt, da er bemerkt, dass Spielzeit ist.

Ein Knurren von Billy dämpft den Enthusiasmus des kleinen Hundes.

„Oh … okay. Ja, heb mich hoch." Ich kann das Gelächter nicht aus meiner Stimme raushalten, als ich so tue, als hätte ich den Befehl zuerst gegeben.

Dass ich es *liebe* von diesem Mann hochgehoben zu werden, beweist quasi alle Beobachtungen, die er zu meiner Person angestellt hat. Billy ist nicht so groß wie der unglaubliche Hulk oder Grayson der Portier. Er ist muskulös, jedoch eher sehnig. Dennoch gibt er mir das Gefühl, so leicht wie ein Kind zu sein, da er mich mühelos festhält und sein Unterarm meinen Hintern stützt.

„Trag mich zu deinem Schlafzimmer."

Seine Antwort ist ein düsteres Grollen, doch er

marschiert schnell durch den Flur. Meine Brüste werden dabei in sein Gesicht gepresst und er beißt einen Busen durch mein dünnes Hemd hindurch.

Ich schreie auf und drücke meine Innenschenkel fester an seine Taille, während sich meine Pussy zusammenzieht.

Plötzlich kann ich mich nicht mehr daran erinnern, warum ich mich gegen Sex mit ihm gewehrt habe. Ach ja, weil ich ihn nicht gewinnen lassen wollte. Doch ich bin hier eindeutig die Gewinnerin. Ich werde von einem hoch gewachsenen, starken Milliardär in ein Schlafzimmer getragen, der anscheinend gewillt ist, nach meiner Pfeife zu tanzen, wenn es um Bett-bezogene Aktivitäten geht.

Außerdem wird es weder Verpflichtungen noch eine Beziehung geben. Nur Sex.

Jetzt, da ich nicht mehr beleidigt bin, erkenne ich, dass es das perfekte Szenario ist. Die Vorstellung, dass Männer nur Sex wollen und Frauen dieses Druckmittel nutzen müssen, um sie in eine Beziehung zu zwingen, ist nur eine alte Philosophie aus Zeiten, in denen Frauen keine Handlungsmacht oder Besitzrechte hatten. Als sollten wir Sex nicht lieben. Als könnten wir nicht auch nur an Lust interessiert sein.

Also ja. Ich brenne jetzt das Patriarchat nieder. Angefangen damit, dass ich Mr. Milliardenschwer in seinem eigenen Schlafzimmer herumkommandiere.

Das Schlafzimmer ist wie der Rest von Billys Penthouse – mit Glas und Metall dekoriert und bar jeglicher Farben mit Ausnahme von schwarz, weiß und grau. Weiße Wände. Dunkelgrauer Teppich. Ein gewaltiges California-King-Himmelbett in lackiertem Schwarz steht in der Mitte des Raums. Bodentiefe Fenster, die den Central Park überblicken, bilden eine Wand. An der Wand gegenüber dem Bett hängt eine Dreier-Serie gerahmter, schwarz-weiß Drucke von dramatischen Berg- und Waldlandschaften. Sie sehen aus wie Ansel Adams Fotos von Yosemite. Ich mache mir eine mentale Notiz, sie mir später genauer anzuschauen.

Anscheinend weiß Billy nicht, wie man nicht das Kommando hat, denn er lässt mich auf die Bettmitte fallen und knöpft meine Shorts auf.

„Whoa, whoa, whoa." Ich halte meine Hand hoch. „Zieh deine Kleider aus."

Dann wollen wir mal sehen, ob er wirklich meine Befehle befolgen kann.

Er hält meinen Blick und ein kleines Lächeln umspielt seine Lippen, während er rasch sein Hemd aufknöpft. Ich halte die Luft an und warte darauf, dass er das Unterhemd auszieht. Ich brenne drauf, seine Brust zu sehen, um herauszufinden …

Haarig. Nicht gewaxt.

Yum. Ich liebe eine haarige Brust.

Ich klettere vom Bett.

Billys Hände gehen auf Wanderschaft, um seinen Gürtel zu öffnen.

„Warte!" Ich halte einen Finger hoch. Ich improvisiere das Ganze.

Billy hält still und lässt die Hand auf der Gürtelschnalle liegen. Das ist ein sexy Anblick. Ich weiß nicht, warum ich mir vorstelle, wie er diesen Gürtel bei mir einsetzt. Wie er damit meine Handgelenke fesselt. Meine Schenkel zusammenbindet. Meinen Hintern versohlt.

Ich habe nie so kinky gespielt, doch etwas an Billy und den Dingen, die er gerade über mich gesagt hat, inspiriert diese verrückten Gedanken.

Ich trete hinter ihn, übernehme und ziehe den Gürtel langsam aus den Schlaufen. Ich lasse ihn auf den Boden fallen, bevor ich mit der Hand durch die Hose hindurch über die harte Wölbung von Billys Schwanz gleite. Verdammt, er ist groß. Ich knöpfe seine Hose auf und ziehe den Reißverschluss nach unten.

„Trete deine Schuhe beiseite."

Er schlüpft aus seinen teuren italienischen Halbschuhen.

„Setz dich auf die Bettkante."

Er dreht sich um und setzt sich. Er ist entspannt und seine Augenlider sind halb gesenkt, als sei er betrunken vor Lust. Wenn ich wirklich böse wäre, würde ich ihm befehlen, einen Striptease hinzulegen, ihn an das Bett fesseln und anschließend gehen, um das Wandgemälde zu malen.

Das würde ihm zwar rechtgeschehen, aber ich bin mir nicht sicher, ob ich mit den Konsequenzen klarkommen würde. Vielleicht ist mir diese Pseudo-Beziehung allmählich doch wichtig, die Billy und ich entwickeln.

Außerdem ist es nicht das, was ich will. Ich will von ihm kosten, so wie er von mir gekostet hat.

Ich knie mich auf den weichen Teppich, der vermutlich mehr kostet, als ich in meinem ganzen Leben verdient habe, und befreie seine Erektion.

Er stöhnt und seine Hände ballen sich an seinen Seiten zu Fäusten, doch er lässt sie dort, als sei er in einem Stripclub und ich eine Tänzerin auf seinem Schoß. Ich kann ihn anfassen, er kann mich allerdings nicht berühren. Ich umschließe seinen Schwanz mit der Hand und lasse sie seine Härte entlanggleiten.

Ein leises Grollen erklingt in seiner Brust.

Wow. Er ist animalischer, als ich gedacht hätte. Vor dieser Woche stellte ich mir Sex mit ihm wie ein kaltes, manikürtes Unterfangen vor, doch er ist wahnsinnig heiß.

Ich zeige ihm meine Zunge, während ich mich langsam vorbeuge und Spannung erzeuge. Seine Schenkel spannen sich an.

„Möchtest du, dass ich deinen Schwanz in meinen Mund nehme?", frage ich.

„Reize mich nicht." Seine Stimme ist ruhig. Möglicherweise liegt sogar eine kleine Herausforderung in den Worten.

Ich erhalte die Botschaft laut und deutlich. Er gehorcht mir zwar, wird jedoch nicht betteln.

Und jede Illusion, die ich hatte, dass ich tatsächlich die Kontrolle habe, verfliegt. Er spielt mit mir – er lässt mir den Vortritt, bevor er wieder das Kommando übernimmt.

Ich gleite mit der Zungenspitze über seine Eichel. „Was, wenn ich es tue?", frage ich.

Ich sehe ein verruchtes Funkeln in seinen Augen. „Es gibt Strafen für Mädchen, die andere reizen."

Ein Blitz schlägt in meinem Kitzler ein und die Innenwände meiner Mitte ziehen sich zusammen. Jepp. Er durchschaut mich. Anscheinend versteht er mich besser, als ich es tue. Vielleicht habe ich ihn die ganze Zeit unbewusst dazu herausgefordert, mich zu bestrafen.

Ich atme auf seiner Schwanzspitze aus, nehme sie jedoch nach wie vor nicht in den Mund. Seine Härte zuckt in meiner Hand, wächst zu einem alarmierenden Umfang und die Adern treten hervor.

„Bitte mich nett", schnurre ich.

„Zeig es mir, Silver."

„Was soll ich dir zeigen?" Ich lächle zu ihm auf. Jetzt habe ich ihn definitiv dort, wo ich ihn haben will.

„Zeig mir den Himmel."

Nun, okay. Er bettelt nicht, bittet mich jedoch nett. Ich lasse meine Zunge unter seinen Schwanz gleiten, als würde ich ihn mit meinem Mund umschließen.

Billy zuckt und atmet bei der Empfindung scharf ein. Ich nehme ihn tief auf und mache langsam, damit ich meine Kehle entspannen kann.

„Oh, fuck", flucht er, als seine Schwanzspitze meinen Rachen berührt und weitergleitet.

Ich umfasse seine Hoden. Er stößt gequält Luft aus. „Aubrey …"

Ich mag es, meinen Namen in diesen gequälten Tönen zu hören. Ich mag es, zu wissen, dass ich diejenige bin, die diesen gepflegten Milliardär dazu gebracht hat, die Fassung zu verlieren.

Ich sauge hart an ihm, als ich zurückweiche, und seine Hand vergräbt sich in meinen Haaren. Er schließt seine Finger zu einer Faust und nutzt meine Haare, um mich vor und zurück zu bewegen.

Ich löse mich von seiner Erektion und gleite mit der Zunge um meine Lippen. „Habe ich gesagt, dass du mich anfassen darfst?"

Er lässt meine Haare los, seine Finger wandern jedoch zu meiner Kehle. Er gibt mir eine Hand-Halskette – er drückt nicht zu, umschließt allerdings meinen Hals. „Darf ich dich hier berühren?" Seine Stimme ist tief und kratzig.

Ich schlucke in seinem Griff. Mein Gehirn saust auf der Suche nach einer Antwort durch meinen Schädel. Ein Teil von mir möchte verneinen, die Kontrolle zurückgewinnen und sich weigern, mich von ihm dominieren zu lassen. Doch mein Höschen ist klatschnass, seit er seine Finger dorthin gelegt hat.

Also entscheide ich mich dafür, ihm keine Antwort zu geben, und nehme seinen Schwanz wieder in den Mund. Er lässt seine Finger um meine Kehle liegen, sein Daumen streichelt jedoch leicht mein Kinn, als würde er die Stelle nachfahren, wo ich seinen Schwanz aufnehme.

Seine Finger spannen sich an, wenn er erregt wird, doch sobald ich mich versteife, lässt er locker und bewegt seine Hand, um mein Genick zu massieren, bevor sie hoch in meine Haare gleitet, wo er seine Finger wieder zur Faust ballt. Er leitet mich dazu an, mich schneller zu bewegen, und ich erlaube es ihm einen Moment lang, denn es ist verflucht heiß, doch dann löse ich mich wieder von ihm.

Dieses Mal lässt er meine Haare nur widerwillig los.

Ich hebe seinen Schwanz mit einer Hand hoch und senke mein Gesicht zu seinen Hoden, die ich lecke und an denen ich sauge.

Billys Atem geht schwerer. Als meine Nase seinen Schwanz streift, erstickt er an einem Laut und versteift sich.

KAPITEL SIEBZEHN

Billy

Der Geruch meines versengten Fleischs übertüncht vorübergehend Aubreys köstlichen Muskat-Honig-Duft und ich reibe mir über die Nase, um ihn zu vertreiben. Ihr silberner Nasenring verbrennt meinen Schwanz, doch nichts in der Welt würde mich dazu bringen, sie aufzuhalten. Zum einen bin ich immun gegen Schmerz – ich habe als Kind zu viele Prügel kassiert und nehme körperliches Unbehagen nicht einmal mehr wahr.

Außerdem bin ich im verdammten Himmel.

Ich hatte in meinem Leben mindestens eintausend Blowjobs, doch keiner hat sich jemals so angefühlt. Ich kann mich nicht entscheiden, ob es ihr Geruch ist oder die Tatsache, dass sie mich hasst, die mich so sehr antörnt. Vielleicht gefällt es mir, dass sie darauf besteht, ihr Alphawesen zu behalten, obwohl sie auf den Knien ist und mich befriedigt.

Ich hatte noch nie ein Weibchen wie sie. Ich habe noch nie ein derart heftiges Verlangen verspürt, das über das rein Körperliche hinausgeht und geradewegs in meine Mitte schießt. Als würde sich meine *Essenz* nach Aubrey verzehren.

Ihre unfassbar langen, dicken Locken fallen um ihre Schultern und über ihren Rücken.

Sie bewegt meinen Schwanz zur anderen Seite ihres Gesichts und saugt weiterhin an meinen Eiern, woraufhin das Brennen aufhört. Das Fleisch wird Blasen werfen, wird jedoch bis morgen verheilt sein.

Ich beobachte, wie der reizende Mensch seine Zunge ausstreckt, um entlang der Unterseite meines Schwanzes eine lange Spur von meinen Eiern bis zur Spitze zu lecken. Ich sehe, wie ihr Blick an den roten Quaddeln an meinem Schwanzansatz hängen bleibt, weshalb ich sie schnell ablenke.

Ich packe ihre Handgelenke, halte beide fest und ziehe sie hoch, während ich aufstehe. Dadurch ziehe ich sie von den Knien und strecke ihre Arme über ihren Kopf. „Möchtest du meine Zunge oder meinen Schwanz in deiner Pussy?"

Ihre Pupillen weiten sich und sie schwankt. Eine frische Woge der Lust rast durch mich, als ich ihre Erregung rieche. „Beides."

„Gierig. Das gefällt mir." Ich reiße ihr das Hemd über den Kopf. Sie trägt einen hellrosa Spitzen-BH darunter, bei dessen Anblick mir das Wasser im Mund zusammenläuft.

Sie schiebt ihre Shorts und Netzstrumpfhose über ihre Hüften. „Natürlich tut es das."

Ihren Blick haltend schüttle ich langsam den Kopf. „Da ist wieder dieser freche Mund."

Sie erwidert meinen Blick. Fordert sie mich heraus, sie an die Kandare zu nehmen? Ich weiß wegen des Geruchs ihrer Erregung, dass sie die Vorstellung antörnt, es ist jedoch ein großer Sprung, wenn ich keine verbale Zustimmung habe. Ich vermute, dass sie meine Dominanz will und zugleich die Kontrolle behalten möchte. Oder sie will, dass ich sie an die Kandare nehme, aber ihr gleichzeitig erlaube, das Gesicht zu wahren. Ich werde vorsichtig vorgehen müssen.

Falls das hier schiefgeht und sie Madi davon erzählt, wird Brick mir den Schwanz abschneiden.

Ich wirble sie herum und drücke ihren Rücken über die Seite des Betts. Sie spannt sich an und hält die Luft an, wehrt sich jedoch nicht oder protestiert. Ich öffne ihren BH von hinten. Vorfreude entzündet sich überall in meinem Körper. Mein Verlangen, sie zu verzehren, lodert heißer. Ich will sie dominieren. Ihren heißen Körper besitzen. Ihr alle Empfindungen zeigen, die ich in ihr auslösen kann.

Ich will sie stöhnen, schreien und betteln hören.

Ich will Aubrey Cook. Den Chaos-verursachenden, Welpen herbeischleppenden, respektlosen Menschen, der meinen Schwanz aus irgendeinem unerklärlichen Grund härter als Stahl macht.

Ich schlage ihr auf den Po, bevor ich beide Hände über ihre Hüften und Schenkel gleiten lasse, um ihr die Shorts und Netzstrumpfhose komplett auszuziehen.

Da sie sich wegen des Klapses nicht beschwert hat, bin ich hin und her gerissen, ob ich sie anständig bestrafen oder meinen Mund auf ihre feuchte Pussy drücken soll.

Bevor mir einfällt, dass ich ihr meine Kraft nicht zeigen darf, habe ich ihre Hüften schon in die Luft gehoben und ihre Knie auf der Matratze platziert. Sie balanciert auf Händen und Knien, doch ich lege eine Hand zwischen ihre Schulterblätter und drücke ihre hübschen Brüste auf meine graue Seidenbettdecke.

Feuchtigkeit glänzt an ihren Schamlippen. Ich verpasse ihrer anderen Pobacke einen Hieb, der so hart ausfällt, dass er ein lautes Klatschgeräusch erzeugt. Ich beuge mich vor und beiße ihr in den Hintern. „Du bist so verdammt köstlich."

Es sieht mir nicht ähnlich, Lob zu verteilen, nicht einmal an eine Sexpartnerin, doch die Ehrlichkeit purzelt einfach aus meinem Mund. Ich spreize ihre Pobacken und lecke ihre

Pussy. „Streck deinen Hintern raus", befehle ich mit barscher Stimme.

Pepper wimmert vor der Tür, als er den Laut hört. Ich habe ihm vorhin ein mentales Bild geschickt, dass er im Flur auf mich warten soll, und er hat klugerweise gehorcht.

Ich lasse meinen Daumen in Aubreys feuchten Kanal gleiten, spreize meine Finger über ihrem Kreuzbein und bewege meine Hand vor und zurück. Sie ist saftiger als ein Pfirsich und reif zum Pflücken. „Ich werde dir zeigen, was geschieht, wenn du dir eine Strafe von mir verdient hast."

Ihre Wände ziehen sich um meinen Daumen herum zusammen und bestätigen meine Theorie, dass sie *absolut* auf dieses Szenario steht.

Ich entferne meinen Daumen aus ihrem Kanal und verteile die gesammelte Feuchtigkeit auf ihrem Poloch.

Bei der Empfindung spannt sie sich erneut an.

Ich gebe ihr einen Klaps, doch als sie vor Lust stöhnt, beschließe ich, dass es Zeit für eine richtige Bestrafung ist.

Ich versetze ihr eine Reihe leichter Hiebe und wärme ihren Hintern auf, ohne sie herauszufordern. Dann halte ich inne, bewege meine Hand kreisend über ihr Hinterteil, massiere es und drücke zu. „Bleib hier", befehle ich.

Ich habe keine Ahnung, ob sie gehorchen wird.

Oder ob sie gehorchen und mir eine pampige Antwort geben wird.

Das tut sie nicht. Sie scheint einen mentalen Zustand der Unterwerfung erreicht zu haben.

Ich küsse eine rote Pobacke, bevor ich schnell eine Flasche Gleitgel aus meinem Badezimmer hole.

Pepper streckt seine Schnauze durch die Schlafzimmertür und wackelt mit dem Schwanz, doch ich ignoriere ihn. Er zieht sich wieder zurück.

Ich kehre mit der geöffneten Gleitgelflasche zurück und lasse einen Klecks auf ihren Anus tropfen.

Sie zuckt zusammen, sodass ich ihre Hüfte ruhighalte und sie beruhige. Wie der Welpe, der einfach nur einen Alpha braucht, braucht ihr Körper die Sicherheit, besessen zu werden, damit sie loslassen und tiefe Wonne erleben kann. Wenn sie sich unsicher fühlt, wird ihr Gehirn online bleiben, die Situation analysieren und versuchen, zu entscheiden, was sie als Nächstes tun oder wie sie reagieren soll. Sie wird im Leistungs- oder Schutzmodus festhängen.

Ich will, dass sie im Empfängermodus ist. Sie muss meine Kontrolle tief fühlen. Sie muss wissen, dass ich jetzt das Sagen habe – dass sie sich um nichts anderes Sorgen machen muss, als meine Anweisungen zu befolgen.

Eine Augenbinde würde helfen. Sie zu fesseln, würde das sinnliche Erlebnis ebenfalls verbessern.

Ich muss langsam machen und ihr eine Szene schenken, die sie wiederholen will. Wegen meines Wolfs bin ich angespannt, da er darauf brennt, sie in die Bewusstlosigkeit zu ficken, doch jetzt ist nicht die Zeit, sie zu nehmen. Jetzt ist die Zeit, zu geben.

Ich rufe meine Selbstkontrolle zur Ordnung und sperre meinen Wolf weg. Daraufhin gehe ich zu meinem Schrank und hole zwei Krawatten. Als ich zurückkehre, lege ich eine um Aubreys Kopf, um ihre Augen zu verdecken. Sie bewegt sich und dreht den Kopf, damit ich die Krawatte an ihrem Hinterkopf verknoten kann. Anschließend senkt sie ihre Wange wieder auf mein Bett.

Ich nehme ein Kissen von dem Haufen beim Kopfteil und hebe Aubreys Oberkörper an, um es unter ihre Brust zu schieben, einen Teil des Drucks von ihrem Hals zu nehmen und es ihr gemütlicher zu machen, wenn ihre Hände nach hinten gefesselt sind.

Ich nehme ein Handgelenk, drehe es hinter ihren Rücken und ziehe dann das andere nach hinten. Ich lasse mir Zeit, um die Seidenkrawatte um ihre Handgelenke zu wickeln, verknote sie jedoch fest. Wenn sie diese loswerden will, muss sie fragen. Ich spüre, dass sich Vorfreude in Aubrey aufbaut. Ihr Geruch hat eine gewisse Wärme an sich, als würde sie sich bereits in den Fängen der Lust befinden.

„Jetzt kannst du dich konzentrieren, Silver", informiere ich sie. „Ich werde dir, wie verlangt, meine Zunge und meinen Schwanz geben. Doch zuerst ist da noch die Angelegenheit deiner Strafe."

Aubreys einzige Reaktion ist ein leises Seufzen.

Sie ist vollkommen einverstanden.

Um sie weiterhin aus dem Gleichgewicht zu bringen, versohle ich ihr den Hintern noch nicht. Ich spreize ihre Oberschenkel mit meinen Daumen und lecke in sie. Ich umkreise ihren geschwollenen Kitzler mit meiner Zunge, bevor ich an ihrer Schamlippe sauge. Sie ist von vorne bis hinten frisch rasiert, wodurch ihre Haut glatt und leicht zu verschlingen ist.

Eine seltsame Empfindung überkommt mich, als ich sie schmecke. Eine Woge der Wonne – jedoch keine körperliche Wonne. Sie ist eher ätherisch. Metaphysisch. Ich schiebe meine Zunge zwischen ihre Falten, wackle damit und lecke ihre Säfte auf, woraufhin sich die Wonne verstärkt. Es ist ein Gefühl von Richtigkeit vermischt mit Aufregung – wie die Begeisterung, die meinen Wolf packt, wenn er den frischen Geruch von Wild gewittert hat und weiß, dass die Beute nah ist.

Ich versuche, mir einzureden, dass mein Schwanz so empfindet.

Ich bin für diesen Menschen seit Bricks und Madis Verlobungsfeier hart. Tatsächlich bin ich schon hart für sie, seit ich ihr das erste Mal im La Résistance begegnet bin. Mein Schwanz ist einfach froh, dass ich sie mir endlich aus dem Kopf ficken kann.

Es ist definitiv nicht das Schicksal, das mir etwas zu sagen versucht. Das würde bedeuten …

Nein.

Absolut nicht.

Ich wurde vom Schicksal nicht an einen Menschen gebunden.

Die Vorstellung macht mich so wütend, dass ich Aubrey den Hintern versohle, während ich sie lecke.

Sie stöhnt. Ich schlage erneut zu und verwöhne sie weiterhin mit meiner Zunge, während ich ihr weiches Hinterteil mit meiner flachen Hand zum Brennen bringe.

Auf keinen Fall hat das Schicksal mich an einen Menschen gebunden.

Ich wechsle die Hände und verpasse ihrer anderen Pobacke einen Klaps, bevor ich ihr mehrere brennende Hiebe versetze, während ich ihre ganze Pussy mit meiner Zunge bade.

Mit meinem rechten Daumen finde ich ihr Poloch. Das Gleitgel, das ich dort vorhin verteilt habe, hat sich jetzt auf ihre Körpertemperatur erwärmt und es fällt mir leicht, mit dem Finger in ihre Öffnung zu dringen.

Ihr Stöhnen wird kehliger.

Ich ficke ihren Hintern nicht mit meinem Daumen, sondern lasse ihn einfach in ihr. Anschließend hebe ich den Kopf und beginne, ihr so richtig den Hintern zu versohlen – harte Schläge, wo ihr Hintern auf ihren Schenkel trifft, erst auf einer Seite, dann auf der anderen.

Sie wimmert, nimmt die Hiebe jedoch gut auf und hält vollkommen still. Ihre Schenkel beginnen, zu zittern. Erregung tropft von ihrer Mitte auf meine Bettwäsche.

Ich bin normalerweise sehr penibel, doch ich weiß bereits, dass ich nichts waschen werde, wenn wir fertig sind. Ich will heute Nacht mit ihrem Geruch in meinem Bett schlafen.

Jede Nacht, beharrt mein Wolf.

Ich bringe ihn zum Schweigen, indem ich Aubrey den Hintern fester versohle. Ihre Schreie nehmen an Intensität zu, weshalb ich innehalte und ihr heißes Fleisch massiere, während ich ihren Hintern langsam mit meinem Daumen ficke.

Als ich realisiere, dass sie gleich kommen wird, reibe ich mit den Fingern meiner anderen Hand über ihren Kitzler.

„Oh Gott!", kreischt sie.

„Hat dich das Spanking angetörnt, Aubrey?", grolle ich. „Wirst du kommen, bevor ich meinen Schwanz in dir hatte?"

Zwei Finger gleiten in sie, obwohl ich gar nicht in sie dringen wollte – ihr Fleisch ist einfach so geschwollen, feucht und offen.

„Oh fuck."

Ich bewege meinen Daumen und meine Finger.

„Oh mein Gott. Fuuuuuuuuuuuck!" Sie verkrampft sich sofort um meine Finger, als hätte sie nur darauf gewartet, dass sie etwas füllt. Ihre Säfte laufen über meine Finger, als sie zum Orgasmus kommt.

Mein Wolf heult befriedigt.

Dieses Gefühl metaphysischer Befriedigung schlängelt sich durch mich.

Ich bewege meine Hand, bis Aubrey fertig ist, dann sage ich: „Böses Mädchen. Ich habe nicht gesagt, dass du kommen darfst."

Aubrey

Jetzt, da ich meine Funishment hatte – und sie *war* irre heiß – reiße ich die Kontrolle wieder an mich.

„Ich bin hier diejenige, die Befehle erteilt", verkünde ich.

Es könnte sein, dass meine Aussage ein wenig an Kraft verliert, weil ich atemlos bin und nur murmeln kann.

Billy beißt zu, küsst anschließend meinen brennenden Hintern und löst die Fesseln an meinen Handgelenken. Ich stöhne, als das Blut wieder in meine Schultern rauscht, die ein wenig steif geworden sind.

Billy scheint genau zu wissen, was ich erlebe, denn er drückt sie und hilft mir, indem er sie massiert. Nun, jetzt weiß ich es. Billy White der Dritte ist ein *Tier* im Bett. Madi lag richtig mit ihrer Mutmaßung, dass er ganz passabel sein könnte, weil er auf die Wünsche der Leute achtet. Er ist raffiniert. Erfahren. Auf wundervolle Art dominant.

Ich will mehr.

Er drückt mich mit seinem Körper auf meinen Rücken. Sein Blick haftet auf dem silbernen Ring in meinem Bauchnabel. Er findet ihn anscheinend heiß.

Ich stoße Billy von mir und er gibt nach. Sein normalerweise verschlossenes Gesicht ist noch immer unleserlich, doch ich bemerke eine Weichheit, die zuvor nicht dort war. Ist es Anerkennung?

Man sollte meinen, dass er inzwischen irre vor Lust ist, weil ich mittlerweile zweimal gekommen bin und er gar nicht, doch er wirkt geduldig.

Der Mann besitzt viel Selbstbeherrschung, das muss ich ihm lassen.

Ich setze mich rittlings auf seine Taille und seine Lider senken sich, während sich seine großen, talentierten Hände auf meine Hüften legen.

Ein Telefon klingelt und seine Augen schweifen zum Boden, wo seine Hose ist.

„Musst du den Anruf annehmen?"

Er knirscht mit den Zähnen. „Fuck."

Ich verstehe das als *Ja* und steige von ihm.

Billy springt aus dem Bett und fischt das Handy aus seiner Hosentasche. „Brick."

Ah. Sein Chef und bester Freund. Ich frage mich, welche Rolle der Beziehung an erster Stelle steht? Es macht beinahe den Anschein, als käme die Rolle des Chefs zuerst, weil Brick so sauer ist, dass Billy seiner Beziehung mit Madi geschadet hat. Das ist ziemlich seltsam, denn ich dachte, Madi hätte mir erzählt, dass sie schon auf dem College Freunde waren, noch bevor Brick sein Chef war.

„Wo bist du?" Bricks Stimme ist so laut, dass ich sie sogar auf dem Bett hören kann.

„Ich arbeite heute von zu Hause aus."

„Seit wann *arbeitest du von zu Hause* aus? Was zum Henker treibst du dort?"

Billys Gesicht wird so ausdruckslos wie ein Stück Marmor, obwohl er zuvor schon kaum etwas preisgegeben hat.

Uh oh. Ich habe das Gefühl, dass unsere Zeit zum Spielen vorbei ist. Ich rutsche vom Bett und suche nach meinen Klamotten.

„Ich versuche, ein Meeting mit meinem Führungsteam einzuberufen, und man sagt mir, dass du nicht hier bist. Ich brauche dich im Büro. Jetzt."

„Ich bin in dreißig Minuten da." Der Anruf endet ohne Verabschiedung. Als Billy zu mir schaut, erwarte ich seinen nüchternen, geschäftsmäßigen Blick, doch darin flackert noch etwas anderes. Enttäuschung? Sehnsucht?

Diesen kurzen Blick auf einen echten Menschen hinter dem aalglatten Äußeren zu erhalten, stellt etwas Merkwürdiges mit meinem Herzen an.

Verspüre ich Mitgefühl? Für einen Milliardär?

Das ist absurd. Er hat dieses arbeitsintensive Leben gewählt. Er hat Brick als seinen besten Freund gewählt.

Er kommt zu mir, während ich nur in dem passenden

BH-und-Höschen-Set dastehe, das ich möglicherweise genau für einen Augenblick wie diesen ausgesucht habe. „Es tut mir leid." Er packt mich im Genick und zieht mein Gesicht zu seinem. „Ich muss gehen. Bitte sag mir, dass wir das hier noch einmal tun können."

Wow. Er hat *Bitte* gesagt. Und *es tut mir leid.*

„Wir werden sehen."

Er senkt sein Gesicht zu meinem, hält jedoch auf halbem Weg inne. „Darf ich dich küssen?"

Es erscheint mir lachhaft, dass er um Erlaubnis bittet, mich zu küssen, nachdem er vor kurzem seinen Daumen in meinem Hintern hatte, doch ich bin noch immer nicht in der Stimmung, auch nur ein bisschen nachzugeben.

„Nein", antworte ich, übernehme jedoch die Kontrolle, packe sein Gesicht und ziehe seine Lippen auf meine. Ich küsse ihn stürmisch und lege all die angestaute Lust in den Kuss, die ich beim Sex hatte rauslassen wollen. Unsere Nasen reiben aneinander. Unsere Lippen bewegen sich aufeinander. Ich gebe ihm einen langen und leidenschaftlichen Kuss, um ihm zu zeigen, was ihm entgangen ist. Nach der steinharten Erektion zu urteilen, die sich an meinen Bauch drückt, ist er sich dessen allerdings schon bewusst.

Als wir uns voneinander lösen, scheint seine Nase rote, entzündete Stellen aufzuweisen. Ich greife nach oben, um eine zu berühren. „Hat dich mein Nasenring gekratzt?" Der Ring sollte ihn nicht kratzen können – das ergibt keinen Sinn, doch mir fällt keine andere Erklärung ein.

Billy ignoriert meine Frage und legt eine Hand an meine Wange. Die Geste wirkt viel zu zärtlich für einen Kerl, mit dem ich mich monatelang mit Worten duelliert habe. Er gibt mir noch einen kurzen Kuss, bevor er sich abwendet und seine Kleider anzieht. Ich ziehe mich schneller an als er und fege vor ihm aus dem Raum.

Pepper wartet im Gang und – verdammt! – hat dort eine kleine Pipipfütze hinterlassen.

Fuck. Nun, wenigstens ist es auf dem Hartholzboden passiert und nicht auf einem Teppich, der so teuer wäre, dass ich ihn nicht ersetzen könnte.

„Pass auf … da ist Hundepipi!", rufe ich Billy zu. „Ich werde es aufputzen."

Ich höre Billy im Schlafzimmer knurren und Pepper pinkelt erneut.

„Sei nicht gemein zu ihm! Er ist nur ein Welpe!" Ich renne los und hole Küchenpapier.

Billy packt mich auf seinem Weg aus der Wohnung. Er küsst mich noch einmal. „Ich will dich", verkündet er und geht.

Das sind seine Abschiedsworte.

Ich starre die Tür an, durch die er verschwunden ist, und ein Lächeln breitet sich langsam auf meinem Gesicht aus. „Ist notiert."

~

BILLY

Ich genieße es, Aubreys Duft auf meiner Haut zu haben, während ich mit dem Aufzug zur Tiefgarage fahre. Mein Gesicht kribbelt dort, wo mich ihr silberner Nasenring verbrannt hat. Meine Eier sind wahrscheinlich dunkelblau – sie tun verdammt weh, doch mein Wolf pfeift beim Gehen. Ich habe Aubrey gerade zum Kommen gebracht.

Ich hatte sie nackt in meinem Bett. Ihr Geruch wird nicht nur überall in meiner Wohnung sein, sondern auch auf meiner Bettwäsche.

Als ich jedoch in meinem Porsche aus der Garage rase, klingelt Bricks Tadel lauter in meinen Ohren.

Niemand bei Moon Co. arbeitet von zu Hause aus. Fünfundzwanzig Prozent der Angestellten sind Wölfe. Das bedeutet, dass niemand krank wird – jemals. Brick führt sein Unternehmen mit eiserner Faust. Er verlangt nicht, dass abends oder an den Wochenenden gearbeitet wird, außer es ist unbedingt notwendig, doch man sollte an seinem Schreibtisch sitzen, wenn er einen braucht.

Ich war immer der Kerl, der Sechzig-Stunden-Wochen gearbeitet hat. Ich bin als Erster dort und gehe als Letzter. Ich habe es mir zur Aufgabe gemacht, jeden einzelnen Aspekt des Unternehmens im Blick zu haben, der für uns zu einem Problem werden könnte. Ich arbeite mit Eagle – unserem Firmenanwalt und Bricks Schwager – zusammen, um jede mögliche Bedrohung aus der Welt zu schaffen. Ich bin in die Leitung des Unternehmens genauso stark involviert wie Brick. Vielleicht sogar stärker.

Also ja, dass ich gestern Video-Meetings abhielt, war alles andere als normal für mich.

Was passiert nur mit mir?

Ich lasse meine Fenster runter und mir die verschmutzte New York Luft und den Gestank der Straßen entgegenschlagen. Aubreys Duft verfliegt und ich nehme die Vielzahl an Gerüchen der Straße wahr – das süße Fett von Donuts, den Geruch verbrannten Gummis, die Abgase.

Während meine Abscheu für die Stadt über meine Haut kriecht, verschwindet die Wonne von Aubreys Berührungen.

Zurück bleibt bloß Wut.

Warum zum Henker hat sie diese Wirkung auf mich? Wieso habe ich zugelassen, dass mein Bedürfnis, mit ihr in die Kiste zu springen, meinem Job für Brick in die Quere kam? Ich habe meinen Alpha enttäuscht – schon wieder. Und dieses Mal unter dem Vorwand, meinen letzten Fehler wiedergutzumachen.

Was, wenn … es hierbei gar nicht darum ging, Wiedergutmachung zu leisten? Was, wenn Aubrey tatsächlich mein Untergang ist?

Die Adalwulf-Seherin sagte voraus, dass Madi das Ende des Blackthroat Rudels herbeiführen würde, aber das geschah nicht. Was, wenn sie sich irrte? Oder was, wenn es keine Vorhersage, sondern ein Fluch war? Ein Fluch, der sich verdreht und seinen Weg zu mir gefunden hat.

Die Adalwulfs gingen vor Generationen einen Pakt mit Hexen ein und jetzt bringt jede Generation eine Wolfmagierin, eine Seherin, hervor, die ihrem Alpha mit ihrem Rat zur Seite steht.

Ihre Alte Seherin starb mit Odin, ihrem letzten Alpha, doch meine Quellen sagen mir, dass eine neue junge Seherin ihren Platz eingenommen hat – Aster, die jungfräuliche Magierin.

Möglicherweise schickten sie Madi als Fluch, um Brick zu vernichten, und als das nicht funktionierte, leiteten sie den Fluch auf mich um. Warum sollte ich sonst so fasziniert von einem niederen Menschen sein? Ich hasse Menschen.

Kunst interessiert mich nicht. Soziale Gerechtigkeit bedeutet mir nichts – ich bin ein Wolf, der in einer getrennten Gesellschaft agiert.

Ich klappe die Sonnenblende nach unten, um mich im Spiegel zu betrachten. Rote Blasen erscheinen entlang meines Nasenflügels und auf der Oberlippe, wo mich Aubrey mit ihrem silbernen Nasenring berührt hat.

Ich *genoss* den Kuss.

Ich genoss die Leidenschaft des Kusses. Ich genoss es, zu wissen, dass ich diese Leidenschaft ausgelöst hatte.

Ich ließ zu, dass mich ein Mensch markierte.

Unterdessen brauchte mich mein Alpha und ich war nicht für mein Rudel da.

Was zum Henker stimmt nur nicht mit mir?

Ich muss mich wieder in den Griff kriegen. Ich darf nicht

mehr von zu Hause aus arbeiten. Ich darf nicht mehr den Feind vögeln.

Ich werde sie für ihre Arbeit an dem Wandgemälde bezahlen und den Junggesellenabschied sowie die Hochzeit überstehen, doch das ist alles. Falls wir dabei einige Male im Bett zusammenkommen, werde ich mich nicht beschweren, aber ich darf nicht zulassen, dass sie mich ablenkt.

Ich darf nicht ihrer seltsamen Anziehungskraft erliegen.

Aubrey Cook bedeutet Ärger. Ihre chaotische Schönheit ist gefährlich.

Ganz gleich, was in den nächsten Wochen geschieht, ich darf nicht zulassen, dass sie mir unter die Haut geht.

KAPITEL ACHTZEHN

ubrey

Tja, obwohl seine Abschiedsworte „Ich will dich" lauteten, kann ich momentan nur zu dem Schluss kommen, dass Billy White mich nicht so sehr will, wie er behauptete.

Entweder das oder bei Moon Co. ist etwas passiert und er steckt nun bis über beide Ohren in Arbeit, denn ich habe nichts von ihm gesehen oder gehört, seit er vor zwei Tagen nach Bricks Anruf ging.

Deswegen bin ich wieder dazu übergegangen, ihn zu ärgern, indem ich all seine Grenzen ignoriere.

Grayson, der muskulöse Portier, ließ mich gestern und heute in Billys Apartment und gab mir bloß die Erklärung, dass Billy ihm aufgetragen hatte, mir Zugang zu verschaffen. Es gab keine Nachricht oder SMS von Billy. Es herrschte absolute Funkstille.

Na gut, egal.

Das war in Ordnung für mich. Ich machte gute Fortschritte an dem ersten Wandgemälde.

Außerdem genieße ich es, Billys Wohnung für mich allein zu haben.

Da ich annehme, dass er überall Kameras versteckt hat, benahm ich mich heute so, als gehöre mir die Wohnung, nur um ihn zu ärgern. Ich bediente mich an seinem Kaffee in der Küche und dem Essen in seinem Kühlschrank, das hauptsächlich aus Fleisch besteht. Ich schätze, er ist einer dieser Paleo-Diät-Kerle.

Jetzt bin ich in der riesigen Zwei-Personen-Dusche in dem Badezimmer, das an sein Schlafzimmer angeschlossen ist, und wasche die Farbe von meinem Körper, bevor ich mich nachher mit Madi treffe. Ja, ich halte es für angemessen, mich an dem gleichen Ort auszuziehen, in dem er sich nackt aufhält.

Ich klappe den Verschluss von Billys Duschgel auf. Es befindet sich in einer Glasflasche – wer bringt Glasflaschen in eine Dusche?

Ich hoffe wirklich, dass er nach Hause kommt, während ich in der Dusche bin, und mich hier findet. Er soll sehen, dass ich es mir gemütlich mache wie ein schlechter One-Night-Stand, der am nächsten Morgen einfach nicht geht.

Ich habe noch nicht entschieden, ob ich ihm erlauben würde, über mich herzufallen, oder ob ich ihn erregt hängen lassen würde, während ich in meinen sexy Go-Go-Stiefeln, die mir Caroline gegeben hat, aus seiner Wohnung stolziere.

Doch ich bin bereits seit einer halben Stunde in seiner Dusche und er ist nicht aufgetaucht. Ich schätze, ich sollte gehen, damit ich mich mit Madi treffen kann. Ich hatte gehofft, wir könnten gemeinsam von hier aufbrechen, aber sie schrieb mir, dass sie länger arbeiten muss und sich dort mit mir treffen wird.

Ich habe mir noch immer keinen Plan für Pepper überlegt, der auf dem flauschigen, grauen Badvorleger sitzt, und auf mich wartet. Seine großen braunen Augen behalten die gläserne Duschtür unverwandt im Blick.

Ich habe noch kein Zuhause für ihn gefunden, was ein

Problem ist, da in meinem Apartment keine Haustiere erlaubt sind. Bisher habe ich ihn jede Nacht reingeschmuggelt und am nächsten Tag zu Billys Wohnung mitgenommen. Ich musste nicht einmal Billys Kreditkarte benutzen, um Pepper Essen und Spielzeuge zu kaufen, da das Zeug wie durch Magie vor meiner Tür erschien.

Ich vermute, dass die Magie Billys Assistentin war. Bin ich überrascht, dass Billy sich solche Mühe gegeben hat, bei der Pflege eines kleinen Welpen zu helfen? Vielleicht ein bisschen, jedoch weniger als ich gedacht hätte. Billy benimmt sich mürrisch, scheint sich allerdings mehr um andere zu kümmern, als er sich anmerken lässt. Er tut so, als würde ihn Pepper nerven, doch als er den kleinen Hund wusch, war er sanft. Ich glaube, tief in meinem Inneren wusste ich, das Billy eine verborgene Quelle der Freundlichkeit in sich hat. Ansonsten hätte ich den armen, wehrlosen Welpen nicht zu ihm gebracht.

Für heute Nacht muss ich allerdings noch immer einen Welpensitter finden. Pepper ist brav – er hat bereits gelernt, nur auf die Welpenunterlage oder draußen zu pinkeln. Ich hatte gehofft, dass ich Pepper bei Billy oder Brick lassen könnte, wenn Madi und ich gemeinsam von hier aufbrechen, doch dieser Plan ist geplatzt.

Allerdings … könnte ich Billy wirklich wahnsinnig ärgern, indem ich ihm eine Welpen-Überraschung hierlasse. Obgleich ich die Vorstellung liebe, so fies zu sein, will ich nicht, dass es Pepper schlecht geht.

Hmm … Entscheidungen über Entscheidungen.

Ich nehme mir Billys Rasierer und begehe die Todsünde, den Gesichtsrasierer eines Mannes stumpf zu machen, indem ich damit meine Beine und Bikinizone rasiere. Anschließend verlasse ich die Dusche und greife mir ein flauschiges Handtuch. Ich ziehe mich gemächlich an und schlüpfe in ein hautenges, hellgraues T-Shirt-Kleid, das fantastisch zu den weißen Go-Go-Stiefeln passt.

Ich suche in Billys Kühlschrank nach einem Abendessen. Um 18:30 Uhr ist er noch immer nicht gekommen und es ist Zeit, zu gehen. Daher setze ich Pepper in die kleine Transporttasche, die ich gekauft habe, um ihn in mein Wohngebäude rein und raus zu schmuggeln — wenn man nicht zu genau hinsieht, könnte sie als Seesack durchgehen – und lasse sie neben der Tür stehen.

„Es tut mir leid, Baby. Ich lasse dich heute Nacht bei dem Monster. Hoffentlich wird er nett sein und dir am Morgen etwas füttern. Aber ich werde früh kommen und dafür sorgen, dass du deinen Spaziergang bekommst, okay?"

Pepper bellt leise.

„Ich weiß. Ich hab dich auch lieb. Sei brav." Ich mache Kussgeräusche und schlucke das Pfund aus Schuldgefühlen, das in meiner Kehle aufsteigt, als ich die Tür schließe.

Es wird alles gut gehen. Pepper wird klarkommen und Billy zu ärgern, ist das wert.

Vor allem nachdem er sich die ganze Woche nicht hat blicken lassen.

Ich betrete den Aufzug und versuche, meine Befürchtungen zu ignorieren. Alles an heute Abend fühlt sich falsch an. Billy ist verschwunden. Madi konnte sich nicht hier mit mir treffen, damit wir gemeinsam losgehen können. Ich hasse es, Pepper zu verlassen, ohne mir sicher zu sein, dass jemand auf ihn aufpassen kann.

Ich stehe ein bisschen neben mir.

Ich weiß nicht, warum ich so viel Zeit in Billys Wohnung verbringe, wenn ich mich eigentlich auf den Sentience-Fall konzentrieren sollte.

Am Samstag ist die Gala, bei der mein Wandgemälde enthüllt werden wird. Das wird meine Gelegenheit sein, den Beweis zu besorgen, den wir für den Fall brauchen.

Das wird mein bisher größtes Risiko sein, doch es gibt keinen anderen, der es eingehen kann. Als Künstlerin des Gemäldes habe ich eine Einladung. Außerdem habe ich eine Schlüsselkarte.

Es ist die beste Gelegenheit, die wir haben, um das Unternehmen zu Fall zu bringen.

~

BILLY

Um 19:00 Uhr betrete ich mein Apartment, da mir der Tracker auf ihrem Handy verraten hat, dass Aubrey gerade gegangen ist.

Ich habe absichtlich so lange gewartet. Ich brauche einen kompletten Neustart, wenn es um dieses Weibchen geht, und das bedeutet, die Versuchung ihres Muskatdufts und ihres sexy Körpers zu meiden.

Ich hebe die Nase, um ihren Duft aufzusaugen. Er ist mit dem Geruch trocknender Farbe, der Feuchtigkeit einer frischen Dusche und eines Hundes vermischt.

Eine kleine Tasche steht neben der Tür auf einer Welpenunterlage. Ach ja, das ist eine Hundetransporttasche.

Pepper bellt freudig bei meinem Eintreten.

„Hey", spreche ich scharf und Pepper winselt.

Ich reiße mir die Krawatte vom Hals. Aubrey hat hier geduscht und den verdammten Hund dagelassen. Warum zur Hölle sollte sie das tun? Ist ihr das Wohlbefinden dieses Teppichporsches nicht wichtig? Oder hat sie eine höhere Meinung von meinem Mitgefühl für kleine Tiere, als gerechtfertigt ist?

Oder ... hofft sie, mich dazu zu bringen, sie zu bestrafen? Bei diesem Gedanken wird mein Schwanz hart.

Ich öffne die Tasche und hebe die winzige Flauschkugel heraus. „Du bellst mich nicht an."

Der Welpe wackelt heftig mit dem ganzen Körper, als er verzweifelt versucht, mein Gesicht, meine Hände und jeden Teil von mir abzulecken, den er erreichen kann.

„Ich bin dein Alpha. Vergiss das nicht."

Noch mehr Schwanzwedeln.

Er mag zwar jung und ein Mischling sein, doch er ist klug. Ich kann in seinen großen braunen Augen sehen, dass er mich perfekt versteht. Ich kraule ihn hinter den Ohren.

„Musst du raus?" Ich schicke ihm das mentale Bild, wie er auf das Gras im Central Park pinkelt. So kommunizieren Gestaltwandler miteinander, wenn sie in Wolfsgestalt sind. Wir sind nicht in der Lage, auf übernatürliche Weise zu kommunizieren, können jedoch ein simples Konzept relativ gut vermitteln. Normalerweise geht es darum, in welche Richtung wir laufen oder welches Tier wir jagen sollen.

Peppers Kopf fährt herum und er schaut zu den Fenstern, die den Park zeigen.

Jepp. Kluger Welpe.

Aubrey hat eine Leine neben die Tasche gelegt, doch ich will verdammt sein, wenn ich in der Öffentlichkeit mit einem kleinen Hund an der Leine laufe. Mit einem kleinen Hund durch Manhattan zu laufen, ist so oder so unter meiner Würde. Aber anzudeuten, dass ich besagten winzigen Hund nicht kontrollieren kann, ist absurd.

Ich setze Pepper auf seine Füße. „Komm." Ich öffne die Tür und er trottet mit mir zum Aufzug, in dem er jede Ecke abschnüffelt. Er hebt ein Bein zum Pinkeln und ich knurre. Er erstarrt, lässt sich auf den Rücken fallen und zeigt mir den Bauch zum Zeichen seiner Unterwerfung.

Ich bedenke ihn mit einem Alphastarren. „Nur draußen."

Als wir das Atrium erreichen, will ich Grayson fragen, ob Aubrey mir eine Nachricht hinterlassen hat – zum Beispiel, warum sie Pepper hiergelassen hat – doch ich darf keine Schwäche zeigen. Ich bin die rechte Hand unseres Alphas.

Ich sehe schon lächerlich genug aus, als ich mit einem winzigen Hund auf den Fersen den Aufzug verlasse, obwohl ich die Sorte Kerl bin, neben dem ein eins zwanzig großer Dobermann bei Fuß laufen sollte.

Ich nicke Grayson zu und betrete den Gehweg. Wenn ich die Straße entlanglaufe, wenden die Leute normalerweise den Blick ab, aber Pepper bringt sie dazu, mir mit einem Lächeln ins Gesicht zu sehen. Das verblasst natürlich schnell, wenn sie meinen eisigen *leg dich nicht mit mir an* Blick entdecken.

Pepper läuft so schnell, wie ihn seine kleinen Beine tragen, um mit mir mitzuhalten. Wir schaffen es bis zur Ecke, wo das Gras des Parks wächst. Ich deute darauf und befehle ihm, sein Geschäft zu erledigen. Er gehorcht. Ich habe nichts für Babys, Welpen oder Kätzchen übrig, es ist jedoch schwer, zu leugnen, wie niedlich er ist. Ich bin zwar ein Monster, das innerlich hauptsächlich tot ist, doch die Jungen – egal, ob Gestaltwandler oder Tier – haben etwas an sich, was meinen Beschützerinstinkt weckt.

Vor allem, als ich sehe, dass sich jemand mit einem größeren Mischling nähert, der aussieht, als wolle er, Pepper auffressen. Ich knurre leise in meiner Kehle, so leise, dass es der Mensch nicht hören kann, der mit dem Hund spazieren geht. Das Knurren ist jedoch laut genug, dass die Hündin wie angewurzelt stehen bleibt und sich an die Beine ihres Besitzers schmiegt, als sie vorbeiläuft.

Mein Handy klingelt, während Pepper von einem Busch zum nächsten rennt und sein Revier markiert. Ich ziehe es heraus und werfe einen Blick auf das Display.

Madi.

Sie ruft mich nie an. Obwohl ich versucht habe, ihr als meiner Luna meine Loyalität zu beweisen, stehen wir noch immer nicht in einem freundschaftlichen Verhältnis.

Ich wische mit dem Daumen über das Display. „Ja, Luna?"

Sie muss mich nicht mögen, ihr Vertrauen ist jedoch wichtig. Sie muss wissen, dass ich ihr loyaler Soldat und bereit bin, Befehle entgegenzunehmen. Ich bin bereit, mein Leben für ihres zu opfern.

„Billy. Hi. Ist Aubrey zufällig noch bei dir?"

Ich runzle die Stirn. „Nein. Sie ist vor über einer halben Stunde gegangen. Warum?"

„Ich bin heute Abend mit ihr verabredet, komme jedoch nicht vom Büro los und sie geht nicht an ihr Telefon."

Etwas verknotet sich in meinem Magen. Es ist keine Angst um Aubreys Sicherheit, obwohl die auch vorhanden ist. Es ist etwas anderes. Etwas, was weniger klar ist als ein Beschützerinstinkt. Trüber. Verunreinigt mit Eifersucht und Schmerz.

Fuck. Es ist *Mitgefühl*.

Ich weiß irgendwie, was Aubrey davon halten wird, dass Madi sie versetzt.

Ich weiß es und ich will ein Schwert ziehen und den Drachen erschlagen, wegen dem sie sich so fühlt.

„Wo wolltest du dich mit ihr treffen?" Ich bemühe mich, mit nicht allzu scharfer Stimme zu sprechen. Sie ist noch immer meine Luna und meine Loyalität sollte ihr und nicht Aubrey gelten.

Aus irgendeinem Grund ist das nicht so, doch ich kann jetzt nicht darüber nachdenken.

„Im *All Night*. Es ist neben dem La Résistance in Brooklyn."

„Ich kenne den Laden. Ich werde hinfahren und ihr die Nachricht überbringen."

Es entsteht eine Pause, in der Madi meine Worte verarbeitet. „Das wirst du tun?"

„Natürlich, Luna", antworte ich ruhig, als würde ich es für sie und nicht für Aubrey tun.

„Gut. Sorg dafür, dass sie Spaß hat. Fahr sie nach Hause,

falls sie eine Mitfahrgelegenheit braucht." Madi legt einen leichten Alphabefehl in ihre Stimme, was in dieser Situation nicht gerechtfertigt ist. Doch sie ist eine kluge Frau – klüger als die meisten von uns und wir haben alle auf einem Ivy League College studiert. Ich vermute, dass sie mir auf die Schliche gekommen ist. Ich habe mehr Interesse an ihrer besten Freundin gezeigt, als erforderlich ist.

Jetzt spricht sie einen Befehl aus, um mir den Vorwand zu geben, die ganze Nacht allein mit Aubrey zu verbringen.

Ich hasse es nicht.

„Ich breche jetzt auf", informiere ich sie und beende den Anruf, bevor Madi weitere Informationen aus mir herauskitzeln kann.

Ich pfeife kurz, woraufhin Peppers kleiner Kopf herumfährt. Er schaut mich mit gespitzten Ohren und wachsamen Augen an und wartet auf meinen Befehl. Als ich mit den Fingern schnippe und zu meinem Fuß deute, kommt er herbeigehüpft und stolpert leicht, als sein Körper schneller wird als seine Beine.

„Gehen wir, Pepper. Deine Mom braucht uns."

AUBREY

Sie kommt nicht. Und nein, ich habe keinen ihrer zehn Anrufe angenommen. Denn wenn es bei dem Anruf darum ginge, dass sie einige Minuten zu spät kommt, hätte sie eine Nachricht geschickt. Dass sie mich anruft, bedeutet, dass sie sich entschuldigen will, und ehrlich gesagt will ich es nicht hören. Entweder ich werde etwas sagen, was ich bereuen und mit dem ich unsere Freundschaft dauerhaft beschädigen werde, oder ich werde in Tränen ausbrechen. Keine dieser Optionen ist angemessen, während ich bei einer Live-Musikveranstaltung in meinem Lieblingslokal bin. In einer genialen türkisfarbenen Lederjacke, die fantastisch an mir aussieht.

Ich drücke eine Limette in meinen Drink und rühre ihn mit dem kleinen Strohhalm um. Ich habe nichts gegessen und der Wodka Tonic steigt mir sofort zu Kopf. Natürlich ist es auch schon mein zweiter, was die Wirkung vermutlich erklärt.

Eine laute Gruppe weißer und asiatischer College-Typen steht neben mir an der Bar. Sie schauen immer wieder zu mir und lächeln mich an. Sie halten nach einem Anzeichen Ausschau, dass ich ein Gespräch mit ihnen begrüße, aber ich ignoriere sie stur und schaue mir die Band an.

Sie spielen mein Lieblingslied von Pat Benatar ‚Invincible' und ich hätte mir gerne das Mikrofon geschnappt und den Gesang übernommen, denn ihre Sängerin hat nicht den Stimmumfang für das Lied. Nicht, dass ich urteile. Ich glaube nicht, dass man eine tolle Stimme haben muss, um Musik zu machen. Jede Stimme wird genügen. Es ist das Verlangen, zu singen und sich auszudrücken, das wichtig ist.

Die Tür schwingt auf und es entsteht dieser Moment wie in einem Saloon im wilden Westen, wenn jemand hereinkommt, der völlig fehl am Platz ist.

Mr. Milliardenschwer.

Er trägt noch immer seinen Wall Street Anzug. Was macht er hier? Und wie hat er mich gefunden?

Er sieht verdammt wütend aus, als wäre er hier, um Köpfe rollen zu lassen. Hm. Das liegt vermutlich daran, dass ich Pepper bei ihm gelassen habe. Ich werfe einen Blick auf seinen Arm, um zu schauen, ob er meinen Hund trägt, doch seine Hände sind leer.

Sein Blick schnellt zu den Kerlen in meiner Nähe, bevor er sich auf mich heftet.

Aus irgendeinem Grund setzt ein Flattern in meinem Bauch ein, als er zu mir kommt. Ich habe keine Angst vor seiner Wut. Zur Hölle, ich will sie. Das Flattern wird nicht von Angst ausgelöst – es ist die pure Aufregung. Meine Pussy verkrampft sich bei dem Gedanken, dass er versuchen könnte, mich erneut zu bestrafen.

Werde ich es ihm erlauben?

Das ist die 10.000$ Frage.

Billy konfrontiert mich allerdings nicht, als er ankommt. Er schiebt sich zwischen die Kerle und mich, zeigt ihnen seinen Rücken und mir seine Vorderseite.

Ich warte darauf, dass er etwas sagt, doch er gibt dem Barkeeper nur ein Zeichen, dass er einen Drink will. „Crown Royal. Pur." Er legt einen Hunderter auf die Theke.

Anschließend lehnt er seine Hüfte an die Bar, was vermutlich seine lässigste Haltung ist, und sieht mich an. „Hübsche Jacke."

„Danke. Sie ist vintage." Ich hatte gehofft, sie Madi zeigen zu können.

Jetzt bezweifle ich, dass sie sie jemals sehen wird.

Billy mustert mich unverwandt. Ich könnte eine Bemerkung zu seinem schnieken Anzug machen, doch mir ist nicht danach. Ich habe wirklich mein Mojo verloren, wenn ich nicht die Energie habe, mich über Mr. Milliardenschwer lustig zu machen.

Dann sagt er: „Madi hat dich versetzt."

Das gehört nicht zu den Dingen, die ich von ihm zu hören erwartet habe.

Mitgefühl liegt in seinen Worten. Verständnis.

Ich hätte nicht einmal gedacht, dass er zu so etwas in der Lage ist.

Meine Augen weiten sich, meine Kehle schnürt sich zu und meine Nase fühlt sich plötzlich heiß und eng an.

Er berührt meinen Arm. Seine Berührung ist zunächst leicht, dann wird sie zu einem beruhigenden Drücken.

„Es ist das ungefähr zehnte Mal." Meine Stimme bricht.

Ich klinge wie ein Teenager, doch Billy steht hier und betrachtet mich mit etwas, was Wärme ähnelt, woraufhin alles aus mir hervorbricht. „Ich sehe sie gar nicht mehr. Ich dachte, das Wandgemälde in eurem Gebäude zu malen, würde bedeuten, dass wir wenigstens ein wenig Zeit miteinander verbringen, aber sie ist immer entweder mit Brick zusammen oder auf der Arbeit. Ich versuche mittlerweile seit Wochen, mich mit ihr zu treffen." Eine Träne entwischt meinem Auge und ich wische sie weg.

Ich komme mir wie eine Närrin vor.

„Ich weiß. Es fühlt sich an, als hättest du deine beste Freundin verloren."

Ich blinzle hektisch. Er empfindet wahrscheinlich genauso in Bezug auf Brick. „Ja. Ich meine, ich glaube, ich habe sie verloren." Diese Erkenntnis bricht plötzlich über mich herein.

Es ist an der Zeit, mich der Realität zu stellen. Leute ändern sich. Nicht alle Freundschaften überdauern. Vielleicht habe ich mich an etwas geklammert, was ich gehen lassen muss.

Billy schüttelt den Kopf. „Madi braucht und liebt dich. Es liegt bloß an der Anpassung an eine neue Situation."

Ich starre ihn an. Ich will nicht mehr darüber reden – es tut zu sehr weh. „Warum bist du hier?"

„Madi hat mich angerufen, als du nicht an dein Telefon gegangen bist. Möchtest du Abendessen gehen? Du hast noch nichts gegessen, oder?"

Ich verenge meine Augen zu Schlitzen. Mir mit ihm Wortgefechte zu liefern, ist definitiv besser, als über Madi zu sprechen. „Hast du mich mit einer Kamera ausspioniert?"

Er schnaubt. „Oh bitte. Ich brauche keine Kamera, um zu wissen, was du ausheckst, Silver."

Ich lege den Kopf schief und lasse meine Stimme neckisch klingen. „Was habe ich ausgeheckt?"

Seine Lippen kräuseln sich leicht an den Winkeln. Ich liebe diesen Ausdruck allmählich an ihm. „Ich habe gesehen, dass du dir Kaffee gemacht und meine Dusche benutzt hast. Und du hast mir deinen Hund dagelassen." Er zieht seine Brauen hoch.

„Ja, wie hat dir das gefallen?"

„Ich werde dich später dafür bestrafen."

Ein heißes Kribbeln rast durch mich. *Yumm.*

Er ext seinen Whiskey und deutet mit dem Kopf zur Tür. „Komm. Lass uns etwas essen gehen. Du brauchst eine gute Mahlzeit."

„Okay, aber woher weißt du, dass ich noch nichts gegessen habe?", hake ich nach.

„Ich weiß, dass du aufgebrochen bist, kurz bevor ich nach Hause gekommen bin. Und ich habe kein Essen gerochen."

„Du hast Kameras installiert, um sicherzustellen, dass ich nichts stehle, und jetzt, da sie alles filmen, hast du nicht mehr das Gefühl, dass du von zu Hause aus arbeiten musst, während ich dort bin", beschuldige ich ihn. „Hast du mir beim Duschen zugesehen?"

Billys Porsche ist einen Block entfernt geparkt. Er bleibt vor der Beifahrertür stehen, ohne die Tür zu öffnen. „Du glaubst, dass ich Angst habe, du würdest etwas *stehlen*?" Er klingt beleidigt. Ob um meinetwillen oder seinetwillen, weiß ich nicht.

Ich ziehe die Brauen hoch.

Er packt eines meiner Handgelenke mit einer Hand, dann das andere und zieht sie so, dass meine Handflächen nach außen zeigen. Seine Daumen pressen sich in meine Handballen und er beginnt, sie zu massieren. „Ich habe vor nichts Angst, Silver. Am wenigsten davor, dass du mich bestiehlst. Würdest du mich ausrauben wollen, würdest du das vermutlich tun, während ich zuschaue, damit du es mir unter die Nase reiben kannst. Du würdest nicht heimlich etwas aus der Wohnung schmuggeln, nachdem ich gegangen bin."

Das entringt mir ein Lächeln. Sein glühender Blick und grollender Ton lassen es beinahe so klingen, als würde er diese Eigenschaft an mir bewundern. Als würde er unsere kleinen Gefechte genauso sehr genießen wie ich.

„Und falls dich jemals jemand beim Duschen filmt, werde ich demjenigen die Augäpfel ausreißen und in seine Kehle stopfen."

Hitze rollt über meinen Körper. „Das ist … heiß", krächze ich überrascht. Ich hätte nicht gedacht, dass er ein Mann für leidenschaftliche Verbrechen ist. Ich schaue in sein Gesicht. Was zuvor hochmütig wirkte, scheint mir jetzt schmerzhaft gut aussehend zu sein – die harten Kanten seines stoppeligen Kiefers, der rauchblaue Blick, der von unfassbar dichten, dunklen Wimpern umrahmt wird. Ja, er ist arrogant, doch wenn all dieses Selbstbewusstsein auf mich gerichtet ist, kann ich den Reiz sehen. Diese neue Perspektive erschwert es mir, den Widerstand ihm gegenüber aufrechtzuerhalten.

Ich greife nach oben und ziehe seinen Kopf für einen Kuss zu meinem. Seine Hand legt sich auf meinen Hinterkopf und seine Zunge taucht in meinen Mund. Er schmeckt nach Whiskey. Seine Lippen sind weich mit Ausnahme von der Stelle, wo die Stoppeln auf seiner Oberlippe über meine Haut kratzen.

Mein Hintern stößt gegen seine Autotür und er presst mich dagegen. Eine Hand gleitet zu meiner Hüfte, packt meinen Schenkel und zieht ihn hoch und zur Seite.

Ich höre ein kurzes Bellen im Auto und wir trennen uns voneinander. „Du hast Pepper mitgebracht?"

„Natürlich habe ich das getan." Er schaut böse durch das Fenster, woraufhin ich mich umdrehe und meinen kleinen Hund entdecke, der nicht in seiner Transporttasche, sondern auf dem Beifahrersitz sitzt. Peppers kleine Pfoten scharren an der Innenseite der Tür, während er auf den Hinterbeinen steht und mich durch das Fenster beobachtet.

Billy weicht zurück, entlässt mich aus seinem Griff, mit dem er mich an der Tür fixiert hat, und öffnet sie mir.

Ich nehme Pepper in die Arme, doch Billy nimmt ihn mir aus den Händen und stellt seine kleinen Pfoten auf den Asphalt.

„Setz ihn nicht ab! Was, wenn er wegläuft?", rufe ich. Er ist nicht angeleint. Ich kann nicht fassen, dass Billy mit ihm im Auto gefahren ist, ohne dass er in seiner Tasche war. Das ist so gefährlich.

Billy ignoriert mich. „Pinkel hier und steig wieder ein", befiehlt er, als würde ihn der kleine Hund verstehen. Als würde Pepper nicht wegrennen und uns zwingen, ihm hinterherzujagen. Als würde er sich nicht verirren oder überfahren werden oder irgendeines der anderen Dinge erleben, die einem kleinen Hund in der Großstadt passieren können.

Seltsamerweise tut Pepper genau das, was man ihm befohlen hat. Er hebt ein Bein zum Pinkeln und hüpft wieder ins Auto.

„Auf den Rücksitz", knurrt Billy. „Deine Mom sitzt auf diesem Platz."

Erneut gehorcht Pepper. Es ist geradezu komisch.

Ich steige in den Wagen. „Ich schätze, du sprichst Hündisch. Auf mich hört er nicht so."

„Das tue ich." Billy schließt die Tür und läuft um das Auto herum zu seiner Seite. Er holt sein Handy heraus und öffnet eine Restaurant-Liefer-App, bevor er es mir reicht und den Wagen anlässt. „Bestell uns etwas zum Essen und lass es zu deiner Wohnung liefern."

Ein halbes Dutzend Erwiderungen sausen durch meinen Kopf, wie anmaßend es von ihm ist, dass er sich in meine Wohnung einlädt, doch ich realisiere, dass ich es liebe. Ich liebe es, dass er das Kommando übernommen hat, und ich liebe es, dass er überhaupt zu meiner Wohnung mitkommen möchte.

Ich hätte nicht gedacht, dass er jemals einen Fuß in sie setzen würde. Andererseits hätte ich auch nie gedacht, dass er durch die Tür des *All Night* kommen würde.

Ich spreche nichts von alldem aus, denn ich will das hier. Ich habe eine Kostprobe auf Billy White im Bett erhalten und die hat definitiv nicht gereicht.

Ich scrolle durch die Restaurant-Optionen. „Was möchtest du essen?", frage ich.

Er schaut mich an, während er auf die Straße fährt, und seine Augen scheinen im Licht der Straßenlaterne zu leuchten. „Dich."

Ich feixe. Dagegen habe ich nichts einzuwenden. Er hat meine Pussy wie ein Meister geleckt.

„Bestell, was du möchtest, denn ich werde heute Nacht dich verschlingen, Aubrey."

KAPITEL NEUNZEHN

Billy

Sobald sie mich nach oben gebracht hat – mit dem Hund unter ihrem Shirt, weil sie anscheinend keine Tiere in ihrem Apartment halten darf – beginne ich, sie auszuziehen.

Ich habe lang genug darauf gewartet. Meine Selbstbeherrschung schwindet und ich bin ein Mann, der normalerweise die Kontrolle über jeden Drang hat. Ich erlaube nichts und niemandem, mich zu beherrschen.

Ich werfe ihr Shirt auf den Boden, während ich sie rückwärts in Richtung der Schlafzimmer dränge.

Sie zieht ihre Stiefel aus.

Ich knöpfe ihren Rock auf und reiße ihn über ihre Hüften.

Als Pepper aufgeregt bellt, bringe ich ihn mit einem Knurren zum Verstummen.

Ein guter Fick. Ein guter Fick und dann kriege ich sie aus dem Kopf.

Das Problem besteht nur, weil ich noch nicht in ihr

gekommen bin. Wenn ich das erledigt habe, wird mein Begehren nach einem Menschen befriedigt worden sein, und ich kann weitermachen.

Das rede ich mir ein, während ihr Duft mit den köstlichen Aromen von Muskat und Honig in meine Nase steigt. Ich bin angespannt und voller unbefriedigtem Verlangen sowie Freude darüber, dass sie beinahe nackt ist.

Ich hebe sie an der Taille hoch und trage sie den Rest des Weges zu ihrem Schlafzimmer. Als sich ihre Augen weiten, wird mir bewusst, dass ich vergessen habe, so zu tun, als sei sie schwer.

Ihr Zimmer ist wie sie – ein Durcheinander aus Chaos und Farben. Ihre Möbelstücke sehen aus, als hätte sie sie auf Flohmärkten gefunden – nicht zueinander passende Holzmöbel, die in hellen, fröhlichen Farben bemalt wurden, damit alles trotzdem stimmig ist.

„Dieses Mal, habe ich das Sagen", bestimme ich und werfe sie auf die Bettmitte. Letztes Mal ließ ich ihr ihren Spaß, doch heute Nacht hängt meine Kontrolle am seidenen Faden.

„Ach, denkst du das?", fordert sie mich heraus, ihre Pupillen sind jedoch so groß, dass ihre zimtfarbenen Augen onyxfarben aussehen. Ihre prallen Lippen teilen sich. Als ich die Träger ihres BHs nach unten reiße, entdecke ich, dass sich ihre Brustwarzen zu steifen Spitzen zusammengezogen haben.

„Tu nicht so, als würdest du das hier nicht wollen." Ich schiebe meine Finger zwischen ihre Beine und lasse sie federleicht über den Zwickel ihres hellrosa Höschens gleiten. „Lüg mich an, aber belüge nicht dich selbst."

Ihr Höschen wird sofort feucht. Bei dem Geruch ihrer Erregung wird mein Schwanz härter als Stahl. Aubreys Körper ist für mich bereit. Bereit für meine Plünderung.

Und heute Nacht beabsichtige ich, zu plündern.

Ich wandere mit einer Hand über ihre Pobacke und drücke zu.

„Ich glaube, heute Nacht werden wir uns für ein gutes, altmodisches Spanking über dem Knie entscheiden."

Während ich ihren Hintern mit einer Hand knete, lasse ich die Finger meiner anderen Hand in ihr Höschen gleiten. „Mmmh. Schön feucht." Ich necke ihren klatschnassen Eingang. „Du freust dich auf deine Strafe."

Ich öffne meine Gürtelschnalle ganz gemächlich. Aubreys Blick verfolgt meine Bewegungen und ich bemerke ein Beben der Unsicherheit. Ich sollte weiterhin so tun und sie glauben lassen, dass ich sie mit dem Gürtel schlagen werde, doch meinem Wolf gefällt der Hauch von Nervosität in ihrem Geruch nicht.

„Der ist für deine Handgelenke, Silver."

Ich sitze auf der Bettkante und wickle den Gürtel um ihren Oberkörper. Ich lasse ihn zu ihrer Taille rutschen und ziehe sie so zu mir. Ihre Beine schlittern über die Bettseite neben mir, woraufhin sie sich aufsetzt und ihre wilde Haarmähne aus dem Gesicht streicht.

„Außer du möchtest, dass ich ihn bei deinem Hintern benutze."

„Darauf verzichte ich."

„Komm her, Schönheit." Ich öffne meine Beine und bewege ihren Körper so, dass sie über einem Schenkel und ihr Oberkörper auf dem Bett liegt, während ihre Füße auf dem Boden stehen.

Ich nehme mir Zeit und ziehe das rosafarbene Höschen langsam unter die Rundungen ihres Hinterteils. Ihre langen, schwarzen Locken hängen über ihren Rücken und Schultern. Sie sieht umwerfend aus und mein Wolf liebt es, dass sie meiner Gnade ausgeliefert ist.

Warte, nein. Vielleicht ist das meine menschliche Seite. Es

ist schwer, das zu sagen. Wir wollen sie heute Nacht beide unter uns haben und dass sie vor Lust schreit, wenn ich endlich meine erreiche.

Meine Hand klatscht etwas fester auf ihren Po, als ich sie eigentlich schlagen wollte.

Sie keucht und schaut mit großen Augen über ihre Schulter zu mir.

Pepper bellt. Braver Hund. Er beschützt seine Mom.

Ich reibe das Brennen weg. „Sorry. Das war zu fest, oder?"

Ihre Schultern entspannen sich.

Ich bedenke Pepper mit einem Blick. „Geh ins Wohnzimmer." Ich schicke ihm ein mentales Bild, in dem er vor dem Sofa liegt, und der kleine Welpe wirbelt herum und trottet gehorsam davon.

Dieser Köter wächst mir ans Herz.

Ich verpasse Aubrey noch einen Hieb, der dieses Mal leichter ausfällt, und sie stöhnt.

„Folgendes wird passieren", informiere ich sie und schlage ihren Hintern erneut. „Ich werde dafür sorgen, dass du wund bist und es dir leidtut, dass du Pepper zurückgelassen hast, ohne um Erlaubnis zu fragen. Anschließend werde ich dich belohnen, weil du mir diesen sexy Körper für meine Strafe angeboten hast." Ich beschleunige das Tempo der Hiebe und schlage leicht, jedoch schnell zu. Sie lässt vor Wonne das Becken kreisen.

Beim Schicksal, das ist gut: Das Geräusch meiner Hand, die auf ihre Haut trifft; der schwindelerregende Anblick ihres nach oben gewandten Hinterns; der Geruch ihrer Erregung, der mit jedem Hieb intensiver wird. Ich habe das Gefühl, als wäre ich vollkommen aus dem Gleichgewicht gebracht worden. Der logische Teil meines Verstandes hätte niemals diesen Moment gewählt. Zu denken, dass es mir nicht nur gefallen würde, sondern ich es sogar genießen würde, in Brooklyn mit einem Menschenweibchen zusammen zu sein, das alles hasst, was ich verkörpere, ist unlogisch.

Dennoch habe ich mich noch nie in meinem Leben so befriedigt gefühlt. Es ist schwer, das Gefühl der Richtigkeit zu leugnen. Bedeutet das …?

Nein. Definitiv nicht.

Sie kann nicht meine Gefährtin sein. Das Schicksal würde mich nicht mit einem Menschen verpaaren. Ich bin der Sohn eines Alphas und wurde dazu geboren, ein Rudel zu führen. Ich entschied mich, mein Heimatrudel zu verlassen und als rechte Hand eines würdigen Alphas zu dienen, das bedeutet allerdings nicht, dass ich keine Alpha-Gene mehr habe. Ich brauche eine Alphawölfin, die meiner Blutlinie würdig ist. Jemanden, der die reinblütige Linie fortführen kann, die bis in die Zeit zurückverfolgt werden kann, als Amerika noch keine Nation war.

Das Schicksal würde mich nicht mit einem Menschen zusammentun.

Ich versohle Aubrey den Hintern fester. Sie windet sich auf meinem Schoß und bringt meinen Schwanz damit zum Pochen.

Nein, das hier ist nur Lust. Mehr ist es nicht. Es ist der angestaute Frust von Anfang der Woche, als ich sie befriedigte, jedoch selbst keinen Höhepunkt erlebte.

Es ist der Rausch von Chemikalien, weil ich weiß, dass ich heute Nacht endlich in ihr sein werde.

Ich höre auf, sie zu schlagen, und lasse meine Hand über ihr heißes Fleisch kreisen. Sie hat einen perfekten Po, prall und rund und herzförmig. Ich liebe die Hitze, die ihre leuchtende braune Haut ausstrahlt.

Sie ist umwerfend für einen Menschen.

Ich lasse meine Finger zwischen ihre Beine gleiten, verteile ihren Nektar bis zu ihrem Kitzler und umkreise diesen.

Sie kommt und ein Schauder fegt durch ihren Körper, während sich ihre Innenschenkel um meine Finger schließen und sich ihre Mitte rhythmisch anspannt und entspannt.

Es ist so einfach. Sie kommt zum Orgasmus, nur weil ich ihr kurz den Hintern versohlt und einmal über ihren Kitzler gestreichelt habe. Ich kann nicht leugnen, wie sehr der Körper dieses Weibchens auf meinen eingestellt ist. Sie leugnet zwar ihre Zuneigung für mich und hasst es, dass sie sich zu mir hingezogen fühlt, doch es ist eindeutig, dass ich der Herr ihres Körpers bin.

„Jetzt geh auf die Knie." Ich lege einen Alphabefehl in meine Stimme, um es sexyer für sie zu machen, und damit sie nicht gegen ihren Stolz ankämpfen muss, wenn es darum geht, mir zu gehorchen.

Sie sinkt zu meinen Füßen auf die Knie und blickt zu mir auf.

Verdammt umwerfend. Ihre Augen sind glasig von dem Orgasmus und ihre Wangen gerötet. Ihre Locken hängen wild über ihre Schultern und ihren Rücken. Ich brenne darauf, sie zu ficken.

Wie eine gute Sub wartet sie auf Anweisungen, obwohl sie keine unterwürfige Faser in ihrem Körper hat. Etwas in meinem Hinterkopf sagt mir, dass das ebenfalls etwas bedeutet. Dass ihr Körper auf meinen Befehl reagiert, weil er mir bereits gehört.

Doch das ist nicht richtig. Es liegt nur daran, dass ich einen Alphabefehl benutzt habe und ein Teil ihrer Biologie das versteht.

„Hol meinen Schwanz raus."

Sie leckt sich über die Lippen, als sie nach dem Knopf an meiner Hose greift und meine Erektion befreit. Sie streichelt mit den Fingerspitzen leicht die Unterseite entlang und reizt mich.

Es fühlt sich himmlisch an.

„Saug an meinen Eiern." Das letzte Mal, als sie an meinen Eiern saugte, verbrannte mich das Silber ihres Nasenrings, weshalb ich verrückt sein muss, dass ich sie bitte, es noch einmal zu tun. Doch Schmerz ist irrelevant und das Brennen verstärkt bloß die wundervolle Empfindung ihres warmen Mundes an meiner empfindlichsten Körperstelle.

Sie lässt sich Zeit, saugt meine Eier in ihren Mund und verbrennt die Innenseite meines Beins mit ihrem Nasenring. Ich bin voller Ekstase.

„Jetzt lass mich deine Lippen um meinen Schwanz sehen."

Erneut gehorcht sie. Sie öffnet ihre prallen, umwerfenden Lippen und lässt sie um und über meinen Schwanz gleiten. Als sie sich von mir löst, saugt sie hart.

Feuer entzündet sich am Ansatz meiner Wirbelsäule, während sich ihr Kopf über meinem Schwanz bewegt.

Fuck, ich muss in ihr sein. Meine Kontrolle entgleitet mir, was ein unbekanntes Gefühl für mich ist. Dieses Weibchen ist meine Schwäche. Ich sollte nicht hier sein und es genießen, denn sie fühlt sich wie eine Sucht an.

„Das reicht", blaffe ich und klinge harscher, als beabsichtigt. Ich packe ihre Taille und hebe sie hoch. In meinem Kopf hebe ich sie nur hoch, um aufzustehen, doch mein Körper hat seinen eigenen Willen und ich finde ihre Pussy direkt vor meinem Mund wieder. Ich lege ihre Schenkel über meine Schultern und falle über sie her.

„Heilige … oh mein *Gooott*." Aubrey packt meinen Hinterkopf. „Du bist so … stark." Ihre atemlose Stimme treibt mich in den Wahnsinn. Ich kann nicht länger warten.

Dieses Verlangen ist außer Kontrolle geraten.

Ich stehe auf, drehe mich um und stütze ihren oberen Rücken, während ich sie auf das Bett senke. Ich schiebe ihre Knie zu ihren Schultern, sodass ich ihre Mitte noch besser erreichen kann, merke jedoch keinen Unterschied. Ich sauge und lecke wie ein verhungernder Mann an ihr. Wie ein betrunkener Mann. Ihre Säfte überziehen meine Zunge. Meine Zähne streifen ihr weiches Fleisch.

Warte … meine Zähne?

Was zum Henker?

Nein. Nein, das kann nicht sein. Sie ist nicht meine vom Schicksal vorherbestimmte Gefährtin. Ich will sie nicht markieren. Das ist verrückt.

Ein Knurren steigt in meiner Kehle auf. Ich weiche zurück und blinzle. Meine Sicht hat sich gewölbt, als würde ich durch die Augen meines Wolfs schauen.

Ich wende mich schnell ab, damit Aubrey es nicht sieht.

Kondom. Ich brauche ein Kondom. Ich muss bloß in ihr kommen und dann wird sich diese Lust legen.

Ich wende ihr den Rücken zu, während ich meine Kleider ausziehe und ein Kondom vom Nachttisch nehme. Ich reiße es auf und streife es mir über.

Als ich mich wieder umdrehe, habe ich meinen Atem unter Kontrolle. Meine Sicht wirkt noch immer schärfer, als sie sein sollte, doch es ist dunkel hier drin, sodass sie meine Augen wahrscheinlich nicht sehen kann.

„Spreiz deine Beine für mich, Silver", befehle ich, als ich wieder aufs Bett krabble.

Sie winkelt ihre Knie an und öffnet sie für mich. Sie hält meinen Blick, als sie mit einer Hand zwischen ihre Beine greift und sich selbst befriedigt.

„Fuck, das ist sexy."

Das weiß sie. Ihr neckisches Lächeln verrät es mir. Diese Frau liebt es, mich mit erotischer Macht zu quälen.

Ich sollte es hassen, so von ihr gefoltert zu werden, doch keine Faser meines Körpers ist unzufrieden. Ich mag es, dass ihre Aufmerksamkeit auf mich gerichtet ist. Ich mag es, dass sie die Macht ihres Körpers gegen mich einsetzt. Sie ist bezaubernd.

„Wirst du meinen Schwanz wie ein braves Mädchen aufnehmen?"

Ihre Lider schließen sich halb, während sie sich stimuliert. „Was passiert, wenn ich Nein sage?"

Ich drehe sie auf den Bauch und schlage ihr auf den Po. „Du bekommst noch eine Strafe. Oder soll ich deinen Hintern ficken?"

„Nein, aber ich mag es von hinten." Sie biegt den Rücken durch, um mir ihren Hintern entgegenzustrecken, und spreizt ihre Beine weit.

Ich komme beinahe von dem Anblick. Meine Selbstbeherrschung löst sich auf. Ein Knurren füllt den Raum und ich bin bis zu den Eiern in Aubrey, bevor ich realisiere, dass der Laut von mir kommt. In ihr zu sein, ist, wie nach Hause zu kommen.

Das mythische Zuhause. Das religiöse Zuhause. Nicht das beschissene, in dem ich aufgewachsen bin.

Ich packe ihre Hüften und ziehe sie auf die Knie, um mich in sie zu rammen. Ihr Rücken ist ab der Stelle elegant geneigt, wo sie sich auf ihre Unterarme stützt.

Ich weiß, dass ich mich zurückhalten muss. Ich gehe nicht sanft mit ihr um, kann aber auch nicht langsamer machen. Kann meine Lust nicht zügeln.

Sie ist jetzt die Meine. Sie ist unter mir. Ich bin in ihr. Ich *brauche* das hier. Ich brauche sie.

Ich klatsche härter mit meinen Lenden gegen ihren Hintern. Tiefer. Schneller. Ich bin fiebrig vor Lust. Das Chaos in ihrem kleinen Schlafzimmer kommt immer näher und zieht sich wieder zurück. Ich reite auf einer Welle, jage die Ekstase und deren Name ist Aubrey Cook.

Trotz des Brüllens in meinen Ohren bemerke ich, dass sie aufschreit. Ich versuche, mich zu konzentrieren, obwohl ich mich wie verrückt in sie hämmere. Klingt sie gequält?

Ihr Wimmern klingt kläglich.

Ich tue ihr weh.

Fuck.

„Zu grob?", bringe ich zähneknirschend hervor. Ich bemühe mich, langsamer zu machen, doch mein Körper gehorcht mir einfach nicht.

„Nein", heult sie. Ihre Finger krallen sich in die Bettwäsche und die Muskeln ihres langen, schlanken Rückens spannen sich an, während sie mich aufnimmt. „Fick mich, Billy."

Beim Schicksal. Der seidene Faden, an dem meine Vernunft hing, reißt, da ihre Worte mich in den Wahnsinn treiben. Ich brülle und ramme mich so hart in sie, dass ihre Knie von der Wucht meiner Stöße vom Bett gehoben werden. Ich halte sie im Genick fest, damit sie nicht gegen die Wand kracht.

Sie schreit.

Ich registriere schwach, dass jemand auf der anderen Seite gegen die Wand hämmert. Ach ja. Ein Nachbar. Sie lebt hier dicht an dicht mit anderen Menschen.

Ich brülle erneut und ramme mich tief in sie, um heiße Spermastrahlen in das Kondom zu spritzen. Es hört nicht auf – ich komme und komme. Die Finger meiner freien Hand finden ihren Kitzler und massieren ihn.

Aubrey kommt ebenfalls und kreischt vor Wonne. Ihre Hüften rucken gegen meine und ihr Hintern presst sich nach hinten, um mich tiefer aufzunehmen, während ihre inneren Wände pulsieren und meinen Schwanz melken.

Ich komme noch immer.

Sie kommt noch immer.

Der Orgasmus scheint ewig anzudauern.

Und dann finde ich mich auf der Seite wieder. Mein Körper ist an Aubreys geschmiegt und ich halte sie in den Armen, als hätten wir gerade ein neues Universum erschaffen.

Das ist der Moment, in dem ich realisiere, dass ich wahrhaftig am Arsch bin.

In Aubrey zu kommen, hat mich nicht befreit.

Es hat mich verändert. Ich bin nicht mehr der gleiche Mann, der heute Nacht in dieses Zimmer gelaufen ist.

Tatsächlich weiß ich nicht, ob ich jemals wieder der Gleiche sein werde.

KAPITEL ZWANZIG

ubrey

Heute Abend findet die Sentience Gala statt. Sie werden der Welt mein Wandgemälde zeigen.

Und ich werde stehlen, was ich brauche, um das Unternehmen fertigzumachen.

Sie schmeißen eine teure Party und finanzieren sie mit dem Geld, das sie von Künstlern gestohlen haben. Ich habe keinerlei moralische Bedenken, weil ich ihren Champagner trinke und anschließend ihr gesamtes Unternehmen in Flammen aufgehen lassen werde.

Brennt, Arschlöcher. Brennt.

Ich überlege, was ich anziehen soll, als es an meiner Tür klopft. Es ist ein Lieferant mit einer großen schwarzen Schachtel.

„Lieferung für Aubrey Cook. Unterschreiben Sie hier." Das tue ich, obwohl ich nichts erwarte. Die Neugier überwältigt mich.

Ich stelle die Schachtel auf den Küchentisch und öffne sie. Ein trockener Sandelholzgeruch wabert mir ins Gesicht, als ich das Seidenpapier beiseiteschiebe und ein umwerfendes silberfarbenes Gewand enthülle. Es ist das glamouröseste Kleid, das ich jemals gesehen habe. Es riecht sogar teuer.

Hat Madi mir das Kleid als Entschuldigung geschickt? Nachdem sie unseren Mädelsabend verpasst hatte, rief sie mich die ganze Nacht lang an. Ich nahm ihren Anruf schließlich an, nachdem Billy gegangen war, und sie entschuldigte sich tränenreich. Sie ist so im Stress wegen der Hochzeit und der Leitung ihres Familienunternehmens und am Donnerstagabend hatten sie auf der Arbeit irgendeine Krise, von der sie nicht wegkonnte.

Natürlich vergab ich ihr. Es ist beschissen, aber ich akzeptiere, dass sich Madis Leben verändert. Sie hat neue Verpflichtungen und eine Beziehung, die unsere in den Hintergrund drängt. Ich will, dass sie glücklich ist, trauere jedoch um den Verlust unserer Nähe. Sie wird nie wieder meine Mitbewohnerin sein. Wir werden keine endlos langen Nächte mehr haben, in denen wir Cookie Dough Eiscreme essen und ‚Push it' im Schlafanzug singen.

Doch wir können noch Freundinnen sein. Wir haben uns bei einem Telefonat auf den neuesten Stand gebracht. Sie hat sich nach dem Sentience-Job erkundigt. Also erzählte ich ihr alles, einschließlich der Teile, bei denen ich das Gesetz breche. Ich erzählte ihr auch, dass ich mit Billy geschlafen hatte. Wir beendeten den Anruf und einigten uns darauf, dass wir auf der Reise nach Monaco genügend Zeit haben werden, um miteinander zu plaudern.

Sie erwähnte nicht, dass sie mir ein Geschenk schicken würde. Sie hätte mir keines schicken müssen, doch ich fühle mich gut, weil sie an mich gedacht hat.

Mir ist ganz warm ums Herz, als ich mich beeile, meine mit Farbe verspritzten Kleider auszuziehen und in das Etuikleid zu schlüpfen. Es passt wie angegossen. Das Kleid ist im Meerjungfrauenstil geschnitten und ohne High Heels fließt der Stoff wie flüssiges Quecksilber um meine Füße.

Ich besitze zufälligerweise die passenden High Heels für das Kleid – von Madis Verlobungsfeier. Ich wollte heute Abend das silberne Kleid von damals anziehen, das hier ist jedoch viel teurer.

Ich sehe wunderschön und beachtlich aus. Wie eine Königin aus einer Science-Fiction-Sendung. Wie die Art Figur, die Laser aus ihren Augen schießen kann.

Ich frisiere meine Haare und schminke mich. Heute Morgen habe ich meine Haare geflochten und ich war anscheinend auf der gleichen Wellenlänge wie derjenige, der mir dieses Kleid gekauft hat. Anstatt goldfarbener und roter Zöpfe machte ich mir nämlich Box Braids mit kleinem silbernem Lametta an den Enden. Nur ein wenig Glamour – der perfekt zu dem Kleid passt.

Nachdem ich Silberschmuck angelegt habe, ist mein Look komplett. Ich habe noch eine metallisch aussehende Clutch, die zu den High Heels passt. Der einzige Teil von mir, der nicht für den roten Teppich bereit ist, sind meine Fingernägel. Sie sind kurz geschnitten und lackiert, doch entlang der Nagelhaut klebt noch ein wenig weiße Ölfarbe. Ich lasse es so. Ich bin immerhin eine Künstlerin.

Und wenn es den Leuten nicht gefällt, werde ich sie mit meinen Laseraugen verbrennen.

Es klopft erneut an der Tür. Dieses Mal ist die Lieferung ein großer Strauß Sonnenblumen, die meine Lieblingsblumen sind. Auf der Nachricht steht: „Herzlichen Glückwunsch zu deinem großen Abend! Du wirst sie alle umhauen. Viel Glück! Ich hab dich lieb, Madi."

Hm. Seltsam. Ich dachte, das Kleid wäre von Madi, doch jetzt bin ich mir nicht mehr so sicher. Es ist möglich, dass Madi die Blumen und das Kleid geschickt hat, doch wären sie dann nicht gleichzeitig geliefert worden?

Vielleicht hat Madi das Kleid nicht geschickt. Meine Eltern haben vorhin angerufen und mir gratuliert und Jan und Caroline haben mir persönlich gratuliert. Sie hätten alle zusammenlegen können, um das Kleid zu kaufen, doch das ist nicht ihr Stil.

Wenn meine engsten Freunde und Familie das Kleid nicht geschickt haben, wer hat es dann getan?

Ich verlasse mein Apartment, um auf meine Mitfahrgelegenheit zu warten, und bemerke die Limousine, die vor dem Gebäude steht. Sie blockiert eine Seite der Straße. Es warten keine anderen Autos auf der Straße, doch ich öffne trotzdem den Mund, um den Fahrer anzubrüllen und ihm zu sagen, dass er weiterfahren soll, als sich die Hintertür der Limo öffnet. Ein Mann kommt heraus und meine Gedanken verflüchtigen sich. Er trägt einen klassischen schwarzen Smoking und strahlt genug Selbstvertrauen und Souveränität aus, um James Bond eifersüchtig zu machen.

Dann sehe ich mir das Gesicht genauer an.

„Oh mein Gott, Billy?" Ich raffe mein Kleid und gleite die Treppe hinab, um zu ihm zu gehen. „Ich habe dich erst gar nicht erkannt." Ich war zu sehr damit beschäftigt, ihn in dem Smoking zu bewundern, nicht, dass ich ihm das verraten werde. „Schnell, sag etwas Beleidigendes."

Sein Blick wandert über mich, als würde er nach Makeln suchen. Ich warte darauf, dass er sich über mich lustig macht, aber stattdessen wirkt er, als wäre er mit den Gedanken woanders und fasziniert von dem glitzernden Silberkleid.

„Nun?" Ich wedle mit einer Hand und lenke seine Aufmerksamkeit wieder auf mich. „Ich warte."

Sein Mund biegt sich nach oben, obwohl mich die Hitze in seinen Augen versengt. „Heute Abend keine Latzhose?"

„Da ist er. Und da ist meine Mitfahrgelegenheit." Ich winke dem armen Fahrer des blauen Sedans, der nicht näher kommen kann, weil Billys Limo die Straße blockiert.

„Nicht heute Abend. Ich bin deine Mitfahrgelegenheit."
„Was?"

Aber Billy setzt sich bereits in Bewegung und in meinen High Heels kann ich mich nicht schnell genug bewegen, um ihn aufzuhalten. Er zückt seine Brieftasche, holt einige Scheine heraus und sorgt dafür, dass der Fahrer glücklich von dannen zieht.

Als er zurückkehrt, bemerke ich die hellgraue Weste, die er zu seinem Smoking trägt.

„Bereit, Silver?" Er reicht mir seine Hand.

Ich zögere. „Woher wusstest du, dass heute Abend eine Gala stattfindet?"

Er schenkt mir dieses typische Billy-Feixen. „Ich habe die Einladung auf deiner Kommode gesehen. Dachte, du bist heute Abend bestimmt der Ehrengast. Du solltest stilvoll unterwegs sein. Außer du möchtest die U-Bahn nehmen."

„Es ist nichts verkehrt an der U-Bahn." Ich nehme seine Hand und spüre ein *Zing*, als seine große Hand meine umschließt. Seine Wärme breitet sich in mir aus und meine Wangen werden heiß. Es fühlt sich an, als hätten wir eine Grenze überschritten. Wir hatten epischen Sex, doch mit diesem Schritt verlassen wir das Fuckbuddy-Territorium. Das hier ist ein Date.

Er hilft mir in die Limo. Mein Körper reagiert auf seine lässige, selbstsichere Berührung. Und Erregung fegt so kraftvoll durch mich, dass ich abgelenkt bin.

Als wir in der Limo sitzen, lege ich eine Hand auf seine Schulter, woraufhin er erstarrt.

„Silbern", murmle ich und streichle über die Seidenweste. Die Farbe passt wunderbar zu meinem Kleid. „Du warst es, oder? Du hast mir das Kleid geschickt." Er bemerkte die Einladung und beschloss, die Rolle der guten Fee zu übernehmen, mir das Kleid zu schicken und mich mit einer Limo abzuholen. Allerdings ist er die gute Fee und der Prinz in einer Person.

Es ist verflucht arrogant, aber auch wahnsinnig aufmerksam.

Da es im Auto dämmrig ist und wir uns einen Sitz teilen, ist die Situation fast schmerzhaft intim. Emotionen schnüren mir die Kehle zu. Freude, Verwirrung und ein wenig Reue. Er tauchte an dem Abend auf, an dem Madi mich versetzte, und jetzt das? Es ist zu viel.

Habe ich einen bedeutsamen Moment mit William White dem Dritten? Einem Mann, der vor kurzem damit angegeben hat, dass er mein Künstlerhonorar als Geschäftsausgabe angeben wird, was im Grunde genommen Steuerbetrug ist?

Unmöglich.

„Ich weiß nicht, wovon du sprichst." Er schnaubt. „Ich bin nur froh, dass du keine Latzhose trägst."

Ich breche in Gelächter aus. Das ist der Anzugträger, den ich kenne und zu hassen liebe.

„Nur du kannst mir ein Geschenk geben und es zu einer Beleidigung machen." Zufrieden, dass wir uns wieder auf sicherem Gebiet befinden – wir beleidigen uns gegenseitig – sinke ich in den Sitz. „Ich schätze, du willst mein Date sein. Du hättest einfach fragen können."

„Ich frage nicht, ich befehle."

Ich verdrehe die Augen. Wenn er so idiotische Dinge sagt, ist es beinahe so, als würde er mich herausfordern, ihn auf seinen Schwachsinn anzusprechen. „Oder du nimmst einfach Dinge an, weil du weißt, dass du neun von zehn Mal damit davonkommst." Das ist der Vorteil, wenn man ein reicher weißer Typ ist.

„Manchmal ist es einfacher, um Verzeihung zu betteln."

„Also wirst du betteln?" Ich schlage meine Beine übereinander und zeige den verruchten Schlitz im Kleid. Ich putze mich nur selten heraus, doch wenn es die Umstände verlangen, liebe ich es, zu glänzen.

„Betteln kommt immer infrage. Es könnte jedoch sein, dass nicht ich bettle."

Mir stockt der Atem und heiße Flüssigkeit fließt durch mich. Bei dem Gedanken an Billy, der zwischen meinen Beinen kniet und meine Innenschenkel küsst, bin ich bereit, in Flammen aufzugehen. Und er hat recht – nach einigen Minuten der Folter durch seine talentierte Zunge, würde ich nach mehr betteln.

Ich presse meine Schenkel zusammen. Billys Blick flackert nach unten. Seine Augenlider werden schwer und er blinzelt, während er tief einatmet. Ich suche nach einer Möglichkeit, das Thema zu wechseln und uns beide abzulenken, bevor wir in Versuchung geraten, Limousinen-Sex zu haben.

„Danke, dass du heute Abend gekommen bist. Meine Eltern wollten kommen, aber ich habe sie gebeten, es nicht zu tun."

„Willst du nicht, dass sie sehen, dass du zur Marionette einer Firma geworden bist?"

Ich verdrehe die Augen. „Du bist derjenige, der eine Paradebeispiel des Kapitalismus ist."

„Du hast das wirklich gut gemacht, dass du jetzt mit deiner Kunst Geld verdienst. Wenn du deinen Abschluss hast, wirst du dann hauptberuflich malen?"

Mir stockt der Atem. Ich war nicht bereit für ein Kompliment und eine ernst gemeinte Frage. Ich denke darüber nach. „Ich würde gerne hauptberuflich Kunst machen ..."

„Aber?"

„Ich hatte vor, Anwältin zu werden. Wie Jan, meine Mentorin. Ich will einen Unterschied machen."

„Und Kunst macht keinen Unterschied?" Seine blauen Augen wirken offen und aufrichtig. Er macht sich nicht über mich lustig, er ist ehrlich neugierig.

„Du weißt, dass sie das tut. Es ist nur ..." Ich halte inne

und versuche, zu erklären, warum ich Kunst nie zu meinem Beruf machen wollte. Wenn ich darüber nachdenke, will ich eigentlich nicht Jura studieren. Ich will mich auf Kunst konzentrieren. Ich habe lediglich unterbewusst entschieden, dass das nicht möglich ist.

Es ist typisch, dass Billy der Einzige ist, der das Warum hinterfragt.

„Bis zu dem Auftrag bei Sentience und jetzt bei dir, konnte ich damit kein Geld verdienen. Ich brauche nicht viel Geld, aber diese Stadt ist teuer. Eine Menge Künstler haben zu knapsen. Ich habe Glück, dass ich in meinem Apartment einen Ort zum Malen habe. Ich schätze, ich habe nie gedacht, dass ich tatsächlich davon leben könnte."

Ich kaue auf meiner Lippe herum. Ich sollte es hassen, das alles mit Billy zu besprechen, doch er ist ein guter Zuhörer. Besser, als ich gedacht hätte.

„Wenn du weiterhin schamlose Kapitalisten findest, die einen Wucherpreis für deine Arbeit bezahlen, hättest du keine Probleme."

„Ich will mehr. Ich würde wirklich gerne der Gemeinde helfen. Sicherstellen, dass alle eine Gelegenheit und einen Ort haben, um ihrer Kunst nachzugehen. Ich weiß nicht ..." Das ist frustrierend. Das sind große Probleme, die große Lösungen erfordern. „Ich schätze, ich dachte, Pflichtverteidigerin zu werden, wäre die beste Möglichkeit, etwas zur Gesellschaft beizutragen."

„Wer ist jetzt die Kapitalistin? Du musst nichts zur Gesellschaft beitragen. Deine bloße Existenz ist ein Geschenk." Er blinzelt, als hätte er nicht erwartet, dass er etwas so Nettes sagen würde.

Ich will einen Witz machen, dass ich ein Geschenk bin und er dankbar sein sollte, sich in meiner Gegenwart aufhalten zu dürfen, doch stattdessen sage ich: „Danke."

„Gern geschehen. Und falls du einen Businessplan willst,

der dir zeigt, wie du eine hauptberufliche Künstlerin werden kannst, mein Stundensatz sind läppische 100.000 Dollar."

„Oh, du kannst mich mal kreuzweise."

Ich lächle, als wir vor das Sentience-Gebäude fahren. Sie haben einen Parkdienst angeheuert und einen roten Teppich für ihre Führungskräfte sowie die Reichen und Schönen New Yorks ausgerollt, die sie beeindrucken möchten. Mir rutscht das Herz in die sprichwörtliche Hose, als mir einfällt, warum ich hier bin. Ich bin nicht hier, um Beleidigungen mit Mr. Milliardenschwer auszutauschen. Irgendwann muss ich mich von der Party schleichen und in den Serverraum im Keller einbrechen.

Wie soll ich das tun?

Billy hilft mir aus der Limo und reicht mir seinen Arm. Wir laufen über den roten Teppich und zur Party. Nach einem kurzen Treffen mit dem leitenden Geschäftsführer von Sentience und einigen anderen Führungskräften lächle ich nicht mehr. Diese Leute haben Künstler ausgebeutet, um eine Technik-Maschine zu erschaffen, die zu noch mehr Ausbeutung führen wird. Doch heute Abend feiern sie ihr ‚Engagement für Kunst'. Sie haben irre viel Geld für ein Wandgemälde und eine Party ausgegeben, auf der sie es allen präsentieren können. „Schaut uns an, wir lieben Künstler. Wir bestehlen sie überhaupt nicht."

Ich kann es nicht erwarten, sie zu Fall zu bringen. Ich muss nur herausfinden, wie ich das anstellen kann.

Billy holt mir ein Glas Weißwein und einen Gin Tonic für sich. Wir nippen an unseren Getränken und beobachten, wie die Leute mein Wandgemälde bestaunen. Ich weiß, dass ich den Auftrag nur angenommen habe, um Zugang zu Sentience zu erhalten, doch zu wissen, dass meine Kunst benutzt wird, um andere zu täuschen, verschlechtert meine Laune.

Da er mein ernstes Schweigen bemerkt, dreht Billy den

Charme auf und entschuldigt uns, sodass wir zur Bar gehen können, wo Freigetränke ausgeschenkt werden.

„Nervös?" Er stupst mich an.

Ich bin damit beschäftigt, darüber nachzudenken, wie ich mich unbeobachtet davonschleichen soll, solange hier so viele Leute sind. Meine Kehle ist voller Säure, doch ich schlucke und schnaube abweisend. „Nein."

„Gut. Denn du musst wegen nichts nervös sein. Du bist die echteste Person hier."

Ich blinzle und wende mich ihm zu. „Das klang wie ein Kompliment."

Er lächelt. „Weil es das war. Diese Leute", er deutet mit dem Glas auf die Menge, „tragen nichts zur Gesellschaft bei. Sie sind nur Räder in einer Unternehmensmaschine. Wohingegen du etwas aus dem Nichts erschaffst. Und gemäß deinen Überzeugungen lebst."

Meine Kehle schnürt sich erneut zu. Ich hätte nie erwartet, dass Billy so etwas sagen würde. „Ich versuche es."

„Du bist erfolgreich darin. Und deswegen ist deine Kunst so wirksam. Weil du alles von dir hineinsteckst. Alles, woran du glaubst, alles, was du bist." Als er sich zu mir umdreht, sehe ich jeden Streifen in seinen blauen Augen.

Mein Herzschlag beschleunigt sich und meine Hand, die das Weinglas hält, zittert leicht. Ich werde von Emotionen überwältigt und das nicht nur, weil Billy mir ein echtes Kompliment macht. Es liegt daran, dass er klingt, als würde er mich sehen, und zwar alles von mir. Das überrascht mich und weckt den Wunsch in mir, wegzulaufen. Oder zu kämpfen.

Ich entscheide mich für Kämpfen, denn bei Billy ist das meine übliche Vorgehensweise. „Und was ist mit dir? Was erschaffst du und gibst der Welt?"

Er bläst seine Backen auf und nimmt meine Kritik an. „Das ist eine gute Frage", gesteht er. „Ich weiß, dass du denkst, Moon Co. sei nur ein weiteres rücksichtsloses Unternehmen, das auf Profit aus ist."

„Ist es das nicht?" Ich stelle mein Weinglas ab und wende mich ihm zu. „Du sprichst davon, dass alle hier Räder in einer Maschine sind. Aber bist du nicht wie sie?" Meine Wangen sind heiß. Ich gehe streng mit ihm ins Gericht, da ich ihn dazu treiben will, zuzugeben, dass meine Anschuldigungen berechtigt sind. Doch ich will nicht, dass er nachgibt. Ich will, dass er sich verteidigt, und ich weiß nicht warum.

„Ich konzentriere mich auf Profite. Doch es gibt auch viel Gutes, was meine Firma tun kann."

„Oh bitte", schnaube ich. „Ihr habt euren Anfang mit Krypto-Währungen gemacht. Ihr seid genauso wie diese KI-Typen. Ihr seid durch spekulative Technik reich geworden, wobei ihr die Umwelt zerstört habt."

„Allerdings ist Moon Co. führend bei grünen Investitionen", erklärt Billy ruhig. „Solarenergie, Lithiumbatterien – Technologie, welche die Fähigkeit hat, zuverlässig grüne Energie zu liefern und gleichzeitig den Klimawandel umzukehren."

„Das wusste ich nicht." Ich dachte, Billy wäre nur ein weiterer Geschäftsmann, der auf Profite aus ist.

„Wir haben ein großes Interesse daran, den Planeten zu retten. Und wir haben die Vision und die finanziellen Mittel, um in die Forschung und Entwicklung grüner Energie zu investieren. Stell dir vor …", er hält sein Handy hoch und schüttelt es, wobei seine Augen vor Aufregung leuchten, „eines Tages wird eine Batterie in der Größe dieses Handys dieses ganze Gebäude ein Jahr lang mit Energie versorgen. Wir werden Solarenergie langfristig speichern können und wenn das geschieht, wird Elektrizität praktisch umsonst sein."

„Wirklich?"

„Wirklich." Er steckt sein Handy weg und grinst jungenhaft. Einige Haarsträhnen fallen ihm ins Gesicht und er streicht sie zurück, als sei ihm bewusst geworden, dass er zu viel erzählt hat. „Du klingst überrascht."

„Das bin ich." Ich habe das Gefühl, als hätte ich gerade einen völlig neuen Billy kennengelernt. Einen Billy, mit dem ich viel mehr gemeinsam habe, als ich dachte. „Ich hätte nicht gedacht, dass dich etwas anderes interessiert, als Geld zu verdienen."

„Autsch. Ich schätze, das verdiene ich. Es gibt viele Beispiele von Unternehmensgier und Kapitalismus, welche die Erde und Gesellschaft zerstören. Aber wir kreieren die Welt, die wir wollen – und ich entscheide mich, eine zu kreieren, in der ich Lösungen für die größten Probleme der Menschheit finden kann."

„Während du nebenbei Milliarden verdienst." Ich sehe ihn aus schmalen Augen an.

„Geld ist Macht. Macht braucht man, um zu kreieren. Um die Dinge zu beschützen, die uns wichtig sind. Warum denkst du, konzentriert sich die Blackthroat Familienstiftung auf den Naturschutz?"

„Wegen Steuerabschreibungen?"

„Ich weiß, dass du denkst, Milliardäre sollten bis zum Gehtnichtmehr mit Steuern gestraft werden. Du darfst allerdings nicht vergessen, dass Unternehmen Geld machen, indem sie etwas von Wert zur Verfügung stellen. Und wenn wir Trilliarden an Wert bieten, warum sollten wir dann keine Milliarden verdienen?"

Ich verdrehe die Augen. Eines Tages werde ich Billy und Jan an einen Tisch setzen und sie soll ihm ihre Argumente für Milliardäre und Steuern aufzählen. „In diesem Punkt müssen wir uns wohl darauf einigen, uneinig zu bleiben."

„Das akzeptiere ich." Er hebt sein Glas, um mir zuzuprosten, und leert es. „Willst du noch einen Drink?"

Ich öffne den Mund und erinnere mich daran, dass ich

eigentlich in den Serverraum einbrechen soll. „Äh, ja. Holst du ihn mir? Ich muss auf die Toilette." Der Flur mit den Toiletten wird es mir ermöglichen, mit der gestohlenen Schlüsselkarte zu den Büros zu gelangen.

Er hält inne, bevor er antwortet, weshalb ich glaube, dass er meine Ablenkungstaktik bemerkt. „In Ordnung", murmelt er schließlich. Er hebt meine Hand an seine Lippen und drückt einen Kuss auf meine Haut. Mein Inneres flattert. „Lass mich nicht warten."

„Das werde ich nicht tun." Meine Stimme ist auf eine Weise atemlos, von der ich hoffe, dass sie sexy und nicht nervös klingt. Ich warte, bis er an der Bar ist, dann schlüpfe ich in den Gang. Dort telefoniert einer der Führungskräfte, weshalb ich lächle und ihm zunicke, bevor ich eine Hand auf die Toilettentür lege. Er schlendert davon, woraufhin ich die Richtung wechsle und zur Treppe am Ende des Gangs gehe. Ich schlüpfe in das Treppenhaus und beginne den langen Abstieg zum dritten Untergeschoss.

Das Treppenhaus ist leer, doch mein Herzschlag dröhnt mir in den Ohren, als ich nach unten gehe. Jamie hat mir erzählt, dass die Firma nur wenig Security hat. Und heute Abend wird das Team mit der Party ausgelastet sein. Trotzdem laufe ich auf Zehenspitzen, damit meine Absätze keine Geräusche auf dem Betonboden machen. Am Fuß der Treppe versperrt mir eine abgeschlossene Tür den Weg, es ist jedoch keine Spur einer Sicherheitswache zu sehen.

Ich habe die Schlüsselkarte in meiner Handtasche und halte die Luft an, als ich sie durch die Maschine ziehe, um Zugang zu erlangen. Es fühlt sich an, als würde eine Ewigkeit vergehen, bis ein Piepen erklingt und das Licht grün aufleuchtet.

Ein Hindernis habe ich überwältigt, bleiben noch mehrere andere.

Mein Herz hämmert mir in den Ohren, als ich mit

vorsichtigen Schritten zu dem Raum gehe, von dem mir Jamie erzählt hat. Ich muss erneut die Schlüsselkarte benutzen, doch sie funktioniert. Die Tür öffnet sich und kalte Luft schlägt mir entgegen.

Der Raum ist abgesehen von dem Summen der Klimaanlage und der Maschinen ruhig. Ich eile durch die Reihen an Maschinen und stecke den speziellen USB-Stick, den mir Jamie gegeben hat, in einen Server am Ende des Regals, wo er unbemerkt bleiben sollte. Falls das funktioniert, wird sie alle gesicherten Dateien des Unternehmens sehen können.

Ich atme einmal tief durch. Die Temperatur in diesem Raum ist so niedrig, um die Maschinen zu schützen. Gänsehaut breitet sich auf meinen Armen aus und meine Brustwarzen zeichnen sich unter meinem silbernen Kleid ab.

„Bist du fertig mit dem, was du hier treibst?"

Ich fahre beinahe aus der Haut.

In dem schattigen Türrahmen steht Billy. Und er sieht nicht glücklich aus.

„Aubrey?" Er macht ein finsteres Gesicht und kommt näher. „Was *machst* du hier?" Sein Blick huscht hinter mich und wieder zu meinem Gesicht. „Legst du ihre Server lahm?"

„Ich kann es erklären …", beginne ich, unterbreche mich jedoch. Billy hat mich auf frischer Tat ertappt und auch wenn ich ihm die Wahrheit erzähle, ist es wahrscheinlicher, dass er sich auf die Seite von Sentience schlägt. Oder?

„Wir müssen von hier verschwinden." Er winkt mich zu sich. „Eine Sicherheitswache wird hier jede Minute vorbeikommen."

„Wie bist du reingekommen?", flüstere ich und eile zu ihm.

Er zieht eine Braue hoch. „Die gleiche Frage könnte ich dir stellen." Er nimmt meinen Arm und treibt mich aus dem Raum. „Dir sind die Kameras entgangen." Er nickt zur Decke.

„Scheiße", fluche ich. Ich habe nicht einmal daran gedacht. Genauso wenig wie Jamie. Aber natürlich hat Sentience Kameras. Vielleicht wird Jamie etwas tun können, um das Filmmaterial zu ändern, wenn sie in den Server einbricht.

„Ich werde mich darum kümmern", brummt er.

„Was?" Ich zucke zurück, doch er legt einen Arm um meine Taille und scheucht mich weiter.

„Schhh, jemand kommt."

Ich höre niemanden, protestiere jedoch nicht. Wir erreichen das Treppenhaus und eilen die Treppe hinauf. Wir sind fast wieder im Erdgeschoss, als er mich zurückzieht.

„Was machst du?", zische ich. Ich atme schwer, Billy hingegen wirkt nicht so, als wäre er auch nur außer Atem.

Er zieht mich näher, sodass ich praktisch an seinem Körper lehne. „Folge meinem Beispiel." Er drückt seinen Kopf in meine Halsbeuge und atmet ein. Gänsehaut breitet sich erneut auf meinem Körper aus und dieses Mal nicht vor Kälte.

Nein, ich weigere mich, jetzt erregt zu werden. Wir befinden uns auf der Flucht, um Himmels willen. Billy benimmt sich allerdings so, als wären wir Teenager auf dem Rücksitz eines Autos.

Ich will ihn gerade von mir stoßen, als ich Stimmen näher kommen höre.

Ich keuche und Billy legt eine Hand an die Seite meines Gesichts. „Atme einfach weiter. Ich habe das unter Kontrolle."

Aus irgendeinem Grund vertraue ich ihm. Ich nicke kaum merklich, woraufhin er sich wieder vorbeugt und meine Lippen erobert.

Es ist surreal, jetzt geküsst zu werden, während wir darauf warten, dass uns die Sicherheitswache entdeckt. Aufregend, aber furchterregend. Mir ist heiß und kalt und ich versuche, meine Atmung unter Kontrolle zu kriegen. Adrenalin rauscht durch mich und meine Pussy kribbelt.

Dann flutet mich Billys Geruch und ich verliere mich in seinen weichen Lippen. Es ist nur ein Schauspiel, fühlt sich allerdings nicht so an. Sein Mund gibt mir verdorbene Versprechen und ich kann nicht anders, als mich zu entspannen.

Ich schließe die Augen und lasse mich von Billy küssen, während die Schritte näher kommen. Die Tür neben uns öffnet sich und eine barsche Stimme blafft: „Was machen Sie hier?"

Es sind zwei der Führungskräfte. Eine sieht verwirrt aus, die andere mustert uns misstrauisch.

Billy neigt den Körper so, dass er vor mir steht und mich abschirmt. „Gibt es ein Problem?" Seine Stimme trieft vor Verachtung.

„Sie sollten nicht hier hinten sein", entgegnet der Wütende. „Ich werde noch einmal fragen, was machen Sie hier?"

„Ist das nicht offensichtlich?", fragt Billy. Sein Körper ist entspannt, während ich vor Nervosität vibriere. „Ich habe endlich diese perfekte Frau dazu gebracht, mich zu beachten. Ich wollte allein mit ihr sein, um ein privates Gespräch zu führen. Aber da wir nicht mehr allein sind, werden wir gehen." Er klingt gelangweilt und genervt, als würden die Führungskräfte in sein Gebiet eindringen und nicht wir in ihres.

„Wie sind Sie hier reingekommen?"

Billy zuckt voller Arroganz mit den Schultern. „Die Tür war nicht abgeschlossen. Wenn Sie nicht wollen, dass Leute hier reinkommen, sollten Sie sicherstellen, dass sie verriegelt ist." Während die Führungskräfte fluchen, legt er eine Hand auf meinen Rücken und führt mich weg. Sie rufen uns etwas hinterher und ich zucke zusammen, doch wir sind bereits wieder bei den anderen Gästen und die beiden scheinen uns nicht zu folgen und eine Szene machen zu wollen.

Wir bewegen uns in einem gemächlichen Tempo und wandern beinahe ziellos zur Tür.

„Danke", hauche ich, als wir das Gebäude verlassen.

„Dank mir noch nicht. Wir sind noch nicht aus dem Schneider. Aber wenn wir es sind", er bedenkt mich mit einem Blick aus schmalen Augen, bei dem sich mir der Magen umdreht, „schuldest du mir eine Erklärung."

~

BILLY

Ich weiß nicht, was los ist. Ich habe Aubrey gerade dabei erwischt, wie sie eine Art Firmenspionage versucht hat.

Und ich habe ihr geholfen. Ich weiß nicht, wie ich in diesen Schlamassel geraten bin. Ich sah lediglich die Einladung zur Gala auf Aubreys Kommode und konnte den Gedanken nicht ertragen, dass sie mit einem anderen als mir dorthin geht.

Jetzt telefoniere ich mit Sully und bringe ihn dazu, sämtliche Beweise von den Sicherheitskameras zu löschen und sicherzustellen, dass keiner von uns erwischt wird. Ich kann die Neugier in seiner Stimme hören, mache mir jedoch nicht die Mühe, es zu erklären. Ich weiß nicht, ob ich das überhaupt kann, selbst wenn es meine Angewohnheit wäre, mich meinen Rudelkollegen zu erklären.

Ich beende das Telefonat mit Sully. „Es ist erledigt", informiere ich sie.

Sie seufzt, nickt und sinkt wieder auf den Sitz der Limousine. Sie ist eine Augenweide in dem silbernen Kleid, das ich für sie ausgesucht habe. Bei dem Gedanken, sie hier auf den Rücksitz zu legen und ihre Pussy zu lecken, läuft mir das

Wasser im Mund zusammen. Aber ich bin noch nicht bereit für diese Ablenkung.

„Du bist noch nicht vom Haken. Rede."

„Es ist eine lange Geschichte …"

„Ich habe dir gerade geholfen, mehrere Anklagen zu vermeiden. Ich glaube, ich habe mir das Recht verdient, zu hören, warum du etwas so Waghalsiges getan hast."

Sie atmet tief durch, doch ihr ist anscheinend bewusst, dass ich meinen Hals für sie riskiert habe. Ich mache mir keine allzu großen Sorgen wegen der Konsequenzen, mein Wolf ist jedoch bereit und will den kleinen Menschen vor jeglichen Bedrohungen beschützen.

„Sentience bestiehlt Künstler", platzt es aus ihr heraus. „Eine Whistleblowerin hat den Beweis, dass sie die Arbeiten der Künstler illegal hochgeladen haben."

„Es ist ein LLM. Es wurde mit jeder Menge Daten trainiert."

„Es ist trotzdem falsch." Sie sieht mich aus ihren großen braunen Augen an. „Damit schaden sie Leuten, Billy. Künstlern wie mir."

„Diese Entscheidung sollte anhand von Gesetzen getroffen werden."

„Die Gesetze hinken ungefähr ein Jahrhundert hinterher. Wenn Gesetze ungerecht sind, ist es unsere Pflicht, Widerstand zu leisten."

„Es war trotzdem waghalsig. Wir hätten erwischt werden können." Ich werde nie vergessen, wie mir das Herz in die Kehle sprang, als ich sie in dem Serverraum sah. Sie hatte Glück, dass ich die Sicherheitswache roch und uns rechtzeitig aus dem Serverraum rausholte.

„Aber wir wurden nicht erwischt." Aubrey feixt. „Und jetzt kann Jamie – die Whistleblowerin – die belastenden Beweise besorgen, die wir brauchen."

Ich reibe mit einer Hand über mein Gesicht. Obwohl ich

Aubreys Loyalität und Engagement für Gerechtigkeit bewundere, wünschte ich, sie besäße einen besseren Selbsterhaltungstrieb. Dieser kleine Mensch wird mich noch umbringen.

„Entspann dich, Anzugträger, es hat funktioniert. Und du warst genial. Wie du diesen Sentience-Typen die Meinung gegeigt hast. Woher wusstest du, dass sie auf dem Weg waren?"

„Ich habe sie gehört", lüge ich. In Wahrheit roch ich sie.

„Ich hätte nicht daran gedacht, unsere Spuren mit einer wilden Knutscherei zu verwischen."

„Vielleicht wollte ich dich einfach nur küssen."

Licht reflektiert von ihrem silbernen Nasenring, als sie lächelt. „Wie bist du mir gefolgt?"

Ich folgte ihrer Geruchsspur, aber das kann ich ihr nicht erzählen. „Hab gesehen, wie du ins Treppenhaus geschlüpft bist. Also habe ich eine Schlüsselkarte gestohlen und bin dir gefolgt." Der letzte Teil ist wahr.

„Huh, ich dachte, ich hätte mich unbemerkt davongeschlichen."

„Du warst gut, Silver. Aber ich bin besser."

Sie schnaubt wegen meiner Prahlerei, wie ich es mir gedacht habe. „So aalglatt. Weißt du, als ich dich heute Abend zum ersten Mal sah, erinnertest du mich an James Bond."

Ich kräusle die Lippen. „Oh Gott."

„Was? Ich dachte, das wäre ein Kompliment für dich."

„Ich trinke keine super schwachen Martinis. *Geschüttelt, nicht gerührt*", äffe ich den Agenten nach. „Oh bitte."

„Egal. Wir sind ein gutes Team."

„Ja, Silver, das sind wir." Wir grinsen uns an und das stellt etwas Gefährliches mit meiner Brust an. „Aber jetzt schuldest du mir etwas."

„Wie bitte? Du bist derjenige, der beschlossen hat, als mein Date mitzukommen."

„Du hast Glück, dass ich das getan habe. Ohne mich hättest du das Ganze nicht geschafft. Was hättest du getan, wenn du erwischt worden wärst?" Ich spreche mit kraftvoller Stimme in dem Versuch, ihr den Ernst der Lage aufzuzeigen.

Sie hebt eine Schulter zu einem trägen Zucken. „Mich dumm gestellt."

„Ja, klar", schnaube ich. Bei der Vorstellung, dass Aubrey versucht, sich ahnungslos zu geben, will ich trotz allem lachen. „Das hätte nie funktioniert."

„Wie bitte?" Sie setzt sich auf und sieht wütend aus. „Ich kann mich dumm stellen."

„Niemand würde das jemals glauben. Du hast mich gebraucht. Gib es einfach zu."

Sie schüttelt den Kopf und murmelt etwas vor sich hin.

Ich lege eine Hand auf ihre Wade und lasse sie zu ihrem Knie gleiten. „Du stehst in meiner Schuld."

„Ach ja?" Sie zieht eine Braue hoch, doch ich bemerke das Beben in ihrer Stimme.

„Nichts ist umsonst." Ich lasse meine Hand höher wandern. Ihre Haut ist seidenweich und warm und als sie ihre Beine leicht spreizt, weht mir ihr berauschender Duft entgegen und wirft mich aus der Bahn.

„Falsch, Mr. Milliardenschwer. Die besten Dinge im Leben sind kostenlos." Und mit einem sexy Lächeln legt sie ihre Hand auf den Schritt meiner Smokinghose. Mein Schwanz pocht bei ihrer Berührung.

„Vorsicht …" Mein Atem zischt zwischen meinen Zähnen hindurch, als sie mit der Hand über die Beule meiner Erektion reibt. Sie befindet sich auf gefährlichem Gebiet. Mein Wolf ist angespannt. Er will, dass ich sie fixiere und über sie herfalle. Er will, dass ich sie verausgabe und in meinem Bett festhalte, damit sie nie wieder etwas so Gefährliches tut.

Sie beugt sich vor und lässt ihre Zöpfe über meinen

Oberkörper gleiten, während sie entschlossen ans Werk geht und mich fester massiert. Es ist perfekt, bis sie sagt: „Vielleicht wäre ich so aus einer brenzligen Situation rausgekommen. Hast du schon mal daran gedacht?"

Sofort präsentiert mir mein Gehirn ein Bild von Aubrey, die eine Sicherheitswache verführt. Ich verkneife mir ein Knurren. „Jeder, der dich anfasst, verliert die Hand, mit der er das tut."

Ihre Augen weiten sich kurz und sie blickt forschend in meine, als würde sie sich fragen, woher diese Intensität kam. Mir ist egal, wie besitzergreifend das klang. Ich meine jedes Wort ernst.

Nach einem Augenblick des Zögerns grinst sie. „Eifersüchtig?"

Bevor ich nachdenken kann, habe ich mich bewegt und sie auf meinen Schoß gezogen. Sie keucht und ich verpasse ihrem perfekten Hinterteil einen Hieb. „Niemand fasst dich an. Ich meine es ernst."

Ihr dunkles Glucksen verrät mir, dass sie darauf steht. „Und wenn ich jemanden berühre?"

„Dann bestrafe ich dich." Doch sie bestraft mich, indem sie mich mit der Vorstellung von ihr mit anderen Männern quält.

Ich reibe durch das Kleid hindurch über ihren Hintern und verliere mich in der Empfindung des festen Muskels unter meiner Handfläche und ihres Gewichts, das auf meinen Schwanz drückt. Ich schiebe meine Hand unter ihr Kleid und suche ihre Weichheit und Hitze. Wir seufzen beide, als ich sie finde und den schmalen Zwickel ihres Tangas beiseite ziehe. Sie ist tropfnass.

„Kein anderer fasst dich an. Die hier", ich streichle sie leicht, „gehört mir."

Sie liegt schlaff auf meinem Schoß und ist zu stark auf die Bewegung meiner Finger konzentriert, um zu protestieren.

Und ich bin plötzlich verzweifelt. Sie muss unbedingt in Sicherheit sein. Sie muss unbedingt, die Meine sein.

Was zur Hölle tue ich nur?

„Versprich es mir, Aubrey. Du wirst nicht mehr in Serverräume einbrechen. Oder etwas anderes derart Waghalsiges tun."

„Ich mache keine Versprechungen."

„Dann wirst du nicht kommen, bis du es tust." Ich tippe auf ihren Kitzler und lächle über ihr Problem - ihre eigenen Ideale gegen ihr Verlangen, zu kommen.

Noch ein Tippen.

Sie wackelt mit den Hüften auf meinem Schoß, woraufhin sich mein Schwanz gegen meine Smokinghose drängt.

„Wie wäre es damit? Wenn ich irgendwo einbrechen will, rufe ich dich vorher an."

„Deal." Ich dringe mit einem Finger in sie.

Sie keucht, blickt mich über ihre Schulter an und öffnet ihre beerenfarbenen Lippen. Sie ist so umwerfend. Ich will sie befriedigen, zum Schreien bringen und zur Meinen machen.

Warte, nein.

Nicht diesen Teil. Ich will nur nicht, dass sie jemals mit einem anderen zusammen ist.

Beim Schicksal. Ich bin ganz verwirrt.

Ich fingere sie langsam. Sie beißt sich auf die Unterlippe und hält meinen Blick. „Ich will deinen Schwanz blasen." Ihre Stimme klingt rauchig wie Honig und Goldstaub.

Meine Oberlippe hebt sich zu einem anerkennenden Knurren. Ich entferne meinen Finger, woraufhin sie nach unten gleitet und sich zu meinen Füßen kniet. Ich helfe ihr, meine Erektion zu befreien.

Sie packt meinen Schwanz und lässt ihre Zunge um die Spitze gleiten.

Ich atme harsch durch meine Nase ein. Sie bringt mich dazu, die Kontrolle zu verlieren, und ich hasse es, die Kontrolle zu verlieren.

Sie zieht ihre Zunge die Unterseite meines Schwanzes entlang, bevor sie ihn in den Mund nimmt.

Sie bedeutet Ärger, dieser Mensch. Ich gebe ihr die höchste Wertung für ihren Mut, aber fuck, sie ist leichtsinnig! Sie geht leichtsinnig mit ihrer Sicherheit und Zukunft um.

Ich führe eine kontrollierte, kuratierte Existenz. So stelle ich sicher, dass ich jedem anderen Männchen im Rudel abgesehen von meinem Alpha überlegen bin. So kümmere ich mich um Rudel- und Geschäftsangelegenheiten.

Aubrey stört eindeutig die Ordnung in meinem Leben. Dass ich heute Abend zu ihr gegangen bin, obwohl das keinen finanziellen oder strategischen Gewinn für mich oder mein Rudel hatte, beweist es. Was könnte ich zu gewinnen hoffen, indem ich mich mit diesem Menschen beschäftige? Sie bedeutet Ärger für mich und meine Art.

Doch dann umfängt sie meine Eier, beschleunigt das Tempo und bewegt ihren Kopf schneller über meinen Schwanz.

Wonne rollt wie eine Flutwelle über mich.

Es sollte sich nicht so gut anfühlen. Mit ihr zusammen zu sein, sollte sich nicht so anfühlen.

Fuck. Ich verliere wieder die Kontrolle. Wut über diese Tatsache vermischt sich mit Wonne.

Ihr Blick liegt auf mir. Ihre Lippen dehnen sich um meinen Schwanz. Ich habe gerade ihren sexy Hintern versohlt und vor, sie besinnungslos zu ficken, wenn ich sie heute Nacht nach Hause bringe.

Es ist zu viel.

Ich lege meine Hand um ihre Kehle. Es ist eine Bedrohung ihrer Existenz. Der Beweis, dass ich noch die Oberhand habe. Ich habe das Sagen, ganz gleich, wie sehr ich mich außer Kontrolle fühle.

Ihre Augen weiten sich, doch sie saugt weiter an meinem Schwanz wie ein braves Mädchen.

Und das ist es, was mich erledigt. Dass sie zu meinen Füßen kniet und sich anstrengt, mich zu befriedigen – es ist zu viel.

Ich stoße ein Knurren aus, als mein Höhepunkt durch meinen Schaft schießt. „Ich komme", kann ich gerade noch grunzen und spanne meinen Griff um ihren Hals an. „Zeig mir, wie du schluckst."

Weil sie Aubrey und verdammt ungehorsam ist, weicht sie zurück und fängt mein Sperma zwischen ihren Brüsten auf.

Mein Lachen bricht plötzlich und harsch aus mir hervor.
Dieses Weibchen ruiniert mein Leben.

KAPITEL EINUNDZWANZIG

Aubrey

Ich bin wund, als ich auf den prächtigen weißen Ledersitz von Bricks Privatjet für unsere Reise nach Monaco sinke. Ich habe die letzten zwei Wochen damit verbracht, mit Billy die dunklere Seite von Sex zu erkunden.

Spankings. Bondage. Grobe Berührungen.

Ich liebe es, wie ihm seine kühle Kontrolle entgleitet, wenn er leidenschaftlich wird. Wie er versucht, sich zusammenzureißen, und dann in Flammen aufgeht. Ich vermute, dass er es hasst, was es noch besser macht. Als wäre ich ihm unter die Haut gegangen. Als hätte ich gewonnen.

Wir führen keine Beziehung – so viel ist offensichtlich. Er erzählt mir nichts Persönliches. Er spricht nie über seine Arbeit oder Freizeit. Es sind nur verbale Duelle und heißer Sex.

Was für mich in Ordnung ist – er ist nicht der Typ Mann, mit dem ich jemals ausgehen würde.

Dennoch wächst er mir allmählich ans Herz.

Am Abend der Sentience-Gala wartete meine Vermieterin vor meinem Apartment, als ich nach Hause kam. Pepper hatte anscheinend nach mir gejault, weshalb sie wusste, dass ich ein Haustier im Gebäude hatte. Ich hatte Angst, ich würde das Apartment verlieren, doch Billy kümmerte sich geschickt darum, behauptete, der Hund gehöre ihm, und entschuldigte sich mit einem dicken Bündel Scheine, die das ganze Problem aus der Welt schafften.

Genauso wie er die Videoaufnahme von mir im Serverraum verschwinden ließ. Jamie sagt, sie hat jetzt alles, was sie braucht. Sie ist damit beschäftigt, Dokumente zusammenzustellen, die bei einer Sammelklage benutzt werden können.

Seit jenem Abend schläft Pepper bei Billy.

Also ja, wir führen zwar keine Beziehung, sind jedoch Welpeneltern und rammeln wie die Karnickel.

Ein Flugbegleiter geht durch den Jet und verteilt Champagnergläser mit Prosecco.

„Dann lasst uns diese Party ins Rollen bringen!" Ich schalte den tragbaren Bose-Lautsprecher an, den ich mitgebracht habe, und lasse Billy Idols ‚White Wedding' laufen, um uns in Stimmung zu bringen.

Billy wirft mir einen leidgeprüften Blick zu und ich grinse.

Ich hebe meine Oberlippe zu meinem besten Billy Idol Knurren und singe mit. Kurz glaube ich, dass Madi zulassen wird, dass ich allein eine Närrin aus mir mache, doch dann fällt sie mit ein, hebt ihre Faust in die Luft und singt ihre Version des Songs.

Ich war noch nie in einem Privatjet. Oder habe abgesehen von der Verlobungsfeier Zeit mit Brick und seinen Freunden verbracht. Das hier ist wirklich nicht meine Szene. Sie sind alle Milliardäre und Nickel ist anscheinend irgendein Herzog. Oder wird bald einer werden durch eine arrangierte Ehe. Es ist wild.

Ich leere mein Glas Prosecco und versuche, mich zu

entspannen, das Erlebnis zu genießen und nicht daran zu denken, wie sehr diese Reise meine CO2-Bilanz vergrößert.

Als könnte er meine Gedanken lesen, beugt sich Billy zu mir. „Dieser Jet ist elektrisch. Keine Emissionen."

Ich keuche. „Wirklich?" Ich spähe aus dem Fenster auf den Flügel, als könnte ich den Unterschied zwischen einem Gasmotor und einem elektrischen erkennen.

„Jepp, er ist ein Prototyp", bestätigt Brick. Er und Madi sitzen mir gegenüber. Billy ist irgendwie neben mir gelandet. Wir sehen aus, als wären wir auf einem Doppeldate.

„Das ist genial", sage ich. „Billy hat mir neulich von der Batterietechnik erzählt."

„War das im *All Night?*", fragt Madi. Sie weiß, dass ich mich an dem Abend mit Billy im Club getroffen habe, an dem sie mich versetzt hat. Doch ich hatte noch keine Gelegenheit, ihr zu erzählen, dass wir seitdem miteinander schlafen. Ein Frauengespräch ist längst überfällig. „Tatsächlich war es auf der Gala. Billy hat mich gefahren." Er war sogar mein Date, allerdings weiß ich nicht, ob wir uns dieses Etikett geben wollen.

Madi blinzelt. „Ich wusste nicht, dass du auf der Gala warst, Billy. Wie war es?"

Billy und ich wechseln einen Blick und einigen uns stumm darauf, dass wir nicht verraten werden, dass wir in einen Serverraum einbrachen und fast erwischt wurden.

„Gut", antworten wir wie aus einem Mund.

Madi starrt uns an und mustert unsere neuentdeckte Kameraderie. Brick sieht belustigt aus.

„Wie ist das Team von Sentience?", erkundigt sich Brick.

„Ein Haufen Wichtigtuer", antwortet Billy. „Ihre Technologie ist nicht so beeindruckend, wie sie denken, doch heutzutage werfen Investoren sofort mit Geld um sich, wenn KI nur erwähnt wird. Außerdem ist ihre Security beschissen."

Brick nickt. Er hält Madis Hand zwischen seinen beiden.

Ab und zu hebt er sie hoch und küsst sie, als könnte er es nicht ertragen, körperlich von ihr getrennt zu sein.

Es sind eine Menge öffentliche Liebesbekundungen, aber es ist irgendwie süß. Ich bin froh, dass meine Freundin einen Mann gefunden hat, der sie so verehrt, wie sie es verdient.

Außerdem bin ich froh, dass Billy nicht so an mir klebt, allerdings scheint er nah bei mir zu bleiben. Wir führen keine Beziehung, schlafen jedoch miteinander, und er hat deutlich gemacht, dass er nicht will, dass mich ein anderer berührt. Ich dachte, dass wäre nur in der Hitze des Moments gewesen, doch ich habe ihn dabei erwischt, wie er die anderen Business-Typen im Flugzeug finster angeschaut hat, als würde er sie warnen, mich in Ruhe zu lassen. Seine besitzergreifende Art sollte abtörnend sein, doch mir gefällt es irgendwie. Ich habe kein Interesse daran, mit einem seiner Freunde zu vögeln.

Madis jüngerer Bruder Brayden konnte leider nicht mitkommen, weil er seine Abschlussprüfungen auf der NYU hat. Es ist mein letztes Semester auf dem City College, doch ich habe dieses Semester nur zwei Kurse, weshalb es mich nicht umbringen wird, einige Tage freizunehmen. Bricks Freunde sind alle hier abgesehen von Eagle, Rubys Ehemann. Er und Ruby treffen sich in Monaco mit uns zusammen mit Scarlett, Bricks jüngster Schwester, die irgendwo in Europa studiert. Mit Ausnahme der Pilotin sind Madi und ich die einzigen Frauen in diesem Flugzeug. Die anderen Moon Co. Typen sind soweit jedoch sehr höflich zu Madi und mir. Ich weiß nicht, ob sie sich genug entspannen werden, um vor mir die Sau rauszulassen, aber ich werde Spaß dabei haben, es herauszufinden.

„Ich bin froh, dass ihr Spaß hattet." Madi betrachtet mich mit schiefgelegtem Kopf und will offensichtlich mehr über die Gala wissen, weiß jedoch, dass ich ihr nichts verraten werde, bis wir zu zweit sind. „Und ich bin dankbar für die Arbeit, die ihr beide in die Planung dieser Reise gesteckt habt. Wir müssen uns unbedingt unterhalten."

„Das müssen wir", stimme ich zu. „Ich muss dir erzählen, wie Billy und ich gemeinsam für einen Welpen sorgen."

Madi klappt die Kinnlade runter. „Du … und Billy? Ihr kümmert euch um einen Welpen?"

Brick runzelt die Stirn, als könne er es nicht glauben.

„Jepp." Ich betone das ‚P' besonders und spüre, wie Billy neben mir knurrt.

„Ich wusste, dass du einen Hund hast", beschuldigt ihn Jake.

„Er gehört nicht mir", protestiert Billy. Es ist zu einfach, ihn auf die Palme zu bringen. „Wir kümmern uns nicht gemeinsam um ihn. Aubrey bringt den Hund bloß mit, wenn sie malt."

„Du bist derjenige, der all die Sachen für Pepper kauft."

„Du hast alles mit meiner Kreditkarte bezahlt!"

„Das waren nur Futter, ein Bett und Welpenunterlagen. Du bist derjenige, der Spielzeuge kauft." Ich bin mir bewusst, dass wir uns vor allen wie ein altes Ehepaar streiten, und genieße jede Sekunde davon. „Jedes Mal, wenn ich vorbeikomme, gibt es zehn neue Spielzeuge für ihn. Bald kannst man den Boden nicht mehr sehen."

Billy leugnet das.

„Ich habe Beweise." Ich halte mein Handy hoch. Mein Bildschirmschoner ist ein Foto von Billy, der Pepper eng an sich drückt. Ich habe das Foto geschossen, als er nicht auf mich geachtet hat. Die Zuneigung auf seinem Gesicht, während er den kleinen Hund betrachtet, ist offenkundig.

„Wer hat den Welpen, während wir fort sind?", will Madi wissen.

„Billys Assistentin passt auf ihn auf." Ich habe Annabeth

kennengelernt. Sie ist ein umwerfender Rotschopf, der zum Penthouse kam, um Pepper abzuholen, und ich war sofort irrational eifersüchtig auf sie. Doch Pepper mochte sie gleich, weshalb ich wenigstens weiß, dass er in guten Händen ist.

„Awww, schaut euch nur das kleine Kerlchen an", sagt Jake. Er und der weiße Typ neben ihm – ich glaube, er heißt Vance – brechen in Gelächter aus und verspotten Billy. Ich bereue es ein bisschen, dass ich ihnen einen so liebevollen Moment gezeigt habe. Ich mag es, Billy ohne seine Schutzwälle zu sehen. Das passiert so selten.

Doch er kann sich behaupten. „Pepper ist klug. Ich habe ihn bereits trainiert. Wenn du nicht aufpasst, werde ich ihm beibringen, deinen Job zu machen." Er knüllt seine Serviette zusammen und wirft sie auf Vance' Kopf. Vance fängt sie ab und schleuderte sie in den hinteren Teil des Flugzeugs, wo Sully sitzt. Dieser fängt die Serviette auf, ohne auch nur von seinem Handy aufzuschauen.

„Okay, Hunde-Daddy wir verstehen es", sagt Jake.

Billy hebt die Hände und macht mehrere entschiedene Gesten. Ich habe Madi oft genug gebärden sehen, um zu wissen, dass er sich in der Gebärdensprache unterhält.

Ich wusste nicht, dass Billy die Gebärdensprache kennt. Noch überraschender ist, dass Jake und Nickel sie ebenfalls zu kennen scheinen. Sie beginnen beide, auf die gleiche Weise zu antworten.

Madi lacht.

„Warte, was sagt er?"

„Er beleidigt ihre Abstammung." Madi grinst. „Und so gut wie alles an ihnen."

Jetzt versucht Vance, ebenfalls etwas zu gebärden, er scheint allerdings nicht viel von der Sprache zu kennen. Stattdessen nutzt er beide Hände, um allen den Mittelfinger zu zeigen. Madi und ich brechen in Gelächter aus.

„Wann habt ihr alle die Gebärdensprache gelernt?", fragt Madi erfreut.

„Wir haben Unterricht genommen, seit Noah in die Führungsetage gezogen ist", erklärt Billy. „Wir konnten schließlich nicht zulassen, dass du uns mit deinen Fähigkeiten in den Schatten stellst."

„Noah gehört zu den Führungskräften? Das ist genial", erwidert Madi. „Er war immer mein Lieblingskollege bei Moon Co."

Brick räuspert sich und sie schenkt ihm ein kleines Lächeln. „Mit Ausnahme von dir", stellt sie klar.

„In Ausbildung", korrigiert Billy. „Er muss sich noch hocharbeiten. Aber ich glaube, wir sollten ihn in unserem Club aufnehmen. Er hat seine Schuldigkeit getan, er verdient eine Mitgliedschaft."

Was für ein Club? Ein Sportclub? Ein sozialer Club? Waren sie alle Freimaurer? Ich habe das Gefühl, als würden sie über mehr als nur eine Mitgliedschaft sprechen.

„Wir werden später darüber sprechen. Dieses Wochenende ist zum Entspannen und Spaß haben", verkündet Brick und alle setzen sich auf ihre Plätze, als wäre sein Wort Gesetz.

„Und wir müssen unseren großen Queen-Auftritt proben", sage ich. „Brick, Madi hat dich als Freddy Mercury vorgeschlagen."

Er blickt zu ihr und fragt stumm nach Bestätigung, woraufhin sie mit funkelnden Augen nickt. „Oh ja. Ich habe ein komplett weißes Outfit wie das, das er bei Live Aid trug. Du wirst fantastisch darin aussehen."

Bricks Brauen ziehen sich alarmiert zusammen und Madi und ich brechen erneut in Gelächter aus.

Er entspannt sich. „Das war ein Witz, oder?"

„Jepp."

„Du hättest dein Gesicht sehen sollen", kräht Madi. Er

schüttelt den Kopf, hebt ihre Hand an seine Lippen und küsst sie.

Billy und ich stellen Blickkontakt her. Ich verdrehe die Augen und er feixt.

KAPITEL ZWEIUNDZWANZIG

$\mathcal{A}$*ubrey*

„Also was läuft zwischen dir und Billy?", fragt Madi, der nicht entgangen ist, dass er mich gestern Abend zu meiner privaten Hütte gebracht hat.

Und ja, er ist reingekommen und hat mich so verausgabt, dass ich in einer neuen Zeitzone schlafen konnte.

Ja, es war unglaublich wie immer. Der Mann kann mich immer wieder zum Orgasmus bringen, bis ich vollkommen erschöpft bin.

Madi liegt ausgestreckt auf einer gemütlichen, blauen Chaiselounge neben mir. Wir tragen beide flauschige Bademäntel, die uns der fantastische Spa zur Verfügung gestellt hat, und liegen neben einem Salzwasserpool. Wir hatten gerade eine Massage und Maniküre und wurden verwöhnt. Jetzt essen wir Hummus mit Gemüsesticks zwischen Besuchen in der Sauna und einem Bad im Whirlpool.

Madis zwei zukünftige Schwägerinnen werden noch massiert, weshalb dies unsere Gelegenheit für ein Gespräch ist.

„Ich habe dir so viel zu erzählen." Ich beginne mit der

257

Sentience-Gala und verrate ihr die Einzelheiten meiner gemeinsamen Tage und Nächte mit Billy. Sie ist eine gute Zuhörerin und keucht und lacht zu den passenden Augenblicken.

„Er hat was?" Ihre Kinnlade klappt herunter, als ich ihr erzähle, dass er mir seine Kreditkarte gegeben hat. Ich beschreibe all die Dinge, für die ich sie benutzt habe, und Madi kichert. „Weiter so, Mädel. Quäle ihn."

„Zuerst habe ich es getan, weil er dich so schäbig behandelt hat. Doch dann hat es einfach nur noch Spaß gemacht." Eine Spa-Mitarbeiterin kommt mit winzigen weißen Bechern mit Zitronensorbet, von denen Madi und ich jeweils zwei nehmen. Der Zitronengeschmack ist kühl, scharf und erfrischend auf meiner Zunge.

„Er ist so gut im Umgang mit Pepper. Ich hätte nie gedacht, dass er eine sanfte Seite hat."

Anscheinend nicht bei Menschen, aber bei Welpen. Das muss etwas heißen.

„Zeig mir noch mal das Foto." Madi streckt ihre Hand aus und ich gebe ihr mein Handy. Sie mustert das Foto stirnrunzelnd.

„Ich hätte auch nicht gedacht, dass das in ihm steckt." Sie schüttelt den Kopf und gibt mir das Handy zurück. „Er hasst Schwäche, in jedem. Ich schätze, Welpen werden von seiner Abscheu ausgeschlossen."

„Ich glaube, das alles dient nur der Schau."

„Nein, ich musste mich beweisen, um seine Loyalität zu gewinnen. Und selbst dann erhielt ich sie nur, weil Brick es ihm quasi befahl."

„Ja, da wir gerade davon sprechen. Es ist seltsam, dass er Befehle von Brick entgegennimmt. Ich meine, sind sie nicht seit dem College beste Freunde? Liegt es daran, dass er der CEO ist?" Das würde sich allerdings nicht auf ihr Privatleben auswirken, oder?

„Diese Männer kommen besser mit einem Anführer zurecht", sagt Madi. „Sie wurden dazu erzogen, taff zu sein. Sie haben auf dem College wegen ihres Traumas eine Freundschaft aufgebaut und gemeinsam Moon Co. gegründet, um sich zu beweisen. Brick hat das Ganze angeführt."

„Also nehmen sie ständig Befehle von ihm entgegen? Als wären sie eine Militäreinheit?"

„So was in der Art." Ich habe das Gefühl, dass Madi mich in diese Richtung lenken will. Sie erzählt mir nicht die ganze Geschichte und das gefällt mir nicht.

Ich verstehe, dass möglicherweise firmeninterne Informationen darunter sind, aber ich bin es gewohnt, dass Madi mir alle Geheimnisse erzählt. Ich kämpfe gegen die Enttäuschung an, dass sie sich mir nicht wie früher öffnen wird. Ich schätze, manche Geheimnisse sind dazu da, gewahrt zu werden.

„Weißt du, Billy ist dir sehr ähnlich."

Sie rümpft die Nase, als würde ihr der Vergleich gar nicht gefallen.

„Treu", erkläre ich. „Seinen Freunden verpflichtet. Du sagst, dass er Schwäche hasst, doch ich glaube, dass er einfach nur das Beste von sich erwartet und das Gleiche von den Leuten in seinem Umfeld verlangt. Wenn man Teil seines Kreises ist, wird er bis zum bitteren Ende für einen kämpfen." Ich denke daran, wie er mich im Treppenhaus von Sentience küsste, als würde seine Seele es verlangen. Er spielte seine Rolle, doch jetzt, da ich mich an den Augenblick erinnere, wird mir bewusst, dass seine Muskeln angespannt waren. Er war auf mich konzentriert, doch hätten diese Kerle irgendetwas versucht, hätte Billy zweifellos alles getan, was nötig gewesen wäre, um mich dort rauszubringen. Dazu hätte er sogar einen von ihnen geschlagen.

Er greift nicht automatisch auf Gewalt zurück. Er tut nur

so, als sei er das größte Arschloch im Raum, und dominiert alle darin.

Ich realisiere, dass ich mich in Gedanken verloren habe, während mich Madi stirnrunzelnd mustert.

„Aubrey …“

„Was?“

Sie wendet den Blick ab, als überlege sie, wie sie das formulieren soll, was sie sagen will. „Billy hat sich Moon Co. verschrieben. Brick und dem Rest.“ Sie versucht, mir etwas zu sagen, tanzt jedoch um den heißen Brei herum.

„Das weiß ich“, entgegne ich.

„Er ist nicht der Typ, der sich niederlässt.“

Argh, versucht sie etwa, mir das zu sagen? Dass Billy nicht auf eine Beziehung aus ist? Das weiß ich. Ich möchte auch keine.

„Billy ist der letzte Kerl, den ich als festen Freund wollen würde. Wir schlafen nur miteinander“, erkläre ich. „Wir haben ein bisschen Spaß zusammen.“

„Okay.“ Sie zwingt sich zu einem Grinsen. „Gut.“

Ein Anflug von Wut bebt durch mich. „Aber *warum* ist das gut?“

„Ich glaube einfach nicht, dass er zu einer Beziehung fähig ist. Brick hat gesagt, dass er als Kind verprügelt wurde und einen super anspruchsvollen Vater hat.“

Diese Neuigkeit trifft mich geradewegs ins Herz.

Nun, kein Wunder, dass er so verschlossen ist. So kalt und kontrolliert.

„Auf mich macht es den Anschein, als hätte man ihm von Kindesbeinen an beigebracht, wie man um jeden Preis Erfolg hat, und mehr nicht“, erklärt sie.

Das passt. Kummer wegen der Schmerzen, die er ertragen musste, schwappt über mich hinweg.

Verdammt, ich will nicht anfangen, ihn als einen dreidimensionalen Menschen zu sehen. Bedeutungsloser Sex funktioniert momentan gut. Ich will nichts anderes.

Ich erhebe mich, öffne meinen Bademantel und lasse ihn auf die Liege fallen. An meinem Handgelenk habe ich einen Haargummi, den ich abnehme, um meine Zöpfe zu einem losen Dutt zusammenzufassen. „Ich gehe ins Wasser."

Ohne auf Madis Antwort zu warten, drehe ich mich um und gehe die Stufen hinab in den langen Infinity-Pool. Er ist auf die perfekte Temperatur beheizt und die Empfindung des klaren Wassers, das gegen meine nackte Haut plätschert, entspannt mich. Ich schwimme an den Rand, lehne mich dagegen und lasse das Wasser über den Rand schwappen. Diese Seite des Spas überblickt einen wunderschönen Sandstrand. Eine Gruppe Männer ist dort unten und rennt über den Sand. Sie brüllen einander etwas zu und werfen einen Ball in der Form einer abgerundeten Zitrone hin und her.

Ich realisiere, dass es Billy ist. Und Brick, Jake, Nickel und der Rest. Sie spielen irgendeine Ballsportart. Vielleicht Rugby? Alle außer Nickel haben ihre Oberteile ausgezogen und ich würde mich belügen, wenn ich nicht zugeben würde, dass sie alle echte Sahneschnittchen sind. Ich wusste nicht, dass Männer wirklich derartige Bauchmuskeln haben. Straff und ausgeprägt mit genug Konturen, um Michelangelo ein Leben lang mit seiner Bildhauerei zu beschäftigen.

Wann haben sie überhaupt Zeit, so viel zu trainieren?

BILLY

Was als entspannter Morgen am Strand begann, ist zu einer intensiven Partie Gestaltwandler-Rugby geworden.

Gestaltwandler-Rugby und Menschen-Rugby sind ziemlich ähnlich. Zumindest, wenn wir uns in der Öffentlichkeit aufhalten. Wenn wir unter uns sind, gibt es viel weniger Regeln – und die Wolfsgestalt ist erlaubt. Wir müssen mit einem speziellen Ball spielen, da unsere Wolfzähne die herkömmlichen Rugbybälle durchbohren und ihnen die Luft ausgeht. Ich habe Spiele gespielt, bei denen der Ball der Kieferknochen eines Rehs oder ein Stück Geweih war.

Jetzt, da ich darüber nachdenke, haben Gestaltwandler- und Menschen-Rugby nichts gemeinsam. Es gibt viel mehr Kämpfe und viel mehr Bisse. Und Gejaule.

Unser Spiel am Strand ist ziemlich zahm. Bis meine Haut kribbelt und ich realisiere, dass uns jemand beobachtet. Ich drehe mich um und entdecke die Schuldige. Der luxuriöse Spa, in den Madi ihre Brautjungfern eingeladen hat, überblickt diesen Strandabschnitt. Aubrey ist dort und beobachtet mich vom Pool aus. Ihre Zöpfe türmen sich auf ihrem Kopf, wodurch sie wie eine Königin aussieht.

Meine Brust bläht sich. Zeit, eine Show hinzulegen. Ich bespreche mich mit Vance und Sully, da wir gegen Brick und die anderen spielen. Wir verständigen uns auf unsere Pläne und trennen uns.

Ich übernehme den Ankick und renne sofort los. Sully sprintet los, um den Ball aufzufangen, und entgeht nur knapp Nickel und Jake, die einen Satz machen, um ihn aufzuhalten. Vance brüllt und Sully wirft ihm den Ball zu. Das ist schwierig, weil Brick auf die beiden zugerast kommt.

Doch dann tackle ich Brick. Ich ziele auf seinen Schwerpunkt und krache gegen ihn, wodurch wir beide in die Brandung fallen. Wir stürzen ins Wasser.

Ehe ich mich versehe, versucht er, mich zu ertränken. Er hat einige neue Griffe drauf – er ist meinem entkommen, indem er eine Technik benutzt hat, die ihm wahrscheinlich sein Werbär-Kampfpartner beigebracht hat. „Unterwirf dich“, knurrt er.

Normalerweise würde ich nachgeben, doch Aubrey schaut zu. „Nie“, schreie ich und hechte zu seinen Beinen. Ich erhalte einen Tritt gegen den Kopf und einen Mundvoll Meerwasser, doch Brick fällt erneut ins Wasser.

„Willst du mich verarschen?", brüllt Brick. Seine Worte kommen spuckend heraus, weil ich ihn mit Wasser bespritze, als sein Mund offen ist, und er Meerwasser schluckt.

„Lächeln." Ich spritze ihn erneut mit Wasser voll. „Wir werden fotografiert." Ich drehe mich und winke Aubrey. Madi hat sich zu ihr gesellt. Sie sind beide am Rand des Pools, winken und lachen.

Brick murrt, winkt jedoch und sein Gesicht hellt sich auf, als Madi ihm einen Luftkuss zuwirft.

„Haben wir gewonnen?", frage ich Vance, der uns von oben bis unten mit Sand bedeckt vom Strand aus zusieht.

„Ja. Nickel und Jake haben mich getacklet, aber Sully hat den Ball zu ihrem Tor gebracht, als wir alle aufgehört haben, um euch beim Kämpfen zu beobachten."

Ich stoße die Faust in die Luft. Unsere Ablenkungstaktik hat dieses Mal funktioniert. Sie wird nicht noch einmal funktionieren, doch es fühlt sich toll an, einmal zu gewinnen.

„Vollpfosten", gebärdet Jake und wir beginnen wieder, einander in der Gebärdensprache zu beleidigen.

Ein Geruch in der Brise macht uns darauf aufmerksam, dass wir Gesellschaft haben. Wir drehen uns gleichzeitig zu einer Gruppe Gestaltwandler um, die über den Strand zu uns kommen.

Jake gebärdet: „Wer sind die?"

Gestaltwandler haben ein sehr scharfes Gehör. Dass unser Rudel die Zeichensprache kann, verschafft uns einen Vorteil, wenn wir nicht überhört werden wollen.

„Der König von Monaco und die ranghöchsten Wölfe seines Rudels", antwortet Sully. „Wir haben ihnen eine Nachricht geschickt, dass wir hier sein werden. Aus Höflichkeit."

„Wir sollten sie begrüßen", sagt Brick laut auf Englisch und wir folgen ihm über den Strand. Dabei nehmen wir eine lockere Formation ein, wobei Brick an der Spitze geht und ich rechts von ihm.

Die Wölfe, die uns entgegentreten, sind groß und muskulös. In der Menschenwelt würden sie als Bodybuilder eingeschätzt werden. Der Anführer hat einen dunklen Bart und seine Haare hängen wild zerzaust über seinen Rücken. Mit seiner stark gebräunten Haut sieht er wie ein Pirat aus. Sully gab Brick und mir eine Akte über ihn und sein Rudel, sodass ich weiß, dass seine Familie Schiffs-Magnaten sind.

„Luka Atlantea", begrüßt Brick ihn. „Wolfskönig von Monaco."

„Blackthroat." Lukas Stimme ist tief und volltönend. „Das Wall Street Wunder. Willkommen in meinem Königreich. Wir fühlen uns von deinem Besuch geehrt."

„Wir sind diejenigen, die sich geehrt fühlen." Brick hat anscheinend tief gegraben, um etwas Respekt für König Luka zu finden, denn seine Worte klingen aufrichtig.

„Du bist hier, um deine bevorstehende Eheschließung zu feiern, nicht wahr?" Luka sieht sich um, als würde er nach Bricks Gefährtin suchen.

„Ja. Meine Braut ist mit ihren Freundinnen hier." Brick macht eine ausladende Geste und deutet auf Madi und Aubrey beim Spa. Ich spanne mich leicht an. Mein Wolf mag es nicht, dass Aufmerksamkeit auf Aubrey gelenkt wird. Wir kennen diese Wölfe nicht.

Aus dem Augenwinkel sehe ich, dass Sully von einem Fuß auf den anderen tritt. Er ist für unsere Sicherheit verantwortlich und hat wahrscheinlich im gesamten Spa Wölfe stationiert.

Bei dem Gedanken entspanne ich mich.

„Wir feiern einen Junggesellenabschied", erklärt Brick. „Das ist eine menschliche Tradition."

„Ah", macht König Luka. Ich weiß nicht, was er denkt. Sein Geruch wird von einem aufdringlichen Rasierwasser übertüncht. Sein Gesicht ist verschlossen, während er zu den Menschenfrauen schaut.

Ich bin angespannt. Dass Brick mit einem Menschen verpaart ist, ist für andere Wölfe noch immer ein Schock. Mensch-Gestaltwandler-Paare sind nicht unbekannt, aber ein Alpha eines Rudels unserer Größe würde normalerweise der Tradition treu bleiben und sich eine starke Gestaltwandler-Gefährtin suchen, damit das Rudel stark bleibt. Zumindest ist das die altmodische Denkweise.

Es ist die Denkweise meines Vaters.

Früher war es auch meine Denkweise. Madi hat jedoch ihre Kraft bewiesen und mir gezeigt, dass ich mich irrte.

Dennoch könnten andere Rudel Bricks Paarung als eine Schwäche sehen und beschließen, ihn herauszufordern.

Ist der König von Monaco einer von ihnen?

Der zurückhaltende Ausdruck verschwindet von Lukas Gesicht, als hätte er nie existiert. Sein Mund dehnt sich zu einem breiten Lächeln und er öffnet die Arme wie ein überschwänglicher Gastgeber. „Nun, ihr könnt nicht in die Casinos gehen. Die gehören Vampiren. Kommt zu meiner Yacht und ich zeige euch Monacos schönste Flecken. Lasst uns deine Paarung im Atlanteanischen-Stil feiern."

„Danke, das würde uns freuen", erwidert Brick.

Ich fange Sullys Blick auf. Sieht so aus, als würden wir mit einem Haufen Fremden auf einer Yacht feiern. Alkohol, eine große Gruppe Gestaltwandler und zwei Menschenweibchen – von denen eines nicht weiß, dass unsere Art existiert.

Fuck.

Was könnte da schiefgehen?

DIE *MEERJUNGFRAU* IST eine zweihundert Millionen Dollar teure Superyacht, die *Atlantean Enterprises* gehört. Mit 75

Metern ist sie die größte Yacht im Hafenbecken. Ich habe gehört, dass sich die Hafengebühren auf eine sechsstellige Summe im Monat belaufen.

In der Dämmerung schimmert sie wie ein Juwel. Sie ist so riesig, dass sie genauso gut eine helle weiße Stadt sein könnte, die auf dem Wasser treibt.

Ich wache über Aubrey, als wir an Bord des Schiffs gehen. Aus irgendeinem Grund haben sie und Madi auf der Fahrt hierher ‚You're So Vain‘ von Carly Simon gesungen. Jetzt bestaunen sie, Madi und Bricks Schwestern Ruby und Scarlett die luxuriösen Holzböden und das weiße Leder im Loungebereich. Personal in weißen und marineblauen Uniformen bietet uns Gläser mit Prosecco an. Ich schicke meines weg, woraufhin Aubrey es sich schnappt und mit funkelnden Augen für mich trinkt. Ich bin froh, dass sie Spaß hat.

Ich bemerke, dass unsere Männchen viel weniger entspannt sind. Ich sorge dafür, dass ich jederzeit zwischen den Frauen und den Wölfen des Monaco-Rudels bin. Luka ließ Sullys Team an Bord, damit er die Sicherheit des Schiffs überprüfen konnte. Sully hat die Reise persönlich abgesegnet, weshalb ich nicht so wachsam sein müsste.

Die größte Gefahr geht vom König selbst aus. Und der trinkt Alkohol. Es braucht eine Menge Alkohol, damit ein Gestaltwandler beschwipst wird, doch er scheint entschlossen zu sein, das zu erreichen. Er besteht auch darauf, uns eine Führung durch das ganze Schiff zu geben einschließlich des Kinos, des Fitnessstudios, des Spas und des Kühlraums. Die Frauen lieben es.

„Anstatt in den Spa hätten wir hierherkommen sollen", kichert Scarlett.

„Du bist hier jederzeit willkommen, meine Dame." Luka nimmt ihre Hand und beugt sich darüber.

Ich schaue nur ungern zu, wie er mit Scarlett flirtet, die für mich wie eine kleine Schwester ist, allerdings ist sie eine

Wölfin, die auf sich selbst aufpassen kann. Brick zwingt sie, täglich Selbstverteidigung zu üben.

Wir verteilen uns auf dem Partydeck neben dem Pool, der einen Glasboden hat.

Die anderen Wölfe halten sich zurück und unterhalten sich höflich miteinander. Alle benehmen sich.

Ich weiß nicht, wie ich neben Luka gelandet bin, doch er spricht mit mir und es wäre unhöflich, ihn zurückzuweisen.

Ich wäre lieber bei Aubrey. Nach einem Tag im Spa leuchtet sie förmlich. Momentan sind sie und Madi auf dem obersten Deck und bewundern die Aussicht.

„Eure Luna ist reizend für einen Menschen", murmelt Luka.

Ich nicke, obwohl ich ihn fragen will, was er mit ‚für einen Menschen' meint. Ist er einer der Gestaltwandler wie mein Vater, die auf Menschen herabblicken? Ist er einer der Gestaltwandler, die wie ich erzogen wurden?

„Du bist auch mit einem Menschen hier", stellt Luka fest. Er hebt den Kopf und schnuppert in der Luft. „Die mit dem köstlichen Duft. Gewürzorangen?"

Über Gerüche zu sprechen, ist super persönlich. Ich spanne mich an und mein Wolf hasst es, dass er so intim und beiläufig von Aubrey spricht. Doch vielleicht ist das eine amerikanische Einstellung.

Luka lässt die Flüssigkeit in seinem Drink kreisen. Er trinkt Ouzo und der starke Anisgeruch übertüncht seinen eigenen Duft.

„Ich erfreue mich auch ab und zu an Menschen. Sie sind so schwach. Wenn man sie ein wenig dominiert, sind sie schnell ganz erpicht darauf, einen zufriedenzustellen. Man kann sie so mühelos halten wie Haustiere."

Ich besitze die Gabe, emotionslos zu bleiben und meine Reaktionen zu kontrollieren, damit ich Situationen aus der richtigen Perspektive manipulieren kann, doch jetzt explodiert Wut in meinem Gehirn. Hat dieser Scheißkerl Aubrey gerade wirklich mit einem Haustier verglichen? Als sei sie ein Hund wie Pepper?

Ich will ihn umbringen. Hier und jetzt. Es wäre so einfach. Er würde es nicht sehen kommen, da ich mich einfach auf ihn stürzen, ihm die Augen ausreißen und ihn erwürgen könnte, bevor er wüsste, wie ihm geschieht.

Mein Wolf heult und ist begeistert von dieser Idee. Niemand spricht so über Aubrey und überlebt es.

Allerdings … kann ich das nicht tun. Das hier ist der Alphakönig von Monaco. Wir befinden uns in seinem Revier.

Dies ist ein weiteres Beispiel dafür, wie sehr Aubrey meine Fähigkeit stört, zu funktionieren. Fuck.

Nickel bemerkt meine Anspannung und gebärdet etwas wie: „Immer mit der Ruhe, Tiger." Ich antworte mit: „Verpiss dich." Ich werde nicht mitten in einem fremden Land die Kontrolle über meinen Wolf verlieren.

Ich lächle den König an und zeige meine Eckzähne. „Unser Rudel behandelt Menschen wie Ebenbürtige. Wir teilen immerhin ihre Welt mit ihnen. Und ich weiß nicht, welche Praktiken andere Rudel verfolgen, aber wir ficken unsere Haustiere nicht." Ich verberge mein spöttisches Grinsen, muss das allerdings nicht tun. Der Spott schwingt in meinen Worten mit.

Der König hört ihn laut und deutlich. Seine Augen flammen bernsteinfarben auf – die gleiche Farbe wie Bricks – und dann zügelt er seinen Wolf. „Du hast mich falsch verstanden. Ich war bloß neugierig, warum sich der Alpha eines derart starken Rudels so sehr erniedrigt und sich mit einem schwachen Menschen paart. Er wird seine Blutlinie verdünnen. Seine Welpen werden Blindgänger sein."

Damit ist das Maß voll.

Ich weiß, dass er nur laut ausspricht, was viele ältere

Wölfe in unserem eigenen Rudel denken. Doch diese Beleidigung kann ich nicht auf sich sitzen lassen.

„Unsere Luna ist nicht schwach", erwidere ich so laut, dass mich alle auf dem Deck hören können. „Sie verleiht unserem Rudel Stärke."

Lukas Lippen kräuseln sich, doch er scheint zu realisieren, dass er eine Grenze überschritten hat. „Ich meine natürlich nichts dabei. Ich bin nur neugierig."

„Sieh zu, dass dich deine Neugier nicht weniger höflich macht", rate ich. Seine Augen blitzen – ich habe gerade dem König dieses Reviers einen Befehl erteilt. Noch dazu auf seiner eigenen Yacht.

Nickel spürt anscheinend die Gefahr, denn er kommt zu uns, um sich einzumischen. „Luka, ich bin froh, dass ich dich endlich kennenlerne. Ich glaube unsere Familien sind durch eine Ehe miteinander verbunden. Unsere Cousins in Gibraltar?"

Luka ignoriert Nickel. Sein Blick heftet sich auf mich. Ich spanne mich an und rechne mit einer Herausforderung.

Stattdessen lacht er und leert seinen Drink. „Erlaube mir noch eine neugierige Frage. Dein Mensch?" Er deutet auf Aubrey, die lacht und sich auf dem oberen Deck in den Wind neigt. Sie hebt ihre Zöpfe von ihrem Hals und eine frische Wolke ihres Dufts wird mit der Brise zu mir getragen. „Was bietet sie? Abgesehen von einigen Löchern, um dich zu befriedigen …"

Ich denke nicht nach, sondern handle nur. Der König steht normalerweise mit beiden Füßen sicher auf dem Boden wie ein Schiffskapitän, der an die raue See gewöhnt ist. Doch er hat den Fehler begangen, sich nach hinten an die Reling zu lehnen, um auf Aubrey zu deuten.

Ich lasse mich fallen, packe sein Bein und hebe es hoch. Er rechnet nicht mit einem Angriff, vor allem nicht mit einem, bei dem ich vor ihm auf die Knie sinke. Im Bruchteil einer Sekunde bringe ich ihn aus dem Gleichgewicht und die Schwerkraft erledigt den Rest.

Der Mund des Königs öffnet sich weit und dann fällt er nach hinten. Nicht auf das untere Deck – wir sind auf dem niedrigsten Teil des Schiffs.

Nein, er fällt über die Kante. Ich beobachte wie in Zeitlupe, wie er brüllt – der Laut durchbricht die Nacht – und mit einem Platsch in das dunkle Wasser stürzt.

Was habe ich getan?

Ich habe gerade den König des Monaco-Rudels über die Seite seines Boots geworfen.

Seine zwei Bodyguards bewegen sich bereits auf mich zu und schreien. Sie werden mich packen und fixieren.

Ich lasse es nicht zu. Ich täusche an, weiche aus und schlängle mich davon, sodass ich hinter sie gelange und ihren eigenen Schwung gegen sie einsetze. Einer von ihnen stolpert und ich mache mich zu der Stolperfalle, die ihn in die Luft befördert. Der andere kracht gegen mich. Ich drehe mich, pariere und trete ihn ebenfalls über die Reling.

Jetzt sind drei Wölfe unten im Wasser. Was in Ordnung ist – ich bin mir sicher, dass sie alle schwimmen können. Die Bodyguards des Königs können ihn vor Haien beschützen.

Ich habe größere Probleme. Über mir erklingen weitere Rufe, als sich das Rudel des Königs beeilt, auf dieses Deck zu gelangen und mich auszuschalten.

Jemand tritt an mich heran und ich lasse mich beinahe fallen, um ihn zu treten, als ich realisiere, dass es Nickel ist. Er riecht nach Gin und sein perfektes Polohemd ist durchtränkt mit der nach Wachholder riechenden Flüssigkeit. Er atmet schwer und mir wird bewusst, dass er einen meiner Angreifer zu Fall gebracht hat. Er nimmt seinen Platz ein, um an meiner Seite zu kämpfen.

Ein Heulen und Jake landet neben mir auf dem Deck. Er ist oberkörperfrei und seine Bauchmuskeln glänzen feucht vom Pool. Seine Augen sind hell, da sein Wolf zum Spielen rausgekommen ist. Er schlittert an meine andere Seite. Ich signalisiere ihnen, eine Rugby-Formation anzunehmen, als wir uns den wütenden Wölfen des Königs stellen.

„Die Menschen", brumme ich. Ich schaue auf, kann jedoch weder Aubrey noch Madi sehen.

„Brick kümmert sich um sie. Er, Sully und Vance werden sie in Sicherheit bringen, selbst wenn sie dazu ein Boot kapern müssen."

Nach diesen Worten fühle ich mich besser. Ich habe es bereits vermasselt, indem ich einen Kampf mit unseren Gastgebern begonnen habe. Ich werde es später allen erklären. „Dann sollten wir ihnen besser eine Ablenkung bieten."

Jake stößt einen Jubelschrei aus. Seine Fangzähne blitzen auf, als er grinst. „Treten wir ein paar Gestaltwandlern in den Arsch."

∼

„ALSO WAS IST WIRKLICH PASSIERT?", will Brick wissen. Wir beide sind allein in seiner Penthouse-Suite und besprechen die Ereignisse. Im Boot auf dem Rückweg von der Superyacht erklärte ich der Gruppe, dass Luka betrunken war, unhöflich wurde und alles zu einer Schlägerei eskalierte. Zum Glück waren alle voller Adrenalin und noch in Partylaune. Aubrey und Madi begannen, wieder ‚You're so vain' zu singen, und Jake und Vance fielen mit ein. Unsere Flucht von der Superyacht war nur eine weitere spaßige Episode.

Jetzt haben sich Nickel und Sully in einem Kommunikationsraum verschanzt. Nickel telefoniert mit seiner Familie und nutzt seine persönlichen Kontakte, um die Wogen mit dem Rudel hier zu glätten. Sully verstärkt die Sicherheit, um dafür zu sorgen, dass unser Rudel sicher ist. Alle anderen schlafen, da sie von all der Aufregung erschöpft sind.

Alle außer mir und Brick. Er will Antworten.

„Sie haben Madi beleidigt", informiere ich ihn und seine Augen werden hart. Er ist nicht froh darüber, wie sich alles entwickelt hat, vor allem weil die Menschen hätten verletzt werden können. Doch er versteht das Bedürfnis, unsere Luna zu verteidigen. Er würde das Gleiche tun. „Und Menschen im Allgemeinen. Werden wir aus Monaco rausgeworfen?"

„Das hängt noch in der Schwebe, aber ich glaube, wir können sie lange genug besänftigen, um unsere Reise zu beenden. Nickels Kontakte werden uns helfen, an die Vernunft des Rudels zu appelieren. Luka ist als Hitzkopf bekannt und obwohl er der König ist, wird er noch immer von den weiseren Mitgliedern seiner Familie angeleitet. Wir sollten das Land in nächster Zukunft meiden, doch ich bezweifle, dass Luka möchte, dass sich herumspricht, wie wir ihn auf seinem eigenen Boot geschlagen haben."

Ich schnaube, als ich mich an seine Empörung erinnere, während er ins Wasser fiel.

„Du bist normalerweise beherrschter", stellt Brick fest. Ich habe darauf gewartet, dass er mir eine Standpauke hält, weil ich einen Streit vom Zaun gebrochen habe, aber er sieht weniger wütend als viel mehr nachdenklich aus.

„Er hat einen Nerv getroffen. Er hat das gleiche Zeug von sich gegeben, das mein Vater immer predigt." Brick ist einer der wenigen Leute, die wissen, wie schlimm mein Vater war. „Und ... er hat Aubrey erwähnt."

„Ah." In der Silbe schwingt eine Menge Bedeutung mit. Ich frage mich, wie viel ich enthüllt habe – oder ob meine Reserviertheit meine tieferen Gefühle für den chaotischen Menschen preisgibt. „Vor einem Jahr hättest du keinen Finger gehoben, um einen Menschen zu verteidigen."

Ich atme ein und meine Wangen brennen vor Scham. Ich behandelte Madi beschissen, weil ich dachte, sie würde unser Rudel zerstören. Ich vertraute ihr nicht und dachte, sie wäre eine Schwäche, die wir uns nicht leisten konnten. Und ja, die wilden Anti-Mensch-Vorurteile meines Dads spielten auch eine Rolle. „Ich habe mich geändert."

„Ja, das hast du."

Brick lehnt sich auf seinem Sessel zurück und verschränkt die Arme vor der Brust. „Aubrey ist Madis beste Freundin. Sie ist wie eine Schwester für sie. Ich muss wissen, was dir dieser Mensch bedeutet."

Ich fühle mich wie ein Teenager, dem der Vater seiner Abschlussballbegleitung auf den Zahn fühlt. *Ich verspreche, sie vor 22Uhr nach Hause zu bringen.*

„Ich habe sie gut behandelt", erwidere ich defensiv.

„Das ist nicht meine Frage. Das weiß ich. Wenn es zählte, hast du sie mit Respekt behandelt. Hättest du das nicht getan, hätte ich dir die Eier abgeschnitten. Und Madi hätte geholfen."

Das ist akkurat, doch ich zucke trotzdem zusammen.

„Und dann hätte ich dich getötet", fährt er in demselben ruhigen Ton fort. „Ich hätte es nicht tun wollen, du bist immerhin der stellvertretende Anführer des Rudels und mein bester Freund, aber ..."

„Ich verstehe. Wenn ich ihr wehtue, könnte ich mir selbst nicht verzeihen."

„Hmm", murmelt Brick erneut. Er verengt die Augen zu Schlitzen und mustert mein Gesicht. Ich habe mich verraten.

Was bedeutet mir Aubrey? Ich kann diese Frage nicht beantworten, weil ich es selbst nicht weiß. Sie ist das Chaos zu meiner Kontrolle. Bunte Farbspritzer auf einer monochromen Palette. Der Geruch von Orange, Zimt und Muskat, der die Rückbank meiner Limousine füllt.

Was kann ich sagen? Sie hat einen silbernen Nasenring, der meine Haut verbrennt. Sie zu küssen, ist besser, weil es ein wenig wehtut.

Ich kann Brick nichts davon erzählen.

„Sie ist besonders", erkläre ich.

„Was denkt dein Wolf?"

„Er will sie beschützen." Er will, dass ich mehr als das tue.

Brick legt den Kopf schief, als würde er darauf warten, dass ich den Rest gestehe. Dass meine Fangzähne ausfahren, wenn sie in meinem Bett ist. Wie wild ich zur Zeit des Vollmonds werde. Dass ich mir vorstelle, sie zu beanspruchen und … für immer in meinem Leben zu behalten.

Ich bin nicht bereit, zuzugeben, was sie für mich sein könnte. *Gefährtin.*

Brick scheint das zu verstehen. Er wurde beinahe mondverrückt bei dem Versuch, Madi nicht zu beanspruchen. Von allen Wölfen weiß er am besten, was ich durchmache.

Nach einer langen Pause nickt er. „Als Strafe wirst du den Rest der Reise den Wachdienst übernehmen." Das ist keine richtige Strafe, da wir alle den Wachdienst übernehmen, um sicherzugehen, dass Luka keine Gelegenheit erhält, um sich zu rächen. „Lass uns ein wenig schlafen. Wir übernehmen die Dämmerungsschicht."

„Bestrafst du dich auch?" Ich folge seinem Beispiel und stehe auf.

„Es ist meine Schuld, dass wir auf diesem Schiff waren. Ich hätte mich über seine Haltung gegenüber Menschen erkundigen sollen, bevor ich ihn so nah an unsere ranließ." Er klopft mir auf die Schulter. „Ich bin dankbar, dass du dich für Madi und Aubrey eingesetzt hast."

„Auch wenn uns das etwas kosten wird?"

„Sogar dann. Das ist die Lektion, die mir das Schicksal beigebracht hat, als ich Madi kennenlernte. Ganz egal, was geschieht, deine Gefährtin kommt immer als Erstes."

KAPITEL DREIUNDZWANZIG

Billy

Am nächsten Morgen gibt uns Sully in Bezug auf die Sicherheit Entwarnung. Die Frauen gehen ins Stadtzentrum, weil die Weibchen – hauptsächlich Bricks Schwestern Ruby und Scarlett – einige Luxusgüter einkaufen wollen. Ich würde mich gerne ausklinken, um meine Männlichkeit zu bewahren, doch mein Wolf will Aubrey nicht ohne Begleitung gehen lassen.

Meine Assistentin Annabeth hat wirklich gute Arbeit geleistet und die ganze Logistik prima organisiert. Sie hat es sogar geschafft, eine kugelsichere Limousine zu mieten, die von einem von Sullys besten Security-Wölfen gefahren wird. In diese steigen wir nun. Scarlett schenkt allen Champagner ein.

Während der Fahrt klingelt Aubreys Handy. Sie wirft einen Blick auf das Display und runzelt die Stirn. „Es tut mir leid, ich muss den Anruf annehmen."

Durch das Handy höre ich die blecherne Stimme eines panischen Weibchens. „Aubrey! Gestern bin ich nach Hause gekommen und mein Computer war weg. Jemand ist in mein

Apartment eingebrochen und hat es komplett auf den Kopf gestellt."

Ich mache ein finsteres Gesicht, als sich Aubrey versteift.

„Hast du die Polizei angerufen?", fragt sie.

„Nein! Machst du Witze? Das ist kein normaler Einbruch. Sentience steckt dahinter! Ich habe dir doch gesagt, dass mich jemand beobachtet! Ich verstecke mich momentan. Ich weiß nicht, ob du in Gefahr bist, wollte dich jedoch warnen. Gib Jan auch Bescheid."

Der Geruch von Angst, den Aubrey verströmt, macht meinen Wolf wild. Alle in der Limousine bemerken die Veränderung und konzentrieren sich auf Aubrey.

„Es tut mir so leid, dass du in die Sache reingezogen wurdest ...", plappert die Person am anderen Ende der Leitung.

„Hey, es ist okay", beruhigt Aubrey sie. „Ich werde aufpassen und zusehen, dass Jan ebenfalls vorsichtig ist. Wir kommen schon klar. Gib mir Bescheid, wenn du in Sicherheit bist."

„Was ist los?", erkundigt sich Madi.

Aubrey zögert, bevor sie den Kopf schüttelt und sich zu einem Lächeln zwingt, da sie die ausgelassene Stimmung eindeutig nicht ruinieren will. „Es ist nichts ... nur, ähm, es wurde in das Zuhause einer Bekannten eingebrochen."

Es ist offensichtlich nicht nichts, doch ich lasse das Thema ruhen, bis ich ihr aus der Limo helfe und wir unter vier Augen sprechen können. Sie will Madis Wochenende nicht stören und das respektiere ich. Wir befinden uns in einem Hof mit Springbrunnen und Gärten, wo sich einige Luxusgeschäfte befinden.

Die Gruppe teilt sich auf, nachdem man sich darauf geeinigt hat, sich in ein paar Stunden wieder zu treffen.

„Was ist passiert?" Ich führe Aubrey von den anderen weg. „Das hatte mit der Sentience-Spionage zu tun, oder?"

Sie schluckt. Ich hasse die Furcht, die ich hinter ihrer normalerweise selbstbewussten Miene sehe. „In das Apartment der Sentience-Whistleblowerin wurde eingebrochen. Sie hat mir schon mal erzählt, dass sie dachte, jemand würde ihr folgen. Deswegen bin ich an dem Abend so durchgedreht, an dem du mir in deinem Auto gefolgt bist."

„Fuck. Es tut mir leid, dass ich dir Angst gemacht habe."

Sie schüttelt schnell den Kopf. „Nein, das muss es nicht. Ich …"

„Ich werde jemanden zu deiner Wohnung schicken und sie beobachten lassen, solange wir fort sind. Wer ist Jan?"

Sie wirft mir einen überraschten Blick zu und ich realisiere, dass ich zu viel enthüllt habe. Ich hätte ihr Gespräch über die Musik in der Limousine nicht hören sollen.

Ich spiele es mit einem Achselzucken herunter. „Ich habe es überhört. Du saßt direkt neben mir."

„Jan ist meine Anwalt-Freundin. Ihr und ihrer Partnerin gehört das La Résistance, in dem ich arbeite. Sie übernimmt möglicherweise den Fall, wenn wir genug Beweise beschaffen können."

„Möchtest du, dass ich ihr ebenfalls Leute von der Security schicke?"

Aubreys Augen werden groß, doch ihr Körper entspannt sich. Ich habe ihr Erleichterung geschenkt. „Das würdest du tun?"

„Absolut." Ich wähle Graysons Nummer, der unser Portier ist. Er gehört zu Sullys Security-Team, wird meine Befehle jedoch befolgen, da ich der Rudel-Beta bin. „Ruf Jan an und sag ihr Bescheid", trage ich Aubrey auf.

Wir führen beide kurze Gespräche und ich schicke Grayson Aubreys und Jans Adressen.

„Danke." Sie schaut mich mit ihren warmen braunen Augen an. „Du bist wirklich ein Problemlöser, oder?"

Etwas verschiebt sich in meiner Brust. Ich weigere mich,

zu arbeiten, um mir die Anerkennung einer anderen Person als der meines Alphas zu verdienen. Doch die Bewunderung und Wertschätzung in Aubreys Stimme zu hören, löst etwas in mir aus. Ich will mir ihre Dankbarkeit wieder verdienen. Ich will, dass sie mich so anschaut, als sei ich stark und mächtig. Als sei ich das Männchen, das ihr Halt gibt, wenn es schwierig wird.

„Wer hat das gesagt? Madi?"

Sie nickt.

Ich beuge mich vor und küsse sie auf die Stirn. Es ist eine entschieden liebevolle Geste – was mir gar nicht ähnlich sieht – doch mir gefallen die Gefühle, die sie in mir auslöst.

Es ist, als wäre ich einen Moment lang keine Insel in der Mitte eines verdammten Ozeans. Ausnahmsweise kämpfe ich mal nicht allein gegen die Welt.

Ich kann mich entscheiden, ob ich die Welt penibel kontrollieren möchte, um mein Überleben zu sichern, oder ob ich dieser Kerl werden will. Jemand, der ein reizendes Weibchen hat, das er umsorgen und beschützen darf.

Es ist eine Rolle, die ich mir nie gewünscht habe. Dafür muss man sich verletzlich machen. Und das nicht nur zwischen mir und dem Weibchen, nein, ich wäre auch verletzlich, bloß weil ein Weibchen Teil meines Lebens wäre. Sie würde zu einer Verletzlichkeit werden. Einer Schwäche. Einer Möglichkeit, in Gefahr zu geraten.

Brick entschied sich für dieses Leben. Er erlaubte jemandem, alles zu schwächen, was er sich aufgebaut hatte. Er ist nicht mehr der rasiermesserscharfe Hai, den ich auf dem College kennengelernt habe. Derjenige, der darauf aus war, alles zurückzuholen, was ihm die Adalwulfs genommen hatten.

Madi hat ihn allerdings auch gestärkt. Als ein Paar – als Alpha und Luna – sind sie mehr als die Summe zweier Teile. Ihre Stärke ist exponentiell. Und er lächelt jetzt. Er hat eine

Zufriedenheit gefunden, die für mich unerreichbar zu sein scheint.

Doch vielleicht ist sie das nicht.

„Fühlst du dich besser?", frage ich.

„Ja."

„Gut. Komm, gehen wir shoppen." Ich nehme ihren Ellenbogen und führe sie zu einem Schmuckgeschäft.

„Wirklich?" Sie späht durch dichte Wimpern zu mir hoch und ihre Lippen verziehen sich sinnlich. „Du kommst mir nicht wie die Sorte Mann vor, die gerne shoppen geht."

„Das bin ich nicht."

„Ich bin eine Schnäppchen-Jägerin. Ich durchstöbere gerne die Ständer mit den reduzierten Klamotten oder gehe auf Flohmärkte. Von hier kann ich mir nichts leisten."

„Du hast die Hunderttausend, die du von mir verlangt hast."

Sie schenkt mir ein schelmisches Lächeln. „Stimmt. Aber dieses Geld fühlt sich nicht einmal echt an. Ich habe dich nur provoziert, um zu sehen, ab welchem Punkt du dich wehrst. Ich habe nie erwartet, dass du mir tatsächlich so viel Geld bezahlst."

„Du hast ausgehandelt, was es dir wert war. Ich habe bezahlt, was es mir wert war. Komm, wir können uns diesen Laden ansehen." Ich führe sie in ein Schmuckgeschäft, das ich bemerkte, als ich auf der Fahrt recherchierte, wohin wir unterwegs waren. „Dieser Laden verkauft Diamanten, die in einem Labor gezüchtet wurden. Für diesen Schmuck sterben keine Kinder in Minen."

Aubrey mustert mich. „Ich kann nicht sagen, ob du dich über mich lustig machst."

„Das tue ich nicht. Ich weiß, was dir wichtig ist." Ich schaue die Frau hinter der Theke an, die uns auf Französisch begrüßt.

„Guten Tag. Ich möchte meiner Freundin einen diamantenen Nasen- und Bauchnabelstecker kaufen. Haben Sie welche?", frage ich auf Französisch.

Sie strahlt mich an. „Die haben wir. Ich habe eine große Auswahl. Schauen Sie sich die hier an." Sie zieht einen flachen Ablagekasten mit Diamantsteckern aus einem verschlossenen Schrank hinter ihr.

Aubrey schaut sich desinteressiert um. Ich verstehe es. Geld oder teure Geschenke beeindrucken sie nicht.

„Das hier ist ein rosafarbener Diamant. Er würde fantastisch an ihr aussehen." Die Verkäuferin spricht noch immer Französisch. „Und es gibt einen passenden Stecker mit zwei Diamanten für ihren Bauch. Ich hole ihn schnell." Sie bückt sich, um noch einen Schrank zu öffnen, und holt einen anderen Ablagekasten hervor. In diesem werden Diamantpaare auf gebogenen Steckern ausgestellt – jeweils ein großer und ein kleiner Diamant.

Ich nehme den rosafarbenen Nasenstecker und reiche ihn Aubrey.

Sie betrachtet ihn. „Oh!" Sie hebt ihren Blick überrascht zu meinem Gesicht. „Es ist ein Nasenstecker."

„Was? Hast du gedacht, ich würde dir eine kitschige Halskette kaufen, Silver? Ich passe auf. Ich weiß, was du magst." Ich schiebe einen Spiegel zu ihr. „Ist das der Richtige?"

„Du kaufst mir ein Geschenk." Sie klingt verblüfft. „Wow." Sie hält den rosafarbenen Diamanten an ihren Nasenflügel. „Du passt tatsächlich auf. Er ist reizend. Ich … ich liebe ihn." Ich kann beinahe ihren inneren Kampf sehen und feiere den kleinen Sieg, dass ich das richtige Geschenk ausgesucht habe. Eines, das sie nicht aus Verachtung für Geld ablehnen wird. Eines, das meinen Respekt für die Person ausdrückt, die sie ist und wie sie ist.

„Es gibt auch einen passenden Stecker für deinen Bauchnabel."

„Wirklich? Danke." Ihre Lippen heben sich an den

Winkeln, als sie mich überrascht mustert. „Das ist … unerwartet. Sehr süß – und großzügig." Sie hebt ihre Lippen, um meine zu küssen.

Es kostet mich all meine Selbstbeherrschung, sie nicht zu packen und diesen frechen Mund zu küssen, bis sie atemlos ist. Aber ich halte nichts von öffentlichen Zuneigungsbekundungen.

„Ich hätte nicht gedacht, dass du zu süßen Gesten in der Lage bist."

„Das bin ich nicht." Ich spreche mit besonders trockener Stimme. „Aber ich bin allergisch auf Silber."

Verstehen zeichnet sich auf Aubreys Gesicht ab. „Deswegen wirst du immer rot, nachdem wir uns geküsst haben!" Sie schlägt sich die Hand vor den Mund. „Oh mein Gott, warum hast du mir das nicht gesagt?"

„Ich wollte nicht, dass du aufhörst. Ich habe akzeptiert, dass du, Aubrey Cook, mein persönliches Kryptonit bist."

Aubreys Gesichtsausdruck ist warmherzig, als sich ihre Lippen zu einem selbstgefälligen Lächeln biegen. „Das gefällt mir."

„Natürlich tut es das."

„Wir nehmen die hier", informiere ich die Verkäuferin und deute auf den rosafarbenen Diamant-Nasenstecker und den dazu passenden Bauchnabelstecker. Der größere Diamant auf dem Bauchnabelstecker hat mindestens zwei Karat und ist von einem Ring winziger weißer Diamanten umgeben.

„Exzellente Wahl", wechselt die Verkäuferin nahtlos ins Englische. „Möchten Sie die Stecker gleich anlegen?"

Aubrey nickt, nimmt ihre silbernen Nasen- und Bauchnabelringe ab und legt den neuen Schmuck an, während ich die fünftausend Dollar teure Rechnung begleiche. „Ich liebe sie, Dankeschön." Sie greift nach meinem Gesicht und zieht mich für einen Kuss zu sich.

Ich erlebe einen Augenblick der Panik. Was mache ich nur? Ich benehme mich, als wäre ich Aubreys fester Freund, was ich nicht bin.

Das kann ich nicht sein. Die Situation gerät außer Kontrolle. Ein Gefühl der Gefahr kriecht mein Rückgrat hinauf. Es ist eine Gefahr, bei der es um Leben und Tod geht, was allerdings keinen Sinn ergibt.

Mein Handy klingelt und ich zücke es sofort.

„Billy, hier spricht Grayson. Ich war bei Ms. Cooks Apartment und es wurde komplett auseinandergenommen. Das Schloss wurde aufgebrochen. Ihre Nachbarin sagt, dass es gestern passiert sein muss. Sie sah einen Kerl aus ihrem Apartment kommen und fragte ihn, ob er auf Aubreys Apartment aufpasst, während sie in Monaco ist. Also weiß er jetzt, wo sie ist."

Fuck.

Das war die Warnung, die mir mein Wolf geschickt hat. Es ging nicht darum, dass es nicht sicher ist, Aubrey Geschenke zu machen. Es ging um *ihre* Sicherheit.

Die mir, wie ich plötzlich realisiere, alles bedeutet.

Ich verlasse den Laden und Aubrey folgt mir. „Okay, melde den Einbruch der Polizei. Schau, ob du einen ..." Ich unterbreche mich, bevor ich *Geruch* sage. „Ob du einen Hinweis darauf finden kannst, wer dort war. Und überprüfe die umliegende Gegend. Die Orte, die möglicherweise überwacht werden. Falls du ihn findest, schalte denjenigen aus und bring ihn mit, damit ich mich bei meiner Rückkehr mit ihm befassen kann."

„Ich kümmere mich darum, Boss."

Das warnende Kribbeln in meinem Nacken lässt nicht nach. Ich lasse meinen Blick durch die Gegend schweifen, obwohl wir 6400 Kilometer von Manhattan entfernt sind. Mein Körper setzt sich in Bewegung, bevor ich registriere, was ich gesehen habe.

Ein Scharfschütze, 60 Meter entfernt.

Ich werfe Aubrey zu Boden, als eine Kugel meine Haut durchbohrt und sich in meinen Rücken gräbt.

AUBREY

Ich schreie.

Ich weiß nicht, was los ist. Warum mich Billy auf den Boden geworfen hat. Meine Knie werden auf dem Asphalt aufgekratzt und bekommen bestimmt blaue Flecken. Sein Körper liegt so schwer wie ein Rhinozeros auf mir.

Daran, wie er meinen Kopf mit seinen Armen schützt, wird deutlich, was geschieht, noch bevor er krächzt: „Bleib unten. Da ist ein Schütze."

Ein Schütze. Was zum Henker?

Ist das wahllose Waffengewalt oder steht es in Bezug zu Sentience?

Billy hat sein Handy in der Hand und blafft: „Ich brauche *jetzt* Verstärkung." Dann zieht er mich auf die Beine. Seine Hand bleibt auf meinem Kopf und er drückt mich nach unten, sodass ich mich wie er an der Taille hinabbeuge und vor dem ducke, was oder wer hinter uns her ist.

Das ist der Moment, in dem ich das Blut sehe, das seine Kleider durchtränkt.

„Du wurdest getroffen!"

Oh nein. Nein, nein, nein, nein. Oh mein Gott.

„Billy!"

Das ist unwirklich. Katastrophal. Ich ringe nach Luft in dem Versuch, nachzudenken.

Er zieht mich mit sich und geduckt rennen wir hinter eine niedrige Gartenmauer, wobei er den Blick auf einen Punkt in der Ferne gerichtet hat.

Ich höre die Schüsse nicht, doch Glas explodiert hinter uns.

Schreie erklingen aus allen Richtungen. Der Schütze verwendet anscheinend einen Schalldämpfer. Niemand hat den ersten Schuss gehört, doch jetzt wissen alle in dem Einkaufsviertel, dass ein Schütze in der Nähe ist.

Mein Herz hämmert so heftig, dass ich schwöre, dass es aus meiner Brust springen wird.

„Du wurdest getroffen. Oh mein Gott." Die Menge an Blut, die Billys Kleider durchtränkt, jagt mir eine Scheißangst ein. Wir müssen ihn zu einem Krankenhaus bringen. „Hilfe!", schreie ich und sehe mich um. „Jemand muss einen Krankenwagen rufen!"

Er wird sterben und das nur, weil er mich gerettet hat.

Er darf nicht sterben.

Eine Kugel schlägt rechts von mir in die Backsteinmauer ein. Ich kreische spitz vor Überraschung.

„Wir sind okay", versichert mir Billy ruhig, obwohl er vermutlich nur Sekunden davon entfernt ist, wegen des Blutverlusts zusammenzubrechen. „Halte einfach den Kopf gesenkt. Dann kann er uns nicht finden."

„Ist er wegen mir hier?"

Billy lässt erneut den Blick durch die Gegend schweifen, bevor wir geduckt hinter die nächste Mauer rennen. „Ich werde nicht zulassen, dass er dich trifft, Silver."

Sully, Vance, Nickel und Jake sprinten um die Ecke.

„Schütze, zwei Uhr. Aubrey ist das Ziel. Besorgt einen Transport", blafft Billy Informationen mit militärischer Präzision, obwohl seine Bewegungen langsamer werden, als hätte ihn der Blutverlust nun eingeholt.

Er war nicht bei Militär, oder?

Noch erstaunlicher ist, dass die Männer auf seine Anweisungen reagieren, als wären sie Teil eines Elite-Navy-Seal-Teams.

„Ich kümmere mich schon darum. Jake, Vance, sucht den Schützen. Wir beschützen Aubrey", erwidert Sully. Sully und Nickel flankieren uns und verdecken so noch mehr Stellen meines Körpers, während wir gemeinsam zur Straße rennen.

Billy bricht zusammen und fällt auf ein Knie.

„Er ist verletzt!", kreische ich das Offensichtliche.

Nickel zerrt ihn hoch und stemmt seine Schulter unter Billys Arm.

„Schützt Aubrey." Billys Stimme klingt schwach.

Oh mein Gott. Er wird sterben. Ich darf ihn nicht sterben lassen.

Das darf nicht passieren.

„Wir müssen ihn zu einem Krankenhaus bringen", heule ich.

Brick, Madi, Scarlett, Ruby und Eagle kommen angerannt und einer der Männer ruft: „Beschützt die Luna."

Brick und Scarlett nehmen Madi in ihre Mitte.

Sirenen erklingen in der Ferne.

Die Limousine steht mit geöffneten Türen vor den Läden. Die Männer bringen uns zu ihr. Billy klammert sich noch immer an mich, als bräuchte ich Schutz, obwohl er derjenige ist, der gleich verbluten wird.

„Wartet!", rufe ich und deute in die Richtung der Sirenen. „Das könnte der Krankenwagen sein. Billy sollte in einen Krankenwagen."

Sie ignorieren mich.

„Setzt Aubrey auf den Beifahrersitz", blafft Brick hinter uns. Er nimmt meinen Arm und versucht, mich von Billy zu trennen.

„Richtig", stimmt Madi zu.

Auf den Beifahrersitz? Wo uns die Glaswand trennen wird?

Zur Hölle, nein.

„Warum?", kreische ich.

„Aubrey …" Madi versucht nun ebenfalls, mich wegzuziehen.

Billy bricht an der Tür der Limousine zusammen und Nickel und Sully müssen ihn hochheben, um ihn wie einen Heuballen auf einen der Sitze zu werfen.

Mir wird eiskalt, als die Realität zu mir durchsickert, dass Billy womöglich sterben wird.

„Nein!" Ich reiße mich von Brick und Madi los und springe hinter Billy in den Wagen. „Ich fahre mit ihm."

„Fuck", flucht Brick, doch alle stolpern in die Limousine und sie fährt mit quietschenden Reifen los, noch bevor die Tür geschlossen wird.

„Billy." Ich sinke vor dem Sitz auf die Knie, auf dem er gekrümmt auf der Seite liegt. Sein Gesicht ist farblos und seine Zähne klappern.

Nickel setzt sich zu seinen Füßen und rollt Billy auf den Bauch, um die Wunde zu untersuchen.

Ich lasse meine Hände hektisch über seinen Körper wandern, als könnte ich ihn allein mit meinen Berührungen heilen.

„Was zum Henker ist gerade passiert?", brüllt Brick.

Billys Lippen bewegen sich, doch es kommt kein Ton heraus. Er beginnt, zu zittern, als hätte er einen Krampfanfall. Seine Augen scheinen eisig silbern zu werden.

„Es ist kein Durchschuss", berichtet Nickel. „Zum Glück für Aubrey."

Für mich? Was zum Kuckuck meint er damit? Oh – weil mich die Kugel auch getroffen hätte? Aber alle, die Mafia-Thriller anschauen, wissen, dass Durchschüsse besser sind. Falls irgendwo in einem Organ eine Kugel steckt, wird er eine aufwendige Operation brauchen.

„Es ist meine Schuld", würge ich hervor. „Derjenige war wegen mir da."

Ein eigenartiges Knacken kommt von Billys Rücken, als

würde er brechen. Gott, hat die Kugel sein Rückgrat getroffen?

„Fuck", flucht Brick erneut.

„Er hat eine Kugel für mich abgefangen." Tränen strömen mir übers Gesicht. „Jetzt wird er sterben."

„Er wird nicht sterben." Nickel klingt ruhig. Es ist seltsam, wie unterschiedlich Leute mit Notfällen umgehen. Billy war ebenfalls ruhig.

Und jetzt wird er sterben.

Billys Gesicht verzerrt sich. Das Knacken von Knochen wird lauter. Stoff zerreißt und plötzlich ist Billy fort.

Mir stockt der Atem.

An seiner Stelle liegt ein *riesiger weißer und grauer Wolf*. Billys Kleider liegen in Fetzen um ihn herum.

Ein seltsames Wimmern entwischt meiner Kehle. Was … ist gerade …

Das weiße Fell des Wolfs wird rot vom Blut.

„So ist's recht, Billy." Nickels Hand liegt auf der Flanke des Wolfs. „Lass dich von deinem Wolf heilen."

„Der … der Wolf ist Billy." Meine Stimme klingt fern in meinen eigenen Ohren.

Billy ist ein Wolf.

Ich drehe mich und schaue über meine Schulter den Rest der Gruppe an. Keines der Gesichter, die ich ansehe, sieht überrascht aus. Sie wirken blass und ernst, aber nicht überrascht. Nicht einmal Madis Gesicht.

„Billy ist ein Werwolf?" Es ist, als würde es ein Teil meines Gehirns – der, der mit Märchen und Fantasy-Geschichten aufgewachsen ist – vollkommen verstehen, doch der andere sagt, dass es unmöglich ist.

„Ein Wolfgestaltwandler", korrigiert Madi.

Das ist der Moment, in dem es mir bewusst wird. „Ihr seid alle Wölfe."

Alle außer Madi? Oder wurde sie verwandelt?

„Er wird heilen", versichert mir Madi und dieses Mal glaube ich ihr. Denn wenn sich Männer in Wölfe verwandeln können, kann ich glauben, dass andere Magie und Wunder möglich sind.

Ich nicke, während weiterhin Tränen über mein Gesicht strömen. „Okay", schniefe ich. „Das ist gut." Ich realisiere, dass sich die anderen Leute im Wagen anschauen.

Ich kenne ihr Geheimnis.

Ich neige mein Gesicht näher zu dem des Wolfs. Er ist gigantisch – viel größer als ein normaler Wolf. Mein Körper erlebt eine biologische Angstreaktion wegen des riesigen Kopfs und der gewaltigen Zähne, doch es ist Billy. Der Kerl, der gerade eine Kugel für mich abgefangen hat. „Bitte werde wieder gesund", flüstere ich.

Er leckt die Tränen von meiner Wange.

„Bitte."

„Die Blutung hat bereits gestoppt", berichtet Nickel leise. „Sein Körper wird die Kugel in ein oder zwei Tagen ausstoßen. Er braucht Ruhe, um sich zu erholen, das ist alles."

Erleichterung durchströmt mich und ich weine heftiger. „Oh. Das ist gut." Ich streichle seine seidigen Ohren. „Das ist wirklich gut."

„Was ist passiert, Aubrey?", fragt Brick dieses Mal, ohne so barsch zu klingen.

Ich wische meine Tränen mit dem Handgelenk weg und drehe mich zu ihm um, lasse jedoch eine Hand auf Billys Kopf liegen. „Ich bin in Wirtschaftsspionage verwickelt, um Sentience, die KI-Firma, auszuschalten. Die Firma hat die Arbeiten vieler Künstler gestohlen."

Bricks Augenbrauen schnellen empor.

„Wusstest du das?", fragt er Madi, die zusammenzuckt.

„Ja."

„Ich wusste nicht, dass es dazu kommen würde", sage ich.

„Es gab einen Whistleblower einer KI-Firma, der tot in

einem Hotelzimmer gefunden wurde", erzählt Brick. „Sein Tod wurde zum Selbstmord erklärt … aber seine Eltern wehren sich gegen diese Behauptung. Mit diesen Kerlen ist nicht zu spaßen."

Ich erschaudere. Jamie war zurecht paranoid. „Dann versuchen sie vermutlich, mich loszuwerden. Billys Kerl sagte, dass sie gestern in mein Apartment eingebrochen sind, und anscheinend haben sie mich hier gefunden. Es ist einfach … verrückt." Ich schüttle den Kopf, da ich nicht fassen kann, dass es so weit gekommen ist.

„Eine Vorwarnung wäre nett gewesen", schimpft Brick. „Von einem von euch." Er schaut nacheinander Madi und Billy an.

Es ist seltsam, jemanden mit einem Tier sprechen zu sehen, als könnte es verstehen, was gesagt wird.

Plötzlich ergibt seine Beziehung mit seinen Freunden mehr Sinn. Sie sind Wölfe. Sie folgen einem Alpha.

Und kein Wunder, dass sich Madi von mir zurückzog, nachdem sie eine Beziehung mit Brick eingegangen war.

Ich erinnere mich daran, dass sie sich zu Beginn von ihm ausgegrenzt fühlte – er hatte sie in einem anderen Flügel im Haus untergebracht, als sie bei ihm in den Adirondacks eingeschneit wurde. Das musste gewesen sein, bevor …

„Madi … bist du auch ein Wolf?", krächze ich. Ich muss es wissen. Werden sie mich jetzt beißen und zu einem von ihnen machen? Wie funktioniert das?

Sie lacht, doch ihre Augen wirken betrübt, als würde sie bereuen, dass sie es mir nicht erzählen konnte. „Nein. Ich bin immer noch ich. Sie sind eine andere Spezies. Es ist nicht ansteckend, wie es uns die Filme weismachen."

„Okay." Ich drehe mich wieder zu Billy um. Mehr kann ich momentan nicht verkraften. Ich streichle unablässig seinen Kopf und seine Ohren.

Mir ist egal, ob sie eine Herde Esel sind. Mich interessiert nur, dass Billy so viel mehr ist, als ich geglaubt habe. Ich hatte ihn in die Schublade des Arschloch-Milliardärs gesteckt. Ein großer, böser Bully. Ich dachte, ihn würden nur Geld und das Unternehmen interessieren, obwohl er eine Tiefe und Geschichte besitzt, die ich nie sah.

Jetzt will ich den echten Billy kennenlernen. Denjenigen, der seinem Alpha treu ergeben ist. Derjenige, der mich mit seinem Leben beschützt hat. Es steckt so viel mehr in ihm, als mir bewusst war, und ich will das alles sehen.

KAPITEL VIERUNDZWANZIG

Billy

Ich wache mit Aubreys Muskat- und Honigduft in der Nase auf. Ich sauge ihn tief ein und stelle fest, dass er mich zutiefst beruhigt, als wäre ich am richtigen Ort.

Warte – wo bin ich? Aubrey und ich schlafen nicht zusammen. Wir haben Sex und dann gehe ich.

Ich zwinge meine Augenlider auf, die leicht zusammengeklebt sind, und sehe mich um. Ich bin in Aubreys Hütte. Sie liegt neben mir und ihre unzähligen Zöpfe sind auf dem Kissen ausgebreitet. Der rosafarbene Diamant-Nasenstecker sieht zart und hübsch in ihrem Nasenflügel aus.

Das zusammen mit dem scharfen Schmerz zwischen meinen Schulterblättern sorgt dafür, dass ich mich erinnere. Jemand schoss auf sie. Wir brachten sie zur Limousine. Dann wird alles verschwommen. Ich erinnere mich vage daran, dass Aubrey weinte. Dass ich ihr Gesicht ableckte.

Fuck.

Ich verwandelte mich. Natürlich tat ich das – ich war angeschossen worden. Mein Körper heilt in Wolfsgestalt viel schneller.

291

Ich erinnere mich daran, dass Aubrey darauf bestand, für mich zu sorgen, weshalb Nickel mich zu ihrer Hütte trug.

Ich greife nach Aubrey und ziehe ihren Körper an meinen. Ihre Augen öffnen sich erschrocken.

„Ich wollte dich nicht aufwecken", murmle ich.

„Du bist wach!" Sie stemmt sich in eine sitzende Position, doch ich ziehe sie wieder nach unten. „Wie fühlst du dich?" Sie dreht sich und greift nach einer Wasserflasche beim Nachttisch. „Hier, trink etwas Wasser. Du hast viel Blut verloren."

Ich stelle fest, dass ein Lächeln an meinen Mundwinkeln zupft. Ich hasse es normalerweise, wenn ich einen Kontrollverlust erleide. Ich will der Kerl sein, der alles und jeden in meinem Umfeld lenkt. Ich bin definitiv niemand, der nicht einmal weiß, wo er geschlafen hat. Doch neben Aubrey aufzuwachen, stört meinen inneren Kontrollfreak nicht. Und dass sich Aubrey um mich kümmert, fühlt sich … süß an. Zärtlich.

Was seltsam ist, denn Zärtlichkeit ist normalerweise keine Emotion, die ich zulasse. Nicht einmal bei meiner Mutter oder Schwester. Ich nehme die Wasserflasche und leere sie in einem Zug. Sie hatte recht – ich habe Durst.

„Hast du Hunger?"

Meine Hand verrutscht, um ihren Po zu packen. „Ich bin am Verhungern."

Ein Teil der Sorge auf ihrem Gesicht verschwindet. „Dir geht es wirklich gut, oder?"

Ich werfe einen Blick auf die Uhr. „Wie lange habe ich geschlafen?"

„Sechzehn Stunden." Sie blinzelt mich an. Goldene Strahlen zieren ihre braunen Iriden. „Du hast mir das Leben gerettet."

Als ich mich daran erinnere, dass noch immer jemand hinter ihr her ist, atme ich scharf ein. Ich setze mich auf und zucke wegen des Schmerzes zwischen meinen Schulterblättern zusammen. „Haben sie den Schützen gefunden? Was ist los?"

Dieses Mal zieht mich Aubrey wieder aufs Bett. „Ich weiß es nicht. Jake und Vance sind ihm nachgegangen, aber ich habe nicht gehört, ob sie ihn gefunden haben."

Ich mustere sie und lege meine Hand an ihre Wange. „Also kennst du jetzt unser Geheimnis."

Sie nickt. „Wow."

„Du wirkst ziemlich unbeeindruckt davon."

„Es wurde irgendwie davon in den Schatten gestellt, dass du am Sterben warst." Es liegt ein Zittern in ihrer Stimme, bei dem sich mein Herz zusammenzieht.

Ich erinnere mich an ihr tränenüberströmtes Gesicht neben meinem, nachdem ich mich verwandelt hatte. Sie machte sich Sorgen um mich. Diese Frau, die mich einst hasste, war am Boden zerstört, als ich verletzt wurde.

„Ich würde niemals zulassen, dass sie dich verletzen, Silver", informiere ich sie. „Ich werde herausfinden, wer auf dich geschossen hat, und demjenigen das Rückgrat aus dem Becken reißen."

Ihre Augen öffnen sich weit. „Das ist, ähm, furchterregend, aber heiß." Ich rieche den Honig ihrer Erregung.

Ihr Körper braucht mich. Genauso wie meiner ihren braucht.

Meine Lippen zucken erneut. Mein Schwanz wird steif. Ich drücke sie auf ihren Rücken und steige über sie. Ich bin noch nackt von der Verwandlung. „Ich werde dich jetzt ficken."

Sie rollt mit dem Becken, um meinem entgegenzukommen, sagt jedoch: „Bist du dir sicher? Ich meine, bist du dazu in der Lage?"

„Ich brauche deine Pussy, Aubrey. Sie wird mir beim Heilen helfen."

Sie lacht heiser. „Ich bin mir nicht sicher, ob das stimmt, aber okay." Sie greift nach einer Schachtel Kondome, die ich neben dem Bett stehen ließ, als ich Aubrey bei unserer Ankunft hierherbrachte. Es fühlt sich an, als wäre das vor einer halben Ewigkeit gewesen.

Sie trägt ein zueinander passendes lavendelfarbenes Spitzenunterhemd und Höschen. Jetzt, da sie weiß, was ich bin, muss ich mich nicht zurückhalten. Ich packe den Saum ihres Höschens mit beiden Händen und reiße den Stoff in zwei Hälften.

Sie keucht, dann kichert sie. „Oh mein Gott! Du bist super stark. Es ergibt jetzt alles Sinn."

Ich reiße ihr Unterhemd in der Mitte entzwei.

„Mir sind so viele Hinweise entgangen."

„Welche zum Beispiel?", frage ich, weil ich wissen muss, wo ich unvorsichtig war. Der Kontrollfreak in mir muss alle potenziellen Schwächen katalogisieren.

„Deine Kraft. Dass du Pepper mit einem Blick stubenrein hattest. Dass Madi mich nicht mehr in ihr Leben einbezogen hat."

Ich rolle ein Kondom über meine Erektion.

„Ich dachte, du wärst ein Arschloch, aber du beschützt nur euer Geheimnis."

„Nein. Ich bin ein Arschloch", versichere ich ihr. „Das wird niemand abstreiten."

Sie schüttelt den Kopf. „Das bist du nicht."

Ich reibe mit meiner Schwanzspitze über ihre Mitte. Sie ist feucht und bereit für mich. Ich dringe langsam in sie. Mein Körper ist noch schwach, weshalb ich nicht diese große Dringlichkeit verspüre wie bei den anderen Malen, als ich mit ihr zusammen war.

Ich will mir Zeit lassen. Ich will einfach nur diese unglaubliche Empfindung genießen, in ihr zu sein ohne den

Drang, alles geben zu müssen, um sie zu befriedigen und meinen Höhepunkt zu erreichen.

Sie analysiert noch immer alles. „Madi sagte, du wärst klassistisch. Ich dachte, das wäre ein Code dafür, dass du rassistisch bist. Doch jetzt verstehe ich es. Du kannst dich mit Außenseitern nicht identifizieren. Oder wie nennt ihr Leute wie mich?"

Etwas wie Schmerz durchbohrt meine Brust. Ich will nicht die Person sein, die sie beschreibt. Ich mag nicht, wie sich das anfühlt. Ich handle normalerweise ohne Mitgefühl für andere, weil es Mitgefühl unmöglich macht, klare Entscheidungen zu treffen.

Doch Aubrey klingt nicht verletzt oder urteilend. Es ist eher so, als würde sie mich sehen – mich wirklich sehen – und sie schreckt nicht davor zurück.

„Menschen." Meine Stimme klingt rau. Ich bewege mich langsam in ihr und genieße es, wie fest mich ihre inneren Muskeln drücken, sie ihre prallen Brüste nach oben biegt und ihr Becken neigt, um mich tiefer aufzunehmen. „Ich wuchs in einer Kleinstadt auf, die nur aus Gestaltwandlern bestand. Mein Dad ist jemand, der denkt, dass Gestaltwandler allen anderen überlegen sind."

Beim Schicksal, erzähle ich ihr wirklich diese Geschichte? Ich erzähle diese Geschichte nie. Ich habe sie nicht erzählt, seit ich sie Brick im ersten Studienjahr in Yale anvertraute.

Ich suche ihre Hände, fixiere sie neben ihrem Kopf und verschränke meine Finger mit ihren.

„Bin ich dein Erster?", fragt sie.

„Erster was?"

„Erster Mensch?"

Ich zucke zusammen. „Ja", gestehe ich.

Sie wirkt nicht beleidigt. „Du bist auch mein Erster." Sie lächelt.

„Erster Wolf?"

„Milliardär. Und Wolf. Ich habe allerdings schon einmal mit einem weißen Kerl geschlafen."

Ich kann nicht anders. Ich lache. Die Dinge fühlen sich momentan so anders an mit Aubrey. Als wären all unsere Barrieren zusammengebrochen. All die Wortgefechte und Machtspielchen sind abwesend. Wir sind plötzlich im selben Team.

Ich beuge mich vor und knabbere an ihrem Hals, während ich in sie und aus ihr gleite. „Ich wollte dich in dem Moment, in dem ich zum ersten Mal deinen Muskat- und Honigduft im Café roch. Du warst so verdammt frech. Ich wollte dich über die Theke beugen und deinen hübschen Hintern versohlen."

Aubrey läuft regelrecht aus und wird wie immer von jeder noch so kleinen Andeutung von Dominanz erregt. Ich nutze das und packe ihre Kehle mit meinen Fingern.

„Habe ich dich dazu gebracht, deine Regel zu brechen?" Aubreys Lider senken sich.

Alarmglocken schrillen in meinem Kopf. Ich sollte ihr das nicht verraten – ich sollte ihr keinen Grund geben, mich zu hassen, doch sie wirkt nicht beleidigt.

„Ja", gestehe ich.

Sie schenkt mir ein zufriedenes Lächeln. „Du hast mich auch dazu gebracht, meine zu brechen."

Beim Schicksal, sie ist umwerfend. Ich mag sie, wenn sie so ist – sanft und offen für mich. Ich mag sie auch temperamentvoll, aber das hier ist etwas Besonderes. Sie lässt mich rein.

„Deine Keine-Milliardäre-Regel?"

„Jepp. Ich wollte dich hassen, aber du warst einfach zu sexy. Und dann hast du mit dem Kompetenz-Porno angefangen."

„Dem was?"

„Kompetenz-Porno. Die Art und Weise, wie mühelos du

Probleme löst. Dass du beispielsweise einfach so einen Welpen trainiert hast und die Aufnahmen der Security-Kamera hast löschen lassen. Dass du mich vor Scharfschützen beschützt hast. Du bist ziemlich genial, Billy." Ein verletzlicher Ausdruck legt sich auf ihr Gesicht. „Ich halte mich für eine starke, unabhängige Frau, aber ich mag es, wie du dich um mich kümmerst. Du siehst mich als die Person, die ich wirklich bin, obwohl ich so oft eine Fassade zeige."

Mein Wolf freut sich, dass sie sich bei mir beschützt fühlt, so wie es sein sollte. Mir kommt der Gedanke, dass ich mich zu Aubreys Stärke hingezogen fühle, obwohl mir meine Vorurteile einredeten, dass sie schwach sein muss, weil sie ein Mensch ist. Ich habe mich geirrt – genauso, wie ich mich in Bezug auf Madi irrte. Aubrey ist auf Arten stark, die ich nicht verstehen kann. Sie ist mutig und loyal und besitzt ein Gerechtigkeitsgefühl, dass nicht zurückschreckt oder verkümmert, außer wenn es dem Selbstschutz dient.

Sie ist eine in einer Million. Ich dachte, sie wäre nur ein drängendes Begehren, das ich befriedigen muss, doch sie ist so viel mehr.

Sie ist alles.

„Silver, ich werde *das hier* gleich zum Kompetenz-Porno machen. Kompetent in dem Sinne, dass ich dich mit meinen Fingern um deinen Hals zum Kommen bringen kann."

Sie lächelt.

Ich spanne meine Finger an – nicht stark genug, um die Luftzufuhr abzuschneiden, nur so viel, dass es aufregend ist. Ich bewege mich schneller und dringe mit jedem Stoß tiefer in sie. Ich sorge dafür, dass der Sex etwas bedeutet.

Sie beginnt, zu stöhnen, und der Laut weckt meine wilde Seite. Ich beschleunige das Tempo noch mehr und ramme mich jetzt hart in sie. Ihre Augen rollen nach hinten. Ihr Wimmern macht mich härter als Stein.

Mein Körper findet eine neue Energiereserve, die ich

vermutlich von Aubrey erhalten habe, und Spannung baut sich in mir auf. Meine Hoden ziehen sich zusammen.

„Komm, Aubrey", befehle ich.

„Ja! Ja!", schreit sie. „Ich bin…" Ihre Muskeln verkrampfen sich um meinen Schwanz herum.

Ich komme fast im selben Moment, stoße tief in sie und fülle das Kondom. Als wir fertig sind, falle ich auf meine Seite, meine Arme legen sich um Aubrey und ich atme ihren Geruch tief in mein Wesen ein.

Es sollte nicht so passieren. Das hier war kein Teil meines Masterplans. Aubrey sollte nicht wissen, was ich bin. Ich sollte nicht hier liegen, die Arme um einen Menschen gelegt, und alles außer ihr und ihrer Sicherheit vergessen.

Doch kein Teil von mir bereut das hier.

Aubrey ist die Meine. Ich werde ihre Feinde aufspüren und ihnen nacheinander den Garaus machen.

Ich werde mich jedes Mal zwischen sie und die Gefahr stellen.

Selbst wenn mich das alles kostet.

KAPITEL FÜNFUNDZWANZIG

ubrey

Nach dem Sex schläft Billy mit mir in seinen Armen ein, weshalb ich leise aus dem Bett krieche und auf den Balkon gehe, um Madi anzurufen. Gestern Nacht rief ich Jamie an, um ihr mitzuteilen, dass jemand auf mich geschossen hatte und ich befürchtete, dass es in Zusammenhang mit Sentience stehen könnte. Sie versteckt sich noch, weshalb sie hoffentlich in Sicherheit ist.

Wir sollten eigentlich heute Morgen zurückfliegen, um uns auf die Hochzeit vorzubereiten, doch sie beschlossen den Flug aufzuschieben, damit sich Billy noch ein wenig erholen kann. Der Plan sah vor, heute Nachmittag abzufliegen, egal, ob er bei Bewusstsein war oder nicht – was mir schreckliche Angst einjagte.

Doch ich vermute nach der spektakulären Zurschaustellung von Männlichkeit, muss ich mir keine Sorgen machen. Sie hatten recht – er wird wieder gesund werden.

Was einfach verrückt ist. All die Puzzleteile in meinem Kopf setzen sich nacheinander zusammen. All die Hinweise, die ich hatte, jedoch nicht erkannte. Die Allergie auf Silber – oh mein Gott!

Werwölfe sind angeblich auf Silber allergisch, zumindest laut der Geschichten. Doch sie sind keine Werwölfe, sie sind Wolfgestaltwandler.

Ich habe so viele Fragen.

Madi geht beim zweiten Klingeln ans Handy. „Hey, wie geht es ihm?"

„Er ist aufgewacht. Wir hatten Sex und er ist wieder eingeschlafen."

Madi lacht. „Nun, ich schätze, das bedeutet, dass er nach Hause fliegen kann."

„Jepp. Gott sei Dank."

„Jake und Vance konnten den Schützen nicht finden."

Ich atme scharf ein. „Das konnten sie nicht?"

„Aber Nickel hat mithilfe seiner Familie ausschließen können, dass es Luka oder sein Rudel waren. Also hast du vermutlich recht – der Schütze wurde von Sentience geschickt."

„Also … du heiratest einen Wolf, hm?"

„Ja. Es tut mir leid, dass ich es dir nicht erzählen konnte. Ich weiß, dass wir wegen des Geheimnisses auseinandergedriftet sind, und ich wusste einfach nicht, wie ich es in Ordnung bringen kann."

Tränen brennen in meinen Augen. Plötzlich weine ich. „Ja, ich habe dich so sehr vermisst."

„Ich dich auch! Es tut mir leid, Aubrey."

„Nun, jetzt weiß ich es. Es ergibt Sinn, warum du mich vor Billy gewarnt hast."

„Nein, ich glaube, in der Hinsicht habe ich mich geirrt. Er hatte früher Vorurteile gegenüber Menschen. Er glaubte anfangs, dass ich nicht die richtige Gefährtin für Brick bin, weil ich keine Wölfin bin, und Alphas ihre Blutlinie beschützen müssen, da sich ihre Kinder sonst nicht verwandeln werden. Doch ich glaube, dass du seine Einstellung geändert hast. Ich glaube, du bist seine Gefährtin."

Es liegt Ehrfurcht in der Art, wie sie *seine Gefährtin* sagt, weshalb mir bewusst wird, dass es eine tiefere Bedeutung haben muss. „Was bedeutet das?"

„Nun, Wölfe können gewöhnliche Beziehungen führen wie Menschen. Doch angeblich hat jeder Wolf eine wahre Gefährtin. Eine vom Schicksal vorherbestimmte Partnerin. Jemand, von dem sie instinktiv wissen – hauptsächlich anhand des Geruchs – dass sie Die Eine ist. Es passiert allerdings nur selten, dass man seine wahre Gefährtin findet. Man müsste auf der ganzen Welt nach ihr suchen. Daher ist es ziemlich besonders, wenn es passiert."

Ich erinnere mich daran, was Billy zu mir sagte, als wir Liebe miteinander machten. *Ich wollte dich in dem Moment, in dem ich zum ersten Mal deinen Muskat- und Honigduft im Café roch.*

Bin ich seine vom Schicksal vorherbestimmte Gefährtin? Das würde erklären, warum er immer wieder zu mir kam, obwohl ich so kratzbürstig war. Vielleicht hat er das sogar wider besseres Wissen getan.

„Bist du Bricks Gefährtin?"

„Ja. Es ist ungewöhnlich, dass die vorherbestimmte Gefährtin eines Alphawolfs ein Mensch ist, weshalb sein Rudel Schwierigkeiten hatte, das zu akzeptieren."

„Oh mein Gott. Das muss so schwer gewesen sein. Ich wünschte, du wärst zu mir gekommen." Es bricht mir das Herz, dass sie nicht mit mir darüber sprechen konnte.

„Ich wollte es tun. So sehr. Ich fühlte mich so allein. Doch wenn man ein Mitglied des Rudels ist, muss man sich unter anderem an die strengen Geheimhaltungsregeln halten."

Ich denke darüber nach. „Das ergibt Sinn." Wenn sich herumsprechen würde, dass es Männer gibt, die sich in Wölfe verwandeln können, würden sie gejagt oder für Experimente missbraucht werden. Sie würden ihre Freiheit für immer verlieren.

„Jedenfalls lenkten sie irgendwann ein, nachdem ich mich bewiesen hatte."

„Und du glaubst, ich könnte Billys vom Schicksal vorherbestimmte Gefährtin sein?"

„Er war von Anfang an von dir fasziniert. Ich hätte es schon früher sehen sollen, aber ich vertraute ihm einfach nicht. Jetzt erscheint es mir offensichtlich. Er ließ sich auf eine Schlägerei mit dem Monaco-Rudel ein, als ihr Alpha auf der Yacht etwas Abfälliges über dich sagte. Und gestern zählte für ihn nur, dich zu beschützen. Er wäre für dich gestorben. Wenn man bedenkt, dass Billy ziemlich eigennützig ist, würde ich behaupten, dass du für ihn viel mehr bist als eine Pflicht, um seinen Alpha zu befriedigen."

Ich denke darüber nach.

„Doch viel wichtiger ist, was empfindest du in Bezug auf ihn?"

Was empfinde ich? Ich redete mir ein, dass es nur eine Affäre war. Billy kam für mich nicht für eine Beziehung infrage. Wir sind einfach zu unterschiedlich. Ich habe Ideale und ein Selbstbild, zu dem es nicht gehört, in Jets über den Ozean zu fliegen, um eine Party zu feiern. Genauso wenig will ich in einem Penthouse in der Billionaire's Row wohnen.

Doch Billy hat mir gezeigt, dass sich hinter den Dollars Tiefe verbirgt. Ihm ist der Klimawandel wichtig und er will die Umwelt schützen. Ich dachte, er wäre egoistisch und distanziert, doch ich habe gelernt, dass er alles für die Leute tun würde, die ihm wichtig sind, und die harte, schützende, äußere Schale entspringt tiefen Wunden.

Ich hole tief Luft. „Ehrlich? Ich bin dabei, mich in ihn zu verlieben, Madi. Bis über beide Ohren. Ich habe versucht, es nicht zu tun. Ich habe mir gesagt, dass es nur um Sex geht, weil er alles ist, was ich normalerweise an einem Mann verabscheue, doch ich komme nicht dagegen an, wie ich mich bei ihm fühle."

„Sicher?", fragt Madi.

„Ja! Fühlst du dich so bei Brick?"

„Ja."

„Ich fühle mich von ihm gesehen. Beschützt. Er kümmert sich so um mich, wie sich mein Dad um meine Mom kümmert. Gestern hat er mir Schmuck gekauft – und zwar nicht irgendein dämliches Tennisarmband. Er hat einen Nasenstecker mit einem rosa Diamanten gefunden, der in einem Labor gezüchtet wurde. Und er hat mir den dazu passenden Bauchnabelstecker geschenkt."

„Er hat wirklich darüber nachgedacht, was dir gefallen würde."

„Genau!"

„Ja, er achtet auf Leute, obwohl er so tut, als sei ihm alles scheißegal. Das ist vermutlich ein Resultat der Misshandlungen, die er in seiner Kindheit erlebt hat."

Meine Brust verkrampft sich. Ich bin viel zu streng mit ihm ins Gericht gegangen.

Jetzt, nachdem ich so viel Spaß dabei hatte, ihn zu quälen, will ich sein Leben einfach nur leichter machen. Ich will so für ihn da sein, wie er gestern für mich da war. Ich will ihn dazu bringen, sich mir zu öffnen und anzu-vertrauen.

Ich will seine Gefährtin sein.

„Ja, ich verliebe mich heftig in ihn, Mads. Ich hoffe, er tut es auch."

ICH VERLASSE DIE DUSCHE. Billy schlief nach meinem Gespräch mit Madi noch, weshalb ich beschloss, mich zu waschen und mit dem Packen zu beginnen.

Während ich mich abtrockne, höre ich den tiefen Bariton von Bricks Stimme in meiner Hütte.

Oh! Billy ist anscheinend aufgewacht und hat ihn reingelassen.

Peinlich. Ich will nicht nur in einem Handtuch dort rausgehen. Daher reibe ich mich mit meiner Feuchtigkeitscreme ein.

Ihre Stimmen sind gesenkt und ich kann nicht verstehen, was sie sagen, bis die Lüftung zu blasen aufhört und ich plötzlich alles höre. „Ich muss wissen, was deine Absichten sind. Heute. Je mehr Erinnerungen sie sammelt, desto schwieriger wird es, sie zu löschen."

Ich erstarre. *Löschen. Erinnerungen?* Wie bitte?

Mein Herz beginnt, wie wild zu hämmern.

Spricht er dort draußen von *meinen* Erinnerungen?

Madi sagte nichts davon, dass meine Erinnerungen gelöscht werden. Andererseits, warum sollte sie das tun, wenn sie weiß, dass es passieren wird? Würde sie es mir erzählen, würde das nur mehr Erinnerungen schaffen, die gelöscht werden müssen.

Mein Magen dreht sich um und mir ist plötzlich schlecht.

„Ich werde mich darum kümmern."

„Wie wirst du dich darum kümmern? Wirst du sie zum Vampirkönig bringen, damit ihre Erinnerungen gelöscht werden? Oder ist sie deine Gefährtin?", fragt Brick nach wie vor mit gesenkter Stimme. „Hast du vor, sie zu markieren?"

„Fuck." Ich höre das Geräusch von Billys schweren Schritten, als wäre er gerade aus dem Bett gestiegen.

Hat er *Fuck* gesagt, weil es ihm wehtat, aufzustehen? Oder weil er nicht weiß, ob ich seine Gefährtin bin?

Ich fühle mich plötzlich, als würde ich ungesichert einen Weltraumspaziergang machen. Vor einigen Wochen hätte mich seine Antwort nicht einmal interessiert. Vor einigen

Wochen wollte ich keine Beziehung mit Billy, die über Sex hinausging.

Jetzt habe ich jedoch entschieden, dass ich ihn für immer will.

Doch Billy hatte eine schlimme Kindheit, in der er von einem Gestaltwandler misshandelt wurde, der denkt, seine Spezies wäre allen anderen überlegen. Das macht es bestimmt schwer für ihn, eine vorherbestimmte Paarung mit einem Menschen zu akzeptieren. *Falls* ich tatsächlich seine Gefährtin bin.

Gott, ist das kompliziert! Ich presse meine Hüfte an das Waschbecken, da meine Knie plötzlich schwach werden. Ich zittere, obwohl ich die Emotion nicht beschreiben kann, die diese Reaktion ausgelöst hat. Es ist nicht Angst. Nicht Schmerz. Nur … Verletzlichkeit. Meine ganze Welt fühlt sich an, als würde sie in der Schwebe hängen.

Gestern versuchte jemand, mich zu töten.

Ich fand heraus, dass Wolfgestaltwandler existieren, und der Kerl, mit dem ich geschlafen habe, ist ein riesiger weißer Beta.

Wie sich herausstellt, hat mich meine beste Freundin nicht gegen ihren Verlobten eingetauscht, sie hat sich lediglich einem Wolfsrudel angeschlossen.

Sie wissen, wie man die Erinnerungen der Leute löschen kann, die von ihrem Geheimnis erfahren.

Ich bin vielleicht Billy Whites vom Schicksal vorherbestimmte Gefährtin.

Das ist der Teil, der mich am meisten aufwühlt. Ich will, dass Billy mich wählt. Nicht, weil ich gut für ihn rieche, sondern weil er mich liebt.

„Ich weiß es nicht", sagt Billy schließlich.

Meine Lippen zittern und ich hole tief Luft.

„Aber wie dem auch sei, ich werde mich darum kümmern, Alpha."

KAPITEL SECHSUNDZWANZIG

*B*illy
    In der Nacht vor Bricks Hochzeit kehre ich zum Sentience-Gebäude zurück.

Ich habe Aubrey schlafend in meinem Bett zurückgelassen. Sie wird in unserem Rudel-Gebäude sicher sein. Ich hasse es, sie nach dem Probeessen allein zu lassen, kann jedoch nicht schlafen, bis ich das hier in Ordnung gebracht habe.

Ich muss herausfinden, ob Sentience hinter dem Anschlag steckte. Es war leicht, den Gründer und das CEO-Team anzuschreiben und eine Einladung zu einem privaten Treffen zu erhalten.

Ich habe einen Mitverschwörer eingeladen, damit alles glatt vonstatten geht.

Die Security-Wache begrüßt mich und lässt uns beide in das Sentience-Gebäude. Es ist nach Geschäftsschluss. Ich habe das Ganze so geplant, dass niemand hier ist außer dem Führungsteam und der Security.

Ich bleibe vor Aubreys Wandgemälde stehen. Ich würde dieses Gebäude mit meinen bloßen Händen auseinandernehmen, wäre nicht dieses wunderschöne Kunstwerk. Daher habe ich einen besseren Plan entwickelt. Ich muss nur die aktuellen Inhaber dauerhaft entfernen.

Ich bin nicht perfekt, aber Aubrey hat auf mich abgefärbt. Ich will die Welt zu einem besseren Ort machen.

„Hier entlang", sagt die Wache und führt uns zu den Aufzügen.

Thaddeus, der Vampirkönig von Manhattan, schlendert hinter mir her. Er ist mein Mitverschwörer. Er hat beschlossen, mir nur zum Spaß zu helfen – und für eine Gebühr von zehn Millionen Dollar.

Nachdem die Wache ihre Karte durchgezogen hat, damit wir nach oben gehen können, wendet sich Thaddeus an den Mann und schaut ihm tief in die Augen. Der Mensch erstarrt wie ein Reh, das im Scheinwerferlicht gefangen ist.

„Gib mir die Schlüsselkarte", befiehlt Thaddeus. Der Mann tut es.

„Braver Junge", schnurrt Thaddeus. „Jetzt hör zu, du hast beschlossen, dass dieser Job nichts für dich ist. Du wirst kündigen und deinen Träumen folgen. Was hast du schon immer gern gemacht?"

„Surfen", antwortet der Mensch.

„Exzellent." Thaddeus weist den Menschen an, seine Zelte abzubrechen und nach San Clemente in Kalifornien zu ziehen. „Geh." Der Mensch dreht sich wie ein Roboter um und verlässt das Gebäude.

Ich habe noch nie beobachtet, wie ein Vampir einen Menschen beeinflusst hat, und jetzt dreht sich mir der Magen um.

Es ist allerdings notwendig.

„Er wird glücklicher sein", versichert mir Thaddeus, als könnte er mein Unbehagen spüren. Er schüttelt die Schlüsselkarte mit einem wissenden Lächeln im Gesicht und schlendert davon. Er wird sich um den Rest des Security-

Teams kümmern. Es wird niemand mehr im Gebäude sein außer den Leuten, die den Anschlag auf Aubrey angeordnet haben.

Niemand wird sie schreien hören.

Der Aufzug bringt mich zur Vorstandsebene. Ich verlasse ihn und präge mir jedes Detail des Raums ein. Wir befinden uns in einem großen offenen Raum, der eine fantastische Aussicht auf die Stadt bietet. Es sind sechs Männer anwesend – die Gründer und das CEO-Team. Zwei von ihnen stehen an einem Tischkicker und spielen, während ihre Freunde zusehen. Drei von ihnen trinken Bier und einer isst Barbecue-Kartoffelchips – ich kann es riechen. Es hängen noch einige andere Gerüche in der Luft. Jemand raucht Gras und einer der Kerle hat so geschwitzt, dass sein Deo den Gestank nicht mehr übertünchen kann. Außerdem rieche ich einen bitteren Hauch, der mir verrät, dass sie sich auch an härteren Drogen wie Kokain bedienen.

Endlich bemerkt mich einer von ihnen und kommt zu mir. Er ist ein Asiate, der fast so groß ist wie ich, und seine Augen wirken ein wenig glasig.

Er breitet einladend die Arme aus. „William White, richtig?"

Ich hebe das Kinn, mache mir jedoch nicht die Mühe, ihn zu begrüßen. Mein Wolf und ich sind beide bereit für Gewalt.

Falls dieser Kerl versucht, mir die Hand zu geben, werde ich sie ihm wahrscheinlich brechen.

„Mann, es ist so toll, dich kennenzulernen. Wir haben uns alle darauf gefreut, stimmt's Leute?"

Die anderen Kerle jubeln.

Dies sind die Männer, die versuchten, mir Aubrey wegzunehmen. Wenn ich kein Wolf mit rasiermesserscharfen Sinnen und schnellen Reflexen wäre, hätte die Kugel ihr Ziel gefunden und sie wäre in meinen Armen gestorben.

Das ist unvorstellbar.

Sie werden bezahlen.

Ich muss mich nur noch einige Minuten beherrschen, damit Thaddeus genug Zeit hat, das Security-Team aus dem Gebäude zu schicken.

„So toll, dich kennenzulernen, Mann. So toll", sagt der Typ vor mir immer wieder. Er hat definitiv etwas genommen. Wir sind uns kurz auf der Gala begegnet, als Aubreys Wandgemälde enthüllt wurde, doch ich werde ihn nicht daran erinnern.

Hinter uns dingt der Aufzug und ich spanne mich an, weil ich nicht weiß, wer hinter mir reinkommt. Hat Thaddeus bereits die restlichen Security-Leute ausgeschaltet?

Die Türen öffnen sich und Brick kommt gefolgt von Nickel, Jake und Vance heraus.

Brick lächelt mich an. Seine Augen leuchten und seine Fangzähne sind länger – sein Wolf ist draußen. „Du hast doch nicht gedacht, dass du das hier allein tun würdest?"

Erleichterung durchströmt mich gefolgt von Dankbarkeit. Meine Rudelbrüder halten mir immer den Rücken frei. Sogar mein Alpha ist in der Nacht vor seiner Hochzeit hier. Ich strecke meine Hand aus und er schlägt ein. Ich nutze diesen Kontakt, um ihn näher zu ziehen und so leise zu sprechen, dass mich nur ein Gestaltwandler hören kann: „Sie haben Aubrey angegriffen. Ich will, dass sie leiden."

„Einverstanden."

„Äh, Leute? Was ist hier los?"

Ich setze ein nichtssagendes Lächeln auf. „Ich habe mich so auf das Treffen mit euch gefreut, dass ich mein ganzes Team mitgebracht habe."

„Wow, das ist toll. So toll." Er wedelt mit einer Hand und führt uns zu dem Tischkicker. „Möchtest du über Geschäftliches reden oder IPOs oder so etwas?"

„Oder so etwas." Ich schenke dem CEO ein echtes

Lächeln, bei dem meine Fangzähne sichtbar werden, und er tritt einen Schritt zurück. Dann ziehe ich mein Hemd aus.

Das Keuchen der Menschen verrät mir, dass sie nicht damit gerechnet haben.

Derjenige, der mir am nächsten ist, schluckt und seine Pupillen werden noch größer. „Whoa. Du bist super muskulös."

Die Spieler am Tischkicker haben ihr Spiel eingestellt. Einer von ihnen runzelt die Stirn. „Hey Mann, was soll das?" Sie denken wahrscheinlich, dass ich gleich eine Orgie vorschlagen werde.

„Nach heute Nacht wird eure Firma erlöschen." Die Kerle blinzeln überrascht, doch ich lasse sie nicht sprechen. „Ihr werdet einen Sinneswandel erleben. Ihr werdet euer Unternehmen schließen und allen Künstlern eine Entschädigung anbieten, die ihr bestohlen habt."

Die Kerle schauen einander an und schütteln automatisch ablehnend die Köpfe zu dem, was ich sage. Einige werden wütend. „Was zum Henker ..."

„Haltet die Klappe", sage ich. Ich spreche in einem sanften Ton, doch es ist ein Befehl. Ich mache mir nicht die Mühe, bei diesen Kerlen einen Alphabefehl zu benutzen. Sie erkennen unsere Dominanz. „Ihr werdet tun, was ich sage, und eine öffentliche Entschuldigung rausgeben. Euer Vorstand wird überrascht sein, sich jedoch damit abfinden." Falls nicht, werde ich dessen Mitglieder vom Vampirkönig beeinflussen lassen.

Während ich spreche, schlendern Jake und Nickel zu gegenüberliegenden Seiten des Raums. Sie gehen zur hinteren Hälfte der Vorstandsebene, um sicherzugehen, dass keine Zeugen in einem der Büros herumlungern. Die Menschen drängen sich unbewusst zum Schutz zusammen, als sie an ihnen vorbeigehen.

Ich trete meine Schuhe beiseite. Neben mir tut es mir Brick

gleich. Wir entkleiden uns beide, damit wir unsere Wölfe raus-lassen können. Wenn wir damit fertig sind, diese Idioten durch ihre Vorstandsebene zu jagen, werden sie nicht mehr in der Lage sein, ihr Haus zu verlassen, geschweige denn ein Unter-nehmen zu leiten. Dann, um ihre Kooperation zu garantieren, wird Thaddeus sie zwingen, unseren Befehlen Folge zu leisten.

Am Morgen wird es Sentience nicht mehr geben.

Doch vorher will ich Antworten.

Jake und Nickel kehren von den Büros zurück und infor-mieren uns in der Gebärdensprache, dass die Luft rein ist. Ich gebärde, dass sie kurz warten sollen.

„Ihr habt versucht, das Leben von jemandem zu nehmen, der mir sehr viel bedeutet. Und jetzt werdet ihr mir Rede und Antwort stehen." Ich lasse meinen Wolf raus und die Menschen schrecken beim Anblick des hellen Leuchtens in meinen Augen zurück. „Erzählt mir, warum ihr den Auftragsmörder angeheuert habt, um Aubrey Cook zu töten."

„Was?", keucht der CEO. Er ist blass geworden und wirkt ein wenig grünlich im Gesicht.

Einer der Tischkicker-Spieler tritt mit geballten Fäusten vor. „Alter, wir haben niemanden angeheuert, um jemanden zu töten. Wir wissen nicht einmal, wer zum Teufel …"

Der Kerl neben ihn stößt ihn mit dem Ellenbogen an. „Aubrey Cook. War sie nicht diejenige, die unser Wandge-mälde gemalt hat?"

„Oh ja, sie ist auf der Gala herumgeschlichen", sagt ein anderer.

„Ihr habt versucht, sie töten zu lassen", knurre ich. Sie schrecken alle zurück und halten die Hände hoch, als würden sie einen Angriff abwehren.

„Nein, nein", schreien sie.

„Wir haben nur jemanden geschickt, der ihr Angst machen sollte. Niemand sollte getötet werden", sagt einer.

„Sie hat versucht, Geheimnisse von uns zu stehlen", fügt ein anderer Typ hinzu. „Zusammen mit einer verärgerten Angestellten. Wir haben jemanden geschickt, damit er ihres und Jamies Apartment auseinandernimmt und unsere gestohlenen Dateien sucht. Das ist alles."

Ich rieche keine Lüge.

Ich blicke zu Brick. Er runzelt die Stirn. „Also gab es keinen Auftragsmörder?", fragt er.

„Was? Nein!", protestieren alle gleichzeitig. „Wie kommt ihr auf diese Idee?"

„Ein Auftragsmörder hat auf sie geschossen. In Monaco", erkläre ich. „Sie wurde fast erschossen. Die Kugel hat sie nur um Zentimeter verfehlt." Mein eigener Rückenwirbel hinderte die Kugel daran, meinen Körper zu verlassen und sie zu töten. Sie hat Glück, dass sie einen Gestaltwandler-Schild hatte.

Die Augen des CEOs rollen nach hinten. Er wird ohnmächtig und bricht auf dem Boden zusammen.

„Jemand soll ihm helfen", befiehlt Brick und zwei Kerle beeilen sich, seiner Forderung nachzukommen. Sie stützen ihn und geben ihm Wasser, als er sich erhebt.

Wir Gestaltwandler scharen uns um Brick. „Sie sagen die Wahrheit", stellt Jake fest. Wir können riechen, wenn jemand lügt.

„Könnte jemand anderes aus der Firma den Attentäter angeheuert haben?", fragt Nickel. „Jemand aus der Vorstandschaft?"

„Sie wollen wahrscheinlich nicht, dass der Vorstand Wind von intellektuellem Diebstahl bekommt. Sie haben es selbst gesagt, sie haben Leute angeheuert, um die Apartments auseinanderzunehmen. Ich glaube nicht, dass sie den Auftragsmörder angeheuert haben." Brick wendet sich an mich und stellt die Frage, die mich die ganze Nacht lang wachhalten wird. „Wenn Sentience nicht versucht hat, Aubrey zu töten, wer war es dann?"

Mein Magen verkrampft sich. Ich weiß es nicht, muss es jedoch wissen. Das ist die einzige Möglichkeit, für Aubreys Sicherheit zu sorgen. „Wir sind uns sicher, dass es nicht Lukas Rudel war?"

Nickel nickt. „Ich kann mich noch einmal erkundigen, aber meine Familienkontakte glaubten nicht, dass er etwas damit zu tun hatte. Das ist nicht sein Stil."

Der Aufzug dingt. Es ist Thaddeus. Er ist anscheinend mit dem Security-Team fertig.

„Wie läuft's?", fragt er.

„Nicht gut." Brick blickt auf den CEO hinab.

„Bin ich an der Reihe?"

Alle schauen mich an. Ich habe mich darauf gefreut, diese Kerle aufzumischen und in Angst und Schrecken zu versetzen. Jetzt will ich einfach nur zu Aubrey zurückkehren und mich vergewissern, dass sie in Sicherheit ist.

„Mach nur", sage ich.

„Gentlemen, schaut bitte hierher", sagt Thaddeus mit schmeichelnder Stimme. Die Menschen konzentrieren sich allesamt auf ihn.

Wir ziehen uns zurück und lassen den Vampir seine Arbeit machen. Er wird sie überzeugen, ihr Unternehmen zu schließen, die Künstler zu bezahlen, die sie bestohlen haben, und das Gebäude an mich zu verkaufen.

Am Morgen wird Sentience nicht mehr existieren. Ich habe den Attentäter nicht erwischt, kann jedoch wenigstens so viel tun.

KAPITEL SIEBENUNDZWANZIG

Billy

Hochzeiten sind schlimmer als Galas. Ich spiele in meinem Smoking Platzanweiser, weil diese Aufgabe aus irgendeinem Grund traditionell von den Freunden des Bräutigams übernommen wird.

Die Straße vor dem Plaza Hotel ist voller Limousinen, die wohlhabende Mitglieder der Gesellschaft vorbeibringen. Die Portiers halten die Türen auf, doch es ist unsere Aufgabe, die Einladungen zu überprüfen und die Gäste zum Bankettsaal zu bringen.

Alle helfen bei der Platzanweiser-Pflicht – sogar Noah, der nicht zur engeren Hochzeitsgesellschaft oder dem Rudel gehört und auf Madis Bitte hin eingeladen wurde.

Es sind zwei Tage seit unserer Rückkehr vergangen. Ich verschlief den Großteil des Rückflugs, da sich mein Körper noch erholte. Ich bestand darauf, dass Aubrey bei mir wohnt, indem ich die Gefahr für ihr Leben anführte, die von Sentience ausging. Mittlerweile wissen wir jedoch, dass der Mordauftrag nicht von Sentience kam.

Irgendwann wird sich der Untergang der Firma herumsprechen, doch Brick und ich beschlossen, alles unter Verschluss zu halten, bis die Hochzeit vorbei ist.

Ich hoffe, dass ich das Ziel des Scharfschützen war – dass er von Luka geschickt wurde, um unseren Urlaub zu ruinieren, nachdem ich ihn auf seiner Yacht gedemütigt hatte. Falls das der Fall ist, dann ist Aubrey sicher, aber ich werde erst wieder gut schlafen, wenn ich es mit Sicherheit weiß.

Aubrey ist seit unserer Rückkehr verhaltener – sie ist ruhiger als üblich. Ich weiß nicht, ob sie am Durchdrehen ist, weil sie erfahren hat, dass ich ein Wolf bin, oder ob sie noch von der Schießerei erschüttert ist. Das Ganze beschäftigt sie definitiv noch. Ich bin einfach dankbar, dass sie sich nicht komplett vor mir verschlossen hat.

Vor einer Stunde machte ich Liebe mit ihr – nachdem sie sich für die Hochzeit geduscht hatte – weil mein Wolf dafür sorgen musste, dass sie während der Feierlichkeiten des Abends nach mir riecht.

In wenigen Augenblicken werde ich sie den Gang entlangführen, da ich der Best Man zu ihrer Maid of Honor bin. Obgleich mich diese menschlichen Traditionen nerven, freue ich mich darauf, das hübscheste Weibchen New Yorks an meinem Arm zu haben. Die meisten Gäste sind mittlerweile angekommen, doch Noah und ich stehen draußen für den Fall, dass es Nachzügler gibt.

„Was ist dort drüben los?", gebärdet Noah und deutet zu den Prominenten, die in das Hotel nebenan gehen. Es sieht aus, als würde dort eine andere Gala oder förmliches Event stattfinden.

„Ich weiß es nicht", gebärde ich als Antwort. „Es kommt mir merkwürdig vor, dass hier zwei Großereignisse am selben Abend gebucht wurden."

Eine weiße Limousine fährt vor. Als ein hellblonder Mann aussteigt, knurre ich.

Noah spürt anscheinend die Vibration, denn er wirft mir einen Blick zu, bevor er wieder zu dem Wagen schaut.

Ich blecke die Zähne und spucke aus: „Aiden Adalwulf." Ich beginne, mit den Fingern *Aiden* zu buchstabieren, und Noah nickt, bevor ich die Hälfte des Namens buchstabiert habe, da er versteht. Sein Blick zuckt zur anderen Straßenseite.

„Er muss die Hochzeit der Blackthroats in den Schatten stellen", beobachtet Noah, „indem er seine eigene Feier nebenan ausrichtet."

„Ja." Ich mache das Zeichen zur gleichen Zeit, in der ich das Wort spreche, und meine Faust nickt mit meinem Kopf.

Ein feingliedriges, dünnes Weibchen mit denselben mondhellen Haaren, wie sie Aiden hat, steigt hinter ihm aus der Limousine.

Durch Noahs Körper geht ein Ruck, als wäre er plötzlich in größter Alarmbereitschaft.

Aiden wartet nicht auf sie oder hilft ihr aus der Limousine. Er geht allein rein. Die junge Wölfin geht schüchtern hinter ihm her, den Kopf wie eine Dienerin gesenkt.

„Wer ist das?", gebärdet Noah.

Ich schüttle den Kopf und gebärde: „Ich habe sie noch nie gesehen, glaube jedoch, dass sie Aster ist. Sie ist eine entfernte Cousine von Aiden. Ich habe gehört, dass sie die neue Seherin des Rudels ist." Ich muss *Seherin* mit den Fingern buchstabieren, weil ich das entsprechende Wort in der Zeichensprache nicht gelernt habe.

Noah starrt, bis sie im Gebäude verschwindet, als wäre er hypnotisiert. Sein Adamsapfel hüpft beim Schlucken.

„Kennst du sie?", frage ich.

Er zögert und gebärdet „Nein", seine Brauen sind allerdings gesenkt, als hätte ihn verstört, was er gesehen hat.

Ich glaube ihm nicht, lasse das Thema jedoch vorerst ruhen. Als er zu Moon Co. kam, dachte der paranoideste Teil von mir ursprünglich, er könnte ein Spion der Adalwulfs sein. Sullys Hintergrundprüfung zeigte jedoch keinerlei Kontakte zu unserem rivalisierenden Rudel, und er hat sich als loyal erwiesen. Ich habe keinen Grund, ihm zu misstrauen.

Ein älteres Paar steigt aus der Limousine in unserer Nähe und das Weibchen hält ihre Einladung hoch. Sie sind Rudelmitglieder, weshalb ich die Liste nicht zurate ziehen muss. „Guten Abend. Willkommen. Hier entlang bitte."

Nachdem ich sie zu ihrem Platz gebracht habe, winkt mich die Hochzeitsplanerin zu sich, wo die restlichen Groomsmen und Platzanweiser stehen. Es gibt eine komplizierte Abfolge und Zeiteinteilung dafür, wer wann zum Altar läuft. Wir sind sie gestern bei der Probe durchgegangen, aber ich habe nur auf meine Aufgabe geachtet – Aubrey zu begleiten.

Mir stockt der Atem, als sie mit Ruby und Scarlett um die Ecke kommt. Alle drei tragen trägerlose, ziegelsteinrote Gewänder, die sich eng an ihre Oberkörper schmiegen und auf der Mitte ihrer Schenkel weiter werden wie bei Meerjungfrauen. Aubrey ist umwerfend. Ihre Haare türmen sich hoch auf ihrem Kopf und wurden mit einem roten Schal zusammengebunden. Die Rundungen ihrer Brüste sind im Ausschnitt des Mieders zu sehen. Sie sehen prall und bereit für meine Berührungen aus. Wie Bricks Schwestern trägt sie Ohrhänger mit Perlen und einen Choker mit drei Reihen aus Perlen – das sind vermutlich Geschenke der Braut.

Ich sehe sie gerne so herausgeputzt.

Ich mag sie auch in mit Farbe verspritzten Latzhosen, doch im Moment sieht sie königlicher aus als jedes Mitglied von Manhattans Oberschicht. Meine Hände legen sich auf ihre Taille und meine Lippen kosten ihren Hals, bevor mir bewusst ist, dass ich mich bewegt habe.

„Du siehst unglaublich aus."

„Du siehst stinkreich aus. Ach ja, du bist stinkreich." Sie schenkt mir ein Lächeln.

Ich lasse meine Hände auf ihrer Taille liegen. Mir kommt der Gedanke, dass ich nicht möchte, dass dieser Moment endet. Zu Beginn war diese Sache mit Aubrey zeitlich begrenzt. Wir würden zusammenarbeiten, unsere gemeinsamen Pflichten für die Hochzeit erfüllen und danach getrennter Wege gehen.

Allerdings will ich sie nicht aufgeben. Mein Wolf scheint zu denken, dass sie zu mir gehört.

Sie ist jedoch mit ihren Pflichten als Maid of Honor beschäftigt – sie drückt die Hand von Madis Mutter und schaut aus Solidarität finster drein, als Madis Großmutter väterlicherseits durch den Gang geht. Ich habe gehört, dass Madis Vater nicht eingeladen wurde, da er nie Interesse an ihr gezeigt hat, und es für ihre Mom unangenehm wäre.

Aubrey begrüßt Rubys Welpen April und August mit einem Fauststoß, bevor sie als Blumenmädchen und Ringträger durch den Gang trotten. Vance, Jake und Sully gehen allein zum Altar.

Nickel eskortiert Scarlett. Eagle begleitet Ruby. Und dann sind wir an der Reihe. Ich lege Aubreys Hand um meinen Ellenbogen und gehe mit ihr durch den Gang.

Auf halbem Weg fange ich einen Geruch auf, bei dem mein Wolf an die Oberfläche schießt, weil er eine lebensbedrohliche Gefahr wahrgenommen hat. Eine Sekunde. Zwei. Ich habe den Adrenalinstoß wieder unter Kontrolle, genau so, wie ich es mir vor Jahren beigebracht habe. Ich knirsche mit den Zähnen und lasse meinen Blick kurz über die Gäste schweifen.

Da. Ich sehe seinen schütter werdenden Hinterkopf.

Scheiße.

Mein Arschloch-Dad hat sich irgendwie auf die Hochzeit geschlichen. Wenn er irgendetwas tut, um diese Hochzeit für

Brick und Madi zu ruinieren, werde ich ihm seine eigene Leber auf einem Tablett servieren.

AUBREY

Ich ziehe Madis Kleid gerade, während sie und Brick nach der Zeremonie gemeinsam unter dem Applaus ihrer Gäste durch den Gang gehen.

Es war perfekt. Madi sah in ihrem maßgeschneiderten Dior-Kleid unglaublich aus. Zu sehen, wie ihre Mom und ihr Bruder sie gemeinsam zum Altar brachten, war rührend, süß und eine gute Erinnerung für ihre fiese Großmutter Eleanor, was ihr entgangen war, indem sie dafür gesorgt hatte, dass die beiden – und ich – die einzige Familie waren, die Madi als Kind hatte.

Madis Brautstrauß aus dunkelroten Rosen passt zu dem Ziegelrot unserer Brautjungfernkleider und wir halten im Kontrast dazu weiße Sträuße. Catherine, Madis Schwiegermutter, trägt ein hübsches rotes Kleid, was Sinn ergibt, da es ihre Lieblingsfarbe ist. Sie hat immerhin jedem ihrer drei Kinder einen Namen der Farbschattierung Rot gegeben.

Wie gut, dass ich wasserfeste Mascara aufgetragen habe, denn ich habe während der gesamten Hochzeit geweint. Ich habe nicht geweint, weil ich meine beste Freundin verliere – ich freue mich ehrlich für sie. Vor allem jetzt, da ich verstehe, dass Brick ein Wolf ist und Madi ein ganzes Rudel bekommen hat. Es gab so viel, was sie mir zuvor nicht verraten konnte und nun erzählen kann.

Billy bietet mir seinen Arm an, seine Gesichtszüge sind jedoch erstarrt. Seine Augen blitzten silbern auf, als er mich in meinem Kleid sah. Inzwischen weiß ich, dass dies bedeutet, dass sich sein Wolf zeigt, weil er erregt ist. Doch nun wirkt Billy distanziert. Etwas ist passiert, während wir durch den Gang gelaufen sind.

Ich will ihn danach fragen, doch seit dem Gespräch, das ich zwischen ihm und Brick überhörte, habe ich ihm Freiraum gegeben. Er versucht, herauszufinden, ob ich seine vom Schicksal vorherbestimmte Gefährtin bin, und das ist bestimmt kompliziert für ihn, weil er mit Vorurteilen gegen Menschen aufwuchs. Es tut ein wenig weh, doch ich versuche, verständnisvoll zu sein. Wenn er mich wählt, will ich wissen, dass er das aus Liebe tut und nicht wegen meines Geruchs. Nicht wegen eines tierischen Instinkts, dem er sich zu widersetzen versucht. Ich will nicht die Gefährtin sein, von der er sich wünscht, er würde sich nicht zu ihr hingezogen fühlen. Ich verdiene einen Mann, der mich wahrhaftig begehrt.

Wie wir es gestern Abend geübt haben, begleitet er mich nach draußen, damit wir uns neben Brick und Madi stellen können, während sie die Glückwünsche entgegennehmen. Ich wage wieder einen Blick in sein Gesicht, aber es ist eine kalte Maske.

„Bist du okay?", frage ich.

Er antwortet mir nicht. Er schaut mich nicht einmal an.

Autsch.

Doch dann sagt er mit rauer Stimme: „Mein Vater ist hier."

Oh. Oh Scheiße. Sein Vater, der ihn misshandelte und Gestaltwandler für überlegen hält. Kein Wunder, das er dort drin erstarrte.

Brick überhört seine Antwort und wirft ihm einen fragenden Blick zu.

„Ich habe keine Ahnung, wie er reingekommen ist", sagt Billy, „aber ich werde mich gleich darum kümmern."

„Lass ihn bleiben, außer er unternimmt etwas. Ich habe nichts zu verbergen."

Ein Muskel zuckt an Billys Kiefer. Er antwortet nicht, doch in seinen Augen blitzen die silbernen Töne seines Wolfs auf. Wir stehen dort und begrüßen die Gäste. Ich kenne nur Madis Familie, weshalb es meine Aufgabe ist, dazustehen und hübsch auszusehen. Die meisten Gäste sind wegen der Blackthroats hier. Ruby ist eine geborene Gastgeberin, aber Madi strahlt eine gewisse Macht und Autorität aus, die ich noch nie an ihr gesehen habe. Sie ist nicht mehr die nerdige Princeton-Absolventin, die jeden überlisten kann. Jetzt besitzt sie die Energie eines CEOs. Boss Bitch Energie. Alpha des Rudels Vibes.

Ich liebe es, sie so zu sehen. Kein Wunder, dass ich mich ausgeschlossen fühlte. Sie hat sich in Quantensprüngen weiterentwickelt.

Der letzte Gast kommt nach draußen.

Billy lässt seinen Blick durch den Raum schweifen.

„Ist er nicht rausgekommen?"

Billy schüttelt den Kopf. „Nein."

„Vielleicht ist er gegangen."

Billy nickt, sieht jedoch nach wie vor grimmig aus.

„Ich muss pinkeln", raunt mir Madi zu und nimmt meine Hand. Sie kann das wegen der langen Schleppe ihres Kleids nicht allein tun. Außerdem ist es an der Zeit, die Schleppe abzunehmen, damit sie sich unter die Leute mischen und auf dem Empfang tanzen kann.

„Ich kümmere mich darum." Wir gehen zu dem Ankleideraum, in dem sich die Frauen für die Zeremonie fertig gemacht haben. Ich öffne vorsichtig die sechs Häkchen, welche die Schleppe an dem Kleid befestigen. „Okay, du bist frei. Ich gehe wieder raus und vergewissere mich, dass es Billy gut geht."

Madi blinzelt mich an. „Ihr zwei seid wirklich ein Paar, oder? Das ist so verrückt. Ihr zwei könntet nicht unterschiedlicher sein. Ich hätte das nie gedacht."

Ich zögere. „Ehrlich? Ich weiß nicht, ob wir ein Paar sind oder nicht." Der dumpfe Schmerz, den ich verspüre, seit ich seine Unentschlossenheit überhörte, nagt an mir.

Ich entdecke Billy vor dem Ankleideraum, wo er mit zwei Gläsern Champagner auf mich wartet, und will ihn umarmen. Obwohl er aufgewühlt ist, benimmt er sich nach wie vor wie ein Gentleman.

Ich nehme eines der Gläser. „Irgendeine Spur von deinem Dad?"

„Nein." Billy versteift sich plötzlich und dreht sich nach rechts, als hätte er ihn gerochen. „Ja."

Ein hochgewachsener Mann mit den gleichen graublauen Augen wie Billys, mit graumelierten Haaren und einem Gesichtsausdruck, als hätte er in eine Zitrone gebissen, nähert sich uns.

„Wer ist das?", will der Mann wissen und mustert mich herablassend von oben bis unten. Er hebt die Nase auf eine entschieden wölfische Art und rümpft sie. „Du hast dich unter das niedere Volk gemischt, Sohn."

Mein natürlicher Instinkt besteht darin, diesem Kerl mit all meinen Unverschämtheiten zu begegnen, aber ich will die Lage für Billy nicht verschlimmern. Daher schweige ich, recke das Kinn und setze ebenfalls einen abfälligen Gesichtsausdruck auf.

„Du wurdest nicht eingeladen, alter Mann." Billys Stimme ist flach. Leblos.

„Ich war nebenan auf der Adalwulf-Party und dachte, ich würde kurz vorbeikommen und Hallo sagen", erklärt Billys Dad. „Ich habe auch mächtige Freunde, Sohn. Du vergisst, wie weit sich meine Reichweite erstreckt." Er bedenkt mich erneut mit einem Blick aus schmalen Augen.

Was für ein aufgeblasenes Arschloch. Mir ist egal, was er von mir hält, aber ich will ihm in die Eier treten, weil er ein schrecklicher Vater war. Doch vielleicht bin ich diejenige, die

die Situation für Billy verschlimmert. Sollte ich gehen, damit er nicht versuchen muss, mich vor dem Spott seines Dads zu schützen?

„Du bist hier nicht willkommen. Geh, bevor ich dich rauswerfe." Billy klingt noch immer abgestumpft. Als würde jegliche Lebhaftigkeit seinen Körper verlassen, wenn er sich in der Nähe seines Vaters aufhält.

Ich bin mir sicher, dass ein Kind lernt, sein Wesen stummzuschalten, wenn es ständig in körperlicher Gefahr schwebt. Das Nervensystem des erwachsenen Billy reagiert immer noch auf die Anwesenheit seines Peinigers. Er bleibt vollkommen reglos, doch ich höre, wie die Luft in seine Lunge rein und raus fegt, als würde er einen Marathon laufen.

Der Blick seines Dads ruht auf mir, als er zu Billy sagt: „Du solltest nicht dem Beispiel deines schwächen Alphas folgen." Er schüttelt langsam den Kopf. Bei dem Blick, mit dem er mich betrachtet, läuft es mir kalt über den Rücken. Ich sehe Bösartigkeit in diesen Augen und sie ist auf mich gerichtet.

Billy hört zu atmen auf.

„Du solltest wissen, dass ich nicht zulassen werde, dass mein Sohn diesen Fehler begeht."

Es ist eine Drohung und ich erkenne sie. Das Blut gefriert mir in den Adern.

„Das Schicksal macht keine Fehler." Billys Ton könnte Lava gefrieren lassen.

Zorn bebt durch William White den Zweiten. Seine Augen leuchten silbern auf. „Willst du mir etwa sagen, dass das *Schicksal* diesen Müll für *meinen* Sohn ausgewählt hat?", brüllt er. „Sie ist ein Haustier, mehr nicht."

Bevor ich auch nur sehen kann, dass er sich bewegt, schnellt seine Hand vor. Er packt den Perlen-Choker, den mir Madi als Brautjungfern-Geschenk gegeben hat, und reißt daran. Die Perlen explodieren von ihren Schnüren und prasseln auf den Boden.

Billy verpasst dem älteren Mann einen kräftigen Tritt in den Bauch und treibt ihn mit so viel Kraft zurück, dass er zweieinhalb Meter durch die Luft fliegt und gegen eine Wand kracht. Wie gut, dass wir in einem Flur sind, wo uns die Gäste nicht sehen können.

Er drückt mir sein Champagnerglas in die Hand und marschiert seinem Vater hinterher, der Probleme mit dem Atmen zu haben scheint. Billy hat ihm wohl in sein Diaphragma getreten.

Madi kommt aus dem Ankleidezimmer. „Oh Scheiße", flucht sie. „Ich werde Brick oder einen der Männer holen."

Ich stehe einfach nur wie angewurzelt da. Ich wohne in Brooklyn, habe jedoch noch nie eine derartige Gewalt gesehen.

Billys Vater rappelt sich mit Mühe auf, doch nicht bevor Billy ihn an der Kehle packt und mit übermenschlicher Kraft hochhebt. Der ältere Mann ist groß, aber Billy hebt ihn vom Boden und knallt seinen Kopf gegen die Wand. „Du fasst sie nicht an. Du schaust sie nicht an. Wenn du noch einmal über sie sprichst, werde ich dir den Garaus machen."

∼

BILLY

Zorn ergießt sich aus mir. Er hat nach Aubreys Kehle gegriffen.

Er will sie töten.

Das kalte Stahl einer Klinge scheint meine Brust zu durchbohren. Ich hätte mir nicht anmerken lassen dürfen, was sie mir bedeutet.

Erinnerungen an den menschlichen Jäger, den mein Vater vor Jahren ermordete, bringen mich aus dem Gleichgewicht.

Ich kann den Gestank des Blutes wieder riechen. Die Schreie in meinen Ohren hören.

Ich bin der Fünfjährige im Wald – entsetzt und verängstigt. Ich werde gezwungen, zuzuschauen, wie er einen Mann quält, weil er über die Grenze ins Rudelrevier gewandert ist.

Furcht packt mich. Ich kann nicht zulassen, dass er *sie* quält.

Doch ich bin nicht mehr klein. Ich kann mich wehren.

Ich boxe meinem Dad in den Magen, obwohl er sich noch nicht davon erholt hat, dass ich ihm den Kopf eingeschlagen habe. Ich sollte ihn hier und jetzt töten. Mein Wolf will es tun. Er hat unsere Gefährtin angegriffen.

Ich bin mir jetzt sicher – Aubrey ist meine Gefährtin. Ich wusste es die ganze Zeit, habe es jedoch geleugnet.

Ich glaube, das hier ist der Grund dafür.

Ich hatte die Erinnerung an die Ermordung des Jägers bis jetzt weggesperrt – doch der Fünfjährige in mir bangt noch immer um Aubreys Leben, sollte ich sie beanspruchen.

In meinem Kopf wird der Jäger durch Aubrey ersetzt. Ich sehe, wie mein Vater mit einem Messer im Kreis um sie läuft. Ihre Beine sind gebrochen. Fleisch wurde von Wolfsmäulern aus ihr gerissen. Ihre Schreie durchschneiden den Wald.

Schau, wie schwach sie ist. Schau nicht weg, während ich sie töte, Billy.

Nein! Ich nehme beinahe meine Wolfsgestalt an, um sie zu retten.

„Nicht hier", höre ich Sullys ruhige, effiziente Stimme durch das Geschrei in meinem Kopf.

Ich blinzle. Ich bin nicht im Wald.

Ich bin kein Fünfjähriger, der Aubrey beim Sterben zusieht.

„Du machst Aubrey Angst."

Ich atme scharf ein und schaue über meine Schulter. Sie ist dort erstarrt, wo ich sie in ihrem blutroten Kleid zurückgelassen habe. Sie hält noch immer unsere zwei Champagnergläser. Ihre Augen sind vor Entsetzen weit aufgerissen.

Er wird sie umbringen.

Ich verpasse ihm vier weitere Schläge in kurzer Folge und genieße das Geräusch seiner Rippen, die brechen.

„*Nicht. Hier*", knurrt Sully durch zusammengepresste Zähne.

Richtig.

Nicht hier.

Er, Vance und Jake stehen hinter mir. Sie halten mir den Rücken frei – nicht, dass ich das brauche. Ich bin jetzt größer. Die Tage, in denen mich mein Vater quälen konnte, sind vorbei. Ich könnte ihm hier und jetzt das Genick brechen.

Doch Aubrey schaut zu. Ich will meinen Vater nicht in ihrer Nähe wissen. Ich will definitiv nicht, dass sie das hier sieht.

Außerdem hat Sully recht. Es ist die Hochzeit meines Alphas. Unsere Luna wäre entsetzt.

Vance und Sully packen jeweils einen Arm meines Dads.

Jake deutet mit dem Kopf zu einem anderen Gang. „Hintertür."

„Du kannst dich später mit ihm auseinandersetzen. Geh zu deiner Gefährtin … sie ist verängstigt", sagt Sully.

Deine Gefährtin.

Sie wissen es bereits.

Ich habe sie nicht markiert, doch alle wissen es. Ich bin der einzige Narr, der es noch immer leugnet.

Ich drehe mich langsam zu meinem wunderschönen Weibchen um. Perlen sind auf dem Boden verstreut. Ich kann mich nicht erinnern, wie sie dorthin gelangt sind.

Aubrey schluckt. „Billy?" Sie klingt unsicher, als hätte sie Angst vor mir.

So wie meine Mom, wenn mein Vater tobte.

Fuck. Scham durchflutet mich. Ich bin genau wie er.

Das ist meine größte Angst. Sie ist viel schlimmer als die instinktive Furcht, dass er Aubrey töten wird, weil meine Vernunft weiß, dass ich das nicht zulassen werde.

Doch ich habe gerade die Gewalt an dem Mann nachgespielt, der sie mir in meiner Kindheit gezeigt hat. Und ich habe das vor dem Weibchen getan, das ich liebe. Dem Weibchen, von dem ich nicht glauben wollte, dass es das Meine ist.

Irgendwie setze ich meine Füße in Bewegung. Ich zwinge sie, zu Aubrey zu gehen. Meine Lippen bewegen sich und ein heiserer Laut kommt heraus: „Fuck, Aubrey. Es tut mir leid."

Ihre Brust hebt und senkt sich heftig, wodurch ihre Brüste beinahe aus dem trägerlosen Mieder purzeln.

„Bist du okay?"

Ich streiche ganz leicht mit dem Daumen über ihren Hals. Da ist ein Kratzer. Was ist passiert? Ich hatte gedacht, er würde sie erwürgen, doch er hielt sich zurück. Er riss die Halskette von ihrem Hals.

Sie nickt. „Bist du okay?", flüstert sie. Ihre Hände finden mein Gesicht.

Ein Teil von mir will zurückweichen. Es ist nicht sicher, angefasst zu werden. Doch ich nehme ihren Geruch wahr und dieser beruhigt meinen Wolf. Ich neige meine Wange in ihre Hand.

„Billy ... bin ich deine Gefährtin?"

Mein Körper wird steif und mein Rückgrat gefriert. Ich blicke in die Richtung, in die sie meinen Vater gebracht haben.

Hat er sie gehört? Wenn er weiß, dass sie meine Gefährtin ist, wird er versuchen, sie zu töten.

Erneut bin ich im Wald. Der Jäger ist auf den Knien. Mein Vater drückt ein Messer in meine Hand. Ich soll Aubrey erstechen.

Nein, nicht Aubrey.

Wir sind auf einer Hochzeit. Sie ist in Sicherheit. Sie ist nicht auf ihren Knien im Wald.

„Ich glaube … ich glaube, die Lage ist wirklich kompliziert." Ich sehe eine tiefe Traurigkeit in Aubreys Augen, verstehe sie allerdings nicht.

Ich weiß kaum, wo ich bin.

„Billy, ich weiß nicht einmal, ob wir eine Beziehung führen. Ich glaube nicht, dass wir das tun, denn wenn wir eine hätten, würden wir diese Dinge gemeinsam angehen."

Warte. Was sagt sie? Ich bemerke die Traurigkeit in ihrem Duft, die den Wunsch in mir weckt, auf die Knie zu fallen.

Ich habe sie traurig gemacht. Ich habe die Kontrolle verloren.

Ich bin ein gewalttätiger, gefährlicher Wolf. Es ist nicht sicher, wenn ich mit einem Menschen zusammen bin. Ich bin nicht dazu geeignet, ein Gefährte zu sein.

Ihre Hand liegt noch immer an meiner Wange. Ich packe sie und halte sie fest. Ich will nicht, dass sie mich jemals loslässt.

„Du musst dir überlegen, was du willst. Genauso wie ich. Lass uns eine kleine Pause einlegen und genau das tun."

Eine … Pause einlegen?

Fuck.

Sie macht mit mir Schluss.

Ich kann meine Lippen nicht dazu bringen, sich zu bewegen. Mir fällt nicht ein, was ich sagen soll. Ich bin der Problemlöser des Rudels und der Firma, doch jetzt habe ich keine Ahnung, wie ich das in Ordnung bringen kann.

„Aubrey." Da. Ich habe etwas gesagt. Allerdings weiß ich nicht, was ich als Nächstes sagen soll. Ich weiß nicht, was die richtigen Worte sind. Wohin ich das Gespräch lenken soll.

Mein Gehirn ist nicht online. Es ist ausgeschaltet. Ich

weiß nicht, was Aubrey will oder wie ich sie dazu bringen kann, zu bleiben.

Ich weiß nicht, wie ich irgendetwas anderes sein kann als der Mann, den ich hasse.

William Whites rauflustiger Zwerg von einem Sohn. Derjenige, der lernte, brutal, gnadenlos und gerissen zu sein, um zu überleben.

Ich weiß nicht, wie ich der Gefährte sein kann, den Aubrey verdient.

Ihr Gesicht kommt meinem näher. Ich blinzle, als sie auf die Zehenspitzen geht und einen Kuss auf meine Lippen drückt.

„Nicht", murmle ich.

Sie wimmert leise, als sie sich von mir löst.

„Warte." Ich packe sie am Ellenbogen.

Sie blickt mir in die Augen. „Ich liebe dich."

Mein Herz explodiert. Mein Kopf explodiert. Ich will die Worte erwidern. Ich will auf die Knie fallen und sie um Verzeihung anflehen, doch ich weiß nicht, welcher Teil sie aufgeregt hat. Ich bin verwirrt, denn sie wirkt nicht aufgebracht. Nur traurig.

Ich liebe dich.

Ich will dich.

Du bist meine Gefährtin.

Die Worte hallen durch meinen Kopf, doch es kommt kein Laut über meine Lippen und sie geht bereits.

Lässt mich zurück.

Ich stehe vollkommen reglos da und beobachte, wie das Beste, was mir jemals passiert ist, mein Leben verlässt.

KAPITEL ACHTUNDZWANZIG

ubrey
Am nächsten Tag klopft es an meiner Tür.

Ich bin noch in meinem Schlafanzug, obwohl es zwei Uhr nachmittags ist. Ich habe nicht vor, das Bett heute zu verlassen, geschweige denn mich anzuziehen.

Morgen werde ich mich wieder zum College schleppen, die Abschlussprüfungen hinter mich bringen und mein Abschlusszeugnis erhalten. Während ich mir meine nächsten Schritte überlege, kann ich von dem Geld leben, das ich für Billys Wandgemälde bekommen habe.

Ich schulde ihm noch ein zweites Gemälde, kann momentan jedoch nicht in seinem Penthouse sein. Nicht einmal, während er auf der Arbeit ist.

Die Tränen, die ich zurückgehalten habe, würden mich überwältigen.

Die Hochzeit gestern Abend durchzustehen, war schmerzhaft, doch ich konnte nicht einfach wegrennen und mir die Augen aus dem Kopf heulen. Es war der große Abend meiner besten Freundin. Ich musste ein freundliches Gesicht aufsetzen, lächeln, tanzen und sie anfeuern, bis sie und Brick in der Limousine davonfuhren, die wir mit Rasierschaum und Blechdosen verziert hatten. Ich musste verheimlichen, dass ich innerlich starb.

Billy verfolgte mich gestern Abend wie ein Gespenst. Er blieb im Robotermodus – zurückgezogen und stumm – aber jedes Mal, wenn ich mich umdrehte, hatte er sich am Rand des Raums positioniert, von wo er mich wie ein Bodyguard beobachten konnte. Er war stets bereit, sich einzumischen und mir zu helfen, wenn ich es brauchte. Und hielt sich zurück, als ich keine Hilfe benötigte.

Er machte sich nach wie vor Sorgen um meine Sicherheit, doch ich weigerte mich, bei ihm zu übernachten, weshalb er mich von zwei muskulösen Kerlen nach Hause fahren ließ. Sie sitzen immer noch in einem Auto, das an der Straße geparkt ist.

Mein Herz zerbrach in noch mehr Teile, weil ich spürte, dass er ebenfalls litt.

Ich zweifelte immer wieder an mir. Ich weiß, dass er eine Traumareaktion erlebte, die von der Begegnung mit seinem Vater ausgelöst wurde. Es ist nicht so, dass ich nicht nachsichtig mit ihm war.

Doch er wurde zweimal unverblümt gefragt, ob ich seine Gefährtin bin – einmal von Brick und einmal von mir – und er konnte nicht antworten.

Ich besitze zu viel Stolz, um mich in seinen Schlamassel ziehen zu lassen, ohne auch nur zu wissen, ob er möchte, dass ich bei ihm bleibe.

Ich denke, ich tue ihm einen Gefallen. Entweder wird er entscheiden, dass er mich will, und er wird sich für diese Beziehung einsetzen, und wir werden alle Karten auf den Tisch legen, oder ich entlasse ihn aus einer komplizierten Situation und er wird erleichtert sein, dass er sich nicht mehr mit einem Menschen abgeben muss.

Das Klopfen erklingt erneut. „Ms. Cook?" Selbst wenn ich

diesen förmlichen Bariton nicht erkennen würde, zwingt mich das begleitende Bellen meines Hundes, mich aufzusetzen.

Wie ist Grayson überhaupt in das Gebäude gelangt? Ich habe ihn nicht reingelassen.

Ich stöhne und rolle mich aus dem Bett. Ich wickle einen lilafarbenen Bademantel um meine Schultern, damit ich in meinem BH-losen-Zustand nicht zu viel zeige, und taumle zur Tür.

Die Vorstellung, dass Billy Pepper via Grayson zu mir geschickt hat, tut weh. Es tut mehr als weh – es fühlt sich an, als wäre ich ausgepeitscht worden und man hätte anschließend Salz in die offenen Wunden geschüttet. Ich schätze, er hat seine Entscheidung getroffen.

Es ist aus zwischen uns. Nimm deinen Hund zurück, obwohl du in deinem Apartment keine Haustiere halten darfst.

Ich ziehe die Türkette zurück, entriegle das Schloss und öffne die Tür. „Hey."

Pepper ist an einer Leine anstatt in seiner Transporttasche und dreht durch, als er mich sieht. Er fiept vor Freude wie ein abgestochenes Schwein und wackelt so heftig mit dem Hintern, dass er sich im Kreis dreht.

Tränen schießen mir in die Augen. „Hi, Kumpel. Ich habe dich auch vermisst." Ich hebe ihn hoch und er leckt hektisch mein Gesicht ab.

Ich blinzle heftig und versuche, vor Grayson nicht in Tränen auszubrechen.

„Mr. White dachte, dass Sie heute vielleicht die Gesellschaft Ihres Hundes möchten. Er hat eine Vereinbarung mit Ihrer Vermieterin getroffen. Er hat eine großzügige Haustier-Kaution bezahlt, weshalb die Vermieterin gewillt ist, die Vorschriften für Pepper zu umgehen." Er löst die Leine vom Halsband und faltet sie.

Oh. Anscheinend bin ich Billy doch noch wichtig. Das

sorgt bloß dafür, dass meine Nase noch stärker brennt. Meine Kehle schnürt sich vor Emotionen zu. Das hier wäre leichter, wenn er ein großes Arschloch wäre. Dann könnte ich ihn hassen und nach vorne schauen.

Momentan vermisse ich alles an ihm. Ich trauere nicht nur um das, was wir hatten – denn das war nicht viel mehr als irrer, heißer Sex – sondern ich trauere auch um die kurzen Momente, in denen wir mehr hatten. In denen sich Billy öffnete und verletzlich machte. In denen ich ihm mehr von mir zeigte, obwohl er ohnehin mehr zu sehen schien, als ich ihm meiner Meinung nach verraten hatte. In denen ich ein Teil seiner Welt war – nicht der Milliardär-Welt, denn damit fühle ich mich noch immer nicht wohl, sondern der Wolfswelt.

Doch vielleicht sollte ich gar nichts darüber wissen.

Mit einem scharfen Anflug von Furcht erinnere ich mich daran, wie Billy und Brick besprachen, meine Erinnerungen zu löschen. Wie würde das funktionieren? Ist Grayson deswegen hier? Was, wenn ich mich nie wieder an irgendetwas davon erinnern würde?

Wenigstens würde mein Herz nicht brechen.

Doch nein. Ich würde diese Erinnerungen an Billy um nichts in der Welt hergeben.

Ich hole tief Luft und recke das Kinn. „Noch etwas?"

Grayson tritt von einem Fuß auf den anderen und sieht aus, als fühle er sich nicht wohl in seiner Haut. „Mr. White hat befohlen, dass Sie rund um die Uhr von Bodyguards bewacht werden, bis wir denjenigen gefunden haben, der auf Sie geschossen hat. Er wollte nicht, dass Sie Angst bekommen, wenn Sie sie entdecken."

Oh. Ich bin ihm definitiv wichtig.

Gott, ich muss wirklich weinen. Warum habe ich mir das gestern Nacht nicht gestattet, als ich nach Hause kam? Die Tränen jetzt zurückzuhalten, schnürt mir die Kehle zu.

Ich schaffe es, zu nicken, und halte die Luft an. „Okay."
Mein Sichtfeld verschwimmt.

Grayson sieht beim Anblick der Tränen alarmiert aus. Er räuspert sich. „Ich würde Ihnen gerne eine Umarmung anbieten, aber ich bin mir nicht sicher, ob Mr. White mir die Eier abschneiden würde, weil ich Sie angefasst habe."

Ein wässriges Lachen kommt über meine Lippen. „Ich würde das gerne annehmen, werde jedoch gleich zusammenbrechen."

Pepper versucht, mich wieder abzulecken.

„Richte Billy meinen Dank aus."

Grayson nickt, reicht mir die Leine und tritt zurück, nachdem ich sie genommen habe. „Unsere Leute sind draußen in einem schwarzen Range Rover. Falls Sie etwas brauchen, geben Sie ihnen Bescheid." Er neigt den Kopf.

„Okay, werde ich machen", würge ich hervor. „Danke." Ich schließe die Tür und lehne meine Stirn daran, als der erste Schluchzer aus meiner Kehle schießt.

Gott, es tut weh.

Ich lasse die Emotionen in Form von Tränen und Schluchzern raus. Ich stolpere zum Sofa und werfe mich darauf.

Fuck.

Ich wünschte, ich könnte Madi anrufen, um das mit ihr zu besprechen, doch ich werde sie auf keinen Fall in ihren Flitterwochen stören.

Ich kann das Ende dieser Situation nicht kontrollieren. Entweder wird Billy erscheinen oder nicht.

Oder er wird versuchen, meine Erinnerungen löschen zu lassen. In diesem Fall werde ich darum kämpfen, sie zu behalten.

Ich werde das hier durchstehen. Ich habe zuvor schon Trennungen durchgemacht.

Bei keiner fühlte es sich an, als wäre mir das Herz noch schlagend aus der Brust gerissen worden.

Ich drehe mich zur Rückenlehne des Sofas um, schließe die Augen und lasse noch eine Woge an Schluchzern durch mich rollen.

Trotz all meiner Anstrengungen, im Affären-Territorium zu bleiben, hat sich Billy White in mein Herz geschlichen. Jetzt ist es aufgerissen, blutet und schlägt noch immer für ihn. Und es gibt nichts, was ich tun kann, außer den Verlust zu betrauern und zu hoffen, dass er seinen Scheiß geregelt kriegt.

~

BILLY

Aubrey ist fort.

Ich bin allein.

Ich weiß, dass sie in Sicherheit ist. Ich habe alles in meiner Macht Stehende getan, um dafür zu sorgen. Dennoch verspüre ich ein Verlustgefühl, das unermesslich ist. Als würde ich einen Teil von mir vermissen, von dessen Existenz ich nie wusste. Und den ich nie wieder haben werde.

Mein Wolf heult und fragt sich, warum wir nicht bei ihr sind.

„Sie will uns nicht sehen", informiere ich ihn. Er versteht das nicht. Für ihn ist das Ganze einfach. Eine Gefährtin ist die eine Person in der Welt, mit der man zusammen sein will. Also ist man mit ihr zusammen. Man beschützt sie. Man jagt für sie. Man hilft, ihre Wunden zu lecken. Und wenn es Nacht und man zusammen ist, heult man den Mond an.

Es kostet mich all meine Selbstbeherrschung, nicht zu ihr zu gehen. Aber ... sie hat um eine Pause gebeten und ich respektiere das.

Außerdem gibt es einige Dinge, mit denen ich mich auseinandersetzen muss.

Deswegen bin ich in Maine in dem Gebiet, in dem ich aufwuchs. Ich habe die Wälder hier immer geliebt. Das leuchtende, grüne Moos und die Farne, die mit Flechten übersäten Felsen. Die kalten, von Quellen gespeisten Seen und die tiefe Stille.

Die Schönheit wird jedoch getrübt, denn ich höre die Stimme meines Vaters aus der Vergangenheit, wenn ich hier bin. Momentan verspottet sie mich wütend. „Bist du traurig? Was? Wirst du weinen? Hör auf, Trübsal zu blasen, Junge." Dem folgt ein Schlag auf den Kopf.

Und wenn er wüsste, dass ich wegen eines Menschen ein gebrochenes Herz habe? Ich kann mir nicht vorstellen, was er mit mir tun würde. Wenn ich wieder klein und schwach wäre.

Ich marschiere durch den Wald und gehe zu den Rudel-Häusern. Ich bleibe stehen, als ich zu der Lichtung gelange, wo mich mein Vater zwang, einem Menschen beim Sterben zuzusehen.

Ein Ast knackt.

„Ich weiß, dass du es bist", rufe ich. „Und ich weiß, dass du absichtlich auf einen Ast getreten bist. Normalerweise bist du leiser." Ich schaue nach hinten und dort steht ein riesiger Wolf. Ein weißer und grauer Wolf, der mit Ausnahme eines schwarzen Flecks an einem Ohr wie meiner aussieht.

„Hey, Boo."

Meine Schwester nimmt ihre Menschengestalt an und richtet sich auf.

„Du bist verrückt", informiert sie mich.

„Das hier wird heute enden." Ich habe ihr alles bei einem Telefonat auf dem Weg hierher erzählt.

„Mmh hmm." Sie geht an mir vorbei zu einem Baum mit einem großen Loch auf Kopfhöhe. Sie geht auf die Zehenspitzen und zieht eine schwarze, wasserdichte Tasche heraus, wie sie Camper benutzen. Anscheinend hält sie hier Kleider bereit.

Nachdem sie sich angezogen hat, mustere ich sie. Sie trägt eine Jeans und ein verblasstes „Dark Side of the Moon"-T-Shirt. Sogar angezogen sieht sie ein wenig wild aus. Ihre nackten Füße sind gebräunt und ihre langen Haare hängen verfilzt über ihren Rücken.

Ich erinnere mich, dass sie, nachdem sie verbannt wurde, in einem alten Pickup-Truck auf dem Rudelland erschien, weil sie mich unbedingt sehen wollte. Ich hatte solche Angst, dass mein Vater seinen Vollstreckern befehlen würde, sie zu töten. Sie war stark genug, um gegen ihn zu kämpfen, doch hätte er genug Wölfe geschickt, hätten sie sie überwältigen können.

Damals schrieb ich ihr eine Nachricht und ließ sie von einem vertrauenswürdigen Rudelmitglied zu ihr schmuggeln. Darin teilte ich ihr mit, dass sie sich fernhalten und keine Sorgen um mich machen sollte. Ich wollte, dass sie glücklich und frei war. Ich hatte vor, zu fliehen, sobald ich konnte. Ich musste nur meine Teenagerjahre unter der Tyrannei meines Vaters überleben.

Und jetzt habe ich das getan und bin zurück, um einen Schlussstrich zu ziehen.

„Tun wir das wirklich?", fragt sie.

„Wir können es genauso gut tun. Ich bin schließlich den ganzen Weg hierhergekommen." Wir grinsen einander an.

Wir gehen unseren Plan durch. Ich frage sie, wie sie ihren Geruch bis zum richtigen Moment verbergen wird, und sie lächelt mich bloß an. „Ich habe meine Methoden."

„Du warst schon einmal hier." Ich deute auf den Baum, in dem sie ihre Kleider verstaut hat. „Hast du Freunde besucht?"

„Jemand muss auf dieses Rudel aufpassen."

„Und dieser jemand bist du?"

Sie nickt und ich akzeptiere das. „Dann tun wir es."

Sie verschwindet und ich gehe tiefer in den Wald, um meinen Vater zu suchen.

Nach einigen Minuten verändert sich der Wind. Er wehte an mir vorbei zum Rudel. Dadurch wäre mein Geruch geradewegs zur Tür meines Vaters getragen worden. Jetzt weht er seinen Geruch zu mir.

Er kommt. Er hat einige Vollstrecker bei sich. Natürlich hat er das.

Nicht Chip und Dale, aber einige andere Schlägertypen. Mein Vater ist ein Bully, aber auch ein Feigling und er ist nicht in der Lage, seine Schlachten allein zu kämpfen.

Als er erscheint, behält er seine Vollstrecker in der Nähe. Es sind sechs, die ich sehen kann, und weitere im Wald außer Sichtweite.

„Sohn?", fragt er argwöhnisch. „Was machst du hier?" Er schnuppert in der Luft und seine Augen hellen sich ein wenig auf, vermutlich weil er Aubrey nicht an mir riechen kann. „Bist du hier, um Wiedergutmachung zu leisten?"

„Wofür?", schnaube ich.

„Weil du einen Menschen verteidigt hast."

Ich unterdrücke ein Knurren. Ich darf jetzt nicht die Beherrschung verlieren, da es unseren Plan ruinieren würde. Allerdings will ich ihm wehtun, weil er das Wort Mensch wie ein Schimpfwort ausgespuckt hat. *Bald.* „Warum soll ich dafür Wiedergutmachung leisten?", ködere ich ihn.

Die Lippen meines Vaters kräuseln sich. „Schaut ihn euch an", sagt er zu seinen Vollstreckern. „Mein Sohn, der Menschen-Liebhaber. Du weißt, dass ich dich richtig erzogen habe. Mein echter Sohn würde niemals mit einer schwächeren Spezies verkehren …"

„Das reicht."

Er bleckt die Zähne, als er realisiert, dass ich ihm gerade

einen Befehl erteilt habe. Als Alpha sollte er sich mir widersetzen können, doch das kann er nicht.

Denn ich bin stärker.

Es ist an der Zeit, dass ich ihm beweise, dass ich nicht mehr sein Sohn bin. Ich lehne ihn und seine toxische Weltsicht ein für alle Mal ab.

Ein kalter Wind weht durch mich und bringt mich zu dem leeren Ort, an dem ich nichts fühle. Ich weiß, was getan werden muss, und bin bereit. „Ruf das Rudel. Alle Mitglieder. Es gibt etwas, was sie sehen müssen."

Sein Gesicht wird rot, als er versucht, sich dem Alphabefehl in meiner Stimme zu widersetzen. Dann blafft er Befehle für seine Vollstrecker. „Ruft alle her." Er stampft mit den Füßen, da er es so aussehen lassen will, als wäre die Entscheidung seine Idee gewesen. Doch wir wissen beide, was passiert ist: Ich gab ihm einen Befehl und er musste gehorchen.

Das Rudel versammelt sich rasch. Die Mitglieder sind es gewohnt, an diese Stelle gerufen zu werden, um sich die Tiraden meines Vaters anzuhören.

„Ich bin hier, um über William White den Zweiten zu urteilen. Meinen Vater. Du bist nicht mehr geeignet, der Alpha zu sein."

Mein Vater wippt auf seinen Füßen. „Was?"

„Du hast mich gehört. Du musst für deine Verbrechen zur Verantwortung gezogen werden."

„Meine Verbrechen?" Die Zähne meines Vaters werden spitzer und zu groß für sein Gesicht. Sein Wolf übernimmt die Kontrolle, weil er so wütend ist. „Was ist mit deinen? Du verkehrst mit einem Menschen. Ich habe dich gesehen." Er deutet auf mich, dreht sich zum Rudel um und beschuldigt mich meiner so genannten Verbrechen. „Er hat sie in einer Limousine abgeholt. Sie trug ein Kleid und er einen Smoking. Er hat sie umworben." Mein Vater spuckt diese

Worte aus, als wäre es das schlimmste vorstellbare Verbrechen.

Mein Wolf ist in höchster Alarmbereitschaft. *Er sah mich mit Aubrey.* Er muss mir am Abend der Gala gefolgt sein. Er wusste länger, als ich dachte, dass ich mit Aubrey zusammen bin. Wenn mir das entgangen ist, wie viel ist mir noch entgangen? Etwas regt sich in meinem Hinterkopf, eine Ahnung dessen, was noch kommen wird.

„Mein eigenes Fleisch und Blut", tobt er. „Und jetzt denkt er, er wird mich herausfordern? Mein Rudel übernehmen?"

„Nein", unterbreche ich seine Tirade. Ich muss dieses Gespräch wieder in die richtigen Bahnen lenken. „Hier geht es nicht um mich. Ich habe keinerlei Absichten, dieses Rudel zu leiten. Ich bin nur hier, um dich ein für alle Mal aufzuhalten."

„Du willst kämpfen? Beweisen, dass du stärker bist? Dieser Mensch hat dich schwach gemacht."

Ich lache ihm fast ins Gesicht. Aubrey macht mich stärker. Ich muss die beste Version meiner Selbst sein, nur um es zu verdienen, ihre Luft einzuatmen. „Wir werden sehen, wie schwach ich bin." Ich ziehe meine Jacke aus und werfe sie auf den Boden. Wir werden als Wölfe kämpfen.

Mein Vater wird nicht gewinnen.

Und er weiß es. Genauso wie das Rudel. Alle schauen aufmerksam zu, die verpaarten Paare, die älteren Wölfe, die Vollstrecker. Mütter drücken ihre Welpen fest an sich und beruhigen sie, wenn sie zum Schreien ansetzen. Es liegt eine Energie in der Luft. Eine Veränderung steht bevor.

Mein Vater hört auf, zu toben, und dreht sich zu mir um. Seine Stimme nimmt einen weinerlichen Ton an. Er versucht jetzt eine andere Taktik. „Ich habe es versucht, weißt du, Sohn", sagt er. „Ich versuchte, mich für dich des Problems anzunehmen. Ich dachte, wenn der Mensch tot wäre, würdest du zur Vernunft kommen, aber …"

„Wovon sprichst du?" Gänsehaut breitet sich auf meinen Armen aus. „Was hast du getan?"

„Ich tat, was getan werden musste! Ich tat, was du tun würdest, wenn Ungeziefer dein Haus überrennt. Ich heuerte einen Schädlingsbekämpfer an, damit er sie ausschaltet!"

Die Welt wird kurz schwarz. Als ich wieder zu mir komme, habe ich die Lichtung durchquert und halte meinen Vater an der Kehle fest. Alle schreien, doch ich kann bloß das Weiße in den Augen meines Vaters sehen. Wenn ich nur etwas fester zudrücke …

„Billy", ruft die Stimme meiner Schwester. „Billy! Hör auf." In ihre Stimme legt sich der Hauch eines Alphabefehls. Der Befehl rollt über meine Arme und macht sie schwächer.

„Nicht so", sagt sie. „Ich weiß, dass du ihn töten willst, aber es gibt eine richtige Vorgehensweise dafür."

Ich lasse ihn fallen, trete zurück und meine Schwester befiehlt allen, zurückzuweichen. Sie kommen alle ihrem Befehl nach, auch wenn die Vollstrecker nicht glücklich aussehen.

Mein Magen fühlt sich leer an, als müsste ich mich gleich übergeben. Mein Vater war eine größere Bedrohung, als ich gedacht habe. Es ist mir entgangen und ich habe fast meine Gefährtin verloren.

„Stimmt es?", fragt meine Schwester meinen Vater. „Hast du versucht, Billys menschlicher Freundin zu schaden?"

„Gefährtin", korrigiere ich, da ich Aubrey öffentlich beanspruchen muss. „Der Mensch ist meine Gefährtin."

Ein Raunen geht durch die zuschauenden Wölfe. Das halbe Rudel sieht verblüfft aus, doch einige wirken neugierig. Das scheint meinen Vater zu erzürnen.

„Ihr schaden? Ich habe versucht, sie zu töten! Sie hat seinen Verstand vergiftet."

Der Auftragsmörder in Monaco. Sentience steckte nicht

dahinter. Es war auch nicht das Werk von Lukas Rudel. Mein Vater steckte dahinter.

Mein eigener Vater versuchte, mir meine Gefährtin für immer zu entreißen.

„Wie?", frage ich. „Woher hattest du das Geld?" Er hätte eine gewaltige Summe gebraucht, um einen Attentäter anzuheuern.

„Er hat uns Bankrott gemacht", meldet sich eine der Älteren zu Wort. Sie ist eine gebückte, grauhaarige Frau mit knotigen Händen, die sich auf einen geschnitzten, hölzernen Gehstock stützt. „Er hat jahrelang für seinen persönlichen Gewinn Geld vom Rudel abgeschöpft, doch es ist schlimmer geworden. Und vor einigen Tagen entdeckte ich, dass er unsere Ersparnisse ausgegeben hat."

„Stimmt das?", fragt Boudicca sanft. Die Ältere nickt und einige andere murmeln zustimmend. Das Rudel scheint näher zu meiner Schwester zu rücken und bei ihr nach Führung zu suchen. Sie bestätigt einige Details und schaut wieder zu mir. „Ich wusste, dass es schlimm ist, mir war jedoch nicht bewusst, dass es so schlimm ist."

„Du solltest nicht einmal hier sein", knurrt mein Vater. Ich kann ihn momentan nicht ansehen. Wenn ich das tue, werde ich ihm den Kopf abreißen. „Du wurdest verbannt, du Verräterin …"

„Schweig", sagt Boudicca. Sie erteilt den Befehl, ohne auch nur die Stimme zu heben.

Der Mund meines Vaters klappt zu. Er sieht überrascht aus, dass sie ihm Befehle erteilen kann, doch ein Großteil des Rudels wirkt alles andere als überrascht.

Einige der Vollstrecker beginnen, auf sie zuzugehen, doch sie sagt: „Nein." Die Macht, die sie ausstrahlt, sorgt dafür, dass die Vollstrecker wie angewurzelt stehen bleiben.

„Alpha", murmeln die Älteren. Alle starren Boudicca an. Meine Schwester seufzt.

Wäre jetzt ein anderer Zeitpunkt, würde ich zu meiner Schwester sagen: „Ich habe es dir doch gesagt." Ich wusste, dass sie die Fähigkeiten eines Alphas besitzt. Allerdings ist mir nicht nach Scherzen zumute. Nicht, wenn ich gerade erfahren habe, dass mein Vater versuchte, Aubrey zu ermorden.

Der Wind wechselt erneut die Richtung. Es ist Zeit.

„Heute ist der Tag der Abrechnung. Er hat sich über lange Zeit angebahnt." Meine Schwester stellt sich unserem Vater. „William White der Zweite ich verkünde nun, dass du untauglich bist, dieses Rudel als Alpha zu führen."

„Ich stimme dem zu", sage ich. Ich folge dem Protokoll, sodass niemand die Art und Weise anfechten kann, auf die wir unseren Vater von der Rudelspitze entfernt haben. Doch ich kann mir nicht verkneifen, hinzuzufügen: „Du bist grausam. Du hast Menschen und deine eigenen Kinder gequält. Du hast gute Wölfe in die Verbannung geschickt und das Schlimmste in diesem Rudel hervorgebracht." Ich sehe, dass einige kaum merklich nicken. Viele der Rudelmitglieder denken, dass es nicht richtig ist, dass Boudicca verbannt wurde. Sie betrachten sie noch immer als Rudelmitglied.

„Du denkst, dass Schwäche bestraft, nicht beschützt werden sollte", sagt meine Schwester. „Du hast Grausamkeit mit Stärke verwechselt."

„Du bist ein Tyrann", füge ich hinzu. „Und es ist an der Zeit, dir zu zeigen, wie erbärmlich du bist."

Ich trete meine Schuhe beiseite und entkleide mich.

„Billy", sagt meine Schwester. „Lass mich …"

„Nein. Er hat versucht, meine Gefährtin zu töten."

Ihre blauen Augen halten meine. Sie will sichergehen, dass ich gewillt bin, die Bürde eines Vatermords zu tragen. Sie beschützt mich sogar jetzt noch.

Deswegen wird sie ein toller Alpha sein.

„Du bist der wahre Alpha dieses Rudels", erkläre ich.

„Nicht ich. Ich gehöre zu den Blackthroats. Aber vorher ...
will ich Rache."

„In Ordnung." Sie tritt zurück, um mir Platz zu machen.
An irgendeinem Punkt trat ein schwarzer Wolf an ihre Seite.
Ich erkenne in dem Wolf ihre Gefährtin Kali. Die schwarze
Wölfin presst sich an Boudiccas Beine und meine Schwester
legt eine Hand auf ihren Kopf.

Ich drehe mich wieder zu meinem Vater um. „Stell dich
mir wie ein Wolf", befehle ich ihm. „Es ist Zeit, dass du
stirbst."

Das Gesicht meines Vaters wird rot. Er will protestieren,
kann es jedoch nicht. Er kämpft gegen den Zwang an, ist
allerdings nicht stark genug, um sich meinem leise ausge-
sprochenen Befehl zu widersetzen. Letztendlich verdreht er
die Augen ein wenig vor Angst.

Es ist etwas traurig.

Ich warte, bis er sich entkleidet hat, dann rufe ich meinen
Wolf und unterwerfe mich der Verwandlung.

Der Kampf ist schnell vorbei. Zwei Wölfe kämpfen. Doch
mein Vater ist alt und grau und ich bin schneeweiß und
schnell. Ich ramme meine Schulter gegen ihn und er fliegt zu
Boden. Im Nu stürze ich mich auf ihn und ab da ist es nur
die Arbeit eines Augenblicks, meine Zähne in seinen weichen
Bauch zu schlagen und seine Eingeweide rauszureißen.
Dann verwandle ich mich zurück und befehle ihm, sich
ebenfalls zu verwandeln. Er nimmt seine Menschengestalt
an. Er liegt ausgestreckt mit dem Rücken im Dreck, keucht
und versucht, seine Organe in seinem Körper zu halten.
Vergeblich.

Ich verspüre kein Mitleid. Keinen Kummer. Dies ist bloß
eine Aufgabe, die erledigt werden muss.

Ich gehe auf ein Knie und lege eine Hand um seinen Hals.

„Es gibt etwas, was du wissen solltest", verkünde ich. Ich
spreche leise, weiß jedoch, dass mich jeder Gestaltwandler

hören kann. „Ich liebe meine menschliche Gefährtin. Ich werde jeden Tag kämpfen, um sie zu verdienen. Sie macht mich zu einem besseren Wolf und ich werde sie bis zu dem Tag lieben, an dem ich sterbe, selbst wenn sie nie wieder an mich denkt."

Die Augen meines Vaters werden groß. Er versucht, zu sprechen, kann allerdings nicht mehr machen, als mit seinem eigenen Blut zu gurgeln. Ich lasse ihn nicht sprechen. Ich werde nicht zulassen, dass der Name meiner Gefährtin in seinem Mund beschmutzt wird. Ich würge ihn, bis seine Augen glasig werden und sein Körper erstarrt.

Macht fegt durch mich. Ich spüre es. Alle auf der Lichtung tun das.

Sie bleibt jedoch nicht in mir. Sie bewegt sich durch uns alle – die Macht eines Alphas – und lässt sich auf meiner Schwester nieder. Ihre Augen flammen hellblau auf und dann verblasst das Licht.

„Alpha", grüße ich sie.

„Alpha", murmelt der Rest des Rudels. Einer nach dem anderen beginnen sie, sich hinzuknien.

Es ist so, wie ich es ihr vorhin gesagt habe. Sie hat immer für dieses Rudel gekämpft. Die Schwachen beschützt. Und zwar, weil sie dazu bestimmt war, zu führen. Sie war immer ein Alpha und es ist an der Zeit, dass sie ihren Platz einnimmt. Es wird nicht leicht werden. Manche der Vollstrecker werden sie herausfordern oder gehen. Aber sie hat mehr Verbündete, als sie denkt. Und sie hat ihre Gefährtin, die ihr den Rücken stärkt. Wie ich allmählich lerne, kann ein Wolf alles tun, wenn er eine starke Gefährtin hat.

Diese Hinrichtung hätte vor langer Zeit stattfinden sollen. Allerdings tat ich es nicht für mich oder meine Schwester oder das Rudel.

Ich tat es für Aubrey. Jetzt wird sie in Sicherheit sein.

Und ich kann nun nach Hause gehen.

KAPITEL NEUNUNDZWANZIG

ubrey
Ich sitze allein im *All Night*. Es ist Karaoke-Abend und einige betrunkene Typen ermorden Queens ‚We are the Champions' auf der Bühne, indem sie den Text mit erhobenen Biergläsern brüllen. Sehr einfallsreich, Jungs. Dieses Lied wird nie an einem Karaoke-Abend gesungen.

Aber egal. Alles gut. Musik heilt. Deswegen bin ich hier und trinke einen Gin Tonic, weil es der Drink ist, den Billy mag. Es sind zwölf Tage seit der Hochzeit vergangen und es ist nicht leichter geworden.

Meine Kurse sind vorbei. Am Samstag ist meine Abschlussfeier. Ich habe keinen Job in Aussicht mit Ausnahme meines Teilzeitjobs bei La Résistance, was bedeutet, dass ich nichts zu tun habe.

Nichts, was meine Zeit in Anspruch nimmt und mich fordert.

Ich habe viel zu viele Stunden, um darüber nachzudenken, warum Billy nicht beschlossen hat, dass wir es wert sind.

In der ersten Woche nach der Hochzeit hatte ich ein

wenig Hoffnung und dachte, Billy würde vorbeikommen oder mich anrufen. Ich wollte mit ihm eine Lösung finden.

Ich fühle mich erbärmlich, wenn ich das zugebe, aber ich wollte, dass er mich wählt. Ich wollte, dass er sagt, dass ich seine vom Schicksal vorherbestimmte Gefährtin bin. Dass ich die Eine bin.

Doch das hat er nicht getan.

Ich habe kein Wort von ihm gehört.

Mir folgen noch immer zwei Typen überallhin. Sie sind sogar heute Abend hier und sitzen an einem Tisch neben der Tür.

Ich bestelle noch einen Drink und bemühe mich, keinen Blick auf mein Handy zu werfen. Ich habe noch immer das Foto von Billy als Bildschirmschoner. Als ich es schoss, machte ich es zum Bildschirmschoner, um ihn zu ärgern. *Schau uns an, wir sind Welpeneltern.* Es ist die Art von Foto, die eine Freundin oder Partnerin aufnehmen und speichern würde. Jetzt besteht keine Hoffnung mehr, dass wir ein Paar werden, aber ich kann es nicht ertragen, das Foto zu ändern.

Madi ist gestern aus ihren Flitterwochen in Griechenland zurückgekehrt. Ich wollte ihr Zeit geben, sich wieder einzuleben und den Jetlag zu überwinden, bevor ich sie anrufe, habe ihr jedoch vor einer Stunde eine Nachricht hinterlassen, dass ich eine Schulter brauche, an der ich mich ausheulen kann.

Ich brauche die Perspektive einer anderen Person.

Und Musik. Musik hilft.

„Aubrey Cook ist als Nächste dran", verkündet der Moderator.

Ich hatte mich angemeldet, als ich hier ankam, für den Fall, dass mir nach Singen zumute ist. Ich seufze. Will ich singen?

Zum Teufel, warum nicht? Ich stehe auf und gehe zur Bühne.

„Welcher 80er-Jahre-Song darf es heute Abend sein?“, fragt der Moderator.

Ja, sie kennen mich hier.

‚Pictures of You‘ von The Cure.“

Der Moderator nickt, woraufhin ich das Mikrofon nehme, die Augen schließe und mich im Takt des melancholischen Intros wiege. Es ist eine siebenminütige Ballade und ich habe vor, mich dem gesamten Lied hinzugeben. Und ja, ich dämpfe die Stimmung im ganzen Laden.

Pech gehabt.

Ich lasse mich von der Musik einhüllen und verschlucken. Ich bin die Sorte Person, die Emotionen als Musik fühlt – die zwei sind für mich untrennbar miteinander verbunden.

Ich marschiere singend über die kleine Bühne, wobei ich die Augen hauptsächlich geschlossen halte – nicht für das Publikum, sondern um dieses Gefühl der Schwermut aus meiner Brust zu vertreiben. Zur Katharsis.

Bis zur Hälfte des Lieds hat das Publikum Geduld mit mir, dann ärgert sich die Menge.

„Zu traurig!“, brüllt jemand.

„Warum musst du uns runterziehen?“, ruft ein anderer dazwischen.

„Haltet die Klappe und lasst sie singen.“

Meine Augen öffnen sich. Ich kenne diese Stimme.

Madi sitzt an dem Tisch vor der Bühne. Sie ist anscheinend reingekommen, während ich mich in dem Song verloren habe. Sie wiegt sich im Takt der traurigen Musik und zeigt ihre New Wave Wertschätzung wie ein gutes Emo-Mädel mit einer Liebe für Melancholie.

Ich springe von der Bühne, neige mich zu ihr und teile das Mikrofon mit ihr, sodass sie die letzten Zeilen mit mir singen kann.

Die Menge buht und ich lache in das Mikrofon, bevor ich es dem Moderator zurückgebe.

Er lässt die original Eric Carmen Version des Songs ‚All by Myself' laufen, um sich über mich lustig zu machen. „Komm wieder hoch, Aubrey. Wir wissen, dass du traurig bist. Sing ihn dir aus der Seele."

Ich zeige ihm den Mittelfinger.

Madi kichert und umarmt mich. „Argh. Ich habe deine Nachricht erhalten. Was ist passiert? Ist es wegen Billy?"

Ich versuche, den Walnuss-großen Kloß in meiner Kehle zu schlucken, während ich nicke und mich gegenüber von ihr niederlasse. Ich erzähle ihr, dass ich überhörte, wie Brick ihn hinsichtlich seiner Absichten befragte und dass er sagte, meine Erinnerungen müssten von einem Vampir gelöscht werden.

Madi verzieht das Gesicht.

„Ist das etwas Reales?"

Sie nickt. „So beschützen sie ihr Geheimnis."

„Niemand rührt meine Erinnerungen an", knurre ich.

Sie zögert, bevor sie nickt, über den Tisch greift und meine Hand drückt. „Ich werde das nicht zulassen. Ich habe einmal zugelassen, dass uns die Geheimniskrämerei der Wölfe auseinandergerissen hat. Ganz gleich, was mit Billy geschieht, du gehörst zu meinem inneren Kreis."

Ein schweres Gewicht wird von meiner Brust gehoben. „Danke." Ich hole tief Luft. „Jedenfalls, als Brick fragte, sagte Billy, er wüsste nicht, ob ich seine Gefährtin sei. Und dann kam sein Dad auf der Hochzeit zu uns."

Madi nickt. „Stimmt. Erzähl mir, was passiert ist."

Ich erzähle ihr von der Auseinandersetzung und dass ich Billy erneut fragte, ob ich seine Gefährtin sei, und er einfach nur mit ausdrucksloser Miene dastand.

Madi starrt mich an. Ich kann praktisch sehen, wie die

Rädchen in ihrem Kopf rattern. Ich hoffe, dass mich ihr brillanter Verstand vor meinen chaotischen, verworrenen Gedanken retten kann. „Billy zeigt keine Emotionen. Ich vermute, dass er gelernt hat, in der Gegenwart seines Dads zu dissoziieren. Anstatt zu zeigen, wie wütend oder aufgebracht er war, hat er vielleicht einfach mental ausgecheckt."

Meine Nase brennt für Billy. Vielleicht handelte ich falsch, indem ich ging. Vielleicht hätte er es in dem Moment gebraucht, dass ich ihn eng an mich zog. Dass ich ihn ins Leben zurückholte.

„Außerdem schämte er sich wahrscheinlich. Wegen der Beleidigungen seines Vaters und vielleicht sogar wegen seiner Reaktion. Er mag es nicht, wenn er die Beherrschung verliert. Er zieht es vor, drei Schritte im Voraus zu planen und seinen Gegenspieler kühl auszuschalten. Unschöne Gewalt ist normalerweise nicht sein Ding."

Bedauern legt sich auf mich.

Wenn ich es noch einmal tun könnte, würde ich versuchen, mehr aus Billy herauszukitzeln. Ich würde ihm das Gefühl geben, dass er sein wahres Selbst bei mir ausdrücken kann. Zuvor war ich zu beschäftigt damit, mein Herz zu beschützen, Spielchen mit ihm zu spielen und mir Wortgefechte mit ihm zu liefern, während ich mir einredete, dass es nur eine Affäre sei.

Ich dachte, er bräuchte Raum, um sein Leben geregelt zu kriegen, doch vielleicht brauchte er das Gegenteil. Vielleicht brauchte er es, dass ich in sein Bett krabbelte und ihm erzählte, dass ich nicht gehen würde. Doch ich war zu verletzt von seiner Unentschlossenheit. Ich mochte das Gefühl nicht, die weniger gute Wahl zu sein, weil ich ein Mensch bin. Als wäre es eine Art Opfer für ihn, mit mir zusammen zu sein.

Allerdings ist das vermutlich nicht anders als meine

Vorurteile ihm gegenüber, weil er ein Wall Street Milliardär ist. Ich war mir nicht sicher, ob zu meinem Selbstbild gehörte, einen Freund zu haben, der mit seinem Jahresgehalt dafür sorgen könnte, dass kein Kind in New York Hunger leiden muss. Ich dachte, ich würde mich verkaufen oder meine Ideale verraten, wenn ich mit jemandem wie ihm zusammen wäre.

Bis ich ihn verließ, war mir nicht bewusst, dass er es wert war. Dass Geld einen Mann nicht bösartig macht. Mir war nicht bewusst gewesen, wie sehr ich mich auf ihn eingelassen hatte, obwohl ich mir eingeredet hatte, ich würde mich zurückhalten.

Ich denke darüber nach, was Madi über Billy gesagt hat, dass er sich nicht gern in die Karten blicken lässt. „Wenn wir Sex hatten, gab es manchmal Momente, in denen die Leidenschaft die Kontrolle übernahm und er seine verlor. Ich merkte, dass er das hasste. Danach ging er immer oder zog sich zurück, als müsste er sich wieder zusammensetzen."

Madi zieht ihre Brauen hoch. „Es könnte auch sein, dass sein Wolf versuchte, dich zu markieren."

Ich runzle die Stirn. „Was bedeutet das?"

„Wenn ein Wolf seine vom Schicksal vorherbestimmte Gefährtin findet, weiß er das, weil sie den Instinkt in ihm weckt, sie zu markieren." Sie zieht den Ausschnitt ihres Shirts nach unten, um auf vier blasse Narben an der Stelle zu deuten, wo ihr Hals in ihre Schulter übergeht.

„Brick hat dich *gebissen?*"

„Es ist ein Paarungsbiss. Dabei wurde sein Geruch in meine Haut eingebettet, damit alle anderen Männchen wissen, dass ich beansprucht wurde."

Ähm, wow.

„Haben seine Augen jemals die Farbe geändert, während ihr Sex hattet?"

Ich atme scharf ein. „Ja. Sie wurden silberfarben.“

„Klingt, als hätte er gegen seinen Instinkt angekämpft, dich zu markieren. Brick hat beinahe die Kontrolle über seine tierische Seite verloren, weil wir uns getrennt hatten und mich sein Wolf markieren wollte.“

„Denkst du ... denkst du, ich bin seine Gefährtin, Madi?“

Sie steht auf. „Komm. Ich muss dir etwas zeigen.“

VIERZIG MINUTEN später steigen wir aus der Limousine, mit der Madi nach Brooklyn gekommen ist – ja, ich verdrehte deswegen die Augen. Wie üblich folgten uns die zwei Wachhunde, die Billy auf mich angesetzt hat. Madi lud sie ein, in der Limousine mitzufahren, weil sie mir in die U-Bahn folgen und ihr Fahrzeug in der Nähe meiner Wohnung zurücklassen hatten müssen.

„Das wäre viel einfacher gewesen, wenn du uns von Anfang an erlaubt hättest, dich zu fahren“, murrt einer von ihnen, doch ein finsterer Blick von Madi reicht, damit er den Kopf senkt. Ich schwöre, ich kann den eingeklemmten Schwanz an seiner Haltung erkennen.

Wir stehen vor dem Sentience-Gebäude. Madi zieht mich zur Eingangstür. Meine Bodyguards bleiben zurück.

Als wir uns der Tür nähern, sehe ich, dass die Schaufenster von innen mit Sperrholz bedeckt wurden. Ein Vinylbanner hängt über dem Eingang und verkündet SILVER ARTS GALERIE UND KUNSTZENTRUM ERÖFFNET BALD.

„Oh mein Gott.“ Schock bringt mich aus dem Gleichgewicht, ich sinke in die Hocke und berühre den Boden, um mich zusammenzureißen. Ich starre zu dem Gebäude hoch. „Was ist passiert? Hat Billy das getan?“

Madi lacht leise. „Wie ich höre, hat er Sentience aufgelöst, seit wir aus Monaco zurückkamen. Er und Brick hatten ein Gespräch mit den Eigentümern. Sie änderten ihre Meinung und beschlossen, ihre Gelder zu nutzen, um die Künstler zu bezahlen, die sie bestohlen hatten. Dann kaufte Billy das Gebäude und verwandelte es in das hier."

Ein Band schließt sich fest um meine Kehle. Tränen rinnen aus meinen Augen. Ich schlage mir die Hand vor den Mund.

Billy hat eine Milliarden-Dollar-Firma für mich zerstört. Für mich.

Und dann machte er das Gebäude zu einem Ort, wo Kunst her- und ausgestellt werden kann. Er hörte zu, analysierte die tiefsten Sehnsüchte meines Herzens und machte meinen Traum wahr.

Der Mann, von dem ich dachte, er wäre sich nicht sicher, ob er mich will, hat gerade die größtmögliche Geste gemacht, während ich zu Hause meine Wunden leckte und glaubte, er hätte beschlossen, ich wäre den Ärger nicht wert.

„Also ... bin ich seine Gefährtin?" Ich weiß nicht warum, aber ich brauche es einfach, dass es jemand laut ausspricht. Billy wird es nicht tun.

„Er mag dich nicht markiert haben, aber gehört eindeutig zu dir. Er erschlägt deine Drachen, selbst wenn ihr nicht zusammen seid. Er versucht, deine Träume zu verwirklichen."

Gott, ich heule wie ein Schlosshund. Ich halte mir den Mund zu, um die Schluchzer zu verbergen.

Warum habe ich an ihm gezweifelt?

Billy ist gebrochen, das steht fest. Das bedeutet allerdings nicht, dass wir als Paar nicht funktionieren können. Er mag noch nicht gewillt sein, zuzugeben, dass ich seine vom Schicksal vorherbestimmte Gefährtin bin, doch ich kann zugeben, dass er meiner ist.

Es ist an der Zeit, dass ich das Ganze in Ordnung bringe.

Wenn er nicht gewillt ist, mich zu beanspruchen, werde ich zu ihm gehen und ihn beanspruchen.

Ich wische die Tränen unter meinen Augen weg und strecke die Brust raus. „Bring mich zu seiner Wohnung."

KAPITEL DREISSIG

Billy

Ich liege ausgestreckt auf meinem Sofa und versuche, mich zu betrinken, während ich das graue Blumengemälde an meiner Wand anstarre. Es ist gewagt, brillant und bettelt geradezu um Farbe.

Aubrey hat das mit Absicht gemacht.

Sie hat mir das angetan.

Sie kam in mein Leben, zeigte mir Texturen und Schönheit und bemerkte, wie farblos ich bin. Wie seelenlos. Wie leer und flach und grau.

Bis ich Aubrey begegnete, hielt ich mich für zufrieden. Ich überstand meine Kindheit und das Schicksal führte mich an die Seite des mächtigsten Alphas im Land. Ich war nicht der größte oder stärkste Wolf seines Rudels, aber der fieseste. Der paranoideste, berechnendste und gerissenste. Ich gewann jede Herausforderung um Dominanz und machte mich für Brick unentbehrlich, als sein Leben implodierte. Ich half ihm, sein Rudel zusammenzuhalten, als die Adalwulfs es beinahe übernahmen. Half ihm, den Reichtum zu ersetzen, der seinem Rudel entrissen worden war.

Ich hatte mein Leben vollkommen im Griff. Ich war wohlhabend, erfolgreich und ein Mitglied des mächtigsten Rudels in New York.

Dann platzte sie in mein Leben und setzte alles in Brand.

Fuck.

Ich trinke einen Schluck aus einer Flasche Gin. Ich habe beinahe die ganze Flasche geleert, doch wegen meines Gestaltwandler-Metabolismus ist es schwer, betrunken zu bleiben.

Jemand öffnet meine Tür, ohne anzuklopfen. Ich blecke die Zähne zu einem Knurren, als ich aufspringe, um den Eindringling zu zerfleischen.

„Schatz, ich bin zu Hause."

Ich erstarre.

Sie ist hier.

Gefährtin, heult mein Wolf.

Ich weiß.

Ich erstarrte, als sie mich danach fragte.

Erstarrte, als mich mein Alpha fragte.

Doch sobald sie das zwischen uns beendete, wurde es glasklar: Ich habe seit unserem ersten Treffen im La Résistance gewusst, dass Aubrey meine Gefährtin ist. Ich widersetzte mich dem Schicksal, weil ich sie auf irgendeiner Ebene unterbewusst als Bedrohung wahrnahm.

Liebe ist nicht rein oder einfach. Sie ist nicht ordentlich. Ich kann sie nicht kontrollieren.

Das misshandelte Kind in mir hatte Angst um ihr und mein Leben, weil es in der Zeit erstarrt war und nicht wusste, dass ich mittlerweile erwachsen bin.

Ich bin erwachsen und mein Peiniger ist tot.

Niemand wird meine Gefährtin jemals wieder bedrohen.

Falls ich sie zu meiner Gefährtin machen kann.

Doch ich bin jetzt wieder erstarrt. Mir fehlen die Worte, die ich zu dem Weibchen sagen kann, das mir alles bedeutet.

Gefährtin, knurrt mein Wolf.

Ja, *ich weiß*.

Ich muss mich bewegen. Muss etwas sagen.

Aubrey betrachtet die Alkoholflasche in meiner Hand. Die Sauerei auf dem Wohnzimmertisch in meinem normalerweise makellosen Wohnzimmer. Ich sehe bestimmt so aus, wie ich mich fühle – als wäre ich in die Hölle getaucht und dortgeblieben. Sie stolziert zu mir.

Ich muss sprechen. Ich bin der Mann, der Milliarden-Dollar-Deals aushandelt. Ich kann meine Lippen bewegen.

„Du bist meine Gefährtin." Die Worte klingen hölzern und rostig.

Aubrey erstarrt und betrachtet mich.

Ich räuspere mich. „Es tut mir leid, dass ich dir auf der Hochzeit nicht geantwortet habe, aber ja, du bist meine Gefährtin. Ich würde alles für dich tun, meine Silver. Mein perfektes Gift. Mein Kryptonit. Ich … ich brauche dich in meinem Leben. Ich werde es ohne dich nicht überstehen."

Sie rennt in ihren Doc Martens zu mir und springt mir in die Arme.

Ich fange sie in der Luft auf und sie schlingt ihre Beine um meine Taille. „Ich liebe dich, Billy White der Dritte."

„Ich liebe dich, Aubrey Cook die Erste."

„Ich bin hier, um dich zu beanspruchen und dich als den Meinen zu markieren, wie auch immer ich das tun muss", verkündet Aubrey.

Das Lächeln, das sich auf meinem Gesicht ausbreitet, bricht beinahe meine Wangen. Ein seltsamer Laut kommt mir über die Lippen. Ich erkenne ihn zuerst nicht, dann realisiere ich, dass es ein Lachen ist. „Ich kann es nicht erwarten, zu sehen, was du dir einfallen lässt."

Sie leckt mein Ohr, bevor sie hineinbeißt. Ich drehe uns langsam und genieße es, sie in meinen Armen zu spüren. Die unglaubliche Leichtigkeit, die mein Wesen plötzlich überfällt. Dieses Weibchen brach mein Herz und marschierte anschließend wieder in mein Leben, als sei nichts geschehen.

„Ich werde mir etwas überlegen", verspricht sie. „Vielleicht ein Tattoo auf deinem Hintern?"

Noch ein Lachen entfährt mir. „Du willst meinen Hintern tätowieren?"

„Mh hmm. Mit meinem Namen. Oder vielleicht ein Bild von meinem Gesicht?"

Ich drücke mein Gesicht zwischen ihre Brüste und atme ihren Geruch ein. Ich küsse ihr Brustbein. „Du bist zurückgekommen."

„Nur damit du es weißt, wenn ich das nächste Mal gehe, will ich, dass du mir folgst."

Ein drittes Lachen kommt aus meinem Mund. Ich bin so überglücklich, dass es ein Wunder ist, dass ich nicht einfach zur Decke schwebe.

„Es wird kein nächstes Mal geben", knurre ich und trage Aubrey zum Sofa. Ich setze mich mit ihr auf meiner Taille. „Ich werde dich beanspruchen, Silver. Ich werde dich als meine Gefährtin markieren, damit jeder Wolf weiß, dass du zu mir gehörst. Und wenn du mich noch einmal verlässt, wird das Konsequenzen nach sich ziehen."

„Was für Konsequenzen?" Sie wackelt mit den Augenbrauen und ihre prallen Lippen dehnen sich zu einem strahlenden Lächeln.

„Die Sorte, bei der du für ein ordentliches Spanking nackt über meinem Schoß liegst."

Aubreys Augen werden dunkel. Der Geruch ihrer Erregung steigt in meine Nase. „Mmmh." Sie windet sich auf meinem Schwanz. „Vielleicht solltest du es mir zeigen."

„Das werde ich machen. Nachdem du mir verraten hast, warum du gegangen bist." Ein Teil der Schwere legt sich wieder auf mich und bleibt dort wie ein Stück Beton liegen. „Lag es an der Gewalt?"

Aubrey nimmt mein Gesicht zwischen ihre Hände und lehnt ihre Stirn an meine. „Nein", antwortet sie sanft. „Ich meine, es hat mir Angst gemacht, aber ich habe es verstanden. Dein Dad hat mich quasi angegriffen. Das hat dich getriggert."

Ich mustere ihr Gesicht. Ich will diese Worte nicht sagen. Es tut mir körperlich weh, sie auszusprechen, doch es gibt so viel Ungesagtes zwischen Aubrey und mir. Wir müssen jetzt alles auf den Tisch legen. „Ich habe eine gewalttätige Seite. Gestaltwandler sind im Allgemeinen körperlich gewalttätiger, doch ich war während meiner gesamten Kindheit gezwungen, um mein Leben zu kämpfen. Ich … wollte nicht, dass du diese Seite von mir siehst. Ich habe mich geschämt. Ich schäme mich noch immer."

Aubrey zieht ihre Stirn weg und Tränen schimmern in ihren Augen. Diese versetzen mich in Panik. Ich festige meinen Griff um ihre Hüften, als hätte ich Angst, jemand könnte versuchen, sie mir zu entreißen. Sie mir wegzunehmen.

„Ich hätte nicht diesen Moment wählen sollen, um dich zu fragen, ob ich deine Gefährtin bin. Es ist nur … ich habe dich und Brick in Monaco reden hören. Als ihr bespracht, mein Gedächtnis zu löschen." Ihre Lippen zittern.

„Fuck." Selbstvorwürfe packen mich. „Fuck, es tut mir so leid. Ich würde niemals einem Blutsauger erlauben, deine Erinnerungen zu löschen. Ich weiß nicht, warum ich mich nicht dazu überwinden konnte, Brick zu gestehen, dass du meine Gefährtin bist. Ich wusste es. Jeder einzelne der Jungs wusste es. Mein Verhalten war so irre. Ich löste einen internationalen Rudel-Vorfall aus, als dich der monegassische König beleidigte. Ich arbeitete von zu Hause aus, um in deiner Nähe zu sein. Ich kümmerte mich mit dir um einen Welpen, um Himmels willen."

Aubrey schenkt mir ein zurückhaltendes Lächeln.

„Ich schätze, unterbewusst wusste ich, dass es mich zwingen würde, einige Dinge mit meinem Dad zu klären, wenn ich dich markiere. Dinge, die ich viel zu lange aufgeschoben hatte. Also schindete ich Zeit und tat so, als wäre ich mir nicht sicher. Aber ich wusste es, Baby." Ich streichle mit dem Daumen über ihre Wange. „Und es tut mir so verdammt leid, dass ich dir wehgetan und das Gefühl gegeben habe, du wärst nicht gut genug. Das war nie das Problem. Ich war derjenige, der nicht gut genug für dich war. Noch nicht. Doch ich habe mich darum gekümmert. Mein Dad und diese Arschlöcher von Sentience werden dich oder deine Freunde nie wieder bedrohen."

Sie mustert mein Gesicht. „Was hast du getan?", flüstert sie.

Ich zögere. Dies ist die gewalttätige Seite, die ich ihr nicht zeigen will. Doch wenn sie meine Gefährtin ist, muss sie wissen, wer ich bin. Was ich tun werde, um sie und unsere Familie zu beschützen. „Ich habe meinen Dad unter die Erde befördert."

Sie atmet scharf ein.

„Solange er am Leben war, wären du und unsere Welpen in Gefahr gewesen, und das konnte ich nicht zulassen."

Aubreys Augen werden wieder feucht. „Unsere Welpen?", würgt sie hervor.

Meine Kehle schnürt sich ebenfalls zu, doch die Worte sprudeln jetzt regelrecht aus mir heraus. Ich kann sie nicht mehr zurückhalten. „Bitte heirate mich. Lass mich dich beschützen, für dich sorgen und deine Familie sein."

Aubrey bricht zusammen und schlägt sich die Hand auf den Mund, um ein Schluchzen zu ersticken.

Ich halte die Luft an und beobachte sie. Wappne mich für ihre Reaktion.

„Ja." Sie nickt. „Okay. Ich bin dabei, Billy White, der einzig Wahre. Ich will alles mit dir."

Ich falle auf das Sofa und erschlaffe vor Erleichterung. Ich war während der letzten zwölf Tage ein Zombie, lebte kaum, atmete kaum und konnte mich kaum zusammenreißen.

Doch es ist vorbei.

Aubrey ist die Meine.

Ich weiß, dass wir noch einiges an Arbeit vor uns haben. Ich muss lernen, sie glücklich zu machen. Ihr Interesse zu halten. Sie auf Arten zu befriedigen, die sich nicht nur auf das Schlafzimmer beschränken. Ich muss lernen, mich zu öffnen. Es war mein Schweigen, dass sie dazu gebracht hat, zu gehen.

„Als du mich nicht kontaktiert hast, dachte ich, du wärst erleichtert, dass ich Schluss gemacht hatte", erzählt sie mir.

Mein Herz verkrampft sich schmerzhaft. „Fuck. Ich habe nur versucht, mich an deine Wünsche zu halten."

„Ja, mach das nicht noch einmal." Sie schenkt mir ein trauriges Lächeln. „Heute Abend hat Madi mich zum Sentience-Gebäude gebracht und mir gezeigt, was du für mich getan hast. Mir ist bewusst geworden, dass ich dir anscheinend noch wichtig bin."

Ich setze mich auf und drücke meine Brust an ihre. Ich packe ihren Nacken. „Du bist mir wichtig. Du bist mir so verdammt wichtig, Silver. Es tut mir leid, dass ich nicht wusste, wie ich dir das zeigen kann."

„Nein, du weißt es. Du zeigt es perfekt. Deine Liebessprache ist ‚Hilfsbereitschaft'. Ich habe auf ‚Lob und Anerkennung' gewartet. Doch jetzt weiß ich, wie du deine Liebe zeigst."

Meine Brauen senken sich verwirrt.

„Es geht um verschiedene Liebessprachen. Wir müssen lernen, die Liebessprache des jeweils anderen zu sprechen."

Ich halte ihren Blick. „Ich werde es lernen", schwöre ich, als würde ich meinem Alpha einen Schwur leisten. „Ich lerne schnell."

Sie schenkt mir noch ein strahlendes Lächeln. „Ich weiß. Du bist der Kerl, der in den letzten Monaten die Gebärdensprache gelernt hat. Madi hat mir erzählt, dass du einen fünfzigseitigen Vertrag in fünf Minuten lesen und umfassende, kluge Veränderungen verlangen kannst. Du bist viel klüger als ich."

„Ich bin ein Idiot im Vergleich zu dir."

Sie küsst mich. „Das ist nicht wahr. Ich ließ zu, dass uns mein Stolz *und* meine Vorurteile in die Quere kamen. Doch jetzt sind wir ein Team. Wir werden uns gemeinsam, nicht getrennt, mit Konflikten auseinandersetzen."

Ich spüre den Konflikt in meiner Brust. Mein altes Ich – das schwarz-weiße Ich – mit den verschiedenen Trennmauern hat Schwierigkeiten, zu atmen, als die Mauern zusammenbrechen. Das Vergnügen von Licht und Wärme steht im Krieg mit dem Verlangen, meine Mauern wieder aufzubauen.

Ich unterwerfe mich dem. Das bedeutet es, zu lieben. Verletzlich und offen zu sein. Es nährt mich und stellt zugleich meine Welt auf den Kopf.

Ich beuge mich vor, um sie zu küssen, doch sie weicht zurück. „Silber." Sie tippt sich auf die Nase. Sie hat den Diamantstecker rausgenommen, den ich ihr schenkte, und den alten silbernen Nasenring eingesetzt. Sie war wirklich verletzt. „Es wird brennen."

„Das ist es wert." Ich streiche mit den Lippen bei einem langsamen und genießerischen Kuss über ihre.

AUBREY

Ich beiße in seine Unterlippe und ziehe. „Wo wirst du mich beißen?", frage ich mit sinnlicher Stimme.

Billys Miene wird wild. Seine Augen wechseln die Farbe

zu silbern, als er aufspringt und mich hochhebt. „An einer erotischen Stelle." Er trägt mich zu seinem Schlafzimmer.

„Mmmh."

„Leider wird es wehtun, Silver. Ich muss die Haut durchbrechen. Wenn ich dich schon zum Schreien bringe, kann ich es daher genauso gut an einer erogenen Zone tun." Er lässt mich auf die Bettmitte fallen und reißt mir mein Oberteil über den Kopf. „So kann ich dich jedes Mal, wenn ich dich befriedige, daran erinnern, dass du zu mir gehörst."

Ich greife nach seinem Hemd und versuche, es aufzureißen, als wären wir Protagonisten in einem Nackenbeißer, aber ich bin nicht stark genug.

Billy gluckst und erledigt das für mich, woraufhin die Knöpfe durch den Raum fliegen.

Ich knurre wie eine Tigerin und schlage nach seiner Brust.

Er packt meine Handgelenke, steigt über mich und fixiert sie neben meinem Kopf. „Die Frage ist also …", er senkt den Kopf, um mich zwischen meinen Brüsten zu küssen, „beiße ich dich hier?" Er knabbert an der oberen Rundung meines Busens, bevor er plötzlich sein Bein von mir schwingt und mich auf meinen Bauch dreht. „Oder werde ich deinen umwerfenden Hintern beißen?" Er schiebt seine Daumen in den Bund meiner Shorts und lässt sie mit meinem Höschen bis unter meinen Po gleiten.

Ich erschaudere, als er mit seiner großen Hand leicht über meinen Hintern streichelt, weil ich weiß, was gleich kommt. Er neckt mich und berührt mich federleicht. Dann fällt der erste Hieb.

Ich schreie.

Er packt meine Handgelenke, zieht sie hinter meinen Rücken, als würde er mich verhaften, und hält sie dort fest. Seine Berührung ist sanft. Fast schon ehrfürchtig. Doch als er mit dem Spanking beginnt, hält er sich nicht zurück.

Er versetzt mir eine Reihe schneller Schläge, die mich dazu veranlassen, in seinem Griff zu zappeln.

„Autsch!", beschwere ich mich und rolle mit den Hüften, als er aufhört.

„Das ist dafür, dass du mich verlassen hast, Silver." Er geht wieder zu den leichten Liebkosungen über und streichelt über meine Pobacken.

Seine Hand gleitet meinen Rücken hinauf, bis er meinen BH erreicht, den er öffnet. Nachdem er meine Zöpfe beiseitegeschoben hat, klettert er erneut über mich, um an meinem Hals und meiner entblößten Schulter zu knabbern und sie zu küssen.

Dann hält er inne. Ich warte, doch er lässt sich neben mir nieder. „Es wird wehtun, Aubrey." Seine Stimme klingt ernst.

Ich drehe mich zu ihm um. Seine Augen schimmern komplett silbern und ich könnte schwören, dass die Spitzen seiner Fangzähne länger geworden sind.

Das Zimmer ist dunkel und über den Lichtern der Stadt scheint der beinahe volle Mond herein. Er wirft einen hellen Schein auf Billys Gesicht.

„Ich will dir nicht wehtun. Ich will dir keine Angst machen. Ich will nicht, dass du jemals wieder gehst."

Da fällt es mir wie Schuppen von den Augen – Billy hat Angst. Er hat Angst davor, mich zu verlieren, und er verrät mir seine Gefühle. Dieser Moment ist wichtiger als der Biss, zumindest für mich. So lernen wir, wie man ein richtiges Paar ist. Indem wir einander zuhören und unsere Gefühle teilen.

Ich lege meinen Kopf auf das Kissen. „Würde es wehtun, wenn ich ein Wolf wäre?"

Er schüttelt den Kopf. „Der Schmerz wäre angenehm und die Wunde würde sofort heilen. Doch für einen Menschen könnte ein Paarungsbiss tödlich sein, wenn ich die falsche Stelle erwische. Du wirst bluten und eine Narbe davontragen. Ich hörte Madi schreien, als Brick sie markierte."

Schock bebt durch mich. Ich hätte Madi nach mehr Informationen ausquetschen sollen.

„Du warst dort?"

„Ja. Wir waren dort, um Madi zu beschützen. Wenn ein Alphawolf seine vom Schicksal vorherbestimmte Gefährtin nicht findet oder, was schlimmer ist, sie findet und nicht markiert, kann er wild werden. Wir nennen das Mondwahnsinn. Der Wolf übernimmt die Kontrolle und der Mensch ist verloren und muss getötet werden."

Mein Mund rundet sich zu einem stummen ‚O'. Meine Augen haben vermutlich die gleiche Form angenommen.

„Brick wurde mondverrückt?"

„Ja. Wir haben ihn beinahe verloren."

Ich erinnere mich an Ruby, die nach der Trennung der beiden kam, um Madi zu holen und um Hilfe anzuflehen.

„Also war er fast verrückt, als er sie biss."

Billy wird ruhiger. Er kann sehen, worauf ich damit hinauswill. „Ja."

„Aber du bist jetzt vollkommen bei Verstand." Ich berühre seine Wange und massiere seine Ohrmuschel. „Ich weiß, dass du es nicht magst, die Kontrolle zu verlieren. Selbst wenn wir Sex haben und du am Ende loslässt, scheinst du dich danach zurückzuziehen und zu versuchen, alles wieder zusammenzufügen."

Billy stützt seinen Kopf auf einen Arm, umfasst meinen Busen mit seiner freien Hand und gleitet mit dem Daumen über meinen Nippel. „Das hast du bemerkt?"

Ich nicke. „Und du hast gesagt, dass es dir nicht gefallen hat, dass du wegen deines Dads auf der Hochzeit vor mir die Beherrschung verloren hast."

Er fährt sich mit einer Hand über das Gesicht. „Ich hasse es, dass du mich so gesehen hast."

„Ich hasse es nicht", beharre ich. „Ich habe keine Angst vor diesem Kerl. Ich weiß, dass du mir niemals wehtun würdest." Ich drücke einen Kuss auf seine Lippen. „Ich will all deine Teile und Stücke sehen. Sogar die hässlichen. Sogar die Teile, vor denen du dich schämst. Ich liebe dich, Billy. Und damit meine ich alles von dir. Ich bin nicht gegangen, weil ich etwas gesehen habe, was ich nicht mochte. Ich bin gegangen, weil du nicht gewillt warst, alles von dir mit mir zu teilen."

Verletzlichkeit huscht über Billys Gesicht und ausnahmsweise verschließt er sich nicht.

„Also sei wild mit mir. Lass dich von der Leine. Ich liebe es, dass du eine mächtige tierische Seite hast, Billy. Markiere meinen Körper mit deinen Zähnen und zeig mir, wie es ist, beansprucht zu werden."

Und einfach so verliert er die Beherrschung.

Ich finde mich auf dem Rücken wieder. Billy reißt meine Shorts samt Höschen von meinen Beinen.

Er öffnet seine Hose und ich greife nach seiner Erektion.

Ich habe seine Augen noch nie so silbern gesehen. Und seine Fangzähne sind *definitiv* lang und scharf. Mit denen wird er mich beißen. Ein Schauder der Aufregung fährt durch mich hindurch.

„Kondom", würge ich hervor, als er es vergisst und beginnt, in mich zu dringen. „Außer du willst jetzt schon mit den Welpen anfangen."

Ich weiß nicht, was mich dazu bringt, das zu sagen, doch es fühlt sich richtig an. Ich habe nicht gelogen, als ich sagte, dass ich alles will. Ich will diese ganze Sache mit Billy – Ehe, Familie, alles.

Er erstarrt mit der Hand auf dem Weg zum Nachttisch.

„*Ja.*" Seine Stimme klingt nicht menschlich. Das tiefe Knurren, das aus seiner Brust kommt, ist nicht von dieser Welt.

Er rammt sich in mich, dringt mit seiner Erektion in mich und taucht mit dem ersten Stoß tief ein.

Ich keuche und stütze meine Hand gegen das Kopfteil.

„Ich werde dir meinen Welpen schenken, Aubrey White." Er bewegt sich rein und raus.

„Ich nehme nicht deinen Namen an", protestiere ich, lächle jedoch von einem Ohr zum anderen. Wir werden heiraten. Das ist verrückt.

„Ich werde dir meinen Welpen schenken, Aubrey Cook-White", korrigiert er sich und stößt sich weiterhin in mich. Dabei hält er meine Schulter fest, damit ich nicht zum Kopfteil fliege.

Ich bin bereits wahnsinnig vor Lust. Durchdrungen von Liebeshormonen.

Er senkt sein Gesicht, leckt mit der Zunge über meinen Nippel und knabbert daran. „Ich werde das ganze Menschen-Hochzeitsding machen – was immer du willst – aber heute Nacht wirst du die Meine. Heute Nacht bette ich meinen Duft in deiner Haut ein, Silver." Er sagt das, als sei es eine Warnung. Oder eine Strafe. Vielleicht gibt er mir eine letzte Gelegenheit, einen Rückzieher zu machen.

Das würde mir im Traum nicht einfallen.

Ich verschränke meine Knöchel hinter seinem Rücken, um ihn tiefer zu ziehen und ihm zu zeigen, dass ich mehr will.

„Ich beanspruche dich und es gibt kein Zurück. Du wirst nicht mehr gehen." Seine Augen leuchten in der Dunkelheit. Sie bringen mein Herz zum Rasen.

Mein Freund ist ein Wolf. Es ist aufregend und real und *richtig* zur selben Zeit.

Billy hämmert sich in mich, wird immer schneller und nutzt so viel Kraft, dass ich morgen komisch laufen werde. Ich will mehr. Ich greife nach ihm, kratze seine Schulter mit meinen Nägeln auf und schaukle mit dem Becken, um ihn noch tiefer aufzunehmen.

„Es gibt keine Zukunft, in der wir nicht zusammen sind", knurrt er. „Du bist meine Gefährtin und Wölfe paaren sich fürs Leben."

Ich lache, weine jedoch gleichzeitig. Zumindest ist mein Gesicht feucht, also weine ich offenbar.

„Tu es", dränge ich ihn. „Mach mich zur Deinen."

Er lässt ein wölfisches Knurren fahren. Sein Kiefer öffnet sich und seine Fangzähne leuchten im Mondlicht. Furcht durchzuckt mich, wird jedoch augenblicklich von Lust in den Schatten gestellt.

Er kommt in mir und ich komme auf seinem pulsierenden Schwanz zum Orgasmus. Meine Scheidenwände drücken ihn, um seine Essenz aufzunehmen. Ich keuche vor Wonne.

„*Mein*", brüllt Billy, rammt sich tief und erstarrt.

„Ja, dein!"

Er umfasst meinen Busen mit einer Hand und senkt den Kopf. „Mein." Dieses Mal ist es leiser.

Er schließt seinen Kiefer. Der Biss ist sachte und beinahe oberflächlich. Er beißt mich an der Außenseite meines Busens in den Brustmuskel.

Ich komme erneut, bocke mit den Hüften und verkrampfe mich um seinen Schwanz herum, als er seine Zähne vorsichtig aus meinem Busen löst und die Wunde zuleckt.

„Bist du okay, Silver?" Er packt meinen Kiefer und dreht mein Gesicht zu sich. Seine Augen sind wieder blau und betrachten mein Gesicht sorgenvoll.

Meine Lider öffnen sich flatternd und ich lächle. Ich schaukle mit den Hüften, um ihm zu zeigen, wie gut es mir geht.

„Tut es weh?"

„Es ist ein guter Schmerz."

„Ja?" Er zwickt den Nippel der markierten Brust und hält ihn fest.

Ich komme erneut zum Orgasmus. „Oh", schluchze ich.

Er zwickt den anderen. „Mein." Dieses Mal flüstert er das Wort.

„Ganz allein die Deine", flüstere ich.

„Ich liebe dich." Er küsst die Tränen von meinem Gesicht. „Ich weiß nicht, wieso ich solches Glück habe, aber ich werde dich nie wieder gehen lassen."

„Wehe, wenn du es doch tust."

KAPITEL EINUNDDREISSIG

ubrey
Es ist ein heißer Tag und die Abschlussfeier des City Colleges findet draußen statt, weshalb ich in dem schwarzen Gewand eingehe.

„Herzlichen Glückwunsch, Jahrgang 2025", spricht der Direktor ins Mikrofon.

Nun, ich habe es geschafft. Ich habe offiziell einen Abschluss in einem recht nutzlosen Fach in Frauenforschung. Ich falle in die Jubelrufe meiner Mitstudenten ein und werfe meinen Hut in die Luft.

Meine Eltern sind im Publikum, wo sie bei meiner Oma, Caroline, Jan, Madi und ihrer Mom sitzen.

Ich rief Jan und Jamie gestern an, um ihnen mitzuteilen, dass Billy Sentience auflösen ließ und sie jetzt vollkommen sicher sind. Jamie will noch immer Rache. Ihr steht es nun frei, eine Enthüllungsgeschichte mit all den Informationen, die sie hat, in der *New York Times* zu veröffentlichen.

Madi winkt und deutet zum Himmel. Ich schaue auf. Ein Blimp schwebt über unseren Köpfen und zieht ein Banner, auf dem steht: „Herzlichen Glückwunsch, Aubrey!"

Ich lache und deute auf Madi. „Du?", forme ich mit den Lippen.

Sie lächelt und schüttelt den Kopf. Dann war es also Billy. Mein Gefährte. Natürlich.

Ich lasse meinen Blick über die Menge schweifen.

Wo ist er? Ich weiß, dass er hier irgendwo ist. In der Nacht, in der er mich markierte, zog ich in seiner Wohnung ein und er schickte einige seiner Rudelkollegen zu meinem Apartment, um Pepper zu holen und meine Sachen zu packen.

Als ich mich beschwerte, dass ich weiterhin das Apartment benutzen will, weil Madis altes Zimmer mein Studio ist, zeigte er mir das riesige Schlafzimmer in seinem Penthouse, das er für mich bereits zu einem Studio umgebaut hatte.

Während wir getrennt waren.

Wow.

Als ich ihn heute Morgen fragte, ob er meine Eltern kennenlernen möchte, antwortete er, dass ihn nichts fernhalten würde. Ich warnte ihn, dass ich ihn als meinen neuen festen Freund und nicht als Verlobten vorstellen würde, denn für eine Verlobung ist es viel zu früh in einer menschlichen Beziehung. Er knurrte, doch ich lernte im Lauf des letzten Tages, dass es ihn sofort beruhigt, wenn ich ihm seinen Biss an mir zeige oder riechen lasse. Daher zeigte ich ihm kurz meinen Busen, woraufhin er mich auf seinen Schoß zog und mit so viel Ehrfurcht zwischen meinen Brüsten küsste, dass er damit eine neue Religion hätte gründen können.

Die Religion markierter Brüste.

Ich entdecke die Wolfgestaltwandler in der hintersten Reihe, wo sie hinter den Klappstühlen auf dem Rasen stehen. Billy, Brick, Nickel, Vance, Jake und Sully lehnen wie Wachen am Zaun. Sie sind alle hochgewachsen, umwerfend und einschüchternd, sogar ohne ihre dreiteiligen Anzüge. Jetzt, da ich weiß, dass sie Wölfe sind, ergibt das mehr Sinn. Sie strahlen Macht und Charisma aus.

Kein Wunder, dass sie die Wall Street im Sturm eroberten.

Ich mache mich auf den Weg zu Billy, der mich hochhebt und herumwirbelt.

„Autsch. Wunder Busen", raune ich und er setzt mich sofort mit besorgtem Gesicht ab. „Das Blimp war eine geniale Idee." Ich gehe auf die Zehenspitzen und küsse ihn, bevor ich mich an Brick wende. „Vielen Dank, dass du gekommen bist." Ich umarme ihn.

„Willkommen im Rudel, Aubrey."

Wow. Ich bin ein Mitglied des Rudels. Verrückt!

„Danke."

„Willkommen im Rudel." Jeder der Männer umarmt mich und heißt mich willkommen. Das Ganze hat etwas Ritualisiertes an sich, wegen dem es sich wie eine formelle Einführung anfühlt. Ich wurde markiert, weshalb ich jetzt nicht nur zu Billy gehöre, sondern auch eine von ihnen bin.

Ich liebe es.

Madi führt meine Familie zu uns und ich nehme ihre Umarmungen, Luftballons und Glückwünsche entgegen.

„Mom, Dad, alle miteinander … das ist Billy, der Kerl, den ich date. Er war Bricks Best Man."

Mein Dad gibt Billy die Hand. Meine Mom umarmt ihn.

Jan und Caroline beschließen, strenge Väter zu spielen und ihn mit ernsten Blicken zu bedenken, während sie ihm die Hand geben. Natürlich sind sie vermutlich bereits dahintergekommen, dass er ein Milliardär ist, und fragen sich, ob ich den Verstand verloren habe.

Das alles wird eine gewaltige Anpassung erfordern.

Ich gebe meine Ideale nicht auf, doch mein Selbstbild

muss sich ändern. Ich weiß, dass ich das alles für mich klären werde. Madi hat es getan.

Billy räuspert sich. „Nun, wenn ihr möchtet, ich habe Essen zu unserer Wohnung bringen lassen. Wir können alle in den Limousinen dort hinbringen."

„Eure Wohnung?" Die Brauen meiner Mom schnellen empor. „Ihr wohnt beide dort?" Hut ab, dass ihr Mund nicht wegen des Limousinen-Teils offen steht.

„Nun, es ist Billys Wohnung. Sie ist in dem Gebäude, in dem auch Brick und Madi wohnen."

„Es ist unsere Wohnung", verkündet Billy bestimmt. „Aubrey malt Gemälde an meine Wände."

Meiner Mom klappt die Kinnlade herunter. „Schatz! Wie lange läuft das schon? Warum hast du es uns nicht erzählt?"

Ich blicke zu Billy. Er ist steif und wirkt distanziert wie üblich, doch ich merke, dass er sich Mühe gibt. „Das ist neu. Billy hat mich angeheuert, um die Gemälde zu malen, und von da hat sich alles entwickelt." Ich greife nach seiner Hand und er nimmt sie sofort.

Madi, die an Bricks Seite lehnt, lächelt. „Es wird genial werden. Ich kann es nicht erwarten, die Gemälde zu sehen. Gehen wir!"

Wir laufen zu den Limousinen, doch Billy zieht mich zu seinem Porsche. Er öffnet mir die Beifahrertür. Auf meinem Platz liegt eine kleine Schmuckschachtel mit einer Schleife.

„Ich habe dir ein Geschenk besorgt", sagt er. „Aber wenn es nicht perfekt ist, werden wir weitersuchen."

Es ist perfekt. Ich weiß, dass es perfekt sein wird. Billy passt auf.

Ich setze mich auf den Sitz und warte, bis Billy auf dem Fahrersitz sitzt, bevor ich an dem Band ziehe. Die Schleife öffnet sich und ich hebe den Deckel an.

Es sind drei Reihen rosafarbener Diamanten. Schlicht. Atemberaubend. Genau mein Ding.

„Ich liebe ihn." Ich schaue in sein Gesicht. „Im Labor gezüchtet?"

„Keine Blutdiamanten für meine Frau."

Seine Frau. Ihn diese Worte sagen zu hören, jagt Aufregung durch mich.

„Ist das ein Verlobungsring?", frage ich und stecke ihn an meinen Ringfinger.

Er nickt. „Wirst du mich heiraten?"

Er kennt die Antwort schon. Er hat bereits die Ewigkeit verlangt.

„Ja."

~

Ich schließe die Tür auf und hebe Aubrey hoch, um sie über die Türschwelle zu tragen.

Sie lacht. „Ich glaube, du sollst damit warten, bis wir verheiratet sind."

„Soll ich das? Ich verstehe all eure menschlichen Hochzeitstraditionen nicht." Ich stelle sie ab, als der Aufzug dingt und die Ankunft unserer Gäste ankündigt.

Während wir fort waren, dekorierten die Caterer die Wohnung mit silbernen und schwarzen Luftballons und stellten einige Bartische im Wohnzimmer auf, die mit weißen Leinentischdecken und silbernem Konfetti verziert wurden.

„Oh mein Gott! Was ist das?", kreischt Aubrey, als uns Pepper an der Tür begrüßt. Er trägt einen Abschlusshut und einen winzigen Umhang, der ihre Abschlussrobe repräsentiert. „Du bist so niedlich!"

Sie hebt den Welpen hoch und Pepper versucht hektisch, Aubreys Gesicht abzulecken.

„Wer ist das süße Kerlchen?", säuselt ihre Mom. Sie wirft

mir einen neugierigen Blick zu, als versuche sie, zu verstehen, warum oder wie ein Mann wie ich einen Shipoo als Haustier wählen würde.

„Er gehört Aubrey", erkläre ich.

„Er gehört *uns*", beharrt sie, so wie ich darauf bestand, dass die Penthousewohnung uns gehört.

„Ihr zwei habt einen *Hund*?" Caroline klingt ungläubig. Sie krault Peppers Ohren gleichzeitig und sagt dem Hund, wie niedlich er ist.

„Jepp. Wir sind seine Welpeneltern." Aubrey findet es urkomisch, das zu sagen. Ich hoffe, sie findet es genauso unterhaltsam, wenn mein Welpe in ihrem Bauch heranwächst.

„Aubrey, das ist unglaublich." Jan mustert das erste Wandgemälde. Es ist noch immer schwarz und weiß, aber Aubrey hat silberne Akzente gesetzt, die es irgendwie zum Leben erweckt haben.

Genau so, wie sie mich zum Leben erweckt hat.

„Gefällt es dir?" Aubrey betrachtet es mit kritischem Blick. Sie hat noch nicht entschieden, ob sie damit fertig ist.

„Ich liebe es", ruft Aubreys Mom.

„Es ist eine große Abweichung von deinem üblichen Stil", meint Jan. „Deine Idee, schwarz und weiß für Blumen zu verwenden, ist wirklich inspirierend."

Aubreys Augen kräuseln sich an den Winkeln und sie schenkt mir ein breites Lächeln.

Ich zwinkere.

Ich habe noch nie in meinem Leben gezwinkert. Ich bin nicht spielerisch. Ich flirte nicht. Mir fällt nicht einmal ein, was mich dazu gebracht hat, zu zwinkern. Doch dann legt Aubrey ihre Hand auf ihre Brust und schließt die Augen, als würde sie wegen des Zwinkerns dahinschmelzen, und ich fühle mich eine Million Meter groß.

Sie ist der Grund für meine veränderte Persönlichkeit. Sie

hat mir Leben eingehaucht. Ihr Chaos hat die Regeln und strengen Muster meines Lebens unterbrochen und ich werde nie wieder der Alte sein.

Ich will nie wieder der Alte sein.

„Ooh, ich liebe das hier!", ruft Caroline, als sie das zweite Wandgemälde entdeckt, das Aubrey gestern den ganzen Tag und den Großteil der Nacht gemalt hat.

Es ist bunt und wurde in knalligem Orange, Blau, Gelb und Rot gemalt. Ein riesiger blauer Wolf schaut den Betrachter mit gesträubten Nackenhaaren und gebleckten Zähnen an. Ich. Zu seiner Rechten, direkt hinter seiner Schulter sitzt ein winziger roter Hund, der im Schutz des Wolfs sicher ist. Pepper.

Aubrey hat sich nicht in das Gemälde gemalt, was mich stört, aber sie versprach, mir als Nächstes ein Selbstporträt auf einer Leinwand zu malen. Sie behauptet, sie liebt ihr neues Studio mit Blick auf den Central Park, und wenn sie möchte, kann sie natürlich jedes der Kunstzimmer des Silver Arts Kunstzentrums nutzen, nachdem wir das Gebäude renoviert haben.

Ich nicke den Caterern zu, dass sie den Dom Perignon öffnen sollen, während Aubrey ihrer Familie vom Silver Arts Kunstzentrum erzählt. Sie sind alle verblüfft, wie viel passiert ist, von dem sie nichts wussten, doch niemand wirkt beleidigt.

Die Caterer bringen Tablette mit gefüllten Champagner-gläsern und ich hebe meines. „Ich würde gerne einen Toast aussprechen", sage ich.

Aubreys Gesicht nimmt wieder sanfte Züge an. Bei dem Blick, mit dem sie mich ansieht, möchte ich auf die Knie sinken und dem Schicksal und der Mondgöttin danken, dass sie mir so ein Weibchen geschenkt haben.

„Auf Aubrey – die Frau, die mein Leben auf den Kopf gestellt hat. Die mich geändert hat, die mich über mich hinaus hat wachsen lassen und die mir beigebracht hat, wie man liebt. Ich bin so dankbar, dass du in mein Leben getrampelt bist und mir in den Hintern getreten hast."

Aubreys Mom reißt die Augen auf, doch alle anderen lachen.

„Auf Aubrey", ruft Madi.

„Auf Aubrey", antworten unsere Gäste.

Aubrey stößt mit mir an, nippt an ihrem Glas und stellt es ab. Dann schlingt sie ihre Arme um meinen Hals und küsst mich, als wäre das unser letzter Moment auf der Erde.

Unsere Gäste jubeln.

Ich lege meine Arme um sie, wobei ich darauf achte, sie dieses Mal nicht zu fest zu drücken, und küsse sie, bis es ihr den Atem verschlägt. Ich habe vor, sie den Rest ihres Lebens jeden Tag so zu küssen.

EPILOG

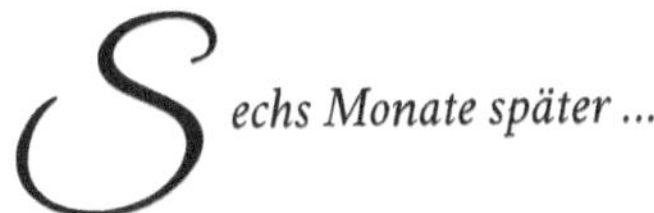

echs Monate später ...

NOAH

Ich öffne die Tür der Silver Arts Galerie und betrete sie.

Wenn dich dein Chef zur großen Eröffnung des neuen Kunstzentrums seiner Gefährtin einlädt, gehst du hin.

Selbst wenn du nicht eingeladen wurdest, dich seinem Rudel anzuschließen.

Wohin ich auch schaue, ist Kunst. Alles von Fotografien bis hin zu Skulpturen und Ölgemälden. Riesige Papierblumen bedecken eine ganze Wand und die Statuen, die aus Ebenholz geschnitzt wurden, werden auf schmalen Sockeln ausgestellt.

Ich entdecke Billy bei seiner menschlichen Gefährtin. Sie halten Händchen und posieren vor einem großen Blumengemälde für Fotos. Ein winziger Hund steht neben Billy mit einem Smoking-Tuch und einer Fliege. Der Hund passt überhaupt nicht zu Billys Persönlichkeit, weshalb ich ihn anstarre und versuche, mir einen Reim darauf zu machen. Dann bückt sich seine Gefährtin, um den kleinen Hund hochzuheben, und es wird eindeutig. Billy würde, wie jeder gute Wolf, alles für seine Gefährtin tun. Er würde sich sogar um einen lächerlich kleinen Hund kümmern, wenn sie einen will.

Niedlich.

In der Mitte des Raums haben Caterer vor dem Wandgemälde mehrere Tische zu einem langen, epischen Käse-Buffet aufgebaut.

Madi und Blackthroat gesellen sich zu Billy. Noch ein überraschendes Paar – der Alpha eines der größten Rudels im Land mit einem Menschen. Sie ist jedoch ein bemerkenswerter Mensch. Brillant, großzügig und freundlich. Ich weiß nicht, was genau zwischen ihnen vorgefallen ist, aber ich glaube, Blackthroat wurde beinahe mondverrückt bei dem Versuch, die Paarung zu leugnen.

Es hatte etwas mit dem Adalwulf-Rudel und einem Job-Angebot zu tun, denn Blackthroat rief mich zu sich, damit ich bei einem Video von Madi mit Aiden Adalwulf, deren Alpha, von den Lippen ablas.

Madi entdeckt mich und winkt mich zu sich.

Ich gebärde „Hallo", als ich mich nähere.

Madi stellt mich Aubrey, ihrer besten Freundin und Billys Gefährtin, vor.

„Aubrey ist die Künstlerin dieses wunderschönen Wandgemäldes", spricht Madi und gebärdet gleichzeitig, wozu das Können von jemanden nötig ist, der nicht nur gebärden, sondern auch übersetzen kann.

„Es ist fantastisch", sage ich laut zu Aubrey. „Ist die Galerie für deine Kunstwerke?"

Aubrey lacht und schüttelt den Kopf. „Nein. Ich habe allerdings bei der Zusammenstellung der Werke geholfen.

Unser nächstes Thema wird soziale Gerechtigkeit sein – wie man einen Wandel mit Kunst erreicht, so etwas in der Art."

Ich nicke.

„Die oberen Etagen sind Räume für Künstler und das Erdgeschoss ist eine Galerie."

„Herzlichen Glückwunsch. Es ist ein kühnes Projekt", erwidere ich.

Aubrey lächelt und ihr Blick gleitet zu Billy, der sie an seine Seite zieht. Er hat sich in den letzten Monaten drastisch verändert, seit sie seine Gefährtin geworden ist. Er ist nicht weniger mächtig, aber das Wilde und Aggressive an ihm ist verschwunden. Er hat jetzt einen ruhigeren Führungsstil.

Blackthroat schüttelt meine Hand. „Schön, dich hier zu sehen, Noah."

„Ich fühle mich geehrt, dass ich einbezogen wurde."

Er hält meine Hand eine Weile fest und blickt suchend in mein Gesicht. Vielleicht denkt er, dass ich darauf hinweise, dass ich seinem Rudel beitreten möchte.

Das tue ich nicht. Ich ziehe es vor, ein einsamer Wolf zu sein, vermute jedoch, dass das für einen Alpha wie Blackthroat nicht akzeptabel ist.

Ich ging meine Jobsuche an der Wall Street wie ein Mensch an. Ich machte meinen MBA in Harvard und bewarb mich für Stellen in Manhattan. Ich bewarb mich bei beiden Firmen, die Wolfsrudeln gehören, da ich dachte, dass mir mein Duft bei einem Bewerbungsgespräch einen Vorteil verschaffen würde.

Ich wusste auch, dass es nach hinten losgehen könnte, falls die Wölfe hier wie mein Geburtsrudel waren und mich als ‚defekt' betrachteten. Ich bat keines der Rudel um eine Mitgliedschaft, da ich nicht wusste, wie sie mich behandeln oder wo ich einen Job erhalten würde. Wenn ich bei keiner der Firmen einen Job erhalten würde, konnte ich genauso gut keinem Rudel angehören.

Das war mein erster Fehler.

Die Mitarbeiterin des Personalmanagements bei Moon Co. war ein Mensch, weshalb mein Geruch keine Rolle spielte. Aber anscheinend lief mein Bewerbungsgespräch gut, denn ich erhielt den Job. Damals war ich begeistert, dass ich allein aufgrund meiner Leistungen eingestellt worden war.

Dann lernte ich den CEO Brick Blackthroat kennen. Er roch mich in einem Meeting und rief mich anschließend zu seinem Büro. Er drückte mich am Hals gegen die Wand, bis ich schwor, dass ich kein Adalwulf-Spion war.

Dann wollte er wissen, warum ich ihn als Alpha seines Reviers nicht angesprochen und gefragt hatte, ob ich mich seinem Rudel anschließen dürfe. Man kann einen Alpha nicht anlügen, die Wahrheit zu erzählen, war jedoch mein zweiter Fehler. Es gefiel ihm nicht, dass ich gestand, dass ich mich bei beiden Seiten für einen Job beworben hatte.

Der dritte Fehler war, dass ich mit Madi zu Mittag aß, bevor die beiden verpaart waren. Sie lud mich als guten Freund ein und war nicht markiert, weshalb ich keine Ahnung hatte, dass sie zu ihm gehörte. Er sagte mir sehr klar und deutlich, dass ich mich von ihr fernhalten sollte.

Also erhielt ich nie eine Einladung, mich ihrem Rudel anzuschließen. Ich glaube nicht, dass es daran liegt, dass sie voreingenommen sind und mich wie mein Heimatrudel für ‚defekt‘ halten, denn nachdem Billy auf der Arbeit gesehen hatte, wie Madi sich auf Gebärdensprache mit mir unterhielt, lernten er und der Rest des Teams sofort die Gebärdensprache. In meinem Heimatrudel hatte sich nur meine Großmutter die Mühe gemacht, es zu lernen. Ich lernte, Lippen zu lesen und zu sprechen, und gab mein Bestes, mich zu integrieren.

Kein Rudel zu haben, hat jedoch seine Nachteile. Ich habe

keinen Ort in der Stadt, wo ich laufen gehen kann. Ich habe mich seit Monaten nicht verwandelt. Mein Wolf wird ruhelos und plagt mich mit einem Traum vom Jagen nach dem anderen.

Normalerweise jage ich Wild. Manchmal ist es ein hübsches Mädchen mit mondhellen Haaren und großen, unfokussierten Augen.

Wie das Mädchen, das ich mit Aiden Adalwulf aus einer Limousine treten sah.

Das war laut Billy ihre Rudelseherin.

Gestern Nacht träumte ich von ihr.

Sie trug ein altmodisches hauchdünnes Nachthemd und ihr Zimmer – oder war es ein Gefängnis? – war mit eleganten Möbelstücken aus einer anderen Ära bestückt.

Ihre Sicht trug sie über die Mauern ihrer Burg hinaus.

Ihre Sicht brachte sie zu mir.

Sie saß auf ihrem Bett, sah mich jedoch mit einem Keuchen an. Ich war in meinem Bett in Soho und zugleich in ihrem Zimmer.

„Noah", sprach sie meinen Namen voller Verwunderung. Nicht mit ihrer Stimme. Nicht mit ihren Händen.

Mit ihrem Verstand.

Sie konnte nicht viel älter als achtzehn Jahre sein, nicht, dass ich gut darin bin, das Alter von Wölfinnen zu schätzen. Sie lächelte mich an. „Ich habe so lange darauf gewartet, dich kennenzulernen."

„Wer bist du?" Ich sprach die Worte ebenfalls mit meinem Verstand.

Ihr Lächeln war traurig und rätselhaft. „Das weißt du nicht?"

Ich kannte sie, doch in dem Traum konnte ich mich nicht erinnern woher.

Ich wollte *Ja* sagen, denn ich wollte sie nicht enttäuschen. Ich wollte sagen, dass ich sie kannte. Dass ich sie in einem vergangenen Leben beansprucht hatte. Oder war es in einem zukünftigen? Sie hatte etwas schmerzhaft Vertrautes an sich. War sie ein Gespenst? Eine Geistführerin?

Natürlich konnte ich ihren Geruch nicht riechen. Nicht in dem Traum. Wenn ich ihren Duft hätte riechen können, hätte ich möglicherweise gewusst, was sie mir bedeutete.

Ich schüttelte bloß den Kopf. „Ich will es wissen."

Sie senkte den Kopf und strich die Haare hinter ein Ohr. War das eine leichte Röte auf ihrer blassen Haut? Ein Gespenst errötete doch sicherlich nicht. Ich wurde mir plötzlich ihrer nicht-gespensthaften Art bewusst. Ich betrachtete die Haut, die über dem Ausschnitt ihres Nacht-hemds zu sehen war. Die Rundung ihrer Brüste. Ihre zarten Hände. Die prallen Lippen. Mein Blut rauschte gen Süden bis unterhalb meiner Taille.

„Du wirst es wissen", informierte sie mich.

Ich trat einen Schritt näher ans Bett. „Warum bin ich hier?"

Eine Falte formte sich zwischen ihren Brauen und ihr Fokus verschwamm kurz, bevor sie mich nachdenklich ansah und ihren reizenden Kopf schieflegte.

„Der Krieg kommt. Du musst entscheiden, auf welcher Seite du stehst. Finde mich, bevor es zu spät ist."

Zwing mich nicht

Unterwelt von Las Vegas

King of Diamonds: Was in Vegas passiert, bleibt in Vegas, Band 1

Mafia Daddy: Vom Silberlöffel zur Silberschnalle, Band 2

Jack of Spades: Gefangen in der Stadt der Sünden, Band 3

Ace of Hearts: Berühmtheit schützt vor Strafe nicht, Band 4

Joker's Wild: Engel brauchen auch harte Hände (Unterwelt von Las Vegas 5)

His Queen of Clubs: Russische Rache ist süß (Unterwelt von Las Vegas 6)

Dead Man's Hand: Wenn der Tod mit neuen Karten spielt

Wild Card: Süß, aber verrückt

Mountain Men

Held

Rebell

Krieger

Yacht Kings

Rache

Sündhaftes Chicago

Sündenpfuhl

Verwurzelt in Sünde

Wolf Ranch

ungezähmt

ungestüm

ungezügelt

unzivilisiert

ungebremst

unbändig

unkontrolliert

unerschrocken

unbeugsam

Two Marks

ungebärdig - Buch 1 (gratis)

versucht

Begehrt

verzaubert

Wolf Ridge High

Alpha Bully

Alpha Knight

Step Alpha

Alpha King

Alpha Varsity

Bad Boy Alphas

Alphas Versuchung

Alphas Gefahr

Alphas Preis

Alphas Herausforderung

Alphas Besessenheit

Alphas Verlangen

Alphas Krieg

Alphas Aufgabe

Alphas Fluch

Alphas Geheimnis

Alphas Beute

Alphas Blut

Alphas Sonne

Alphas Mond

Alphas Schwur

Alphas Rache

Alphas Feuer

Alphas Rettung

Alphas Befehl

The Werewolves of Wall Street Serie
Der große böse Boss: Mitternacht
Der große böse Boss: Mondverrückt
Der große böse Boss: Markiert
Der große böse Boss: Miteinander
Der große böse Bully

Bad Boy Bären
Alphas Anspruch

Mitternacht Doms
Alphas Blut von Renee Rose & Lee Savino
Seine gefangene Sterbliche von Renee Rose & Lee Savino

Die Meister von Zandia

Seine irdische Dienerin

Seine irdische Gefangene
Seine irdische Gefährtin
Seine irdische Rebellin

Seine irdische Frau

Ihr Gefährte und Meister

Zandianisches Haustier

Sein irdischer Besitz

Zandianische Bräute

Eine Nach md den Zandianern

Von den Zandianern gekauft

Von den Zandianer beherrscht

Das Licht der Zandianer

Festgehalten vom Zandianer

Vom Zandianer beansprucht

Vom Zandianer gestohlen

EBENFALLS VON LEE SAVINO

Die Berserker-Saga
Verkauft an die Berserker
Gepaart mit den Berserkern
Entführt von den Berserkern
Übergeben an die Berserker
Gefordert von den Berserkern

Die Frauen der Berserker
Gerettet vom Berserker – Hasel und Knut
Gefangen von den Berserkern – Weide, Leif und Brokk
Verschleppt von den Berserkern – Salbei, Thorbjorn und Rolf
Gebunden an die Berserker – Laurel, Haakon und Ulf
Berserker-Nachwuchs – die Schwestern Brenna, Sabine, Muriel, Fleur und ihre Gefährten
(demnächst)
Die Nacht der Berserker – die Geschichte der Hexe Yseult
Eigentum der Berserker – Farn, Dagg und Svein
Gezähmt von den Berserkern – Ampfer, Thorsteinn und Vik
Beherrscht von den Berserkern
Unschuld mit Stasia Black (Eine dunkle Liebesgeschichte)

Das Erwachen (Unschuld 2)

Königin der Unterwelt: Eine Dunkle Liebesgeschichte (Unschuld 3)

Die Gefangene des Biestes: Eine dunkle Romanze (Die Liebe des Biestes 1)

Die Rache des Biestes: Eine dunkle Romanze (Die Liebe des Biestes 2)

Der Soldat, der mich verführt

Draekons (Drachen im Exil) mit Lili Zander (Eine Sci-Fi Dreierbeziehung Romanze)

Draekon Gefährtin

Draekon Feuer

Draekon Herz

Draekon Entführung

Draekon Schicksal

Tochter der Dragons

Draekon Fieber

Draekon Rebellin

Draekon Festtag

ÜBER RENEE ROSE

USA TODAY Bestseller-Autorin RENEE ROSE liebt dominante, verbalerotische Alpha-Helden! Sie hat bereits über eine Million Exemplare ihrer erotischen Liebesromane mit unterschiedlichen Abstufungen verruchter sexueller Vorlieben und Erotik verkauft. Ihre Bücher wurden außerdem in *USA Todays Happily Ever After* und *Popsugar* vorgestellt. 2013 wurde sie von *Eroticon USA* zum nächsten *Top Erotic Author* ernannt und freut sich ebenfalls über die Auszeichnungen Spunky and Sassy's *Favorite Sci-Fi and Anthology Autor*, The Romance Reviews *Best Historical Romance* und Spanking Romance Reviews *Best Sci-fi, Paranormal, Historical, Erotic, Ageplay and Couple Author*. Bereits fünfmal gelang ihr eine Platzierung in der USA-Today-Bestsellerliste mit verschiedenen literarischen Werken.

Besuchen Sie ihren Blog unter www.reneeroseromance.com

ÜBER LEE SAVINO

Lee Savino ist eine USA Today-Bestsellerautorin von Smexy-Romanzen. Smexy, wie in "smart und sexy". Finden Sie sie in der Goddess Group auf Facebook und laden Sie ein kostenloses Buch unter www.leesavino.com herunter!

Sie finden sie unter:
www.leesavino.com

Sie lieben knurrige Alphas? Dann schau dir die Berserker-Saga an. Beginne mit *Verkauft an die Berserker*.

9 781636 933542